Peter Blickle, 1961 in Ravensburg geboren, aufgewachsen im oberschwäbischen Wilhelmsdorf, ist Professor emeritus für deutschsprachige Literatur und Gender and Women's Studies an der Western Michigan University in Kalamazoo/USA. Ausgezeichnet mit zahlreichen Preisen und als Mitglied im PEN International veröffentlichte Peter Blickle 2014 bei Klöpfer & Meyer den Roman *Die Grammatik der Männer*.

Peter Blickle

ANDERSHIMMEL

Roman

KRÖNER EDITION KLÖPFER

Peter Blickle
Andershimmel
Roman

1. Auflage
in der Edition Klöpfer
Stuttgart, Kröner 2021
ISBN: 978-3-520-75101-0

Lektorat: Klaus Isele
Umschlaggestaltung: Denis Krnjaić
unter Verwendung eines Fotos von Nate Rayfield, unsplash.com

Gesamtherstellung: Friedrich Pustet Regensburg

für

A. S., J. S., C. M., U. R., E. F.

und für

E. D., A. B., D. M., E. R. und J. W.

Ein durch Liebe verübter Mord.
Vom Liebenden nicht wahrgenommen.

Der Tod einer Welt.
Im Inneren eines Menschen.
Eines Geliebten.
Einer Geliebten.
Später noch als Gefühl in der Magengegend wahrnehmbar.
Manchmal.

1

Hätte er nicht in dem Augenblick, als das Telefon klingelte, den Rasierapparat ausgeschaltet, hätte er den Klingelton nicht gehört. Dann hätte Matthias ihn nicht mehr erreicht. Dann wäre Johannes zur Universität gefahren und die nächsten acht Stunden außer Reichweite gewesen. Acht Stunden später wäre es in Deutschland Nacht, fast schon der nächste Tag gewesen. Matthias hätte geschlafen und nicht noch einmal angerufen. Und am nächsten Tag wäre Johannes als Möglichkeit vielleicht nicht mehr in den Gedanken seines Schwagers gewesen. Dann wäre Miriam ihren Weg weitergegangen, und er, Johannes, wäre seinen Weg weitergegangen. So wie sie es dreißig Jahre lang getan hatten – er auf seinem Kontinent, sie auf ihrem, er in seiner Sprache, sie in ihrer, er in seinem Dorf, das eine Universität war, sie in ihrem, das eine Sekte war. Kontinente, Sprachen, Welten, Dörfer. Sie waren auseinandergewachsen, seit jenem Morgen, als Johannes den Koffer gepackt und das Haus verlassen, seit er den Bus, dann den Zug, dann das Flugzeug genommen hatte, seit er geflüchtet war – weg von den Eltern, weg von den Gemeindeältesten, weg von den Gemeindegesetzen.

Er legte den Rasierapparat auf den Waschbeckenrand und lief zum Telefon. »Hello?«

Es rauschte. Da war eine Stille, dann ein Klicken, und er hörte: »Hallo, Johannes.« Der offene Vokal im Hallo und das ohne die Explosion am Anfang seines Namens gesprochene J – er hörte es gern. In den drei Jahrzehnten, die er in der englischen Sprache gelebt hatte, hatte er sich nie an den Klang seines

Namens gewöhnt. *Tschohännis.* Oder gleich: *Tschohn.* Dass er inzwischen länger in dieser raubeinigen Sprache gelebt hatte als in der, in der er aufgewachsen war, spielte keine Rolle. *Johannes.* Die erste Aussprache gehörte zu ihm, die zweite blieb ihm fremd; die erste, das war er; die zweite hing an ihm wie ein maßgeschneidertes Jackett, das für einen anderen, einen deutlich korpulenteren Mann bestimmt war.

»Es ist wegen Miriam«, sagte Matthias von der anderen Seite des Atlantiks herüber. Seine Worte brauchten eine Weile, bis sie angekommen waren. Das verwirrte das Gespräch. Matthias zögerte. Johannes zögerte. Das Rauschen wurde stärker, dann schwächer. Matthias sagte: »Sie hat sich …« Dann war Stille. Er sagte: »Wir brauchen dich.« Er sagte: »Jetzt.« Dann war es wieder still.

Johannes hörte auf seiner Seite des Atlantiks, viertausend Meilen weit weg, wie Matthias ein- und ausatmete. Es war fast schon ein Blasen, wie Matthias ausatmete. Dieser Anruf fiel ihm, das spürte Johannes, nicht leicht. Er hatte Matthias nie persönlich kennengelernt, nur ein paarmal in Skype-Gesprächen erlebt. Verschwommen. Der Mann, den Miriam geheiratet und mit dem sie zwei Kinder bekommen hatte, arbeitete in einer Maschinenfabrik. Er war ruhig, zuvorkommend, kompetent, aber alles andere als gesprächig. Dieser Anruf kostete ihn Überwindung. Eine ganze Weile sagte er nichts. Johannes schwieg ebenfalls. In ihm war etwas explodiert. Er blutete. Was hätte er sagen sollen? Er spürte die Wunde. Er wusste, welche Worte als nächste kommen würden. »Sie hat sich …« Es gab nicht viele Möglichkeiten, wie der Satz enden konnte. Johannes hatte diesen Anruf erwartet, schon Jahre. Jetzt war er da.

»Ja?« Matthias sollte die Worte aussprechen, erst dann würden sie gelten. Johannes sagte: »Sie hat sich … Was?«

Blätter, die der Wind über Nacht von den Bäumen geweht hatte, lagen in der Einfahrt – es gab endlos viele Variationen von Gelb und Rot und Braun und Orange. White Oak, Red Maple, Hickory, Dogwood.

»Sie hat sich selbst eingewiesen«, sagte Matthias.

»Selbst eingewiesen?« Das war doch etwas Anderes, als er erwartet hatte. Johannes wiederholte: »Selbst eingewiesen?« Er sagte es in einem Ton, der erleichtert klang. Das war ihm nicht recht. Aber die Worte waren draußen. Sie waren viertausend Meilen weit gereist. Eine unpassende Reaktion. Trotzdem. Er musste es zulassen. Vielleicht hatte Matthias den Tonfall wegen der schlechten Verbindung nicht wahrgenommen. *Selbst eingewiesen.* Diese Worte gab es nur in einem Zusammenhang. Johannes sagte: »Wo?«

Ein Windstoß bewegte die Blätter. Der Wind kam aus dem Westen heute. Das war angenehm. Westwinde brachten trockene Luft aus der Prärie.

»Irrenanstalt«, hatten sie die Klinik am See genannt, als die Vollzugsanstalt noch »Zuchthaus«, das Kinderheim »Waisenhaus« und das Fachkrankenhaus für Suchtkranke »Trinkerheilstätte« hießen. Er kannte die Klinik. Sie war in einem ehemaligen Klostergebäude untergebracht. Er kannte den langen, vierstöckigen Backsteinbau. Rot leuchtete er über den See. Klinik Sankt Georg am See. »Du bist doch plemm plemm. Du gehörst ins Sankt Georg.« Das war auch so ein Spruch aus der Kindheit.

»In die Klinik am See«, sagte Matthias.

Schwester und Bruder. Bruder und Schwester. Johannes war sieben Minuten älter als sie. Mädchen und Junge. Brüderchen und Schwesterchen. Sie schwammen. Ihre Gesichter schwebten über dem Wasser. Spiegelten sich. Es war ein Spiel, bei dem beide lachten.

Johannes und Miriam. Kuss und Kussi nannten sie einander. Johannes sagte: »Komm, wir wollen miteinander in die weite Welt gehen.« Sie sagte: »GOtt und unsere Herzen weinen zusammen. Ich gehe nicht mit.« Johannes sagte: »Wer aus mir trinkt, wird ein Tiger.« Sie sagte: »Zum Glück konntest du dich so lange beherrschen, bis du nur ein Reh geworden bist.«

Vor dem Spiegel verglichen sie ihre Augen. »Genau gleich.« Sie verglichen, wer zuerst einen Zahn verlor. Sie verglichen, ohne Spiegel, welche Buchstaben sie gleich und welche sie anders schrieben, wer an Weihnachten das bessere Geschenk bekam, wer zuerst bruchrechnen und Fahrrad fahren konnte. Sie richteten sich ein in ihrem Vergleichen. Sie und er. Er und sie. Mit und ohne Spiegel. Er war ihr Zuhause. Sie war seins. Es gab nur sie.

Die Blätter bewegten sich in der Einfahrt. Matthias sagte: »Sie braucht dich.« Matthias sagte, das habe er ihm nur mitteilen wollen. Was er jetzt tue, ob er bleibe oder komme, das sei, ganz klar, ihm, Johannes, selbst überlassen.

Die Blätter. Gelb und Rot und Braun und Orange. Er hatte seinen Kalender in der kommenden Woche voll mit wichtigen Terminen. Er korrigierte sich. Er hatte den Kalender voll mit Unwichtigem, das er für wichtig halten musste, damit er sich für wichtig halten konnte. Und Brunhilde und Silky, Hündin und Kätzin, konnte Naomi versorgen. Sie hatte für die nächste Woche keine Reise in ihrem Kalender.

2

Er sah diesen Raum heute zum ersten Mal auf dem Flughafenplan. Room Number 99. Religious Reflection Room. Im dritten Stock des Flughafengebäudes war dieser Raum. Und weil er zwei Stunden bis zu seinem Anschlussflug hatte, fuhr Johannes mit dem Aufzug hinauf. Aus Neugier, sagte er sich. Aus Langeweile, sagte er sich. Religious Reflection Room.

Als er die Tür öffnete, mussten sich seine Augen zuerst an das Dämmerlicht im Inneren gewöhnen. Überall sonst auf dem Flughafen gab es dieses schattenlose Neonlicht. In diesem Raum gab es ein paar gedimmte Leuchten, abgeschirmt und nur zur Decke hin offen. Vor ihm kniete eine Frau. Das sah er. Sonst war niemand da. Nur diese Frau in ihrem schwarzen Umhang mit schwarzer Kopfbedeckung, die ihm dem Rücken zuwandte und sich immer wieder auf den Knien nach vorn beugte. Er hatte die Tür geöffnet, ohne anzuklopfen. Jetzt stand er da und hielt die Türklinke in der Hand. Sie kniete, aufrecht. Dann beugte sie den Oberkörper nach vorn, die Gewänder gaben ein seufzendes Geräusch von sich. Die Frau ging auf die Hände, tief, so tief, bis die Stirn den Teppich berührte, auf dem sie kniete. Goldgelb und schwarz war der Teppich, mit runden Mustern. Das sah er. Er nahm immer mehr Farben wahr – das Karminrot der Stuhlpolster entlang der Wände. Das hellere Rot der Bücher, die auf manchen Stühlen lagen. Die Frau richtete sich auf. Sie atmete ein. Er hörte es. Sie atmete tief ein. Dann beugte sie sich wieder nach vorn und ließ die Stirn den Teppich berühren, genau an der Stelle, wo der Teppich einen goldenen Kreis hatte. Es war, als müsse ihre Stirn diesen Kreis berühren, damit alles seine Richtigkeit habe. Sie atmete. Blieb kniend ruhig aufrecht. Das Aufrichten und Sichvorbeugen, bis die Stirn den Kreis berührte, geschah in einem Rhythmus. Es war eine eigene Art des Atmens. Es war ein Körperatmen. Unter schwarzen Gewändern. Bei ihr. Und er atmete mit.

Weil er hinter ihr stand, mussten sie nicht entscheiden, wie sie sich zueinander verhalten sollten. Sie brauchten einander nicht auszuweichen, denn sie sahen einander nicht in die Augen. Sie brauchten einander nicht zu grüßen. Trotzdem spürte Johannes, dass sie vor ihm dagewesen war. Sie hatte das Recht, den Raum für sich zu beanspruchen. Sollte er wieder hinausgehen? Er konnte sich nicht entscheiden. Er wollte nicht stören. Religiös war er nicht mehr. Aber der Raum zog ihn an. Die

Ruhe. Die dezent beschirmten Lampen an den Wänden. Er. Sie. Wir. Es gab kein Wir. Auch wenn sie und er im selben Raum waren. Und doch nahm er ein Wir wahr.

Er atmete, tief, und schaute ihr zu. Die Umrisse ihres Körpers unter dem Gewand. Die Frau war gedrungen, kräftig und jung. Die einfache Leichtigkeit, mit der sie Rücken, Hüften und Nacken bewegte. Er sah die Haut an den Händen, die nicht vom Gewand bedeckt war. Sie war jung. Aber sie war alt genug, um die Mutter von drei Kindern sein zu können. Alles war möglich. Nichts musste sein. Dass alles möglich war, nichts aber so sein musste, wie er es sich vorstellte, hatte etwas Befreiendes. Er schaute diesem Rhythmus, diesem Wechsel von Stille und Bewegung zu. Dieser Hingabe. Da war etwas Aufrichtiges in ihr. Sie hatte etwas gefunden. Und sie vertraute. Sie besaß das Vertrauen, dass ihr beim Beten in diesem Raum nichts geschehen würde. Sie hatte sich nicht umgewandt, als er die Tür öffnete. Sie beugte sich nach vorn, ließ die Arme vornüber gleiten und berührte mit der Stirn den Teppich. Das war ein Sich-klein-Machen, ein Akzeptieren, ein Atmen, ein Duft, eine Demut.

Vielleicht störte er sie, indem er hinter ihr stand und atmete und zuschaute – und nichts tat. Doch er hatte, sagte er sich, dasselbe Recht, hier zu sein, wie sie. »Religious Reflection Room.« Ein Religious Reflection Room stand allen zur Verfügung. Allen Konfessionen. Da gab es kein Vorrecht. Es gab kein Besitzen. Alle hatten ein Recht, hier zu sein. Also auch er. Er trat einen Schritt nach vorn und schloss die Tür hinter sich.

3

Als Miriam und er noch im selben Zimmer schliefen, mussten sie, denn der Herr JEsus sah alles, ihre Sachen ordentlich auf den Stuhl legen. Außerdem sollten die Leute, falls der Herr JEsus sie in der Nacht zu sich in den Himmel heimholte, nicht sagen, sie wären unordentlich gewesen. Wenn es dunkel war, lauschte er hinüber. Atmete sie noch? Hatte der Herr JEsus sie schon zu sich geholt? War sie, wie die Eltern das sagten, heimgegangen?

Holte ER einen im Schlaf, dann hieß es, man sei entschlafen. Eingegangen in den Himmel, wo ER zur Rechten GOttes, des ALlmächtigen, des SChöpfers des Himmels und der Erde saß. Dort hinauf nahm ER einen. Eigentlich nahm ER nur das Atmen mit. Alles andere blieb zurück. Die körperliche Hülle blieb im Bett liegen. Deshalb konnte Miriam da liegen und schon entschlafen sein. Sie atmete so leise. Und das Heben und Senken ihres Brustkorbes konnte er unter der Bettdecke unter der dunklen Dachschräge nicht erkennen.

»Müde bin ich, Gehzuruh, mach die müden Äuglein zu.« Er stockte manchmal, denn zum Gehzuruh wollte er eigentlich nicht beten. Das war eine Sünde. Aber die Eltern beteten es vor. Also war es keine Sünde. Johannes und Miriam stellten sich Gehzuruh als einen Verwandten von Rübezahl vor: ein Riese mit Bart, der ihm lockig und verworren wie Moos bis auf die Erde hinunterreichte. »Müde bin ich, Gehzuruh.«

Miriam sagte: »Gehen Alche.«

»Was soll das heißen?«

»Ich weiß nicht. Aber mir gefällt es.«

Er sprach die Worte nach. »Gehen Alche.« Das klang weich. Das klang angenehm. Er sagte: »Arlorn.«

Das sagten sie, wenn sie abends noch wach im Bett lagen und das Licht aus war: »Gehen Alche.« »Arlorn.« »Ja, Arlorn.« »Ja, Alche.«

Arlorn war der Edelsteinschmuck, den Gehzuruh im Bart trug. Gehen Alche war das silberne Moos, das im Paradies von den Bäumen hing.

Sie hob den Unterarm an die Nase und sagte: »Der Fleck in meiner Haut riecht komisch.« »Wie?« »Wie ein Regenwurm.«

»Gut oder schlecht?« »Das kommt drauf an. Willst du mal riechen?« »Pfui Teufel. Wer weiß, wo der schon überall rumgekommen ist.«

Johannes und Miriam.

»Müde bin ich, Gehzuruh, mach die müden Äuglein zu. VAter, lass die Augen dein über meinem Bette sein. Hab ich Unrecht heut getan, sieh es, lieber GOtt, nicht an. Mache DU durch CHristi Blut allen meinen Schaden gut.«

Das war auch eine Möglichkeit, dass mit Blut alles wieder gut gemacht wurde.

»Und wenn der Engel Gabriel kommt und uns mitnimmt?« Der Engel Gabriel hatte lange Haare und ein langes Schwert. Johannes sagte: »Er ist eine Frau.« Miriam sagte: »Er ist ein Mann. Sonst würde er Gabriele heißen, und ein Schwert hätte er auch nicht.« »Quatsch mit Soße und dreimal draufgeschissen.«

»Und wie stellst du dir das Entschlafen vor?« »Ich weiß nicht. Wie das Einschlafen.« »Oder wie auf einem Schlitten. Man schläft bis ans Ende. Dann kommt eine Mauer und das Gottesfeld.« Endschlafen. So hieß das für ihn in der Nacht, wenn das Licht aus war. Miriam schlug die Decke zurück und stand noch einmal auf. Sie stellte die Hausschuhe noch ordentlicher vors Bett. Das konnte sie in der Dunkelheit. Sie hatte Übung.

4

Am Tag, als in der sechsten Klasse im Biologieunterricht die Rollläden heruntergingen, langsam und surrend, begann die Trennung. Er blickte auf die Dias, die vor ihm, die vor ihnen aufleuchteten, und er hörte die Stimme aus dem Lautsprecher. Von einer Schallplatte kam diese Stimme. Es war die Männerstimme der Wissenschaft, die aus dem Dunkeln tönte und erklärte, was er sah, was sie sahen. Ihm war heiß, weil er auch alles war, was er auf den Bildern vor sich sah. Dass er auch alles war, was er sah, war in Ordnung. So kannte er sich. So ungefähr wenigstens. Und dass die anderen es sehen konnten, damit konnte er sich abfinden. Das ging. Von ihm aus. Das durfte so sein. Aber sie war auch alles, was ihnen gezeigt wurde. Jedes Bild. Nackt. Mehr als nackt. Die Bilder gingen in sie. Sie zeigten, wie sie innen aussah. Er blickte. Er starrte. Er hörte die Worte, die aus dem Plattenspieler kamen. Ihm wurde noch heißer.

Den Aufgaben entsprechend, welche die Natur der Frau zugewiesen hat, ist der weibliche Körper sowohl in seinem Aufbau als auch in seiner Funktion geschaffen. Im Körper der Frau wird der neue Mensch gebildet und reift dort zur Lebensfähigkeit heran. Damit dieser Vorgang ungestört vor sich gehen kann, liegen die weiblichen Geschlechtsorgane gegen äußere schädliche Einflüsse gedeckt in der Beckenhöhle, die von festen Knochen umgeben ist. Die inneren Geschlechtsorgane der Frau bestehen aus den Eierstöcken, den Eileitern, der Gebärmutter und der Scheide. Die Eierstöcke sind die Behälter der weiblichen Keimzellen. Sie bestehen aus zwei bohnenförmigen Körpern, welche links und rechts von der Gebärmutter an der rückwärtigen Wand des breiten Mutterbandes befestigt liegen. Sie bestehen aus einem inneren Mark, das Blutgefäße und Nerven enthält, und einer äußeren Rinde, welche zahllose kleine Kügelchen, die sogenannten Primärfollikel, beherbergt, und in diesen Primärfollikeln liegt das menschliche Ei. Dieses ist ungefähr 0,2 Millimeter groß und besteht aus der Eihaut und dem Eidotter. Im Eidotter befindet sich das Keimbläschen mit dem Keimfleck. Sämtliche Eier sind bei der Geburt bereits vorhanden und werden im Leben nicht mehr gebildet. Ihre Zahl wird ungefähr auf 60.000 geschätzt. Das weibliche Becken wird von einem breiten Band, dem sogenannten Mutterband, durchzogen.

Als die Neonröhren wieder anflickerten, die Stunde vorbei war und sie wieder hinausrennen durften, blieb er sitzen. Er wollte mit niemandem reden. Er wollte niemanden sehen. Er wollte keine Witze hören. Er wollte nur sitzen bleiben und niemanden und nichts sehen. Auch sie wollte er nicht sehen. Gerade ihr wollte er nicht begegnen. Immer wieder hatte er Worte gehört, die er nicht verstand. Worte, die zu ihr gehörten. Zu ihrem Körper. Es gab nichts Genaues. Aber es gab auch nichts Gemeinsames. Was sie zwischen den Beinen hatte, war völlig anders als das, was er zwischen den Beinen hatte. Sie waren so verschieden, dass es unvorstellbar war, dass sie einander je hatten nahe sein können.

Durch den äußeren Muttermund ragt die Gebärmutter mit der sogenannten Portio in die Scheide herein. Diese ist ein Schlauch, dessen vordere und rückwärtige Wand sich unter normalen Verhältnissen berühren, welcher gegen die Körperoberfläche hin zwischen den zwei großen, beziehungsweise kleinen Schamlippen mündet. Bei Jungfrauen ist die Scheide durch ein Häutchen, das Hymen, geschlossen.

Unterschiede. Er erinnerte sich, dass es in ihrem Zimmer, seit sie ein eigenes Zimmer hatte, anders roch. Das war ein Unterschied, den er bemerkt hatte. In ihrem Zimmer war ein Geruch, der eine Mischung war aus Puder, dem Weichspüler, den sie für ihre Wollsachen benutzte, dem Apfeltee, den sie trank, und der Dispersionsfarbe, mit der sie alle paar Monate ihr Zimmer neu strich. Ockergelb. Vergissmeinnichtblau. Zinnoberrot. Bei ihm roch es normal. Sein Zimmer hatte keinen Geruch.

Er sah, wie er allein in ihrem Zimmer stand. Es musste der Anfang des Schuljahres sein. Er wollte nachschauen, ob Miriam morgen für die erste Stunde etwas in ihrem Stundenplan stehen hatte.

Sie schrieb im Unterricht aufmerksamer mit als er. Sie bekam bessere Noten. Er war schneller im Sport und besser im Witzemachen. Er brachte die Klasse zum Lachen. Oft. Nur den Pfarrer brachte er nicht zum Lachen. Johannes hatte nicht schnell genug mitgeschrieben, als der Klassenlehrer den Stundenplan diktiert hatte. War morgen in der ersten Stunde Religionsunterricht für die Katholiken? Und für sie, die so genannten Freikirchler, die mit den Evangelischen ihren Religionsunterricht hatten, am Montag in der sechsten Stunde? Johannes stand da in ihrem Zimmer und suchte nach dem Stundenplan und roch ihre Gerüche. Dass sie anders roch als er, war ihm klar. Aber wie? Miriam war nicht Dispersionsfarbe, nicht Apfeltee, nicht Weichspüler. Sie war auch nicht nichts. Sie hatte einen Geruch. Doch welchen? Gehen Alche.

Das erste Auftreten der Menstruation beim heranwachsenden Mädchen zeigt an, dass die Eierstöcke ihre Tätigkeit bereits aufgenommen haben und befruchtungsfähige Eier erzeugen. Das junge Mädchen tritt in den monatlichen Zyklus ein, und alle vier Wochen wird ein Ei reif und wandert in die Gebärmutter. Der Vorgang spielt sich folgendermaßen ab: Wie wir schon gehört haben, liegt das Ei in einem Bläschen, dem Primärfollikel. Wenn das Ei zu reifen beginnt, wird der Follikel immer mehr an die Oberfläche des Eierstockes gedrängt, wölbt sich dort vor und platzt nach Beendigung der Reifung, ungefähr am zwölften Tage. Das Ei wird frei und wandert in die Gebärmutter.

Was bist du mir?
Du, meine Seele.
Wann bist du mir?
Immer schon.
Wie lang bist du mir?
In Atem und Augen, in Ein und Aus, in Heute und Morgen.
Immer schon.

5

Die rot-weißen Turnschuhe hatte die Frau neben der Eingangstür ausgezogen. Sie standen auf einem schwarzen Schuhabstreifer. New Balance – rot und weiß und sportlich. Sie waren kleiner, als er es bei ihrem Körper erwartet hatte. Er blickte wieder zu ihr und verglich ihre Turnschuhe mit ihren Füßen.

Alles war schwarz an ihr – bis auf die Hände. Auch die Socken waren schwarz. Die Füße waren tatsächlich klein. Sie beugte sich vor, richtete sich auf, beugte sich vor. Neben ihr lagen auf zwei Stühlen eine Lederhandtasche und ein Plastikkoffer. Beide schwarz. Sollte er seine Schuhe auch ausziehen? Gehörte sich das hier so? War es ein Zeichen des Respekts, wenn er seine Schuhe auszog? Schaden konnte es nicht. Schmerzen tat es auch nicht. Also beugte er sich vor, löste die Schnürsenkel, zog die braunen Halbschuhe von den Füßen und stellte sie auf die andere Seite des Schuhabstreifers. Vielleicht gab es bei Schuhen eine Männer- und eine Frauenseite. Er wollte Respekt zeigen. Er wollte nicht stören. Während er sie anblickte, bemerkte er, dass er nichts an ihr erkennen konnte, was ihm mehr über sie verraten hätte. Er war ein Analphabet in den Zeichen ihrer Kultur. Woher kam sie? Irak und Iran waren Möglichkeiten. Saudi-Arabien und Syrien konnte er sich vorstellen. Aber ebenso gut konnte sie aus Ankara oder Berlin oder Paris oder Zürich kommen. Oder aus Malaysia. Nicht einmal, ob sie Schiitin oder Sunnitin war, konnte er erkennen. Er wusste, entweder Schiiten oder Sunniten beteten so, dass ihre Stirn auf einen Stein aus Mekka traf, den sie sich auf den Gebetsteppich gelegt hatten. Aber waren es Schiiten? Waren es Sunniten? Er wusste nicht, auf welche Details er achten musste, um eine Schiitin von einer Sunnitin zu unterscheiden.

Religious Reflection Room. Wie hieß so ein Raum auf Deutsch? Andachtsraum? Religiöser Reflexionsraum? Gab es auf deutschen Flughäfen solche Religious Reflection Rooms? Oder gab es solch einen Raum nur im Flughafen dieser amerikanischen Stadt, wo Irak und Iran schon seit den Flüchtlingswellen vor vierzig Jahren zusammenkamen?

Ein leichter Schweißgeruch lag im Raum. Kam der von ihm? Kam der von ihr? Kam der von jenen, die vor ihnen hier gebetet hatten? Seinen Arm heben und riechen, ob dieser Geruch von ihm ausging, wollte er nicht. Die Bewegung hätte ein Geräusch verursacht, das sie gehört hätte. Es hätte sie gestört. Er blieb reglos stehen. Entfernt roch er Rosengeruch. In Istanbul hatte er diese Mischung aus Schweiß- und Rosengeruch zum ersten Mal wahrgenommen, überall, im Teppichboden des Hotels, in den Leintüchern des Bettes, im Nachtischgebäck, in der Kleidung des Hotelpersonals, in den Bussen nach Asien und auf den Fähren über den Bosporus. Kam sie aus Istanbul?

Er betrachtete die Stühle, die entlang der Wände standen. Die Bücher, die auf manchen lagen, karminrot, gebunden und dünn, waren Gebetsanleitungen. Es waren keine Bibeln. Prayer Book, stand auf den Buchrücken. Gehörten diese Prayer Books zu einer bestimmten Religion? Gab es in allen Religionen Gebete? Bei Christen und bei Muslimen gab es Gebete. Aber wie war es bei Hindus und Buddhisten? Nannten sie es beten, wenn sie in Meditation saßen? Nannten sie es Andacht? Es war ihm peinlich, wie wenig er wusste. Wenigstens etwas hätte er wissen müssen. Wie war es möglich, dass er bei all seinen Studien der medizinischen Anthropologie nicht mehr von den verschiedenen Religionen wahrgenommen hatte?

Aber jetzt war er hier: im Religious Reflection Room des Flughafengebäudes. Room Number 99. Islamisch, katholisch, jüdisch, protestantisch, baptistisch, buddhistisch, hinduistisch, methodistisch, amisch, hutterisch, Zeugen Jehovas, Mennoniten, Mormonen – alles war möglich in diesem Religious Reflection Room. Alles war erlaubt. Auch dass er mit dieser Unbekannten in diesem Raum war, dass er hinter ihr stehen und sie einatmen und dass sie ihm den Rücken zuwenden, dass sie vor ihm knien und so tun konnte, als sei er nicht da. All das war erlaubt.

Sie reinigte sich. Im Gebet. Im Knien. In der Andacht. In der Demut. Das wusste er. Die Säuberung des Denkens und das Hinwenden auf Ihn, auf Allah, waren Teil des Gebets. Das Gebet war ein Waschen – ein innerliches Waschen.

Frauen beteten in Moscheen hinter Männern. Das wusste er von Istanbul und von Bursa, jenem Ort am Ende der Seidenstraße, der ehemaligen Hauptstadt des osmanischen Reiches, wo er drei Tage zugebracht und Vorträge über die Medizin im osmanischen Reich gehört hatte. Eine Frau von hinten zu betrachten, während sie kniete und ihren Oberkörper immer wieder nach vorn beugte, wäre für Männer, die sich innerlich reinigen wollten, eine zu große Herausforderung gewesen. Also mussten die Frauen nach hinten. Frauen konnten offensichtlich, während sie den Männern von hinten bei deren Verbeugungen zusahen, ihre innerliche Reinigung durchführen.

6

An den fensterlosen Wänden standen in Großbuchstaben die Himmelsrichtungen: E, N, W, S. East, North, West, South. Die Frau betete nach Osten hin. Er stand im Westen. Er atmete im Westen und war ruhig. Auf den Stühlen an der Wand gen Osten hin lagen drei weitere Gebetsteppiche. Einer war blau und gelb, einer war braun und gelb, einer war grün und gelb. War gelb eine besondere Farbe? In grüne und gelbe Tücher waren in Bursa die Särge der osmanischen Herrscher eingewickelt. Immer wieder das Gelb. Hatte es eine besondere Bedeutung? Oder war es eine Farbe, die einfach herzustellen war?

Religious Reflection. Was waren religiöse Reflexionen? Bedeuteten sie, dass man hier beten musste? Durfte man auch die Bibel lesen? Durfte man Psalter laut vor sich hinsagen? »Lobe den HErrn, meine Seele, und was in mir ist, SEinen heiligen Namen.« Galt Nachdenken auch als Reflexion? Und tiefes Atmen? Galten Yogaübungen als religiöse Reflexionen?

Der Raum bot viel freie Fläche. Das würde gehen. Sie könnten hier beide ihre Reflexionen machen. Sie gen Osten auf den Knien. Er gen Westen auf den Füßen. Er zog das Jackett aus und knüpfte die Krawatte auf. Er musste die Krawatte ausziehen, wenn er Yogaübungen machen wollte.

Steif wie er war, hatte er in den letzten Jahren zunächst zögerlich, dann mit schwindendem Widerstand angefangen, in Yogastunden zu gehen. Mehr schlecht als recht bewegte er sich. Er hielt die Positionen ungenau. Es knirschte und zwickte in jedem Gelenk, und die Knochen wollten sich nicht bewegen. Er unterdrückte das Stöhnen, so gut es ging. Er atmete. Die Damen in der Yogastunde erreichten mühelos ihre Zehenspitzen, sogar mit den Handflächen. Er schaffte dieses Kunststück selbst nach drei Jahren nicht. Doch mit der Zeit begann er, sich im Atmen und Dehnen, im Zerren und Zurren mehr zuhause zu fühlen. Er wurde ruhiger.

Bevor er sich in die Hundeposition bückte, schaute er sich noch einmal um. Die Frau kniete immer noch an ihrer Stelle. Sie blickte weg von ihm. Das war ihm recht. Sie würde ihm nicht zusehen. Das beruhigte ihn. Es wäre ihm unangenehm gewesen, wenn sie ihm zugesehen hätte.

Vor der Hundeposition musste er sich strecken und dehnen. Er bückte sich mit Schwung und erreichte tatsächlich kurz mit den Fingerspitzen die Fußspitzen. Dann schnellte er wieder nach oben. Er war steif. Er würde für den Rest seines Lebens steif bleiben. Aber es war schon besser geworden mit ihm. Das spürte er, auch wenn er noch weit davon entfernt war, beweglich zu sein. Es war sinnlos, sagte er sich, sich in den Yogastunden immer wieder mit denen zu vergleichen, die sich wie Gummi bewegen konnten. Aber er konnte nicht anders. Er bewunderte diese flexiblen Körper. Er beneidete sie. Bei ihm tat alles weh. Er bückte sich. Er richtete sich auf. Er fluchte leise. Er atmete. Er atmete tief ein, atmete tief aus. Darin war er

Meister. Atmen konnte er. Und leise fluchen konnte er während der Yogaübungen. »Shoot.« Das ließ er zu. Das durfte sein. Das entspannte. »Damn.«

Er setzte sich auf den industriellen Teppichboden. Es gab keinen Ort in diesem Flughafen, der ruhiger gewesen wäre. Zwei Stockwerke unter ihnen waren Hugo Boss, Starbucks, Ralph Loren, Salvatore Ferragamo, Estée Lauder, Cartier, Louis Vuitton. Da lebten die Musik und die Gerüche und die Beleuchtungen, die Kunden anlockten. Dort lebten Leder, Parfum und Kreditkartenterminals. Er spürte, wie sehr er dieses Atmen mit geschlossenen Augen brauchte. Alles war so schnell gegangen. So schnell war er noch nie transatlantisch abgereist. Innerhalb von zwölf Stunden.

Er saß mit verschränkten Beinen auf dem Boden. Schneidersitz, hatte das früher bei Miriam und ihm geheißen. Nun hieß es Lotussitz. Es war dasselbe. Doch jetzt war dieses Sitzen für ihn, wie wenn sich zwei Krummsäbel miteinander verschnüren sollten. Er zog am einen Knie, dann am anderen. Unterdrückte ein Stöhnen. »Fuck.« Schließlich saß er da, steif und aufrecht. Im Rücken und in den Hüften zerrte es. Er hielt die Augen geschlossen. Er legte die Hände ineinander. Das dritte Auge an der Stirn. Er atmete. Jetzt, wo er die Augen geschlossen hielt, sah er die Lampen an den Wänden genauer. Hinter braunen Blenden gaben sie ihr Licht zur Decke hin frei. Indirekt. Die Blenden hatten eine Marmormaserung. Aber sie waren aus Plastik. Er sah, während er mit geschlossen Augen dasaß, dass es in diesem Raum kein Kreuz gab. Es gab keine Bibel. Es gab keinen Halbmond. Und er hörte den Körper der Frau, der sich bewegte. Er spürte die Frau. Noch ein paarmal atmete er ein und aus und ließ sich durchfluten von dem, was er einatmete. Rosenduft, Himmelsrichtungen, Lampenblenden, gedämpftes Licht, Schweiß. Er betete nicht. Er atmete. Mit geschlossenen Augen. East, North, West, South. Er spürte den Atem in sich. Er legte sich auf den Rücken und streckte die Beine lang aus. Geben und Nehmen. Langsam. Ein und aus. Er gab ein Stück von sich an die Welt ab und nahm ein Stück Welt in sich auf. Was dachte die Frau? Was ging in ihr vor, wenn sie betete? Sah sie Bilder vor sich? Sah sie Wasser? Sah sie Licht? Sah sie einen goldenen Kreis? Sah sie ein bärtiges Gesicht? Sah sie Männer? Sah sie Kinder?

Er atmete. Tief. Ein. Und aus. Was bedeutete Andacht im Islam? Gab es das Wort? Wie praktizierte man Andacht in einer Synagoge? Was sagten Native Americans? Er war ruhig. Er atmete. Tief. Ein und aus. Er schlief ein. Er spürte es. Und er ließ es geschehen. Nur schnarchen, dachte er, durfte er nicht. Das hätte gestört. Schnarchen gehörte zu keiner Andacht.

7

Wie war es möglich, dass er sie nie gefragt hatte, wie alles für sie war? Weshalb hatte er sie nie gefragt, wie es für sie war, wenn ein Junge sie ansprach? Wie es für sie war, wenn sie sich in einen Jungen verliebte? Was ging in ihr vor? Was dachte sie? Was, meinte sie, war möglich und was nicht? Konnte sie den Jungen anblicken? Ihn ansprechen? Atmete sie schneller? Schaute sie nach innen und nicht mehr nach außen? Hatte sie Angst? Senkte sie den Blick? Stellte sie sich an einen Platz, wo sie hoffte, von ihm wahrgenommen, von ihm angesprochen zu werden? Oder genau das Gegenteil? Versteckte sie sich?

Und welche Worte benutzte sie? Welche Worte dachte sie? Ausgehen? Einander sehen? Miteinander etwas unternehmen? Einander nahekommen? Glück haben? Oder gab es andere Worte bei ihr, in ihrer Welt? Umeinander werben? Um sie anhalten? Sie wollen? Sie nehmen wollen? Er konnte es sich nicht vorstellen. Eines Tages war bei ihm ein Brief eingetroffen: »Matthias und ich werden heiraten. Ich weiß, wie schwer es Dir fallen würde. Du brauchst nicht zu kommen, wenn Du nicht willst. Aber wir würden uns freuen.«

Er hatte ihnen ein Teeservice von der Töpferin im Dorf geschenkt – und war nicht gekommen. »Ich wünsche Euch alles nur erdenkliche Gute. Möget Ihr glücklich miteinander werden.«

Platituden. Je platter er in der Sprache bleiben konnte, desto weniger musste er von sich preisgeben. Desto weniger musste er über sich und sie, über seine Welt und ihre Welt, über seinen Körper und ihren Körper nachdenken. Also blieb er bei den Poesiealbumsätzen: Viel Glück und viel Segen auf all Deinen Wegen! Poesiealbumsätze konnte man von sich geben, ohne dass sie einen berührten. Man wurde nicht anders durch sie. Man musste sich keine Gedanken machen. Und so hatte er es gemacht: die Sätze hingeschrieben, in den Umschlag gesteckt und abgeschickt. Zwei Minuten später hatte er alles wieder vergessen.

Er hatte gemeint, er hätte es vergessen. Jetzt bemerkte er, wie wenig er es vergessen hatte: die Worte, hinter denen er sich vor ihr und ihrer Welt versteckt hatte. Jahrzehntelang.

Worte. Bei ihm war es sein Spitz, sein Rolle, sein Gießkännchen, sein Dingsda. Was war es bei ihr? Da hatte es kein Wort gegeben. Es war, als sei es ein langes, schmales Nichts gewesen. Unaussprechlich. Scheide hieß es in der sechsten Klasse. Das war ein schlimmes Wort. Scheide. Scheidung. Und wie noch? Er konnte sich kein anderes Wort denken. Es hatte kein anderes Wort gegeben. Es war ein Bereich, den Worte mieden. In der Familie hatte es keine entspannten, witzigen Worte dafür gegeben. »Jetzt lass dein Gießkännchen auch mal wieder in Ruhe.« Das hatte ihm gegolten. Darüber hatte man lachen können. Wann hatte sie ihren Kitzler entdeckt? Wer hatte ihn zuerst berührt? Sie? Oder jemand anders? Hatte sie gedacht, ein erwachsener Penis sei zwanzig Zentimeter lang und werde, wenn er sich versteifte, noch länger? Hatte sie Angst vor dem, was auf sie zukam? Welche Beziehung hatte sie zu ihrem Körper »da unten«? War alles für sie »ganz normal« oder wollte sie besonders sauber sein? Was war natürlich? Dachte sie: »Ich mag meine Furche.«? Oder dachte sie: »Mich ekelt's immer ein bisschen vor mir. Ich weiß, es sollte nicht so sein. Aber so ist's halt nun 'mal.«?

Was hatte sie sich vom ersten Mal erwartet? Er war sicher, dass es mit Matthias gewesen war. Miriam war einundzwanzig. Er war der Richtige. Sie hatte auf ihn gewartet. Wahrscheinlich hatten sie nicht bis zur Hochzeit gewartet. Die Liebe war die Bestätigung, dass er der Richtige war. Das Gefühl hatte sie geführt. Und dann? Was hatte sie gespürt? War sie glücklich geworden? Wie hatte sie die Liebe getroffen? Hatte sie sich nur um Matthias gekümmert? Hatte sie auch süße Aufmerksamkeit erhalten? Matthias war sensibel. Zuvorkommend. Aufmerksam. Taktvoll. Respektvoll. Geduldig. Feinfühlig. Aufgeschlossen. Zu Worten hatte Matthias ein distanziertes Verhältnis. Aber Miriam hatte sich in einen guten Mann verliebt. Miriam hatte einen guten Mann geheiratet.

Was erwartete eine Frau, die in diesem Dorf aufgewachsen war, vom ersten Mal? Eine Zusammenkunft in JEsus? Eine Vereinigung in IHm? Einen Segen und ein Gesegnetsein in SEiner Güte und Barmherzigkeit? Eine Andacht und einen Segensdienst in IHm? Und wenn es zur großen Vereinigung kam, so war es ein Gesegnetwerden der Seelen durch IHn? Die Lösung der Spannung – die Erlösung in IHm? Im Schoße der heiligen Ehe? War die Jungfernschaft ein Geschenk, das sie IHm zum Opfer brachte und das zu einem Segen wurde? Ein Geschenk, das Miriam IHm und ihm machte? Hatte sie Erwartungen? Dachte sie, sie würde in diesem Moment zu einer Frau? War es ein Hineinerleben in das Geschenk eines möglichen Kindes? »Ich will ein Kind von dir.« In IHm. Mit IHm. Das Wunder der Schöpfung. In SEinem Heiligen Namen.

Da war eine ganze Welt, in der alles, was ihr passieren konnte, passierte. In IHm. Weil alles in IHm und durch IHn geschah – wenn man es zuließ und wenn man in einem Zustand der Gnade war. War etwas nicht erfüllend, dann lag das nicht an IHm oder an ihm, sondern am eigenen Zustand, in dem man IHn nicht richtig empfing und aufnahm. Es galt dann, sich im Gebet zu läutern, sich zu öffnen, damit man bereit war für ihn, in IHm. In SEinem Segen. Bereit für den Segen. War es so gewesen für sie?

8

Der Vater kitzelte die Schwester durch. So nannten der Vater und Johannes das: »Jetzt wird sie durchgekitzelt.« Manchmal half Johannes dem Vater. Dann kitzelten sie ihr den Bauch, bis Miriam vor Lachen Tränen weinte. Das war lustig. Miriam gefiel es, durchgekitzelt zu werden. Sie sagte: »Ich kann gar nicht mehr vor lauter Lachen.« Sie keuchte, sie schluckte, sie wischte sich Tränen aus den Augen und holte immer wieder Luft. Laut. Keuchend. Atmen musste sie. Sich wiederfinden nach all dem Lachen musste sie. Ihre Augen leuchteten, und sie schaute den Vater und sie schaute Johannes an. Das war Nähe. Was sich liebte, das neckte sich. Nicht, dass er, Johannes, so hätte geneckt werden wollen. Er wollte von nichts und von niemand gekitzelt werden. Er hätte sich gewehrt, wenn das jemand bei ihm versucht hätte. Er hätte sich stark gemacht. Er hätte um sich geschlagen, wenn es nötig gewesen wäre. Aber er war er, und Miriam war Miriam.

Das Necken zerriss Grenzen. Schuf ein neues Wir. Im Kitzeln. Im Lachen. Und dass da auch ein bisschen Muskelkraft mit im Spiel sein durfte, machte alles noch schöner. Es gab eine andere Macht, die auch zur Macht der Liebe gehörte. Gewalt. Lachen. Nachdem sie durchgekitzelt worden war, waren alle zufrieden. Das Lachen war ein Glück der Kindheit.

Alle Mädchen im Dorf wurden durchgekitzelt. Die Kindergesichter lachten gern. Es war eine Freude, die ER, DEr alles geschaffen hatte, seinen Kindern schenkte. Auch dieses Lachen lag in SEinem unergründlichen Ratschluss.

Wenn sie Miriam durchkitzelten, verzog sich ihr Gesicht, verzog sich ihr Mund. Da ging ihr ihr Gesicht verloren. Und der Körper zitterte. Sie wurde immer wieder neu. Es war ein Geschenk, vom Vater und vom Bruder, an sie. Sie hatten sie gern. Das zeigten sie ihr. Indem sie sie lachen ließen. »Jetzt bist du dran, du kleine Kröte.« Und dann war sie dran. Sie tat, als wolle sie weglaufen. Aber das half ihr nicht. Sie wurde gefangen. Sie wurde festgehalten. Die Fingerspitzen von Vater und Bruder wurden lebendig auf ihrem Bauch, auf ihrem Rücken, an ihren Nieren. Und sie wand sich. Sie wollte sich befreien. Aber sie durfte sich nicht befreien. Sie durfte lachen. Immer weiter durfte sie lachen. Nichts als lachen. Und weiter.

Sie nannten einander »Bubbu« und »Bibbi«, »Uhu« und »Uhi«, »Auflauf« und »Nudel«. Bruder und Schwester, Mann und Frau. Eine seltsame Helle war in Miriam. Das spürte er. Sie war stärker als die Welt. Sie lebte in einer eigenen Welt. Nur durchs Kitzeln konnten sie ihr in ihrer Welt näherkommen.

Miriam blieb in einer anderen Welt, in einer anderen Liebe. Sie blieb in der Welt der Seelenliebe, der Wortliebe, der Rätselliebe, der körperlosen Liebe. Sie und er. Das Wir von morgen. Gekitzelt. Gespiegelt. Gespielt. Ineinander und durcheinander. Die Welten. Ihre und seine.

9

Ein Mädchen durfte, wenn es in der Zeit war, keinen Rosenstrauch berühren, sonst ging der Rosenstrauch ein. Ein Mädchen durfte, wenn es in der Zeit war, keine Früchte einmachen, sonst verdarben die Früchte. Ein Mädchen durfte, wenn es in der Zeit war, keinen Myrtenstrauch pflanzen. »Wer Myrten baut, wird keine Braut.« Ein Mädchen durfte, wenn es das erste Mal in der Zeit war, das Hemd nur mit kaltem Wasser waschen und dieses Wasser nur an einen Rosenstrauch gießen, damit es sein Leben lang ein rotes Gesicht behielt.

All das wusste er. Er wusste auch, dass sie fror, wenn sie in der Zeit war. Sie war dann noch mehr allein.

»Woher wollt ihr wissen, wer ich bin?«, brüllte sie.

»Wenn du so etwas sagst, liegt kein Segen darauf«, sagte der Vater, der von allem nichts wusste.

Miriam rannte hinaus. »So ein Arschloch.«

Sie rannte in ihr Zimmer und zog sich um. »Lass mich in Ruh«, rief sie, als Johannes an die Tür klopfte. Sie wollte allein sein. Aber er wusste, dass sie nicht allein gelassen werden wollte. Er klopfte wieder. So, wie er klopfte, wusste sie, dass er es war. Zweimal weich klopfen, dann eine kurze Pause, wieder zweimal weich klopfen, wieder eine Pause, und ein drittes Mal. Mit jedem Doppelklopfen ließ er den Ton weicher und fragender werden. Als sie nicht antwortete, öffnete er langsam die Tür. Als sie nicht aufblickte, ging er hinein. Er setzte sich aufs Bett; er setzte sich neben sie.

Einmal hatten sie gemeint, der Herr JEsus blicke durch das Dachfenster in ihr Zimmer herunter und schaue, ob sie die Schnörkel im Schönschreibheft richtig gemalt, ob sie die Schuhe ordentlich vors Bett gestellt, ob sie der Mutter geholfen und nicht gelogen hatten.

Johannes sagte: »Weißt du noch, als ich die zwei Zehnpfennigstücke aus dem Muttergeldbeutel genommen und in der Bäckerei zwei Gummicolaflaschen gekauft habe?«

Miriam sagte nichts.

Haribo. Cola. Es war der Geschmack der Welt. Sie und er. In der Welt war die Versuchung. Die versuchten sie. Je schwärzer sie war, desto besser schmeckte sie. Sie saugten das Schwarz aus den Colaflaschen. Er war schneller als sie. Er war stärker als sie.

Sie sagte: »Es ist einfach nicht fair.«

Er musste ihr recht geben.

Sie blickten durchs Dachfenster in den Nachthimmel. »Irgendwo gibt es auch noch den Heiligen Geist«, sagte sie. »Aber alle, die da oben wohnen, haben nie ihre Tage.«

Er sagte: »Der Heilige Geist kommt als Taube.«

»Aber nur auf die Häupter der Auserwählten. Ein Mädchen ist noch nie auserwählt worden.«

Sie hatte recht. Er würde einst zu den Auserwählten zählen, sie, Miriam, nicht. Der Heilige Geist war noch nie aufs Haupt einer Frau gekommen.

Er sagte: »Doch, aufs Haupt der Maria und der Elisabeth.«

»Aber nur, weil sie Jungen in sich trugen.«

Er sagte: »Du und ich, wir gehören zusammen.«

Sie sagte: »Ja, jeder für sich. Das ist nun einmal so.«

Sie waren ein großes Atmen, ein großer Rhythmus, der eigene und der des anderen. In ihr und in ihm.

Johannes sagte: »Lass ihn doch. Der Vater kann nichts dafür. So ist er eben.«

Er spürte die Wirkung seiner Worte. Er spürte ihre Augen. Gehen Alche. Er sagte »Arlorn.«

Sie sagte: »Immerhin scheint die Sonne.«

Er sagte: »Du bist die schönste unter den Menschenkindern, voller Huld sind deine Lippen, wahrlich, GOtt hat dich gesegnet.«

Sie sagte: »Ich spüre die Sonne. Warm und kalt zugleich.«

10

Gemeinsam sagten sie: »Ich glaube, dass mich GOtt geschaffen hat; dazu Kleider und Schuh, Essen und Trinken, Haus und Hof, Weib und Kind, Acker, Vieh und alle Güter. Das ist gewisslich wahr.«

Sie wuchsen in einer Zeit auf, die glaubte, wenn man alle Nebenflüsse des Neckars auswendig aufsagen konnte, bekäme man eine Eins, die glaubte, wer eine Eins bekam, war sehr gut, die glaubte, darauf könne man sich verlassen und auch darauf, dass wer eine Eins bekam, sich nicht mit dem Messer in die Unterarme schnitt.

Miriam versteckte die roten Linien unter langen Ärmeln. »Wenn es weh tut, tut es gut«, sagte sie.

Im Beten gaben sie sich hin. Wenn sie beteten, waren sie eins. Sie hörten sich. Sie erfuhren den VAter, den SOhn und den HEiligen Geist. ER fühlte sich seltsam an. Wie etwas, das sie gegessen hatten. ER war in ihnen. Drei war drei und drei war eins. Diese Rechenaufgabe löste jedes Kind im Dorf. Mühelos.

Alles war möglich in dieser Logik. Alles stand in SEinem unergründlichen Ratschluss. Man musste es nur annehmen.

Der HErr wollte nicht, dass sie so viel Schokolade und Gummibären aßen. Das sagte die Mutter. Wenn Johannes und Miriam etwas wollten, was dem HErrn nicht gefiel, war der Feind in ihnen. Der musste bekämpft werden. *Wer vom Teufel frei ist, dem widerstreben die Gebote des HErrn nicht.* So sprach die Mutter, die wusste, was dem HErrn gefiel und was dem HErrn missfiel. Immer.

Der HErr führte. Der HErr liebte. Deshalb fügte der HErr Schmerzen zu. Schmerzen waren Prüfungen. GOtt schuf den Schmerz. Und ER sah, dass es gut war. Der Schmerz war Führung. Wenn es nicht wehtat, war es eine Führung des Teufels. »Wenn du das noch einmal machst, musst du eine Tafel Schokolade essen!« Das war die Strafe des Teufels. Man musste etwas verlieren, damit die Lektion vom HErrn kam. Man musste seine Schmerzensfreiheit verlieren, damit man GOtt spürte. Wer IHn erfuhr, war gesegnet.

Er sagte: »Rems, Murr, Steinbach, Lein, Enz, Kocher, Jagst.«

Sie sagte: »Ich will gar nicht wissen, wieviele du vergessen hast.«

Er sagte: »Wenn du den Zipfelbach meinst, den hab' ich mit Absicht weggelassen.«

Sie lachte. Und er spürte ihr Lachen. Es war hell. Es war gut. Es war ein Geschenk. Solange sie lachte, schnitt sie sich nicht. Solange sie sich nicht schnitt, spürte er es nicht, wie sie sich schnitt. Er wollte weg von ihren Schmerzen. Von ihren Schmerzen, die sie sich selbst zufügte.

II

Es gab Moorseen im Dorf, und eine Kirche gab es, genannt Betsaal. Es gab sieben aus Nächstenliebe gegründete Einrichtungen: das Waisenhaus, die Trinkerheilstätte, die Gehörlosenschule, die Heilerziehungsanstalt, das Knabeninstitut, das Mädcheninternat und das Heim für Mehrfachbehinderte.

Alles und alle lebten im Sinn der Nächstenliebe. Im Dienst an Anderen wurde man IHm gerecht.

Der Richtspruch des Dorfes lautete: *Wer unter dem Schirm des HÖchsten sitzt und unter dem Schatten des ALlmächtigen bleibt, der spricht zu dem HErrn: Meine Zuversicht und meine Burg, mein GOtt, auf den ich hoffe.*

Jedes Kind konnte diesen Spruch auswendig aufsagen.

Alles, was in diesem Dorf geschah, lag in GOttes unergründlichem Ratschluss. Wenn etwas geschah, stand es den Menschen nicht an, SEine Weisheit zu hinterfragen. Lebensversicherungen waren verpönt. Wer vom HErrn heimgeholt wurde, durfte von dieser Gnade nicht auch noch profitieren wollen.

Denn ER errettet dich vom Strick des Jägers und von der tödlichen Pest. ER deckt dich mit SEinen Fittichen, und deine Zuversicht ist unter SEinen Flügeln.

Unter SEiner Hut lebte das Dorf. In SEinen Händen lebte das Dorf. Vier Straßen führten auf den Betsaal zu. Von Ost, Nord, Süd und West. Egal, woher man kam, der Weg führte direkt zum Haus des HErrn.

Es war eine gesegnete Gemeinde. Die Gemeinde war voll von GOtt. Die Gemeinde stand unter dem Schirm des HÖchsten, des ALlmächtigen, des SChöpfers des Himmels und der Erde. Bruder Nagel. Bruder Maiwald. Bruder Lerner. Bruder Dreher. Brüder gründeten das Dorf. Brüder bestimmten das Dorf. Brüder waren das Dorf. Unter der Hut des HÖchsten.

Das Dorf war eine männliche Zeugung. Das Dorf war eine Brüdergemeinde. GOtt, VAter, SOhn und der HEilige Geist.

Frauen waren keine Männer. Frauen waren keine Brüder. Frauen waren Mütter. Alle Mütter lebten streng im Dorf. Also redeten die Mütter, die Weiber waren, in der Gemeinde nicht. Sie gehorchten der Heiligen Schrift, die GOttes Wort war. *Der Mann ist des Weibes Haupt. Der Mann ist nicht vom Weibe, sondern das Weib ist vom Manne. Der Mann ist nicht geschaffen um des Weibes willen, sondern das Weib um das Mannes willen. Lasset eure Weiber schweigen in der Gemeinde. Es steht den Weibern übel an, in der Gemeinde zu reden.* Die Mutter glaubte. Die Mutter lebte streng.

Der Vater war ein Ältester. Er gehörte zum Ältestenrat. Sprach der Vater mit dem HErrn, wurde sein Mund spitz. »ALlmächtiger« und »EWiger« und »ZEbaoth« und »VAter«, sagte der Vater, wenn er mit dem VAter sprach. Sprach der Vater mit dem VAter, machte der spitze Mund seine Stimme hoch. Der Vater wurde zum Kind im VAter. Er liebte den VAter. »GOttes

Sohn«, »HEiland«, »lieber HErr, der DU für unsere Sünden gestorben bist, der DU sitzest zur Rechten GOttes«.

Johannes wollte weg von dem Spitzmaul.

»Führe mich, o HErr, und leite meinen Gang nach DEinem Wort.«

12

Miriam sagte: »Wir haben nur probiert, die Handbremse anzuziehen.«

Der VW Käfer hatte der Schwerkraft gehorcht und Bekanntschaft mit einem Grenzstein am Parkplatzrand gemacht. Krachend. Scherbend. Überraschend.

Obwohl auch das in GOttes unergründlichem Ratschluss lag, war der Vater nicht dankbar für diese Prüfung.

Wer nicht hören wollte, musste fühlen.

Johannes musste fühlen. Aus Liebe.

Nachher, als der Vater gegangen war, kam Miriam in sein Zimmer: »Tut's noch weh?«

»Nein, ich hab gar nichts gemerkt. Wirklich. Mich trifft er nicht, höchstens meinen Körper.«

Diese Trennung zwischen Körper und Seele hatte Johannes bei der Tante gelernt, die einen Krebs im Körper hatte. »Mir geht es gut. Wie es meinem Leib geht, ist eine andere Sache.«

»Du hättest ganz andere verdient«, brüllte der Vater. »Du hättest es hinter die Löffel verdient, nicht nur auf den Hintern.«

Verdienen. Etwas verdienen. Auch das gehörte zu diesem Dorf. Wenn der Vater ihm etwas gab, das er verdient hatte, staunte Johannes, weil dann die Zähne im Vatergesicht groß wurden. Es sah aus, als hätte er die Zähne eines anderen Wesens im Gesicht.

Miriam sagte: »Was spüren Tiere, wenn sie geschlagen werden? Hast du dich das schon mal gefragt?«

Schläge waren gängige Währung im Dorf. Bei Kindern und Vieh. Alles, was von GOtt, dem VAter, den Menschen anbefohlen worden war. In GOttes unergründlichem Ratschluss lag es. So wollte es GOtt. So wollte es GOttes Wort. So wollten es die Gemeindeältesten. So wollten es die Eltern. Schläge bedeuteten Ordnung. Schläge zählten. Schläge halfen der Seele. Wer geschlagen wurde, erfuhr SEine Güte und Barmherzigkeit. In Liebe.

Denn also hatte GOtt die Welt geliebt, dass er SEinen eingeborenen SOhn gab, dass ER Mensch werde und als Mensch leide. Auch GOtt ließ sich als SEin eingeborener Sohn, der ER auch war, schlagen. Er ließ sich Nägel durch Hände und Füße schlagen. ER ließ sich anspucken. ER ließ sich erlösen.

Und der HErr sah, dass es gut war.

Mit Mann und Ross und Wagen, hat sie der HErr geschlagen.

Johannes holte Luft, bevor es anfing. Er hielt die Luft an. Er machte sich klein. Er atmete aus, wenn es vorbei war. Im Ausatmen ließ er alles aus sich heraus. Auch das, was sich in seinem Körper angestaut hatte. Im Ausatmen trennte er sich von dem, was geschehen war. Es war gar nicht ihm geschehen. Es war jemand anderem geschehen. Es war vorbei. Gelobt sei, was hart macht. Ein Indianer kannte keinen Schmerz. Johannes war stärker als das, was da mit ihm geschah.

»Wer den Stock schont, schadet dem Kind«, hieß es im Dorf.

Manche Eltern mussten vom Pfarrer und von den Ältesten getröstet werden, wenn der HErr ihnen die Prüfung auferlegte, dass sie ihre Kinder lieben sollten. »Es ist nicht immer einfach, IHm gehorsam zu sein.«

SEine Güte und Barmherzigkeit währten ewiglich. Das durfte man nicht vergessen. Es ging um das ewige Leben.

Johannes und Miriam blickten durchs Dachfenster. Draußen war der Himmel. Draußen war es Nacht. Draußen hörten sie den Wind, der sich mit den Pappeln auf dem Nachbargrundstück beschäftigte.

Miriam sagte: »Dass der Grenzstein auch gerade an der Stelle stehen musste.«

Johannes sagte: »Genau. Der hätte auch ein paar hinter die Löffel verdient.«

Miriam lachte.

Johannes lachte. Er wusste, er würde eines Tages aus dem Dorf gehen. Weggehen. Verschwinden. Nach Amerika würde er gehen. Amerika war das Land, das schlug und nicht geschlagen wurde. Wer in Amerika war, wurde nicht geschlagen. Nicht vom Vater. Nicht von GOtt. Nicht von den Ältesten.

13

Sie sagte: »Soll er doch toben, der Alte.«

Nur das Atmen war noch da – und die Wärme der Bettdecke. »Willst du dich noch ein bisschen zu mir legen?«, fragte sie Johannes. Er legte sich neben sie. Er betrachtete die Tränen in ihren Augenwinkeln. Sie zog die Decke weit über sich und über ihn. Da waren sie allein.

»Pubertär.« Das war ein Vaterwort. Wenn der Vater »pubertär« sagte, war es ihm wohl, denn er meinte, wenn er ein Wort gefunden hatte, dann hätte er ein Verstehen gefunden, und das Verstehen war ihm ein Werkzeug des Trostes. Des Selbsttrostes. Im Verstehen fand der Vater seinen Atem. Im Verstehen fand der Vater die Ordnung der Welt. Der Vater meinte es gut, wenn er etwas verstanden hatte. Alles gehörte in SEine Ordnung, gelobet sei der HErr. So verstand der Vater die Welt. Alles war größer als man selbst. Alles lag in SEiner Hand. *So hoch der*

Himmel über der Erde, so hoch sind MEine Gedanken über euren Gedanken. Alles lag in SEiner Hand, in der man sich geborgen fühlen durfte. Geboren und geborgen. *Ich steh in meines HErren Hand und will drin stehen bleiben.*

Miriam legte Brahms in den Kassettenrekorder. Phantasien. Die Haare fielen ihr über die Schultern. Johannes schaute den Bewegungen ihres Halses zu. Der atmete. Es waren Mächte in ihm. Die Macht des Schluckens. Die Macht des Atmens. Die Macht des Sprechens. Die Macht des Singens. Miriams Atmen kam Mächtigem nahe. Er liebte sie. Er liebte ihren Hals. Er liebte ihr Atmen. Er liebte ihren Kampf gegen den Schmerz ihres Körpers. Er war bei ihr. Weit weg von allem.

Sie war stark, wenn es ihr kalt war.

Sie sagte: »Unser Alter hat doch keine Ahnung. Der lebt in einer Welt von vor zweihundert Jahren.«

Die Haare schwebten wie ein dünner Vorhang um ihren Hals. Der heilige Mund und die Töne, die ihr gehörten. Im Bett waren sie weit weg von allem und allen.

Sie waren Fremde – im Dorf und in der Welt. Sie waren Fremde voreinander und miteinander. Sie hießen Schneewittchen. Sie hießen Reh. Sie hießen Kuss. Sie hießen Kussi. Sie hießen Sternenhimmel. Sie richteten sich ein in ihrem Fremdsein. Gemeinsam. Miteinander.

Miriam roch nach Baby-Crème. Es war ein Geruch der Unschuld. Sie will zu mir, dachte er. Sein Herz zitterte. Das Dorf lag hinter ihnen. Es lag vor ihnen. Es lag neben ihnen.

»Alles in Ordnung?«, fragte Johannes.

»Klar. Bei mir ist immer alles in Ordnung«, sagte Miriam und lachte.

Das Leben lag vor ihnen. Sie waren ruhig. Alles Atmen ging auf in ihnen. Sie lachten miteinander. Sie drehten den Kopf zur Seite und blickten einander in die Augen.

14

Sprach der Vater mit GOtt, dann sprach er in der Sprache eines Mannes, der einen Mann liebte. GOtt war seine erste Liebe. Die Sprache der Liebe kam, wenn er mit seinem GEliebten redete, von tief in ihm. Sie berührte erst spät die Kehle. Es war seine Seelenstimme. Der Vater liebte IHn über alles. Seine erste Liebe war ein Gehorchen. *Wer Vater oder Mutter mehr liebt als MIch, der ist MEiner nicht wert; und wer Sohn und Tochter mehr liebt als MIch, der ist MEiner nicht wert.* Das war das erste Gesetz der Liebe. Ihr Vater wäre fähig gewesen, sie, wenn der HErr es von ihm verlangt hätte, auf einen Altar zu binden und ihnen mit einem Schwert den Kopf abzuschlagen. GOtt konnte so etwas verlangen. Und bei ihnen im Dorf gab es nirgends einen Widder, der plötzlich durchs Gesträuch gebrochen wäre und sie im letzten Augenblick gerettet hätte.

GOtt lebte in der Liebe. ER lebte in jedem Menschen. ER lebte in ihnen. GOtt war Mensch. Und Menschen, auch sie, Johannes und Miriam, waren ein Teil GOttes, ein Teil der lebendigen Liebe GOttes. ER war in ihnen. ER war sie. ER sagte: »Komm mit.« Sie schauten den Wolken zu, die übers Moor hereinzogen. GOtt sprach zu ihnen durch Menschenmund. Gefiel IHm etwas nicht, sprach ER zu ihnen durch Menschenmund. Dann redeten die Menschenmünder vom ALlmächtigen, vom EWigen, vom ZEbaoth und vom VAter. Dabei wurden die Münder spitz, die Worte kamen aus der Seele, die Stimmen wurden heilig. Dann sagten die Ältestenmünder durch ihre grauen Bärte, Bruder Lauer, Bruder Dorner, Bruder Maiwald, Bruder Nagel, was IHm nicht gefiel. Frösche quälen, einer Fliege die Flügel ausreißen, am Sonntag Fußball spielen. »Betet, dass ihr es nicht mehr tut. Bittet IHn innständig um SEine Vergebung.«

Johannes schaute den Spitzmäulern zu. Miriam schloss die Augen und hörte.

»Ihr Knechte, seid untertan mit aller Furcht den Herren, nicht allein den gütigen und gelinden, sondern auch den wunderlichen«, sagte das Spitzmaul Maiwald. Bruder Maiwald mochte es nicht, wenn man ihm, wenn er redete, aufs Maul schaute. Man sollte die Augen gesenkt halten, wenn das Spitzmaul Maiwald mit einem sprach. Eine Colaflasche aus der Bäckerei gestohlen. Die alte Bäckerin hatte es gesehen. Miriam konnte die Augen schließen und den Kopf senken. Sie hatte vor der Bäckerei gewartet.

Wenn sie die Colaflasche wenigstens hätten trinken können.

Haribo macht Kinder froh. Und Erwachsene ebenso.

»Bereut ihr aufrichtig?«

Sie nickten.

Die Seele war Teil vom IHm. Sie war hell und durchsichtig. Sie war ein weißer Nebel, der brennen konnte, ohne sich zu verzehren, der brennen konnte, ohne heiß zu werden. An Pfingsten tanzten die Seelen als Flammen auf den Häuptern der Jünger; die Jünger sprachen in Zungen, die alle Völker verstanden, weil sie in allen Sprachen der Welt sprachen. Der HEilige GEist war über sie gekommen. Der HEilige GEist war in tanzenden Seelenfeuern auf den Häuptern. Der HEilige GEist war eine tanzende Sprache.

Und weil die Seele ein Teil von IHm in einem selbst war und weil man zu IHm, dem HErrn, betete, war der Odem, mit dem man IHn anbetete, ein besonderer Odem. Es war ein Seelenatem. Er gehörte IHm. Er war eine unvorstellbare Nähe zwischen IHm und den Worten des Betenden.

In der Küche sang die Mutter, wenn es ein schwieriger Tag war, weil die Kinder vor den Ältestenrat berufen wurden: »SEine Güt und Wahrheit wäh-he-ret e-wig-lich.« Sie sang die Worte. Sie gab den Worten Atem. Wäh-he-ret. Und mit dem lang gedehnten E-wig-lich, das sie mehr hauchte als sang, ließ sich der Tag leichter ertragen. In IHm.

Weshalb blieben ihm die Schläge, die Miriam empfing, so klar in Erinnerung, während sich die Schläge, die er empfing, in einem Erinnerungsnebel auflösten. Die Schläge, die er empfing, waren Teil einer anderen Seele, die nicht IHm gehörte. Sie waren Teil der Trotzseele. Der Ichbinichseele. Der Ichwillwegseele. Der Amerikaseele. Die Schläge, die Miriam empfing, waren Hilferufe. Sie verletzten. Sie trafen. Sie blieben im Dorf. Sie blieben in Miriam. Sie blieben in Johannes. »Verdient«, sagte der Vater mit den großen Zähnen. »Verdient hast du es dreimal.«

Das sagte er in Liebe. In SEiner Liebe.

Gab es in der Bibel eine Stelle, wo ein Mann seine Frau oder seine Tochter schlug? Johannes erinnerte sich nicht. Miriam wurde geschlagen, wie er geschlagen wurde. Existierte das Schlagen von Frauen und Kindern in der Bibelzeit? Wurde es nicht erwähnt, weil es unwichtig war? Bileam schlug seine Eselin, er schlug sie noch mehr, und er schlug seine Eselin mit dem Stock. Da sprach die Eselin zu Bileam: »Was habe ich dir getan, dass du mich nun dreimal geschlagen hast?«

So wurde erwähnt, dass ein Tier, ein weibliches Tier, geschlagen wurde – und das Tier antwortete mit Menschenworten. Denn das Tier war ein Instrument GOttes.

Die Mutter sagte: »Eigentlich sollte ich dir den Hintern versohlen.« Miriam sagte: »Darfst ruhig ein bisschen sohlen, wenn du willst.« »Darfst ruhig ein bisschen sohlen.« Immer wieder sagte die Mutter den Satz. Im ganzen Dorf herum. Und lachte.

15

Das Universum war das Weltall. Das Weltall hatte Sonnen, Planeten, Horizonte. Auf einem dieser Planeten lebten Männer, Frauen, Kinder und Greise, Hunde und Katzen, Affen und Igel. Alles war da. Alles war einfach.

Bis es ans Segnen ging. Beim Segnen begann es, kompliziert zu werden. Alle wollten gesegnet werden. Aber es gab nicht genug Segen für alle. »Ich lasse dich nicht, du segnest mich denn«, erster Mose zweiunddreißig siebenundzwanzig. Es war das dreiundzwanzigste Mal, dass Segnen in der Bibel erwähnt wurde. Der UNbekannte rang mit Jakob, bis die Morgenröte anbrach. Und als ER sah, dass ER ihn nicht übermochte, schlug ER ihn auf das Gelenk seiner Hüfte, und das Gelenk der Hüfte Jakobs wurde über dem Ringen mit IHm verrenkt. Und ER sprach: »Lass mich gehen, denn die Morgenröte bricht an.« Aber Jakob antwortete: »Ich lasse dich nicht, du segnest mich denn.« ER sprach: »Wie heißest du?« Er antwortete: »Jakob.« ER sprach: »Du sollst nicht mehr Jakob heißen, sondern Israel; denn du hast mit GOtt und mit Menschen gekämpft und hast gewonnen.« Und Jakob fragte ihn: »Sage doch, wie heißest du?« ER aber sprach: »Warum fragst du, wie ICh heiße?« Und ER segnete ihn daselbst.

Ein Segen konnte erschwindelt werden. Denn ein Segen, der einmal ausgesprochen war, galt. Er konnte nicht mehr zurückgenommen werden. Auch wenn er erschwindelt wurde. »Bist du mein Sohn Esau?« Jakob sagte: »Ja, ich bin's.« Da sprach der Vater: »So bringe mir her, mein Sohn, zu essen von deinem Wildbrett, dass dich meine Seele segne.«

Und als der echte Esau später kam, war der Segen schon vergeben: »Dein Bruder ist gekommen mit List und hat deinen Segen weggenommen.« Esau sprach: »Hast du denn nur einen Segen, mein Vater?« Da antwortete Isaak, der Vater: »Siehe, du wirst wohnen ohne Fettigkeit der Erde und ohne Tau des Himmels von oben her. Von deinem Schwert wirst du dich nähren, und deinem Bruder sollst du dienen.« Und das, weil er zu spät gekommen und das Opfer eines Segensbetrugs geworden war. Esau, das Opfer, musste leiden.

All diese Worte lebten in einem Weltenraum, in den Mütter

und Schwestern nicht hineindurften. Der Segen blieb im Männerraum des Universums. Mütter konnten helfen, ihren Mann zu betrügen.

Oder vielleicht war es kein Betrug. Vielleicht war Jakob der Liebling des Vaters, und der Vater brauchte ein Alibi, um das zu tun, was er tun wollte: seinen Segen dem geben, dem er ihn geben wollte. Kannte Rebekka ihren Isaak? War es ein abgekartetes Spiel?

Rebekka sagte: »Der Fluch sei auf mir, mein Sohn; gehorche nur meinen Worten.« Da ging Jakob und holte Felle von Schafsböcken, mit denen Rebekka Jakobs Hände und den Hals, wo Jakob, der Muttersohn, glatt war, umwickelte. Blind war der Vater. Doch der Segen, war er einmal ausgesprochen, galt.

Glaubten alle Völker an eine Form des Segnens, an eine Form des Glücks des Gesegneten und eine Form des Unglücks des Verfluchten? »Ich lasse dich nicht, du segnest mich denn.«

16

Er ging an der Hoffnung vorbei, vorbei am Licht und am Schatten. Alle drei standen offen. Alle drei hatten einen eigenen Geruch. Die Hoffnung roch nach Speichel und Lysol, denn sie musste oft desinfiziert werden, das Licht roch nach alten Steinfliesen, denn das Gebäude diente als Speicher, und der Schatten roch nach Fotokopiermaschinen und Parfum, denn in ihm war die Verwaltung untergebracht. Und ein Stück weiter an der Straße kam die Töpferin. Deren Geruch kannte er in- und auswendig. Den roch er in sich, bevor er die Schrift »Töpferin – Um die Ecke« auf dem handgemalten Schild sah. Bei ihr roch es nass und erdig. Es surrte und brauste. Sie saß auf einem Schemel und hatte immer wieder gelbes Blut zwischen den Fingern, das sie formte und in die Höhe steigen ließ. Mit dem Handrücken wischte sie sich Haarsträhnen aus dem Gesicht und versuchte, sie sich hinters Ohr zu streichen, was ihr aber nur selten gelang, weil ihre Haare wild waren.

Maria hieß sie. Und Morgenröte. Sie ließ ihn zuschauen. Er durfte neben ihr stehen und Nässe und Erde riechen, wie sie lebendig zwischen ihren Fingern größer und kleiner, höher und runder wurden. Auf ihrer Scheibe zwischen den Beinen ließ sie die Ränder von Tassen und Kannen schnell in die Höhe fließen. Die dünnen Wände flossen tatsächlich nach oben. Und dann waren plötzlich, wenn das Messer kam, die Ränder auf halber Höhe weg. Die gelben Finger kneteten, was das Messer abgeschnitten hatte, zu einem gelben Blutklumpen und warfen ihn zurück zum anderen Blut in der Schüssel. Es war eine Form des Schlachtens, die hier mit dem Kreischen der Sandsteinscheibe und dem Messer stattfand. Nur war hier alles gelb, und niemand wurde an den Ohren hereingezogen und mit einem Schuss in die Stirn auf den Boden geworfen. Manchmal sagte die Morgenröte: »So, kommst du mich wieder einmal besuchen?« Und sie sagte: »Willst du mir eine Weile zuschauen?« Sie sah ihn gern. Bei sich. Neben sich. Meistens sagte sie nichts. Sie wusste, sie brauchte nichts zu sagen. Er durfte da sein – in der Nässe und in der Erde und im Drehen der Platte zwischen ihren Beinen. Und er schaute ihren Fingern, ihren Fingernägeln, ihren Handflächen und Daumenspitzen zu. Und er wollte ihre Haare riechen. Er wollte wissen, wie sie wirklich rochen. Aber da waren die Gerüche der Nässe und der Erde, der Geruch des gelben Blutes. Sich ganz nah neben sie stellen und ihre Haare riechen durfte er nicht. Eine Armlänge – das war die geltende Distanz im Dorf. Und über diese Entfernung konnte er ihre Haare in der Werkstatt mit all den anderen Gerüchen nicht riechen. Vielleicht war das überhaupt der Grund, weshalb man diesen Abstand im Dorf einhalten musste. Haareriechen war gefährlich. Im

Geruch der Haare begann die Hölle. Im Geruch der Haare wurde es heiß und sündig. Das spürte er. Deshalb war er hier. Deshalb stand er in der Werkstatt beim Formwerden des gelben Blutes.

Am Ende durfte er einen Teller machen, aber nicht auf ihrer Scheibe. Er gab sich Mühe mit seinem Teller. Sie sollte sich beim nächsten Mal wieder über seinen Besuch freuen. Sie sollte ihn segnen. Sie sollte den Teller segnen. Sie sollte sagen: »Ich glasiere ihn dir. Soll's wieder blau sein?«

Der kleine Junge und das Dorf. Dass die Morgenröte mit ihm verwandt war, war selbstverständlich, denn in diesem Dorf waren alle mit allen verwandt. Miriams Haare – er hatte nie an ihnen gerochen. Er konnte es sich nicht erklären. Er hatte nie an ihnen riechen wollen. Das bereute er. Aber es nachholen wollte er nicht. Es war zu spät. Die Augenblicke waren vorbei. Im Atmen. Im Schlafen. Ein und aus. Immer wieder. Ineinander. Miteinander. Durcheinander. Sie und er. Im Dorf. In diesem Dorf, das eine Sekte war.

17

Beim Beten war es, als stülpte sich etwas in ihnen um. Es waren Stimmen in ihrem Inneren. Die Stimmen sagten: »Ich gehöre ganz DIr; danke, dass DU mich willst, danke, dass DU mich annimmst, danke, dass DU mir gibst, was ich brauche.« Es waren ihre eigenen Stimmen, die sie umstülpten. Sie gehörten ihnen, und sie gehörten IHm. Von innen heraus.

Die Stimme des Vaters sprach beim Beten in einem Rhythmus. Wie dieser Rhythmus sich ergab, war die natürlichste Sache der Welt. Es war die Stimme, die sich mit IHm verband. Sie atmete einen Rhythmus, sie atmete ein Ja. »Führe mich, o HErr, und leite meinen Gang nach DEinem Wort.«

Tief fühlten sich die Stimmen im Gebet miteinander verbunden. Es waren ihre Worte, und es waren SEine Worte. In der Gemeinde. Im Gottesdienst. ER hielt sie in SEinen Händen. ER bewegte sie. ER führte sie. ER sprach. Durch sie. ER ließ sie einander fühlen. Sie waren SEine Stimmen. Sie waren SEine Sprecher. Sie waren SEine Jünger. ER lehrte sie, damit sie sich IHm öffneten und IHn willkommen hießen, damit sie SEinen HEiligen GEist, SEine Worte, SEine Gebote empfingen. Sie waren bei IHm. Sie waren in IHm. Sie waren mit IHm. ER schenkte SIch ihnen; und sie schenkten sich IHm. ER sah sie, wie sie waren. ER sah alles, was sie waren. ER blickte ihnen ins Herz. ER sah, was sie fühlten. ER sah ihre Lauterkeit. ER sah ihre Demut. ER sah ihre Treue. Und von dort her, wo ER sie sah und aufnahm, kamen ihre Stimmen. »Sei bei uns, lieber VAter im Himmel, führe uns in DEinem Geiste.« »Habe Dank, lieber VAter, dass DU uns wieder behütet hast. Habe Dank für unsere Gesundheit und für DEine Bewahrung in Anfechtung und Gefahr.« Manchmal sprachen die Stimmen Bitten aus. »Behüte uns.« »Sei bei uns.« »Und sei auch bei der Tante Mechthilde, die heute im Krankenhaus operiert wird. Und denke auch an den Pfarrer, wenn er morgen von der Kur heimkommt und gleich wieder predigen muss. Führe DU ihn.«

Nach dem Amen blickten die Augen überrascht auf. Nach dem Amen nahm man einander wieder wahr. Die Stimmen wurden strenger, wurden tiefer, wurden härter. Sie wurden die Stimmen, die wieder strafen konnten – in SEinem Namen, in SEiner Liebe, in SEiner Barmherzigkeit.

Dabei verhielt es sich seltsam mit der Sünde im Dorf. Sie war allgegenwärtig. Alle waren arme Sünder. Wer das nicht erkennen wollte, war verstockt und stand nicht im Glauben. Denn ER hatte SEinen eingeborenen Sohn dahingegeben, auf dass alle, die an IHn glaubten, nicht verloren würden, sondern das ewige Leben hätten. Wer die eigene Sünde nicht sah, konnte unmöglich IHn anerkannt haben und konnte unmöglich ins ewige Leben gelangen.

Alle waren sündig. Alles war sündig – der Körper, die Gedanken, die Augen, das Fleisch. »Vergib uns unsere Schuld, wie auch wir vergeben unseren Schuldigern.«

Sünde löste ein komisches Gefühl im Magen aus – wenn man wieder einmal gestohlen hatte: einen Zeringenast aus einem Garten an der Straße für Rahel, Gebäck aus dem Keller der Mutter, Haribocolaflaschen aus dem Glasbehälter neben der Kasse der Bäckerei.

Rahel, die Abiturientin mit den roten Haaren, sagte auf dem Jägerstand: »Man darf alles, nur nicht sich erwischen lassen.« Dann zog sie an der Zigarette und blies ihm eine Wolke ins Gesicht.

Sie schworen einander, sie würden eines Tages Blue Jeans anziehen, Mendocino, West Virginia's Country Roads, the City of New Orleans, Denver, Rocky Mountain High und California Dreaming sehen. Sie würden singen: »I sing it in the morning, all over this land.« Und sie würden sich der Grenzenlosigkeit dieses anderen Landes voller Hingabe öffnen.

18

Der Gehorsam in der Gemeinde wuchs im Körper. Körper und Gehorsam wuchsen gemeinsam. Sie wuchsen in Haut und Blut, in Fleisch und Haar. Sie wuchsen in Schmerz und Hoffnung.

Wer nicht hören wollte, musste fühlen. Das war der Hauptsatz der Liebe in der Gemeinde. Miriam musste weniger fühlen als Johannes. Auch Rahel, die Tochter des Zahnarztes, durfte immer wieder fühlen. Sie rauchte mit Johannes auf dem Jägerstand, und als ihr Vater es erfuhr, durfte sie fühlen. Sie durfte den Hauptsatz der Liebe hinter der Tür des Vaters fühlen, die der Vater geschlossen hatte, damit er ihr hinter der Tür den Satz besser in den Körper lieben konnte. Mit den Instrumenten der Liebe, die seine Hände waren. In manchen Häusern gab es auch andere Instrumente der Liebe. Manche waren aus Leder. Manche waren aus Gummi. So konnte der Hauptsatz der Liebe voll Freud und Wonne in der Liebe des HErrn wachsen. Wer die Gesetze des HErrn missachtete, dem wurde liebend geholfen, damit er diese Gesetze das nächste Mal besser verstand. Immerhin war das ewige Leben in Gefahr. Da musste geholfen werden. Da musste gehorcht werden. Da mussten die Gesetze der Liebe mitgeteilt werden.

Johannes und Rahel. Sie gingen zusammen in den Wald und in die Räuberhöhle. Rahel sagte: »Das machen wir. Und wenn mein Alter durchdreht, dann dreht er eben durch.«

»Hure Babylon«, brüllte ihr Alter und schritt zur Ausführung der Liebe. Er sagte: »Das tut mir auch weh, aber es muss sein.« »So lügt das sadistische Arschloch auch noch sich selbst an«, sagte Rahel, als sie aus dem Fenster gestiegen war. »Er meint wirklich, GOtt verlange es von ihm.«

Der Zahnarzt Maiwald war ein frommer Mann. Die Liebe zur Familie und zur Gemeinde verlangte von ihm, dass seine Tochter verstand. Niemand war allein auf der Welt. Jeder musste gehorchen. IHm gehorchen. Und der Zahnarzt Maiwald tröstete sich für die ihm auferlegte Prüfung mit dem Satz aus Psalm dreiundzwanzig: »Und ob ich schon wanderte im finsteren Tal, fürchte ich kein Unglück, denn DU bist bei mir; DEin Stecken und Stab trösten mich.«

Die Tochter verstand den Vatertrost, den er sich selbst spendete. »Sein Stecken und Stab trösten ihn.« Und sie lachte und blies Johannes eine Wolke ins Gesicht.

Der Zahnarzt Maiwald wusste nur zu gut, dass Kinder von Natur aus wild waren. Wenn man es zuließ, dann stachen und schlugen sie, dann zerstörten sie aus Freude am Zerstören. Man musste sie lieben, damit sie sich im Leben zurechtfinden konnten. Man tat Kindern keinen Gefallen, wenn man sie machen ließ. Je früher man mit der Liebe anfing, desto besser war es für sie. Kinder wurden in den Stubenwagen gebunden, damit sie ihren Mittagsschlaf machten und nicht aufstanden.

Schon die Säuglinge des Dorfes lernten, dass die Welt sich nicht um sie drehte. Sie lernten, sich einzuordnen. Sie lernten, sich unterzuordnen. Unter die Liebe GOttes, der in SEiner Güte die Welt geschaffen hatte. Nachts brauchte der Mann des Hauses seine Ruhe. Es war die Aufgabe der Ehefrau und Mutter, ihm diese Ruhe zu gewähren. So stand es im *Buch der richtigen Erziehung.*

Ausnahmen von der Regel der nächtlichen Trinkverweigerung würde der Pfarrer zulassen, wenn nicht die Mütter so sehr in dem Ruf der Schwäche stünden und der Pfarrer fürchten müsste, dass bei solchem Zugeständnis jede Mutter ihr Kind als eine Ausnahme betrachtete. Wir können nicht zweifeln, dass auch diese Seite der Religion dem Menschenkind zu seiner eigenen Veredlung und zur Erfüllung seiner Bestimmung unter den Menschen helfen wird.

So geschah die nächtliche Trinkverweigerung in diesem Dorf um der unerschöpflichen Liebe GOttes willen.

Über jeder Liebe lag ein Schmerz. SEin Schmerz. Da waren Tränen. SEine Leiden am Kreuz. So wie ER SEinen eingeborenen Sohn gab. Rahel ließ sich von der Hand, die sie geliebt hatte, wieder über den Kopf streichlen. Und dann kam die Mutter ins Zimmer: »Komm, beten wir zusammen.« Sie betete für die Tochter, dass sie so etwas nicht noch einmal machte. Und dann kam die Mutterliebe: »Gell, jetzt geht's uns schon wieder besser.«

Das Wunder war, dass zu dieser Zeit, als Johannes von nichts und von niemandem berührt werden wollte, Rahel und er Hand in Hand zur Räuberhöhle gingen.

Sie hatte sich die Haare streng nach hinten gekämmt und zu einem Haarknoten zusammengesteckt. Auf dem Jägerstand löste sie die Haare und ließ sie sich um den Nacken fallen. Rahel. Die Zahnarzttochter. Die Lippen. Die Fingernägel. Die Handbewegung, mit der sie sich die Haare hinters Ohr strich. So einfach. Und sie blickte ihn an dabei. Sie vertraute ihm. Unter dem Segen ihrer Haare.

19

»Ich glaube, dass ich nicht aus eigener Vernunft noch Kraft an JEsus CHristus, meinen HErrn, glauben oder zu ihm kommen kann; sondern der HEilige GEist hat mich berufen.«

Zusammengefaltete Zettel wanderten unter den Tischen hin und her: Hesekiel 23, 3. Hesekiel 4 × 4, 5 × 5. Hesekiel 23, 34. Sie blätterten eifrig in ihren Bibeln. »Dort ließen sie nach ihren Brüsten greifen und ihren Busen betasten.« »Du spreizest deine Beine für alle, die vorübergingen.« »Den Kelch musst du bis zur Neige austrinken, danach die Scherben ausschlürfen und deine Brüste zerreißen.«

Johannes und Miriam ließen sich in ihrem christlichen Glauben konfirmieren und bekamen Geld von den Verwandten und Handtücher und Taschentücher von den Geschäftsleuten des Dorfes. Seine Großmutter, silberhaarig und mit Augen, die jedes Jahr weicher wurden, strich ihnen über die Haare und wünschte, dass aus ihnen einmal etwas Rechtes würde. Sie sagte: »Bei der Miriam mache ich mir keine Sorgen. Bei dir, Johannes, aber schon.« Dazu lachte sie so, dass man merkte, wie gern sie ihn hatte, weil sie sich bei ihm Sorgen machen musste. Sie mochte das Wilde. Bei Jungen. Wenn sie sich bei Miriam hätte Sorgen machen müssen, hätte sie Miriam dafür nicht gern gehabt. Das wäre eine andere Sache gewesen.

Johannes ging mit Rahel ins Ried. Sie waren beide konfirmiert. Sie schenkten einander das Hohe Lied.

»Mein Freund ist mein, und ich bin sein, der unter den Lilien weidet.«

»Die Rundung deiner Hüfte ist wie ein Halsgeschmeide, das des Meisters Hand gemacht hat. Dein Schoß ist wie ein runder Becher, dem nimmer Getränk mangelt. Dein Leib ist wie ein Weizenhaufen, umsteckt mit Lilien. Deine beiden Brüste sind wie junge Zwillinge von Gazellen. Wie schön und wie lieblich bist du, du Liebe voller Wonne!«

Die Worte blickten auf sie. Rahel war überall. Sie bedeutete alles – und noch mehr.

Auf dem Jägerstand schenkten sie einander den Psalm. Sie berührten einander, wie es nur in Worten möglich war. Im Wechselgesang.

Sie: »Du salbest mein Haupt und schenkest mir voll ein.«

Er: »Meine Zunge ist ein Griffel.«

Sie: »Gürte dein Schwert an meine Seite, du Held, und schmücke dich herrlich!«

Er: »Du bist die schönste unter den Menschenkindern, voller Huld sind deine Lippen, wahrlich, GOtt hat dich gesegnet für ewig.«

Sie: »Es muss dir gelingen in deiner Herrlichkeit.«

Sie gab ihm Feuer. Sie rauchten gemeinsam eine Zigarette. Immer wieder sogen sie den Rauch in sich ein. Es wurde ihnen leicht im Hirn. Sie öffneten die Lippen und hauchten sich gegenseitig Wolken in die Augen. Sie berührten einander mit dem Rauch, mit den Lippen, mit den Händen.

20

Das Dorf war ein Wunder an Widersprüchen. GOtt wusste alles. Daran gab es keinen Zweifel. Wenn Menschen etwas nicht wussten, dann wusste GOtt, warum die Menschen etwas nicht wussten. Aber das Nicht-Wissen des Dorfes war dem Nicht-Wissen der umliegenden Ortschaften überlegen. Denn diese umliegenden Ortschaften hatten eine andere Verbindung zu Gott, wenn sie überhaupt eine hatten. Nur im Dorf hatte man die richtige Verbindung zu GOtt. Deshalb lebten die Menschen hier – weil sie fest standen in ihrem Glauben. Sie dienten GOtt so, wie ER es die Menschen gelehrt hatte. Dass die Verbindung des Dorfes zu GOtt anderen Verbindungen zu GOtt, womöglich zu anderen Göttern, vielleicht zu Allah oder zu Buddha, noch weiter überlegen war, verstand sich von selbst. Deshalb wurde großzügig und oft für die Heidenmission geopfert. Es wurde nicht nur Geld geopfert. Manche im Dorf fühlten sich berufen, ihr Leben der Mission zu opfern. Sie zogen mit ihren Frauen, denn meist waren es Männer, die sich zu diesem Dienst berufen fühlten, und mit ihren Kindern nach Gambia und nach Alaska, nach Ghana und nach Guyana. Nur nach Israel zogen sie nicht. Denn die Juden waren das von GOtt auserwählte Volk. Sie waren SEin Volk. Egal, was man in der Gemeinde tat, man würde nie so auserkoren sein, wie es die Juden waren. Aber GOtt stellte einen jeden an seinen Ort und gab einem jeden seine Aufgabe. So hoch wie der Himmel über der Erde war, so hoch waren SEine Gedanken über ihren Gedanken.

Johannes und Rahel zogen abwechselnd an der Zigarette und fühlten sich der Überlegenheit des Dorfes, die nichts war als Einbildung und Beschränkung, überlegen. Sie sahen, was das Dorf nicht sah. Das Vorurteil im Dorf. Die Herablassung im Dorf. Die Eitelkeit im Dorf. Und indem sie Vorurteil, Herablassung und Eitelkeit im Dorf sahen, konnten sie sich dem Dorf überlegen fühlen. Sie wussten, sie hatten keine Vorurteile. Sie waren offen für die Welt und für alle Religionen. Wenn es nach ihnen gegangen wäre, wäre das sonntägliche Opfer aus dem Betsaal direkt der Romafamilie im Nachbardorf übergeben worden. Ohne dass man sie zuerst hätte missionieren und taufen müssen.

Und trotzdem hielt sich das Dorf für wohltätig. Das Dorf lebte der Nächstenliebe. Die Einwohner glaubten an ihre Nächstenliebe. »Das ist«, sagte Rahel, »Wohltätigkeit und Hochmut in selbstgerechter Mischung.« Sie sagte: »Das ist christlicher Snobismus.«

Rahels Großvater war aufs Stift gegangen. Also kannte auch ihr Vater, der Zahnarzt, die Namen Barth und Buber und Bonhoeffer und Kierkegaard. Er konnte von Diesseitigkeit und Mündigkeit und Daseinsangst und Zwiegespräch und Gebet und Dialektik reden. Nicht von ungefähr hatte er, als ihm die Zahnarztstelle im Dorf angeboten wurde, zugesagt. Er hatte sich berufen gefühlt. »Das ist der Ort, den ER mir zuwies.«

Rahel sagte: »Bei ihm weiß ich nie, ob er von innen heraus glaubt oder ob er sich von außen zuschaut und gern glauben würde.«

Johannes sagte: »Ist nicht beides gleichzeitig möglich?«

Rahel sagte: »Trotzdem ist der Stiftsstolz nichts als peinlich. Als ob die Stiftler die Aristokratie der Welt wären. Wer dazugehört, bildet sich darauf wunder was ein.«

»Dabei hätte es dein Vater gar nicht nötig.«

Die Zigarette war zu Ende. Sie warfen sie vom Jägerstand und stiegen die Leiter hinunter. Unten spuckten sie auf die Erde, weil es sich gut anfühlte, auszuspucken. Denn das Ausspucken fühlte sich wie eine Sünde an. Es war eine Sünde wie das Kauen mit offenem Mund, das Furzen beim Essen, das Rülpsen in der Kirche und das Rauchen von Zigaretten. Sünde über Sünde. Alles, was Innen und Außen überraschend verband und zu einem Gefühl der Erleichterung führte, war eine Sünde. So war das. Und deshalb spuckten sie gleich noch einmal auf den Fichtennadelboden des Hohen Waldes. »Sodom und Gomorrha.« »Ernte 23.« »Spitz auf Knopf.« »Fick dich ins Knie.«

21

Zu Rahels Familie gehörte die Dichterin von »O du Lamm Gottes«. Alle kannten dieses Lied. Die Dichterin war Hausmutter einer Missionsanstalt gewesen, wo sie jahrzehntelang treu ihren Dienst versah. Zweiundvierzig Jahre lang war sie verheiratet mit dem Leiter der Missionsanstalt. Die Gehirnhautentzündung, die sie sich als Kind in Jerusalem zugezogen hatte, und die Krankheit am Kehlkopf, die sie später befiel, minderten ihren Opfermut nicht. Sie ging auf in ihrer Aufgabe. Sie gab sich hin – der Anstalt und der Mission. Zehn Kindern schenkte sie das Leben. Zwei von ihnen gingen schon bald wieder heim. Das Dichten von Kirchenliedern war Teil ihrer Gaben und Aufgaben. Sie gehorchte IHm. In allem.

Dass es in Rahels Familie einen Nobelpreisträger gab, erwähnte niemand, denn dieser Nobelpreisträger war dreimal verheiratet und schrieb Dinge, die nicht christlich waren. Auf ihn war niemand stolz. Eltern im Dorf gaben ihren Kindern nie seinen Vornamen.

Überhaupt hatte man im Dorf ein seltsames Verhältnis zur Literatur. Es gab zahlreiche Verbindungen; Namen, Stuben, Klassenzimmer, die nach Dichtern benannt waren: das Hölderlin, das Mörike, das Hauff. Man erinnerte sich auch an jene, die Theologen waren oder in die Mission gingen oder die Bibelanstalten und christliche Verlage leiteten. Jene, die keinen christlichen Lebenswandel führten, erwähnte man nicht. Man verurteilte sie nicht. Das stand einem nicht an. Urteilen tat der HErr, der ALlmächtige, der SChöpfer des Himmels und der Erde. In der Bibliothek des Dorfes standen die Werke des Abtrünnigen. Und Johannes las sie – alle. Wer dreimal heiratete, konnte kein Vorbild sein. Wer indische Religionen vorzog, konnte kein Vorbild sein. Wer griechische Frauen anbetete, konnte dagegen ein Vorbild sein. Friedrich und Eduard und Wilhelm und Dorothea durfte man seine Kinder nennen, Hermann nicht.

Johannes las Bücher, in denen nicht klar war, wer gut und wer schlecht, wer angenommen und wer nicht angenommen war. Miriam las Bücher über Frauen, die durch Losentscheid nach Tibet geschickt wurden, um dort einen unbekannten Mann in einer Missionsgesellschaft zu heiraten. Sie las von der Mission in der Provinz Ladakh. Sie las von den Entbehrungen, die Frauen auf sich nahmen, von Landwirtschaften, die sie im Land der Heiden unter schwierigsten Bedingungen und größten Entbehrungen aufbauten, vom Unterricht, den sie in primitiven Klassenzimmern erteilten, von Kindern, die sie gebaren, von Krankheiten, die sie überstanden, und von Reiseabenteuern, die sie, mit GOttes Hilfe, ans Ziel führten. Sie las von einer großen Liebe in einem rätselhaften Land, von den bescheidenen Mitteln, mit denen gearbeitet wurde, und von den Entbehrungen, die Familien um des hohen Zieles willen auf sich nahmen.

Der HErr segnete Miriam. Der HErr behütete sie. Sie war treu und gehorsam. Um SEines und SEiner Liebe willen. Jeder Schmerz kam von IHm. Jedes Leiden kam von IHm. Jeder Segen kam von IHm. Alles, was in ihr geschah, kam von IHm. Sie konnte und sie durfte es annehmen. ER würde alles einrichten. Das war, da war sie sich sicher, gewisslich wahr.

22

In Rahels Zimmer hing ein langes Regalbrett über dem Bett. Zwei chinesische Vasen standen darauf. Rahel war aus dem Elternhaus ausgezogen, ohne auszuziehen. Sie lag auf ihrem Bett unter dem Regal. Er spürte ihren Atem. »Soll er doch toben, der Alte«, sagte sie. Das Leben und das Atmen waren am Abgrund. Sie musste am Abgrund leben, damit sie sich spürte. Es roch nach Ernte 23, roch nach Chanel, roch nach Jeans, die sie nicht wusch. »Wenn sie kaputt sind, werfe ich sie weg und kaufe mir neue.« Da waren das hautenge T-Shirt und der lange Zipfelrock, da waren der Minirock und die Jeans, die hart in sie schnitten. Alles war auf einen Stuhl in der Ecke geworfen. Deshalb musste er sich aufs Bett setzen. Sie hatte sich die Haare gefärbt und die Fingernägel. Hellrot und schwarz. Wie sie zuhause leben und nicht zuhause sein konnte, war ihr Geheimnis.

Sie lehnte sich zurück ins Kissen. Da war sie allein. Nur das Licht. Nur die Tapeten. Nur das Atmen. Nur die Wärme unter der Bettdecke. »Ich will mehr vom Leben als nur das hier«, sagte sie und zeichnete mit dem Zeigefinger einen Kreis in die Luft. »Diese Dummköpfe«, sagte sie. »Beschränkt«, sagte sie. »Alle.« Sie sagte: »Die sollen aufpassen. Ich studiere BWL, und dann drehe ich denen allen den Kragen ab.«

Johannes saß auf dem Bett und nickte. Sie war zuhause in ihren Dunkelheiten. Das gefiel ihm. Er hätte auch gern so in seinen Dunkelheiten gewohnt. Sie sagte: »Ich glaube, ich könnte mich prostituieren.«

»Nur, damit du wegkommst?«

»Nur, damit ich wegkomme.«

Es gab eine Dunkelheit, aus der sie trank. Es gab eine Dunkelheit, in der sie aufging und die in ihr aufging, langsam und weich wie eine sich öffnende Hand. Sie ließ sie in sich wachsen. Dunkel und dankbar. »Ich habe das Gefühl, dass ich geopfert werde.«

»Von dir selbst.«

»Wenn es sonst niemand tut.«

Sie sagte: »Ich bin keine Magd, nicht seine und auch keine Magd GOttes. Der HErr mag mich schlagen, er mag mich schlagen in seiner Frömmigkeit. Die Strafe macht ihn nur kleiner – und den HErrn auch.«

»Er will doch nur, dass du sanftmütig, fromm und gehorsam wirst.«

»Ich werde lieber Börsenmaklerin oder Puffmutter, als dass ich werde wie die. Ich bin nicht wie die, auch wenn mein Alter das denkt.«

Ihr Vater erlitt alles, IHm zuliebe. Sanftmütig wollte er sein und in IHm aufgehen. Gehorsam musste er sein, IHm gehorchen. Er trug eine dünnrändrige Vaterbrille. Er sah die Dunkelheiten in ihrem Gesicht. Er wollte sie ihr austreiben. Ihr zuliebe. Er tat, was er ihr und IHm zuliebe tun musste, wie in einer Ohnmacht. Dies war, was der HErr ihm und seiner Familie auferlegt hatte. Er musste stark sein. In IHm.

Sie sagte: »Mein Alter ist ein Idiot.« Es war sinnlos, ihm etwas erklären zu wollen.

Gegen ihren Alten trug sie ihren Körper in die Welt. Dass ihr Alter dann in ihr Zimmer kam und ihr die Regeln der Welt erklärte, in bester Absicht und voller Liebe, gehörte dazu.

Sie sagte: »Weißt du, das tropft an mir ab wie Öl.«

Johannes beugte sich über sie. Er küsste ihre Lippen. Er mochte diesen Geschmack nach Tabak. Ernte 23. Er hätte ihn gern noch viel stärker geschmeckt. »Sei gut zu dir«, sagte er. Er schmeckte den Rauch an ihren Fingern, er schmeckte die Augen und das Lächeln, das sie ihm aus der Ferne schenkte. Sie war da. Sie stupste ihn an und sagte: »Feigling.«

Jeder Geruch, jede Geste, jedes Kichern. In diesem Zimmer.

Sie sagte: »Er hat Angst zu versagen, wo ihn GOtt doch stark gemacht hat. Weil er mich nicht unterkriegt, schämt er sich – vor sich selbst, vor den Gemeindeältesten, vor mir und vor GOtt. GOtt hat ihn als Mann erschaffen. Ist er schwach, lebt er nicht im HErrn.«

Er sagte: »Quälst du ihn gern?«

Sie sagte: »Und wie.«

23

Der Totengräber, der eigentlich Kurt Krüger hieß, sagte: »Stampft eine Frau mit, die ihre Tage hat, dann hält das Kraut nicht.« Es gab im Dorf keinen Stammtisch. Aber der Totengräber wäre zum Stammtisch gegangen, wenn es einen gegeben hätte. Aber weil es keinen gab, musste er sein Bier zuhause trinken, am Küchentisch. Allein. Außer wenn Johannes da war und sich zu ihm setzte.

Der Totengräber roch nach Gärung. Er roch nach Schweiß. Er roch nach Lehm. Zu Johannes sagte er: »Ich bin der größte Arbeitgeber im Dorf. Niemand hat so viele Leute unter sich wie ich.«

Als Gast lachte man über die Witze des Gastgebers. Als Gast, wenn man die Tochter des Gastgebers besuchen wollte, lachte man laut über die Witze des Gastgebers.

Die Augen des Totengräbers lagen tief in seinem Schädel. Die Frau war ihm weggestorben, einfach so, niemand wusste, warum. Vor fünf Jahren. Martina war zehn gewesen, Johannes neun. »Der HErr schenkt; der HErr nimmt; der HErr prüft.« Das sei jetzt eine Prüfung, die der HErr dem Totengräber auferlegt habe, sagte der Pfarrer. Es war seltsam, an diesem Grab zu stehen, das der Totengräber selbst ausgehoben hatte und das nach Tannenreis und Orchideen roch. Seltsam war, dass dem Totengräber die Frau einfach wegsterben konnte. Johannes hatte bis dahin geglaubt, dass die, die auf dem Gottesfeld arbeiteten, Pfarrer und Totengräber und deren Familien, selbst nicht sterben könnten.

»Gut, dass du da bist«, sagte der Totengräber. »Martina hat schon nach dir gefragt. In ein paar Minuten ist sie wieder da.« Sie waren nicht mehr zehn und neun. Sie waren nicht mehr wortlos. Sie waren nicht mehr unterwürfig. Der Totengräber Krüger war so anders als der Zahnarzt Maiwald. Gelb und braun waren die Finger des Totengräbers. Von den Reval, vom Lehm und von der Erde. Den Hosenladen seiner schwarzen Cordhosen hielten zwei dicke Sicherheitsnadeln zusammen. Johannes fühlte sich wohl beim Totengräber am Küchentisch. Da war es gemütlich, auch wenn er spürte, wie dem Totengräber die Worte ausgingen. Johannes einfach hinauf in Martinas Zimmer schicken, solange Martina noch nicht zuhause war, konnte er nicht. Der Totengräber sagte: »Auf den Straßen spüre ich die Augen, die der Martina hinterher fliegen. Sie bringt sie an den Kleidern mit nach Hause.«

Johannes lachte. Er verstand den Totengräber viel besser als den Zahnarzt.

Der Totengräber sagte: »Die Martina ist sauber. Dafür lege ich meine Hand ins Feuer.«

Der Totengräber sagte: »Weißt du, ich wollte ihr das Malen schon verbieten, weil sie sich damit so ausstellt. Vor allen Leuten. Aber sie hat mich nur ausgelacht«, lachte der Totengräber. »›Dad‹, hat sie gesagt, ›ich bin alt genug, okay?‹ Also lasse ich sie halt machen. Ihr Lachen überrollt mich wie eine Dampfwalze. Da gehe ich ihr lieber aus dem Weg.«

Er zündete sich eine neue Reval an. »Der Stauch ist an einem Herzinfarkt gestorben. Das hat die Obduktion ergeben. Übermorgen kann er endlich beerdigt werden.«

Johannes nickte. »Wie lang ist der jetzt schon tot?«

»Zwei Wochen. Aber so ist es, wenn man allein in Urlaub reist und dann drei Tage im Pensionszimmer liegt, bevor man gefunden wird.« Der Totengräber zog an der Zigarette und hielt den Rauch in der Lunge.

Johannes wusste: Bei einem Einzelgrab ging es eins achtzig in die Tiefe, bei einem Doppelgrab zwei zwanzig. Er sagte: »Eins achtzig oder zwei zwanzig beim Stauch?«

»Da muss ich die Stauch erst noch fragen. Da unten am Bach, wo die Erde so schwer wird, wären mir eins achtzig lieber, ehrlich gesagt. Aber an einem Mittag schaffe ich das so oder so.«

Dann kam Martina nach Hause. »Schön, dass du schon da bist.« Jetzt konnten sie auf ihr Zimmer gehen. Züchtig, verschämt, neugierig. Die Natur hatte Martina wohlwollend ausgestattet. Mit Körper und Seele. Sie malte. Johannes' Augen begleiteten sie, wie sie malte. Sie beobachteten, wie der Körper sich mit den Pinselstrichen wiegte. Die Hüften waren das Gegengewicht zur Leinwand.

Martina ließ es zu, dass Johannes sie mit den Augen berührte. Sie wischte sich den Schweiß von der Stirn und sah den Vater in der Tür stehen. »Es ist schon nach zehn«, sagte er. Und Johannes sagte: »Schon so spät? Dann gehe ich jetzt lieber.«

24

»Komm«, sagte sie zu Johannes. »Wäre Liebe nur ein Geist, dann könnten wir einander lieben«, sagte sie. »Wäre Liebe nur ein Hauch, dann könnten wir einander lieben. Wäre Liebe nur eine Farbe, dann könnten wir einander lieben.«

Martina wusste, was der HErr von ihnen verlangte. Sie wusste, wohin der HErr sie führen wollte.

Er sagte: »Selbst so, wie die Liebe ist, können wir einander lieben.«

Sie sagte: »Ich werde.«

Er sagte: »Was wirst du?«

Sie sagte: »Nichts. Ich werde. Das reicht schon.«

Er sagte: »Ich werde flüstern.«

Sie sagte: »Du Idiot.« Dann nahm sie seine Hand. Sie gingen spazieren und brachten ihre Schritte dazu, eins zu werden. Sie spürten die Gesichter des Dorfes.

Weit weg waren die Eltern.

»Die Farben«, sagte sie, »winden sich.«

»Von innen heraus.«

»Komplementär und konträr.«

Im Wohnzimmer hing bei Krügers ein Gemälde mit einem auf Wolken schwebenden und die zu IHm Kommenden segnenden JEsus in weißem Kleid. Daneben hing von Hand gestickt das Tischgebet: »Komm, Herr JEsus, sei unser Gast, und segne, was DU uns bescheret hast.« Das hatten sie von der Urgroßmutter geerbt.

Sie gingen zurück auf ihr Zimmer. Es war Mittag, und der Vater grub. Ein Wäschekorb stand leer in der Ecke. Sie sagte: »Als Kind wollte ich in einem Weidenkorb auf einem Fluss davontreiben.«

»Nichts wie weg. Wie Mose.«

»Genau.«

Langsam zog sie sich aus. Er berührte mit den Augen die Narbe unter ihrem linken Auge. Er berührte die Haut, berührte den Arm und die Stelle, wo ihr der Gummi vom Schlüpfer noch als rotes Tattoo um die Hüften wehte. Sie war eine Künstlerin, die nackt vor ihm stand. Sie streichelte mit ihren Händen überkreuz ihre Schlüsselbeine und ihre Arme. Dabei schaute sie ihn an. »Jetzt bist du dran.« Sie zog einen blau-weißen Bademantel über und legte sich aufs Bett.

Er schlüpfte aus den Schuhen. Er öffnete den Gürtel. Metall klang auf Metall. Die Gürtelschnalle machte immer dieses Geräusch.

Sie sagte: »Nein, zuerst das Hemd.«

»Warum?«

»Weil das dramatischer wirkt.« Sie nahm eine Orange vom Nachttisch und begann, sie zu schälen. Es roch nach Weihnachten.

Er zog das Hemd, dann das Unterhemd aus. Er tanzte, als

höre er Musik. Er hörte Musik. Er hörte das erste der Brandenburgischen Konzerte. Langsam. Die Flöten, die atmeten.

Sie sagte: »Das mit dem Tanzen machst du gut.«

Er war nackt vor ihr. Er tanzte weiter. Er konnte nicht ruhig stehen.

Sie sagte: »Komm, setz dich.« Sie biss in den Apfelsinenschnitz. Sie trank im Kauen. Dann bot sie ihm die andere Hälfte an. Er biss, er kaute, er schluckte.

Sie sagte: »Es muss einmal ernst werden.«

Er sagte: »Ist es jetzt nicht ernst?«

Ihre Augen waren die Augen einer Suchenden. Ihre Augen verstanden ihn nicht. Ihre Augen waren zuhause in Farben und Formen. So gab es keine Gegenseitigkeit. Es gab keine Antworten. Diese Welt war zu groß für zwei Fünfzehnjährige, die staunten und kauten.

Martina reichte ihm die Hälfte des nächsten Schnitzes. Ihre Finger glänzten. Am Handgelenk trug sie ein silbernes Kettchen. Das sah er, obwohl sich der Bademantel vorne großzügig öffnete. Aber die Hauptsache waren ihre Finger, die ihn fütterten. Das war ein Geschenk. Das war ein Geschmack. Auch wenn sie einander nicht verstanden.

25

Als er von Martina nach Hause kam, sah Miriam anders aus. Sie trug die Haare nach hinten gekämmt. Sie wirkte streng mit ihrer Frisur. Sie wirkte verschlossen mit dieser Frisur. Sie wirkte ängstlich mit dieser Frisur. Ihre Augen sagten etwas, ohne dass ein Wort über ihre Lippen kam. Sie sagten: »Ich halte es gut mit mir allein aus.« Sie sagten: »Meinst du, ich weiß nicht, wo du warst? Meinst du, ich weiß nicht, was du gemacht hast?«

Er fühlte sich fern von ihr.

Sie redete mit sich selbst. Sie spürte etwas in sich, spürte Worte, die aufeinandertrafen und sich in Gegensätzlichem Platz schufen. Sie suchte nach Ursachen. War Johannes für sie auf einmal, weil er war, wie er war, schwer und kompliziert? Er war das Dürfen. Sie war das Sollen. Sie war das Gute, Züchtige, Fleißige, Ordentliche, Saubere und Treue. Er war das Gehen, das Sehen, das Neugierige.

Sie war, wie sie war. GOtt wollte, dass sie so war. GOtt wollte, dass sie keusch und züchtig lebte. GOtt wollte, dass sie keine unkeuschen Gedanken hatte. GOtt wollte in SEiner Liebe, dass es ihr gut gehe.

»Lass uns zusammen beten, denn heute ist ein gesegneter Tag für dich.« Das war der Satz, den die Mutter an dem Tag zu ihr gesagt hatte, an dem das Besondere in ihr anfing. Diese Veränderung. Dieses Plötzliche.

Auf einmal sah für sie beide alles anders aus. Auf dem Saalplatz wurden Leute mit Blut bespritzt. Mann und Frau. JEsus und seine Schwester. Er und sie. Alles in dieser Welt war dazu bestimmt, zu bluten und auseinanderzugehen. Gegen alles in der Welt gab es Zaubersprüche, aber gegen das Auseinandergehen von Geschwistern gab es keine. Von nun an gab es zwei Wahrheiten. Es gab die Wahrheit der Augen und die Wahrheit der Nacht. Sie wollten gleich sein; aber sie schafften es nicht. In ihr und außer ihr. Drinnen und draußen. Mit dem einen Auge und dem anderen. Dunkle Umrisse und dunkle Formen. Nichts war mehr gleich.

Sie und er. Miriam und Johannes. Sie waren einander fremd geworden. Von einem Tag auf den anderen. Und es ging weiter. Einfach so. Es war drei Jahre her, dass die Mutter für den gesegneten Tag gebetet hatte. Heute, als er von Martina kam, war die Trennung endgültig.

26

Es war das erste Mal, dass die Klassenlehrerin den Vater dazu überreden konnte, Miriam mitfahren zu lassen. »Wir passen auf sie auf.«

Mädchen schliefen auf dem Stock der Klassenlehrerin. Jungen schliefen einen Stock tiefer. Abends, nach dem Abendessen, in den Stunden, bevor es hieß, »Ab elf ist absolute Bettruhe«, wurde gesungen.

Sang Miriam mit? Er erinnerte sich nicht. Er erinnerte sich nur an die Refrains, die sie grölten und die er mitgrölte, als wäre er so bereit für die Welt und bereit fürs Leben – viel bereiter, als man es in diesem Dorf je werden konnte.

Dieses Singen kribbelte. Dieses Singen hatte etwas in sich. Dieses Singen ließ den ganzen Raum erzittern. Letztes Jahr hatten sie noch vom Frühtau zu Berge und von Jan und Klaas und Hein und Pits Bärten gesungen. Das war aber nichts als langweilig gegen die Lieder, die sie jetzt sangen.

Die Schwester biss sich auf die Lippen. Sie lachte und hielt sich die Hand vor den Mund. Es gab auch andere Mädchen. Regina und Waltraud und Beate und Angela und Eva und Ulrike und Marieluise. Sie hießen Giggi und Waldi und Ati und Angie und Evi und Uli und Lulu. Dass Miriam Kussi hieß, war seine schuld. Es blieben die Namen hängen, die die größte Peinlichkeit verursachten.

Kuss und Kussi.

Die Klassenlehrerin lachte. Und die Klassenlehrerin sang mit. Lange, rote Haare hatte sie. »Fettarsch«, war einer der Namen für sie, der im ersten Stock, nachdem die Mädchen und sie in den zweiten hinaufgestiegen waren, gesagt wurde. »Feuerwehr.« »Fettarsch.« »Ferkelfiedla.«

In den Liedern, die sie sangen, bevor die Mädchen und die Lehrerin hinaufstiegen, »Licht aus jetzt!«, schliefen Mädchen.

Sie schliefen so gut, dass sie, nachdem sie geschlafen hatten, schwanger waren.

Die Jungen sangen: »Einst ging ich am Ufer der Donau entlang.« Alle Jungen waren ein Ich. »Ein schlafendes Mädchen im Grase ich fand.«

Es kam der Refrain, den Mädchen und Jungen gemeinsam sangen: »O-oh, oh, oh-la-la-la.«

Dann kamen die Mädchen an die Reihe: »Du schamloser Jüngling, was hast du gemacht? Du hast mich im Schlafe zur Mutter gemacht.« Die Mädchen waren auch alle zusammen ein Ich. Dass dieses Ich wach sein könnte, wenn es ums Mutterwerden ging, war unvorstellbar. Johannes blickte nicht hinüber zu Miriam. Sie saß auf der anderen Seite.

»Du schamloser Jüngling, was hast du gemacht?«

»O-oh, oh, oh-la-la-la.«

Die Mädchen waren gar kein Ich. Sie waren ein Mich. Im Schlafe wurde das Mich zur Mutter gemacht. Am Wasser wurde das Mich zur Mutter gemacht.

Er spürte ein Kitzeln, als er die Lieder sang. Es kitzelte, weil er jetzt zur Welt gehörte. Da sang er noch lauter. Solange er sang, passierte nichts. Solange er sang, konnte ihm die Sünde nichts anhaben. Solange er sang, kam er der großen Welt, der Welt, die außerhalb des Dorfes existierte, näher.

Vor dem Haus wurde geraucht. Den Zigarettenrauch saugte Johannes in sich ein wie ein Stück Männlichkeit, von dem er ein Leben lang zehren wollte.

»Kennst du den schon? ›Frau, ich kann dir nicht zusehen, wie schwer du arbeitest. Mach bitte die Küchentür zu.‹«

»Der ist gut. Aber der auch: ›Was ist los, wenn die Frau in der Stube sitzt?‹ ›Dann ist die Leine zu lang.‹«

»Und hör dir den an: ›Was ist los, wenn die Frau die Fernbedienung in der Hand hat?‹ ›Dann ist sie fehl am Platz.‹«

Das Lachen und den Rauch saugte Johannes ein in sich.

O Susanna, du hast am Arsch 'nen Leberfleck. Der Leberfleck muss weg.

Sie sangen vom Lieschen, Lieschen, Lieschen, das ein bisschen, bisschen, bisschen kommen sollte – in den Keller, da ging es schneller, in die Schcuer, da war's nicht teuer, in den Garten, da gab's kein Warten, auf die Leiter, da ging es leichter, in das Gartenhaus, da zog man sich aus.

Alles reimte sich. Alles konnte gegrölt werden. So wie früher, früher, früher. Auch da war die Melodie einfach. Ohne Hemd und ohne Höschen, ohne Gummiüberzieher.

Es war das große ES. Alles war, wie es sein sollte. Und Kuss und Kussi gehörten dazu, weil sie dazugehören wollten. Die Welt war nicht nur ein Dorf. Die Welt war viel größer. Das erlebten sie jetzt.

Und einmal war da nach dem Singen, bevor man dann, »Licht aus jetzt!«, hinaufging, das Mondnachtspiel, bei dem die anderen bestimmen durften, was das durchs Los bestimmte Liebespärchen auf der Parkbank im Mondschein tun sollte. »Ihr den Arm um die Schulter legen.« »Den Kopf von unten an seinen Nacken legen.« »Ihn von unten herauf mit Glubschaugen angucken.« »Er streicht ihr die Haare aus dem Gesicht und küsst sie auf die Stirn.«

Miriam traf es zum Glück nie. Aber Johannes saß neben der lispelnden Angela, der Tochter des Briefträgers. Angela schaute ihn an. »Angela, sag mal süße Sahne«, dachte er. Aber das sagte er nicht. Er küsste sie auf die Stirn. Er spürte sie. Er spürte, wie ihr Herz klopfte. Er spürte, wie sie sich gern heranziehen ließ. Am nächsten Tag machten sie sogar einen Spaziergang zusammen. Ohne die anderen. In der Abendluft in den Bergen. Sie hielten sogar die Hände. Silbern waren die Härchen an ihrer Stirn. Das gefiel ihm. Und groß waren ihre Augen. Sie schauten sich lang an. Und sie spürten einander. Wie weich sie beide waren. Gern. Miteinander.

27

»Einmal und nie wieder«, sagte die Mutter. Sie betete dafür, dass Miriam keine Hosen mehr anziehe. Zuerst zog Miriam Hosen an, die auf der Seite auf und zu gemacht wurden. Elegant zog sie die Reißverschlüsse hoch. Aber dann zog sie sogar eine Hose an, die sich vorne öffnen ließ.

Miriam spürte die Kälte der Gemeinde – die Gesichter mit den schrägen Mündern und den querliegenden Zähnen. Wo begann die Gemeinde? Begann sie in ihr? Begann sie da, wo alle auf IHn schauten, wie er schlafend unter seiner Dornenkrone über dem Altar hing? Begann sie im Leiden? Das Leiden war ein Segen. Das Leiden war die Gegenwart GOttes.

Miriam wusste, dass Schmerzen empfinden zu dürfen, ein Liebesbeweis GOttes war. Es war eine gesegnete Welt, in der sie leben durften.

Johannes spielte Fußball. Hier gab es Worte wie »geil«, »mega«, »Hammer« und »brutal«. Und im Spiel durfte Johannes andere schlagen wollen. Im Spiel spielte es keine Rolle, ob er aus Himmelreich oder aus dem Nachbardorf kam, das eine richtige Fußballmannschaft hatte. Johannes spielte fürs Nachbardorf. Zusammen wollten sie gewinnen. Zusammen wollten sie die Mannschaften schlagen, die von weiter weg kamen. Wenn Erdan an Ramadan nicht essen und trinken durfte, so durfte der Rössler Helmut während der Heuernte nicht spielen. Johannes wusste nicht einmal, ob Alpay Muslim oder Christ war. Das war egal. Wichtig war, dass man gewann.

Und jedes Mal war es ein Aufatmen für Johannes, wenn er zu einem Auswärtsspiel noch weiter weg vom Dorf fahren durfte. Hinaus, dachte er. Hinauf, dachte er. Es riss ihn förmlich in die Höhe. Da war eine andere Welt, wenn sie aus dem Tal hinausfuhren. Die Welt war groß. Man konnte sie einatmen.

28

Am Moorsee auf dem Steg zog Rahel an der Zigarette, hielt den Rauch in ihren Lungen und ließ den Rauch in sich zu Stärke werden. Sie verstand, warum Indianer Friedenspfeifen rauchten. »Das ist eine ganz andere Intensität, so tief in dir«, sagte sie. Und sie sagte: »Soll er doch toben, der Alte.«

Sie lebte an einem Abgrund. Sie musste an einem Abgrund leben, damit sie sich spürte. Ernte 23, Chanel und Jeans, die sie nicht wusch. Auf einmal waren ihre Haare hellrot gefärbt, und die Fingernägel waren schwarz. Sie legte sich lang auf den Steg. Nur das Atmen war noch da – und er, der sie beobachtete.

In der Schule sagte ein Junge, der zwei Klassen über ihnen war: »Entweder du bringst sie heute Mittag ins Wäldchen oder es gibt morgen Klassenprügel.«

Johannes wusste, was das Wäldchen hieß, wusste, was Klassenprügel hieß. Der Junge sagte nicht: »Du kommst heute Mittag ins Wäldchen und bringst sie mit.« Er sagte: »Du bringst sie heute Mittag ins Wäldchen.«

Danach wich Johannes diesem Jungen und allen in dessen Klasse wochenlang aus. Zwei Tage lang ging er nicht in die Schule. Er war krank. Zahnpasta essen ging immer.

Lauerten sie auch der Schwester auf, so wie sie Rahel auflauerten? Miriam erzählte nie etwas. Aber sie wurde ruhig. Sie lachte nicht mehr. Etwas war los mit ihr. Er spürte es.

»Was ist los mit dir auf einmal?«

»Nichts ist los mit mir. Was soll mit mir schon los sein?«

Johannes ging mit Miriam an den See. Sie hörten den Wind, der mit den Schilfrohren spielte. Das Dorf lag hinter ihnen. Und hinter dem Dorf lag das Wäldchen. Der Steg war langweilig ohne den Zigarettenrauch. Miriams Gesicht war rundlich geworden. Sie hatte zugenommen.

Sie lachte: »Meine Lippen, mein Bruder, lechzen nach dir. Ich suche das Rot in deinen Lippen.« Aber das Lachen passte nicht. Er war schockiert von ihrem Aussehen. Es war Frühling. Sie sagte: »Liebe, mein Bruder, ist eine Zeit, die außer sich ist.« Sie sagte: »Lass uns uns gegenseitig begleiten, bis wir miteinander in unseren Nächten wohnen.«

So hatte sie noch nie geredet. Es gefiel ihm, wie sie redete. Es machte ihm Angst.

Sie sagte: »Jauchzet, ihr lieben Gemeindeglieder, die ihr eure Nächstenliebe mit Löffeln gefressen habt, die ihr uns mit keinem Blick würdigt. Unser Anblick macht euch unwohl. Wir könnten euch anstecken mit unseren Augen, die ganz andere Dinge sehen als die, die ihr uns vorgaukeln wollt. Habt ihr die Angst gesehen? Habt ihr die Angst gesehen, die eurem Körper mit anderen Körpern nahekommt?«

Danach vermied Johannes es, in Miriams Augen zu blicken. Sie hatten etwas Wildes an sich. Sie kümmerte sich nicht um die Gedanken des Dorfes. Er sagte: »Soll ich mich auch ein bisschen ritzen? Nur für dich?« Sie zuckte die Schulter. »Was du tust, ist deine Sache.«

Am See gab es keine Häuser. Es gab es nur den Wind und die vom Wind ins Wasser gezeichneten Schemen. Seerosenblätter schaukelten, und Schilfrohre murmelten.

Zuhause malte Miriam auf einmal eine grelle Landschaft – ein blutrotes Haus, feurige Wälder, Monsterrehe und ein von Schlangen umwachsenes Schloss. Sie sagte: »Ist das nicht toll, was der Papa heute wieder verzapft hat.«

Johannes sagte: »›Der Mann ist nicht vom Weib, sondern das Weib vom Manne.‹«

»Ja, genau so.«

Johannes sagte: »›Der Mann ist nicht geschaffen um des Weibes willen, sondern das Weib um des Mannes willen.‹«

Sie sagte: »Du triffst den Ton. Der passt zu dir.«

Johannes sagte: »›Lasset eure Weiber schweigen in der Gemeinde. Es steht dem Weibe übel an, in der Gemeinde zu reden.‹«

Johannes sagte: »›Die Weiber seien untertan ihren Männern.‹«

Johannes sagte: »›Das Weib aber fürchte den Mann.‹«

Der Vater hatte zugeschlagen. Ins Gesicht der Schwester. Das war jetzt rot. Auf der linken Seite. Denn der Vater war Rechtshänder.

Miriam war in ihr Zimmer gerannt. Als Johannes anklopfte, malte sie. Das blutrote Haus. Zwei Monsterrehe. Es war, wie es war. Es war, wie es sein musste. So oder so. Dachte er. Was sie dachte, konnte er nicht ahnen. Nicht mehr. Alles war durcheinandergeraten. Rahel, Miriam, der Vater, der Schlag ins Gesicht.

29

In ihr war eine Tiefe. Das spürte er. Sie zwang sie, Dinge zu tun.

Der Vater sprach mit GOtt. GOtt war der Vater. GOtt war die Liebe. *Wer Vater oder Mutter mehr liebt als MIch.* Der Vater hätte sie auf den Altar gebunden. *Der ist MEiner nicht wert.* Das wussten sie. *Wer Sohn und Tochter mehr liebt als MIch.* So wie Abraham es mit Jakob tat. *Der ist MEiner nicht wert.* Daran dachten sie immer wieder. Alles hätte blutig ausgehen können. Der Vater war bereit, Johannes und Miriam auf den Altar zu fesseln und ihnen das Messer in die Kehle zu rammen. Der Vater hätte seine Prüfung bestanden. Er verstand es zu opfern.

Miriam ging auf den Steg. Die Haare fielen ihr auf einmal über die Schultern. Sie summte Phantasien von Schumann. Da waren Mächte in ihr. Eine Macht gehörte ihr; das war sie; eine andere gehörte etwas Mächtigerem, das von außen kam und das ihr nicht gehörte, das aber trotzdem eine Macht in ihr war. Die andere Macht bestand aus Musik, bestand aus einem Gehen und Wiegen, bestand aus Wasser und Größe, bestand aus blutroten Häusern und Monsterrehen. Er liebte sie. Er liebte diese Miriam, wie er sie noch nie geliebt hatte. Er liebte ihren Körper, liebte ihren Hals und die Größe ihrer Bilder.

Sie zog eine Zigarettenschachtel aus der Hosentasche. »Willst du auch eine?« Der heilige Mund, die heiligen Töne, die heiligen Worte.

»Dummkopf«, hatte sie den Vater genannt. Also musste sie fühlen. Sie nannte ihn »beschränkt«. Also musste sie fühlen. Denn mit diesem Sie-Fühlen-Lassen zeigte der Vater ihr, wie sehr er sie liebte. Er konnte sie nicht verkommen lassen. Das Schlechtsein musste ihr ausgetrieben werden. In Liebe. »Ich treibe dir das schon noch aus.« Den falschen Willen. Das Böse. Um ihrer Rettung willen.

Alles ging ineinander über – in ihr und in ihm. Sie zog an der Zigarette und ließ den Rauch in sich hineinsinken. Sie sagte: »Ich habe das Gefühl, dass ich auf einmal allein bin.«

Der Vater war in ihr Zimmer gegangen, ohne anzuklopfen. »Lass uns gemeinsam beten.« Sie brüllte. »Ich bin keine Magd, nicht deine und auch keine Magd GOttes. Du willst, dass ich werde wie du. Sanftmütig, fromm und gehorsam. Mit dem Prügel in der Hand. Ich werde nicht wie du.« Sie rannte an die Zimmertür. Die war abgeschlossen. Der Schlüssel fehlte. Den hatte der Vater zu sich genommen. Aus Liebe. Vorsorglich. Fürsorglich. Der Vater litt, ihr zuliebe, IHm zuliebe. Sanftmütig wollte er sein. Aber er musste GOtt gehorchen. Selbst wenn es ihn schmerzte.

Sie sagte: »Das Lamm Gottes.«

Sie waren Fremde – vor sich und in sich. Miriam war Schneewittchen ohne Kuss. Johannes war das Reh ohne Wald. Johannes und Miriam.

Sie träumte, sie sei eine Riesenschildkröte, so alt, dass sie Moos auf dem Rücken hatte. Sie versteckte sich unter einem Stein. Den Stein rollte der Vater weg. Der Vater schlug sie mit einem Stock auf die Nase. Sie sagte: »Warum bekomme ich immer eins auf die Schnauze?« Sie wurde immer dahin geschlagen, wo es ihr am meisten wehtat. Sie wollte in den nächsten Sumpf kriechen. Sich unter Wasser verstecken. Aber sie musste atmen. Sie wurde wieder auf die Nase geschlagen. Sie sagte: »Ist das nicht ein komischer Traum?«

Die Mutter litt aus der Ferne mit. Sie ließ alles geschehen. Aus Gehorsam. Weil es richtig war. Sie sagte: »Wisst ihr, ein behindertes Kind habe ich nicht gewollt. Aber das Nächstschlimmste für mich wäre ein Kind mit roten Haaren gewesen. Und jetzt färbst du sie dir rot!«

Die Seele war ein heißer Nebel. Sie gehörte IHm. Sie war Mensch und GOtt. Sie war unvorstellbare Nähe.

»Sie ist eigentlich noch zu jung, um so etwas zu tun«, sagte der Psychologe in der Stadt. Sie ging jetzt einmal in der Woche zu ihm. Beim ersten Mal wartete Johannes im Wartezimmer. Der Psychologe sagte: »Das nächste Mal ohne ihn.« Er meinte Johannes. Rainer Manschitz-Eisele hieß der Psychologe in der Stadt. Ab jetzt durfte Miriam einmal in der Woche mit dem Bus in die Stadt fahren. Allein. Sie kam mit leeren Augen zurück.

Sie trug ihre Haare achtlos, ließ sie sich zu Knoten verwachsen. Das war die Zeit der Herzschläge, die Bilder waren. Die Bilder akzeptierten das Schreckliche. Achtlos, bleich und immer wieder neu.

Miriam blieb in ihrem Zimmer. Sie träumte. Johannes blieb in seinem Zimmer. Er machte Fußballtabellen. Miriams Zimmer war das kleine Zimmer, das früher der Abstellraum gewesen war. Ihr Zimmer hatte ein kleines Fenster, das nach Norden blickte. Sein Zimmer war das größere Zimmer, dessen Fenster nach Osten und Süden blickten. Dafür hatte ihr Zimmer ein eigenes kleines Waschbecken. Es war der Mutter wichtig, dass Miriam ein eigenes Waschbecken hatte. Mehr Waschbecken und weniger Licht.

30

Sie wusste, sie brauchte erst gar nicht zu fragen, ob sie mitspielen dürfe. Ein Mädchen durfte nicht mitspielen. Ein Mädchen hätte alles verdorben. Ein Mädchen hätte nicht kapiert, um was es ging.

Sie stand hinter dem Fangzaun und schaute zu. Der Draht war zwischen ihr und ihnen. Da hatte sie sich hingestellt. Sie wollte nicht stören. Mit neugierigen Augen stand sie da und schaute, den Kopf gesenkt, zu. Sie bettelte nicht. Sie schaute ihnen zu, wie eine Besucherin in einem Museum der Führung einer anderen Gruppe zuschaut. Es war eine andere Welt, die sie vor sich sah. Sie würde nie zu dieser Welt gehören. Vielleicht war da eine Sehnsucht nach dieser anderen Welt. Sie wusste es selbst nicht. Sie schaute nur zu.

»Verzieh dich.« »Verpiss dich.« Das hätte Johannes ihr zugerufen, wenn sie gefragt hätte, ob sie mitspielen dürfe. Sie war hübsch mit ihren kastanienbraunen Haaren, die sie zu Zöpfen geflochten hatte, mit ihren lebendigen Lippen, die gern lachten, mit ihren Augen, die eine Mischung aus hellbraun und hellgrün waren, mit ihrer Haut voller Sommersprossen. Make-up trug sie keines. Dem HErrn gefiel es nicht, wenn ein Mädchen eitel war. Hübsch war sie. Aber mitspielen durfte sie nicht.

Sie schauten nicht zu ihr hin. Ablenken ließen sie sich nicht. Was sie taten, war wichtig.

Sie hielt die Lippen aufeinandergepresst. Sie hörte das silberne Klingeln des Fangzaunes. Ihre Lippen waren so schmal, dass sie fast aus dem Gesicht verschwanden. Es war nicht mehr sie selbst, die da lächelte. Sie war eine Figur, die dem, was war, gedankenverloren zuschaute. Das, was geschah, geschah ohne sie. Es waren Jungen, die auf der anderen Seite des Fangzaunes spielten. Sie machte sich zu dem, was sie meinte, für die, die sie nicht anblickten, sein zu müssen. Sie brauchte sich nicht zu zwingen. Es war einfach. Das Lächeln kam von selbst – von innen heraus. Das war sie – ein lächelndes Mädchen, das hinter dem Fangzaun stand, während Johannes mit anderen Jungen Fußball spielte, ein Mädchen, das zuschaute und auf den Boden schaute. Johannes. Durch ihn nahm sie teil. Auch an diesem Spiel. An diesem Fußballkonzert, das erklang, wenn der Ball ins Fangnetz einschlug. Der Bruder, in ihr, durch sie. Sie gehörte zu ihm, und er gehörte zu ihr. Er spielte. Er traf. Er schoss.

Kuss und Kussi: immer noch. Die Namen verschwanden zuletzt.

Johannes roch nach Gras und Erde. Sie atmete ihn ein.

»Hey, Süße, knackiger Arsch.«

Es lag nichts als Übermut in den Worten. Die Jungen lachten. Alle. Und im Mitlachen betrog Johannes sie. Er wurde ihr fremd. Er gehörte zu den anderen. Er spürte, wie er sich fremd wurde.

Die Mutter sagte: »Steh aufrecht, Mädchen, sonst bekommst du einen Buckel.«

Dass Miriam gebeugt sein wollte, damit ihr Rücken sie vor der Welt schützte, verstand er. Ihre Schultern drängten nach vorn. Wenn sie dann so gebeugt am Tisch saß, gab es zwischen den Schultern und den Knien einen Ort, der nur ihr gehörte. In den konnte sie sich, vom eigenen Körper umgeben, einschließen. Dorthin kam niemand außer ihr. Sie blickte nach unten. Immer schräg nach unten blickte sie. Sie traute dem Oben nicht.

31

Die Mutter betete weiterhin dafür, dass Miriam keine Hosen mehr anziehe.

Wie konnte ihre Tochter solch eine Sünde begehen. Es gehörte sich nicht. Miriam sagte: »Soll ich die Einzige in der Klasse sein, die noch im Rock herumläuft?«

Dass sie den Reißversschluss vorne auf- und zumachte, war das Allerschlimmste.

Manchmal blickten die Bubenaugen hinüber auf die Mädchenseite. *Spreitzest deine Beine für alle, die vorübergingen.*

Dein Schoß ist wie ein runder Becher, dem nimmer Getränk mangelt. Dein Leib ist wie ein Weizenhaufen, umsteckt mit Lilien.

Das Dorf war ein Wunder der Schöpfung. Darin waren sich die Buben einig. GOtt wusste alles und kannte alles. Die Buben waren voll der Bewunderung für diesen SChöpfer, von dem alles, auch die Mädchen und das Hohe Lied, kam. Vor GOtt gab es keine Geheimnisse. Vor dem Pfarrer und dem Zahnarzt und dem Totengräber und den Eltern schon.

32

Manche Abende verbrachten sie zusammen. Da hörten sie Pachelbels *Kanon*, Albionis *Adagio*, Vivaldis *Winterlargo*, Händels *Ankunft der Königin von Saba. Solo deo gloria.* Johannes und Miriam saßen auf ihrem Bett und hörten Musik, die aus einer Welt kam, die nicht trennte. Er sog den Geruch nach Puder und Weichspüler, nach Apfeltee und Dispersionsfarbe ein in sich.

Miriam fror. Sie war allein. Da war die Barockmusik mit ihrem sicheren Kontrapunkttakt, der alle Melodien möglich machte, das einzig Richtige. Es war eine gesegnete Welt. Brüderchen und Schwesterchen. Kuss und Kussi. Sie sangen: »Froh zu sein, bedarf es wenig, und wer froh ist, ist ein König.« Sie sangen im Kanon. Sie berührten einander, wie es nur in Worten möglich war.

Er sagte, wie so oft: »Du bist die schönste unter den Menschenkindern, voller Huld sind deine Lippen, wahrlich, GOtt hat dich gesegnet für ewig.«

Sie war stark. Sie bereute nichts. Sie sagte: »Juden glauben nicht an das Leben nach dem Tod. Aber wie ist es bei Muslimen?«

Die Zeit, die glaubte, wenn man alle Nebenflüsse des Neckars auswendig aufsagen könnte, bekäme man eine Eins, lag hinter ihnen. Sie waren für Neues bereit.

33

»Das Engelein aus Himmelreich«, nannten sie sie. Und »Kussi«. Kam sie von der Schule nach Hause, setzte sie sich ans Klavier. Sie spielte schottische Tänze, spielte *White Sunday*, spielte Jazziges, das aus den USA kam, dann Mendelssohn und Schumann und vielleicht noch Mozart und Beethoven. Es war eine Weltreise, die sie unternahm, wenn sie aus dem Gefängnis, das die Schule war, kam. »Kussi, das Engelein aus Himmelreich.« Das war sie. Sie wurde sich fremd in ihren Namen.

Nachdem sie sich durch die Welt gespielt hatte, war sie bereit für Bach. Da, wo vorher ein Kampf war, war jetzt ein Heimkommen. Alles ging in einem großen Zuhause auf. In Pulsschlägen. In Enden und Anfängen. Es hätte keine größere Überwindung geben können als die, die Miriam zwischen Schule und Bach geschehen ließ. Von Osmose, Photosynthese, Weltraum und Cape Canaveral, die gelernt werden mussten, von Kussi und Engelein aus Himmelreich hin zu weichen Herzschlägen und Schöpfungen, die ihr geschahen.

Manchmal, abends, spielte sie ein paar Takte und fragte ihn: »Weißt du, wer das ist?« Liszt, riet er, und Moreau Gottschalk. Es gab eine Nähe, wenn er einen Namen erriet. Bei Liszt die B-Moll Sonate – das zögerliche Anklopfen, das diese Musik war.

Manchmal improvisierte sie. Dann konnte er ihr stundenlang zuhören. Es gab dann kein Moll oder Dur mehr. Es gab Herzschläge. Es gab Töne, die eine eigene Sprache waren. Es berührte ihn, wenn sie so spielte. Der Taumel. Der Schwindel. Das Hinaufgehobenwerden. Das Atemholen. Der Junge und das Mädchen. Im Atmen, im Hören. Alles war ein Jetzt. Ein Jetzt der Harmonien, die sich suchten und fanden. In Körpern. Im Atmen. Im Schweben. Hier war der Rhythmus, hier war das Schweben. Hier war der Herzschlag ein grenzenloses Dürfen. Sie spürten es. Jeder für sich. Und gemeinsam. Sie gehörten dazu. Sie gehörten zueinander. Sie gehörten zum großen Atmen im großen Rhythmus. Es war ein Hören, ein Schweben, ein Vorwärtstreiben. In der Musik gab es keine Mutter und keinen Vater; es gab keinen Bruder und keine Schwester; es gab nur ein Fühlen, ein Schweben und ein Zusammensein. Etwas Tiefes verband den Jungen und das Mädchen. Es verband sie miteinander und mit den anderen Menschen der Welt. Das spürten sie. Etwas Tiefes, das von allen Menschen kam, war in ihrem Spielen – in ihrem Atmen, in ihrem Hören, in ihren Herzschlägen. Sie war Teil von allem. Allein und mit den anderen. Getragen. Gehoben. Im Suchen. Im Finden. Im Fallen. Das Spielen, der Atem, das Jetzt – augenlos, mundlos, ohrenlos, sinnlos. Sie war Bruder und Schwester. Mit allen anderen. Vereint. Im Großen. Es war Liebe, in der Freude lag. Er spürte sie. In sich. Die Liebe. Sie war Junge. Sie war Mädchen. Die Seele war eins. Die Seele war groß. In den Tönen. Im Segen. Johannes und Miriam. Sie waren allein und mit den anderen. Sie waren Kinder. Sie waren

Atem, zahlloser Atem. Es war ein eigenes Leben. In den Tönen, die durch sie gingen. Und sie aufhoben. In sich. In ihr. In ihm.

Wenn sie spielte, fielen ihr die Haare über die Schulter. Dort lebten sie – in den Phantasien, in den Tokkaten, in den Liedern. Da spielten sie gemeinsam, wenn sie spielte. Sie im Spielen, er im Hören. Es waren die Bewegungen zweier Körper. Gebend und nehmend. Schenkend und empfangend. Tief atmend, tief schlagend, nahe und doch fern. Der heilige Hals der treibenden Töne.

Sie spielte Brahms. Es-Dur. Es begann dunkel zu werden. Es gab einen Ländlerrhythmus. Es gab Dezimensprünge. Es gab ein Schluchzen. Und dann leuchtete alles doch noch einmal neu und traurig auf. Die Haare. Es war der Tanz der Kindheit, die am Vergehen war.

Sie lächelte. Es war ein Lächeln, das sagte, ich wäre lieber Nacht. Sie stand auf. Es war Sommer, als sie so dastand, das Fenster hinter ihr offen, der Vorhang wehte. Gehen Alche. Arlorn.

34

Es war Frühling und roch nach Erde. Es war der erste Tag des Jahres, an dem es so roch – nach verletzter Erde. Würmer lagen nackt und wanden sich. Würmer lagen durchtrennt, und die zwei Enden bewegten sich. Der Spaten traf sie. Die Hacke flüsterte, wenn sie Erdklumpen zerschlug. Johannes schubste Miriam, nur weil er etwas tun musste und weil er der Mutter nichts antun durfte. Miriam fing sich. Sie fiel nicht so schnell um. »Hör auf, du Idiot.«

Die Mutter drehte sich um und sagte: »So wie wir diese Kartoffeln im Frühjahr in die Erde legen, so legt der liebe GOtt einen jeden von uns in die Erde. Nur kommt es bei uns darauf an, ob wir als neue Menschen auferstehen oder ob wir als alte Menschen der Sünde auferstehen. Geben wir uns nur in einigen Stücken dem Guten hin? Oder geben wir uns ganz und gar dem Guten hin? Fangen wir früh an, das zu tun, was GOtt wohlgefällig ist?«

Miriam ging zwei Schritte zur Seite, damit er sie nicht schubsen konnte.

Die Mutter sagte: »Wollen wir zu einer guten Frucht der Gerechtigkeit werden, so müssen wir in früher Jugend anfangen, uns dem Dienste GOttes zu weihen und uns IHm mit unserem ganzen Leben hinzugeben. Wir müssen nicht uns, sondern GOtt leben. Wir müssen zu einer neuen Frucht wachsen. Sonst wird es uns einmal gereuen, wenn wir auch im neuen Leben noch so viel von dem alten Menschen in uns haben, was uns ewig hindern wird, als vollkommen neue Frucht einst in SEin Reich einzugehen. Manche Menschen kommen auf die Erde und sind von einer Art, die sie nicht ablegen können. Das sieht man ihnen ewig an, weil sie als ganz alte Menschen auferstehen, gar nichts Neues angenommen haben und auf ewig als unbrauchbar verworfen werden, wie eine alte Kartoffel, die man zu nichts gebrauchen kann. Denn nur, was man durch das Wort GOttes lernt, taugt einst in jener Welt.«

Die Mutter sagte all das mit einer Stimme des hohen Ernstes. Sie wollte ihren Kindern etwas mitteilen, das diese nie vergessen würden. Die Mutter als Pfarrerin. »Lass mich doch in Ruh«, wollte Johannes sie anschreien. Er sagte: »Danke. Das werde ich mir merken.« Dabei spürte er den Teufel in sich. Er spürte die Hörner, die ihn in den Magen stachen und die ihm den Schlund heraufkriechen wollten. Er wollte in Ruhe gelassen werden. Von der Mutter. Vom Dorf. Er wollte in Ruhe gelassen werden von den Kartoffeln. Vor allem von den Kartoffeln. Er wollte nicht zu einer neuen Frucht werden. Wie seltsam die Mutter sprach. Als hätte sie etwas auswendig gelernt, damit sie es ihnen mitteilen konnte, wenn der Vater nicht in der Nähe war. Wahrscheinlich hatte sie schon Wochen darüber nachgedacht, was sie zu ihren Kindern sagen könnte. Immer wieder nahm sie Kartoffeln aus dem weißen Plastikeimer und steckte sie in die Erde. Ein paar in die rechte Furche. Ein paar in die linke Furche. Hinter ihr durften Johannes und Miriam mit der Hacke von rechts und links Erde in die Furchen hineinziehen und zu einem Haufen über den Kartoffeln formen. Miriam links, Johannes rechts. Aufhäufeln, nannte die Mutter das. Die Erde roch. Sie lud ein. Johannes ließ sich fallen. Zur Seite. Und riss Miriam mit sich zu Boden. Auf Kartoffeln und Würmer. Er lachte. Das Fallen in den Dreck gefiel ihm. Und Miriam sollte mit ihm fallen. Er konnte nicht mehr aufhören zu lachen. Er wusste, dass es nicht lustig war. Aber solange er lachte, gab es keine anderen Worte. Er lachte sich weg von der Mutter und weg von den Kartoffeln.

»Du Idiot.«

»Jetzt seid ihr aber gleich still, sonst sag ich's nachher dem Vater.«

35

Sie waren still. Das Leben war Stille. Das Leben war ein Warten. Ein Warten auf Nähe, die aus der Ferne kam, weil sie aus der Nähe nicht kommen konnte. Aus der Nähe konnte keine Nähe kommen. Nur aus dem, was anders war, konnte Nähe kommen. Eine Erlösung. Ein Hiersein. Zwischen Wolken und Wasser. Zwischen Decke und Fenster. Zwischen Er und Sie. So spielte der Frühjahrswind. Er richtete sich ein in ihnen.

Führe mich, o HErr, und leite meinen Gang nach DEinem Wort.

Der Zwanzigmarkschein, den er aus dem Geldbeutel des Vaters nahm, verursachte Schläge. Der Zwanzigmarkschein war die Strafe, die der Vater bezahlen musste.

Johannes sah die verwirrten Augen. Er sah den Schmerz und die Ferne. Miriam war zwei Personen geworden. Sie war bei ihm, und sie war die geworden, die dem Vater beichtete und die dem Vater vergab. »VAter, vergib ihm, denn er weiß nicht, was er tut.« Er sah das Gesicht des Vaters. Er sah die Zähne im Vatergesicht. Der Vater sprach sich selbst Mut zu: »Du hättest ganz andere verdient.«

36

Ricki, das Füchslein, war kleiner als er. Sie war älter als er. Und sie kam mit ihren kurzen Zöpfen, die aussahen, als seien sie aus Drähten gemacht, auf ihn zu. Mit überwachen Augen. Sie schlug ihn auf den Oberarm. Genau an die Stelle, wo es am meisten wehtat. Er schlug zurück. Auf dieselbe Stelle bei ihr. Sie kämpften. Sie boxten. Ihre Fäuste fielen so schnell auf sein Gesicht, dass er nicht mehr wusste, wohin er bei ihr schlagen sollte.

Sie sagte: »Wenn du mir ein Eis kaufst, ziehe ich meine Unterhose vor dir aus.« Sie sagte: »Ich schwör's.« Sie sagte: »Feigling.«

Er ging und kaufte ihr einen Eislutscher. Mit dem gingen sie in die Kiesgrube hinter der Bäckerei. Hinter der Hütte konnten sie von keiner Straße und keinem Haus aus gesehen werden. Dort gab er ihr das Eis. Rot war es, hellrot, wasserrot. Sie riss es auf und schleckte. »Was guckst du so?« Ihre Zunge wurde geranienrot. Ihr Mund bewegte sich. Ihr Mund hatte Flügel. »Erst wenn ich fertig bin«, sagte sie.

Als sie fertig war, gab sie ihm die Plastikhülle. »Sonst gibt's noch Flecken.« Sie lachte. Dann hob sie den Rock, schob die Daumen in den Unterhosengummi und zog die Unterhose – sie war hellblau, geblümt, verwaschen – nach unten. Sie zog sie über die Oberschenkel, über die Knie, hob ein Bein, stieg aus dem einen Unterhosenloch, dann aus dem anderen. Er traute seinen Augen nicht. »Du Biest!« Er wollte sie schlagen, jetzt, sofort. Er sah ihre zweite Unterhose und sonst nichts. Sie lachte. Er schubste sie, schubste sie hart. Sie lachte. Das Schubsen gefiel ihr. Das Lachen hieß, dass sie schon wieder gewonnen hatte, hieß, dass sie die Siegerin und er der Verlierer war. Er schrie: »Du!« Dann lachte er auch. »Du Biest, du fieses Biest.« Weil sich das reimte, kam es ihm einfacher über die Lippen. Aber die Worte waren viel zu weich in seinem Mund. Das war ihm nicht recht. Jetzt musste er sie in den Schwitzkasten nehmen. Er machte einen Schritt auf sie zu und schlang den Arm um ihren Nacken, wollte sie über die Hüfte werfen, so wie er das bei den anderen immer machte. Aber sie tauchte weg, tauchte aus der Umschlingung, irgendwie, und legte ihren Arm von hinten um seinen Nacken. Das ging schnell. Jetzt wollte sie ihn auf den Boden zwingen. Sie ließ ihn aber los und lachte. »Kauf mir doch noch einmal ein Eis!« Er spuckte vor ihr auf den Boden. »Dass du, während ich bei Frau Heid bin, die alte Unterhose wieder anziehst!« »Nein, ich versprech dir's.« »Oder du hast gleich drei angezogen!« Sie schüttelte den Kopf. »Echt nicht.« Aber er glaubte ihr nicht. Er sagte: »Komm, gehen wir an die Rote Aach.« Dort warfen sie Steine in den Bach, jagten mit einem Haselnussstab vorbeischwimmende Blätter und bauten einen Damm. Es war ihm wohler, sobald er den Ort seiner Niederlage hinter sich gelassen hatte und wieder dort war, wo er die Welt und die Welt ihn sehen konnte. Der Boden hinter der Hütte konnte sich auftun und sie verschlucken. Es ging direkt zur Hölle hinunter von da aus. Das wusste er. Es wäre dort schön gewesen, wenn er der Stärkere gewesen wäre. Aber so nicht.

37

Man nannte sie »Die Künstlerin«. Denn wer sich der Eitelkeit anheimgab, war des Teufels. Und Rahel schrieb ihren Namen auf jedes ihrer Werke. In grellen Farben. Ihre Bilder waren so anders als Martinas. Rahel war die Wilde im Dorf. Sie kaufte in der Apotheke Kondome, ging mit unbekannten Motorradfahrern in den Wald und trampte abends in die Stadt. Sie sagte Worte, die sonst niemand aussprach. Dann ging sie weg. Nach dem Abitur. Zum Studium. Ihr Vater, der Zahnarzt, erlaubte es. Er hatte auch studiert. Seinem Glauben hatte es, sagte er, nicht geschadet.

Als sie zum ersten Mal von München zurückkam, sagte der Totengräber: »Ich habe das, wonach du mich gefragt hast. Soll ich ihn vorbeibringen? Oder willst du ihn abholen?«

Im Dorf war man, seit sie gegangen war, ein wenig stolz auf sie. So stolz man eben sein durfte. »Die Künstlerin« klang jetzt anders. Picasso, Dürer, Chagall – bald sollte auch ihr Name dazugehören. Rahel Maiwald. Der Kunstlehrer erzählte es, seit sie weg war, jedem: »Talent hatte sie, von Anfang an.« So etwas hatte er, der schon dreißig Jahre hier unterrichtete, noch nie gesehen. Sie konnte Charaktergesichter, Gewitterlandschaften und fauchende Katzen malen. Schon in der Grundschule! Das Abstrakte kam dann ganz von selbst. Irgendwie. Er wusste nicht, woher. Er sagte: »Ihr konnte ich nichts mehr beibringen. Ich konnte sie nur noch ermutigen. Es war ihr wie in die Wiege gelegt.«

»Abholen«, sagte Rahel. Den Totengräber bei ihr zuhause an der Tür klingeln zu lassen, war zwar eine Versuchung. Dann hätte der Vater in der Praxis wochenlang Schadensbegrenzung betreiben müssen. Aber die Lust, dem Vater Schaden zuzufügen, war, seit sie gegangen war, kleiner geworden. »Es ist schon komisch«, sagte sie.

Rahel. Rahel Maiwald. Sie war zwei Jahre älter als Johannes. »Hast du Lust mitzukommen?«, fragte sie ihn.

Johannes zögerte.

»Und«, fragte sie. »Kommst du mit?«

Das war komplizierter, als sie wissen konnte. Sie wusste nichts von Martina. Und Martina wusste nichts von Rahel. Das war gut so. Und das sollte so bleiben. Er sagte: »Ja, gern. Wann?«

»Jetzt gleich.«

Vorbei am Betsaal gingen sie und dann in die Riedgasse, wo das kleine Bauernhaus des Totengräbers stand. Drei Milchkühe, eine Sau und ein paar Kälber standen bei ihm im Stall – und der fichtengrüne Lanz mit Schwungrad, der bald danach ins Traktorenmuseum kam.

Rahel ging vor ihm. Ihre Hüften wiegten sich hin und her. Von Westen nach Osten. Er ging gern hinter ihr – zur Hintertür des Totengräberhauses. An die Vordertür klopften nur der Arzt, der Polizist, der Pfarrer, der Schulleiter und der Bürgermeister. Alle anderen klopften, wie es sich gehörte, an die Hintertür. Rahel klopfte. Ihre Fingernagelmonde hatten Farbflecke – aquamarinblaue und burgunderrote. Die hatte sie aus München mit zurückgebracht. München war die große Freiheit. Das große Leben. Kurz und hart klopfte sie.

Im Haus blieb es still. Auch im Hinterhof der Metzgerei nebenan war es still. Es roch noch nach Blut. Aber das Metzgen war für heute vorbei. Es war Freitagnachmittag. Der Hinterhof war saubergespritzt.

»Vielleicht hat der Schaufel-Joe seinen Fernseher zu laut gestellt«, sagte Johannes.

Rahel klopfte noch einmal, diesmal ans Glas in der Hintertür. Jetzt hörten sie drinnen ein Türschlagen, dann ein Schlurfen. Durchs Milchglas sahen sie den Umriss. Man erkannte den Krüger Kurt schon an seiner Silhouette – klein, vornübergebeugt und mit einer breiten Glatze.

Die Tür ging auf. Johannes blickte auf die Sicherheitsnadeln am Hosenladen. Er roch das Bier. Meckatzer Löwenbräu.

»Kommt doch rein«, sagte der Totengräber. Er hatte sein Gebiss im Mund. Das war angenehm.

»Danke.«

Im Gang roch es modrig. Aber das war die Riedgasse. Da roch es überall modrig, auch in der Metzgerei und im Schuhgeschäft, beim Sattler und beim Wanger und im Porzellanwarenladen. Entlang der Wand standen auf alten Zeitungen drei Paar Männerstiefel, zwei schwarze und die vom getrockneten Lehm gelben Arbeitsstiefel.

»Gut, dass ihr da seid«, sagte der Totengräber. Er sagte: »Lang aufheben kann ich ihn nämlich nicht.«

Er beugte sich vor und hob, schrundig und braun waren die Finger, einen verschnürten Karton vom Boden auf, den er Rahel überreichte. »Das ist aber noch ein junger«, sagte er. Er sagte: »Ein bisschen saubermachen müsst ihr ihn noch. Die Augen sind schon weg, aber das Hirn ist noch drin.«

»Haben Sie da jetzt extra wegen mir zur Seite hin gegraben?«

»Nein, nein, das ist hier so. Die Feuchtigkeit und der Lehm erhalten alles.«

»Und wie sauber machen?«

»Am besten in einen Ameisenhaufen legen. Nach ein paar Stunden ist er sauber. Aber nicht über Nacht liegen lassen, sonst kommen die Mäuse. Die mögen Knochen.«

»Danke, danke. Die werden staunen in München«, sagte Rahel.

»Schon recht.« Der Totengräber streckte ihr die rechte Hand entgegen, und die Künstlerin, weil sie den Karton mit beiden Händen festhalten musste, streckte ihm den rechten Ellbogen hin. Martina war nirgends zu sehen. Also brauchte nichts erklärt zu werden. Wenigstens im Augenblick nicht. Vielleicht später, falls der Schaufel-Joe ihr etwas erzählte. Aber der würde ihr wahrscheinlich nur von der Künstlerin und nicht von Johannes erzählen. Das hoffte Johannes wenigstens.

Sie gingen auf dem Fichtenweg bis ans Ende des Hohen Waldes, wo das Moor anfing. Sie wussten, wo der größte Ameisenhaufen war. Ameisen lebten am liebsten im Fichtenschatten am Rand des Moores, auf festem Grund noch. »Leben«, sagte die Künstlerin, »findet immer an Rändern statt. Dort, wo die Übergänge sind, sieht man am meisten.« Waldameisen umkrochen ihre Schuhe. Immer wieder musste sie, damit sie nicht an ihr hinaufkrochen, die Füße bewegen. Groß wie Daumennägel waren diese Ameisen.

»Hast du ein Taschenmesser?«, fragte sie.

»Schon lange nicht mehr.«

»Das hätte ich mir denken können«, lachte sie.

Mit den Fingernägeln fing sie an, den Knoten am Karton zu bearbeiten. Es war hübsch, wie sie dabei ihre Lippen nach vorn stülpte. Das war kein Kussmund. Das war ein Das-muss-doch-gehen-Mund. Dieser Mund schaffte es, sich die Welt untertan zu machen. Als der Knoten seinen Widerstand aufgab, zerrte sie die beiden Schnur-Enden auseinander und schlug die Deckelhälften auf. Weißlich und lehmig sah es im Karton aus. Und verschmiert. Alles war verschmiert. Besonders die Haare. Und es roch nach Lehm. »Willst du ihn hinlegen?«, fragte sie.

»Kannst du ihn nicht rollen?«

»Ich probier's.« Langsam hob sie das eine Ende der Schachtel in die Höhe und ließ das Stück menschlicher Anatomie herausrollen. Der Kopf rollte nach unten, drehte sich einmal, zweimal, dreimal. Dort, wo der Ameisenhügel anfing, blieb er liegen. Er sah traurig aus – weißlich mit schwarzen Löchern, wo die Augen gewesen waren. Haare und jetzt auch einige kleine Zweige und Tannennadeln klebten an der verschmierten Haut. Der Kopf lag auf der Seite auf dem Ohr.

Sie beugten sich vor und bewegten die Füße. Es war ein stiller Tanz. Ohne Musik. Es dauerte, bis die ersten sechsbeinigen Körper auf das Objekt krochen. Sie sahen aus, als hätten sie acht Beine, weil die Fühler vorne genauso lang waren wie die zwei Vorderbeine. Dann ging es auf einmal schnell. Alles überzog sich mit schwarzen Punkten: die Oberflächen, die Stellen, an denen man gerade noch schimmernd Knochen gesehen hatte, und die Öffnungen. Vor allem in die Öffnungen krochen sie. Waren es vier Sinne, die im Schädel beheimatet waren? Zu jedem Sinn gehörten Öffnungen. Ohren, Augen, Nase, Mund. Die schwollen an. Die brodelten vor schwarzen Körpern. »Als ob jede genau wüsste, welche Aufgabe sie hat«, sagte Rahel vergnügt. Die Sonne schien durch die Fichten. Ein leichter Wind bewegte Licht und Schatten. »Schade, dass du deine Kamera nicht dabei hast«, sagte sie. »Sonst könntest du ein Foto machen. Das glaubt uns später niemand.«

»Spielt es eine Rolle, ob uns jemand glaubt?«, sagte er. »Hauptsache wir wissen es, du und ich.«

Sie standen sich hin- und herwiegend da und schauten in die Sonne, die sich hinter den Fichtenästen bewegte. »Meinst du«, sagte sie, »wir sind wie Ameisen, und über uns gibt es EInen oder EIne oder ETwas, das wir nicht einmal als Schatten erahnen?«

Rahel trug die Haare jetzt wieder so, wie sie sie die letzten Jahre im Gymnasium getragen hatte. Glatt und kohlenschwarz gefärbt, statt rot. Zwei Finger breit unterhalb der Ohren rund um den Kopf herum abgeschnitten. Ein Bubikopf, der das, was dem anderen Geschlecht erlaubt war, auch für sich in Anspruch nahm. Einfach so. Johannes war sicher, sie hatte, seit sie in München war, auch Frauen geküsst. Er brauchte nicht zu fragen. Er wusste es.

Sie sagte: »Hast du in letzter Zeit Martina gesehen?«

»Wo?«, sagte er erschrocken. Er sagte es zu schnell. Das merkte er. Er sagte: »Spinnst du jetzt?«

Rahel sagte: »Du Idiot.«

Sie verstanden einander. Sie wusste es. Er wusste, dass sie es wusste. In diesem Dorf wussten immer alle alles über jeden. Es gab kein Entkommen. Aber Johannes und Rahel wussten auch, dass sich in ihrem gegenseitigen Verschweigen neue Welten öffneten. Welten, die ihnen mehr bedeuteten als das Dorf. Er nahm ihre Hand, hob sie an den Mund und küsste den Handrücken. Lange küsste er ihn. Wie in einem Theaterstück. »Wir sind es, die zählen«, sagte er. »Du und ich. Sonst niemand.« Dann drückte er ihr die Lippen noch einmal auf den Handrücken. Es war ein Theaterspiel, das sich selbst entlarvte und die Berührung der Lippen auf dem Handrücken trotzdem zu seinen Gunsten in Anspruch nahm.

Er blickte hinauf in die Fichtenäste.

»Es gibt da hinten ein Stück Moos«, sagte sie. »Die Ameisen brauchen hier bestimmt noch eine Weile.«

Sie blieben stehen und blickten hinab in die Wellen, die aus unzähligen schwarzen Körpern bestanden. Immer wieder trugen diese Ameisenwellen etwas davon. Oft war es weißlich. Manchmal war es braun, manchmal schwarz.

Rahel Maiwald. Sie hatte es geschafft. In die Freiheit, ins Leben, in die Stadt. Sie konnte nein und ja sagen nach Belieben und ficken, wen sie wollte.

Er sagte: »Ein Stück Moos?«

Sie sagte: »Der hat noch alle Zähne. Das wird gut.«

Der Boden wurde, wo sie gingen, weicher. Es lagen Fichten- und Kiefernnadeln auf dem Moorboden. Johannes sagte: »Dass da nach fünfundzwanzig Jahren noch solche Reste da sind.«

»Du hast es doch gehört. Mit Wasser und Lehm durchmischt, das hält lang. Wenigstens riecht er nur nach Erde. Der könnte auch ganz anders riechen.«

»Oder gar nicht.«

»Da hast du auch wieder recht.«

Sie ließen die Handrücken an den Fichtenstämmen entlangstreichen. Sie spürten das Spiel. Sie spürten das Lachen. Sie spürten die Jugend. Johannes griff nach ihrer Hand.

Sie sagte: »Nicht hier.«

Er sagte: »Warum nicht? Es gehört doch immer alles zusammen.« Sie hatte das Moos erwähnt. Es war ihre Idee gewesen.

Sie zuckte mit den Schultern. Sie konnte tun und lassen, was sie wollte.

Neben dem Moorloch legten sie sich ins Moos. Das Moos war trocken. Sie blickten in den Himmel. Bienen summten irgendwo über ihnen, bis ein schrilles Quietschen ertönte, vom Horizont her, schnell lauter wurde, über sie flog, so laut, dass sie sich die Ohren zuhielten, und dann wieder am Horizont verschwand. Am Himmel blieben zwei weiße Streifen.

Sie zog die Bluse von der Schulter und zeigte ihm ihr neues Tattoo – ein Schmetterling auf dem linken Schulterblatt. In Regenbogenfarben. »Im Regenbogen bin ich zuhause. Und im Schmetterling auch.«

»Was ist das für einer?«

»Ein blauer Morphofalter. Morpho peleides. Die perfekte Kombination aus Farbe und Flügeln.«

Der Kopf wurde ihr erster Triumph. In einer Komposition aus Eichelhähereiern, Ameisen, Rinderzungen und Schamhaaren. Die Stadtväter der Stadt, in der sie ausstellte, klagten auf die Entfernung von »Frank Armbrusters Stillleben«. Echte menschliche Überreste waren in der Kunst nicht erlaubt. Es gab eine Gerichtsverhandlung. Es gab eine Berufung. Der Schädel. Die Schamhaare. Die Ameisen. Alles mit viel gelbem Honigacryl zu einem Relief verklebt. Die Magie der Haare. Auf dem Altar der Kunst.

Sie lagen lang nebeneinander an diesem Nachmittag und starrten in den Himmel: warteten darauf, dass die weißen Narben der Starfighter verschwanden.

»Warum meinen wir immer, von oben käme das Gute?«, sagte sie.

»Weil es da hell ist?«

»Immer wieder das Vorurteil für das Licht.«

Sie ließ ihre Finger über seinen Bauch gleiten. Er zitterte unter dem Stoff seines Baumwollhemdes. Mehr brauchte es nicht in diesem Dorf an diesem Nachmittag. Mehr brauchten sie nicht. Er wusste, er würde das Dorf bald verlassen. Und sie wusste es auch.

Als sie später auf das Gottesfeld gingen, fanden sie das frische Grab. Es lag neben dem Frank Armbrusters, des Motorradfahrers, der vor einem halben Jahr zu schnell gefahren war. Der Schaufel-Joe hatte also doch zur Seite hin gegraben. Ihr zuliebe. Durch die inzwischen aufgeweichte Sargwand hatte er ihn für sie geholt.

Sie sagte: »Wenn ich hätte wetten müssen, hätte ich darauf gewettet.«

Johannes sagte: »Das hatte ich nicht erwartet.«

Sie sagte: »Warum nicht? Der will mir Gutes tun.«

Er sagte: »Schon. Aber so?«

38

Am späten Abend erschrak er, als die Tür zum Wohnzimmer sich öffnete. Er hatte nicht bemerkt, dass noch jemand wach war, noch im Haus umherging, dass noch jemand die Treppe heruntergekommen und durch den Gang zur Stubentür gegangen war. Er drehte sich um. Es war Miriam. Zum Glück. Wenn es der Vater oder die Mutter gewesen wäre, wäre das schlimmer gewesen. Schlimm genug, dass es Miriam war.

Österreich Eins. Es war ein Spielfilm, der vor ihm und jetzt auch vor ihr lief. Es war ein Spielfilm, der Haut und Körper zeigte. Und Körper, die einander berührten. Ohne Kleider. Miriam setzte sich aufs Sofa und schaute vom Sofa aus zu.

»Sollen wir etwas anderes anschauen?«

»Mir ist es egal.«

Das war eine ihrer typischen Antworten. Sie wollte keine Vorschriften machen. Sie wollte sich nicht verstecken. Aber sie wollte auch nichts sagen, was andere als einen Wunsch verstehen könnten. Oder gar als eine Vorschrift. Sie war Meisterin im Vermeiden von Wünschen. Sie wollte niemanden wissen lassen, was sie wollte. Vielleicht wollte sie auch gar nichts. Johannes wusste nie, was sie eigentlich wollte. Wenn sie: »Mir ist es egal« sagte, war es, als sagte sie: »Ich bin mir egal.« Johannes ließ den Film weiterlaufen. Er wollte sie nicht vor so einem Film schützen. Er wollte sie nicht noch mehr anders machen, als sie es schon war. Vielleicht gefiel ihr dieser Film sogar, und sie traute sich nur nicht, es zu sagen. Aber vielleicht saß sie auch hier, um in seiner Nähe zu sein, und alles andere war ihr egal. Aber wenn sie ihm zuliebe hier säße, könnte er diesen Film nicht weiter neben ihr anschauen. Dann hätte ihre Gegenwart ihm den Film verdorben. Sie war also hoffentlich nicht hier, um in seiner Nähe zu sein. Am liebsten hätte er sie hinausgeschickt. Dann hätte er den Film wieder genießen können. Aber das ging nicht. Es war auch ihr Zuhause. Es war auch ihr Wohnzimmer. Umschalten wollte er auch nicht. Wenn er jetzt umgeschaltet hätte, hätte er es ihretwegen getan, ohne zu wissen, ob sie das wollte. Und er hätte es ihr irgendwie, ohne es ihr zu sagen, vorgeworfen, dass er für sie, für das, was er für ihren Willen hielt, umgeschaltet hatte. Egal, was er tat, es gab keine Lösung, seit sie ins Wohnzimmer getreten war. Dass er nicht schnell umgeschaltet hatte, bevor sie die Tür öffnete, warf er sich vor.

Es gab Brüste. Die wollte er sehen. Die Eltern durften nichts davon wissen. Miriam sollte nichts davon wissen. Fleisch war Sünde. Lust war Sünde. Der Saba war das Auge in die Welt. Er war ein Stück Himmel. Der Saba riss ihm die Augen auf. Der Saba machte ihn zu einer einzigen Wunde in der Welt, und er genoss das Gefühl, aufgerissen und eine Augenwunde zu sein. Rein in den Kopf, raus aus dem Kopf. Rein in den Kopf, raus aus dem Kopf. Da waren die Brüste. Da waren die Körper. Weiß hingen Wolken über einem Dorf. Kreissägen wimmerten, und gekippte Küchenfenster bliesen Pfannkuchengeruch in die Welt. Im Sportheim hörte man Witze. Es roch nach Zigaretten und Schweiß. Es war die Welt der Männlichkeit, die sich beweisen konnte. Es war die Welt der Stärke und des keuchenden Atmens. Sollte er ausschalten und Miriam die Witze erzählen, die er nach dem Fußballtraining gehört hatte?

Er schaltete nicht aus. Er schaltete nicht um. Sollte sie denken, was sie wollte. Um ihretwillen würde er sich nicht klein machen. Um ihretwillen würde er seine Lust nicht verleugnen. Er war, wie er war. Er musste so bleiben, wie er war. Auch um ihretwillen. Es hätte sie noch mehr getrennt, wenn er sich für das, was er für ihren Willen hielt, zu etwas verändert hätte, was er eigentlich gar nicht war. Das schuldete er ihr, dass er ihr das nicht antat.

39

Auf den Straßen im Nachbardorf spürte Johannes die Augen, die Miriam folgten. Er spürte die Gedanken, die ihr folgten. Er spürte die Herzschläge, die ihr folgten.

Er sagte: »Merkst du gar nichts?«

Sie lachte. »Ich bin alt genug.«

Hieß sie Rahab? Rahab, lass mir dein Haar herunter. Wo war sie? In welchem Turm lag sie gefangen? War es ein Kirchturm?

Sie war rundlicher geworden. Er wusste nicht, wo sie anfing und wo sie aufhörte. In ihrem Gesicht lagen Schatten. Auch wenn sie lachte. Da war ein Umriss, der über ihrem Gesicht schwebte – und eine seltsame Stille.

Auf einmal war alles sündig an ihr – der Körper, die Gedanken, die Augen. »Vergib uns unsere Schuld, wie auch wir vergeben unseren Schuldigern.« Gab es eine Ursache? Die Augen? Die Herzschläge? Seit sie jede Woche einmal in die Stadt fuhr, ging sie auch ins Nachbardorf.

Sie sagte: »Man darf alles, nur nicht sich erwischen lassen.«

Sie lebte am Abgrund. Sie musste am Abgrund leben, damit sie sich spürte. Er sah es. Er fühlte es. Wie sie in sich so nicht zuhause sein konnte, war ihr Geheimnis.

Sie sah Menschen, schüttelte Hände. Immer wieder hielt sie, wenn sie lachte, die Hand vor den Mund.

Er hörte ihr Räuspern. Sie war ein Wurm. Sie war eine Larve. Sie war ein Engerling. Dreimal buntes Wesen. Orange und blau und rosarot. Das passte zu ihr. Sie wollte sich anstrengen. Sie wand sich. Sie hatte mehr als zwei Arme. Wo waren die? War es möglich, die eigenen Arme zu vergessen?

In der Ferne am Waldrand sang sie: »Geh schlafen, mein Kind. Geh schlafen.« Er hörte die Worte. Fern. Dunkel war es draußen. Er spürte die Augen. Er spürte die Herzschläge. Sie war immer noch nicht zuhause.

Er legte sich auf sein Bett und schaute an die Decke, wo ein Riss vom Fenster her bis zum Milchglasschirm der Deckenleuchte führte. Dort hörte der Riss auf. Ein Riss konnte aufhören. Aber ein Riss konnte nicht verschwinden. War er einmal da, blieb er. Der Riss war Leere. Leere war das vierte Element. Erde, Wasser, Luft und Leere. Eine gewisse Menge

Leere existierte immer in der Welt. Sie verwandelte sich. Er spürte sie in sich. Er betrachtete sie in sich. Er spürte die Worte. »Ich bin alt genug.« Sie war ein Riss. Sie war ein Spalt. So war das. In Güte.

Er suchte sie mit seinen Augen. Er suchte eine Quelle.

»Gewalt«, sagte sie, »ist eine Perlenkette. Und die Haut, auf der sie liegt, hat Hunger nach Leben.«

Sie hatte auf einmal ein freundliches, rundes Gesicht. Sie war verwirrt. Sie redete freundlich. Sie trug die Haare nach hinten gekämmt, was ihre Stirn groß erscheinen ließ. Sie sagte: »Ich halte es gut mit mir aus. Wir treffen uns, ohne dass wir miteinander sprechen.« Sie lachte und hielt die Hand vor den Mund. Ihre Augen fragten etwas, das er nicht verstand. »Alles in Ordnung?«, fragte er.

»Mit mir? Mit mir ist immer alles in Ordnung«, sagte sie.

Über die Haare streicheln wollte er ihr. Er wollte ihre Tränen wegwischen. Aber sie lachte. Und sagte: »Lass mich.«

Ihre Unterarme heilten. Eine Landschaft aus weißen Strichen. Sie hatte sich schon seit Wochen nichts mehr zugefügt. Das machte ihm Angst.

Sie sagte: »Was siehst du, wenn du mich anschaust?«

Sie atmete, atmete tief und langsam. Sie war ein atmendes Du. Er gehörte zu ihr. Langsam und einfach. Sie und er. Er und sie. Gemeinsam – und weit voneinander.

Sie sagte: »Du weißt nicht, wie es ist. Du hast es immer leicht gehabt.«

40

Im Dorf begann die Zeit der Missverständnisse. Es war ein Missverständnis, als Renate, die angehende Logopädin, die Bach-Kantate auf den Plattenspieler legte und laut drehte und die Flüssigkeit trank. So schnell wie möglich. Hinab sollte die Flüssigkeit. Sie reinigen sollte die Flüssigkeit. »O komm, komm.« Es war ein Missverständnis, als Renate sich übergab und sich in den Hausgang legte, wo der Vater sie finden musste. »O komm.« Sie hatte sich der inneren Reinheit hingegeben. Die blaue Entenhalsflasche. »Komm, komm.« Es war ein Geben und Nehmen. Hinscheiden und Auffahren. Sichübergeben. Von innen heraus. Auf den Steinfliesen im Hausgang. Es war ein Missverständnis, dass es im Krankenhaus dann noch einmal drei Tage dauerte. »O komm. Komm.« Dunkelheit war Helligkeit. Alles ging ineinander über. Es war Helligkcit, was sie getrunken hatte. Langsam und weich wie eine von innen sich öffnende Hand. In die sie hineinfiel. Dunkel und dankbar. Sie hatte das Gefühl, dass sie sich gegen die Dankbarkeit wehren musste, damit sie hineinkriechen konnte in die Helligkeit. Sie in ihr aufgehen lassen. Es war ihr widerfahren.

Es war ein Missverständnis, wie Johannes zwei Wochen zuvor das Moor von ihren Fingern geleckt hatte, wie er ihr zugesehen hatte, als sie sich die Schuhe band, wie er ihr zugesehen hatte, als sie die Nase hinaufzog, als sie ihn stupste und »Feigling« sagte.

Der Pfarrer sagte nicht: »Sie hat geliebt.« Er sagte nicht: »Sie war ein freier Geist.« Der Pfarrer redete vom richtigen Weg, von schweren Zeiten, von der Gewissheit, dass wir, er sagte immer wieder »wir«, mit unseren Sünden nicht allein seien.

Es war ein Missverständnis, zu dem auch die dicke Vaterbrille, die Dunkelheit des Gesichts, das Stoffgeräusch des Talars gehörten. »Dies ist«, sagte der Pfarrer, »was der HErr für uns ausersehen hat. Nun liegt es an uns, dies zu akzeptieren.« Der Pfarrer sagte: »Ihre Dämonen sind mit ihr gestorben. Auferstehen wird nur sie. Sie allein wird eingehen in SEin Reich. Gelobet sei JEsus CHrist.«

Es war ein Missverständnis, dass sie sich läutern wollte. Es war ein Missverständnis, dass sie sich den großen Brand in den Rachen goss. Es war ein Missverständnis, dass er im Krankenhaus neben ihrem Bett saß. Er brannte. O komm, komm. Sie wollte Nähe fühlen. Die Steinfliesen im Gang der Eltern. Johannes schaffte es, ihre Hand zu nehmen. O komm, komm. Er schaffte es, sie im Krankenhaus zu berühren. Aus der Ferne.

Es war ein Missverständnis, dass der Vater ihn fragte: »Hast du mit dem HErrn geredet?«

Es war ein Missverständnis, dass der Vater ihn fragte: »Willst du mir etwas anvertrauen? Ist etwas geschehen?«

Nichts war geschehen. Nichts war geschehen mit ihm. Nichts war geschehen mit ihnen. Nichts war geschehen mit Miriam. Nichts war geschehen mit Renate. Nichts war geschehen mit niemand. Nichts war je mit jemand geschehen. Er wollte hinaus. Er musste hinaus. Das war geschehen mit ihm. »Ich gehe jetzt«, sagte er. Er ließ sie allein in ihrem Krankenhauszimmer, wo alles ein großes Missverständnis war.

Es war ein Missverständnis, dass Martina zwei Monate später im Treppenhaus ihres Vaters hing. Sie hing ohne Bach-Kantate da. Sie baumelte. Voller roter Sterne im Gesicht. Zum Missverständnis gehörten die Sätze: »Wir sind alle arme Sünder. Wir dürfen in SEiner Gnade und Vergebung zu IHm kommen.« Und niemand wusste, wo es hergekommen war, dieses Missverständnis. Auf dem Küchentisch lag ein Zettel: »Papa, Frau Ziener hat angerufen. Kannst Du morgen ihren Rasen mähen? Tina.« Damit musste er jetzt leben. *Papa, Frau Ziener hat angerufen. Kannst Du morgen ihren Rasen mähen? Tina.* Ein Missverständnis.

Johannes wollte sie noch einmal sehen. In ihrem Missverständnis. Er wollte sie allein sehen. Er wollte allein sein mit ihr. Er ging zum Haus. Er klopfte an die Hintertür. Der Totengräber roch nach Meckatzer. Er sagte: »Sei vorsichtig mit dem Deckel. Besser ist's, wenn du ihn nur nach hinten schiebst, weil der zu schwer ist für einen allein.« Dann gab er ihm den

Schlüssel. Abends um zehn. In der Dunkelheit. Gleich neben der Mutter würde sie liegen, sagte der Vater. Sonst sah Johannes nichts im Totengräbergesicht, keinen Schock, keine Trauer. Frau Ziener war die Apothekerin im Nachbardorf.

Allein stand Johannes in der Halle. Aussegnungshalle hieß sie. Es war dunkel. Der Sarg lag vor ihm. Im großen Missverständnis. Im größten aller Missverständnisse. Nur die Straßenlampe schien durch die Milchglasscheibe. Er sah die Schrauben. Es waren acht. Flügelschrauben. Von unten zu öffnen. Einfach. Er schraubte sie auf. Er schob den Deckel auf den Seitenkanten nach hinten. Im Straßenlampenlicht sah er sie. Er sah genug. Ihr Mund war offen. Ihr Mund war schräg. Die Augen waren halb geschlossen. Sie hatte das Missverständnis gesehen. Sie lebte im Missverständnis. Halb offen. Der Mund redete im Missverständnis. Ohne sich zu bewegen.

O komm, komm.

Es waren dunkle Punkte in ihrem Gesicht. Die roten Sterne waren blau geworden. Einfach übers Gesicht verstreut. Martina, die nicht wilde Malerin. Er blickte in die Sterne. Er blickte ins Missverständnis. Er blickte ins Schneewittchengesicht. Ohne Kuss. O komm, komm. Das Missverständnis. Es war ein Finden. Es war ein Sichfinden. Es war ein Sichverlorenfinden. »Komm, komm.« Heimgehen. Zu IHm. In SEin Reich. »Ich steh in meines HErren Hand und will drin stehen bleiben.« Sie spürten sich in GOttes Hand, umgeben von Betenden. Es war, wie ER es entschieden hatte. In SEinem unergründlichen Ratschluss. So hoch der Himmel über der Erde, so hoch sind MEine Gedanken über euren Gedanken.

Sie lag in einem weißen Sarg. Denn es war ein Freudentag, heimgehen zu dürfen. Zu IHm. Komm, komm. Sie lebten in diesem Dorf auf IHn zu. In IHm. Durch IHn. Mit IHm. Gelobt sei DEr, DEr da kommt. Der EInzige. Der EWige. Der HÖchste. Der GEbieter über Himmel und Erde.

Miriam war bereit. Das spürte er. Sie sagte es nicht. Sie brauchte es nicht zu sagen. Ihre Augen sagten es. Es lag in der Luft im Dorf. Es konnte jederzeit wieder ein Missverständnis geben. *Was siehst du, wenn du mich anschaust? Du weißt nicht, wie es ist. Du hast es immer leicht gehabt.*

41

Am Tag vor seiner Abreise ging er zu Miriam. Er klopfte an ihre Zimmertür. Er sagte: »Lass uns einen Spaziergang machen.«

Das Geld und die Flugkarte, die die Tante aus Amerika geschickt hatte, hatte er schon bei der Töpferin abgeholt. Es war spät. Draußen war es dunkel. Er sah, dass sie, während sie schweigend neben ihm ging, etwas spürte. Er sah, dass sie spürte, wie wichtig ihm dieser Spaziergang war. Hatte die Töpferin ihr etwas gesagt?

Zwei Siebzehnjährige, Bruder und Schwester, gingen auf dem Fußpfad in den Hohen Wald. Sie spürten das weiche Moos unter den Füßen. Sie hörten das Wasser, das unter den Füßen schwappte. Dafür, dass sie ihm keine Fragen stellte, war er ihr dankbar. Sie wartete. Sie war geduldig. Sie konnte warten.

Er durfte ihr nicht sagen, was er entschieden hatte. Nichts war endgültig, sagte er sich. Alles konnte sich noch einmal ändern. Er wollte gehen. Er musste gehen. Aber was, wenn morgen früh alles anders aussah? Er hatte nicht gepackt; er hatte nichts vorbereitet. Nur in seinem Kopf war alles schon so, dass es kein Zurück mehr gab. Tief in seiner Fußballtasche hatte er den Pass, das Geld und die Flugkarte versteckt.

Hinaus. Weg. Ins Neue. Das sagte er sich.

Beim Jägerstand am Waldrand neben dem Moorloch sagte er: »Ich weiß nicht. Sollen wir?« Er wies auf die Leiter. Er stieg voraus. Sie stieg hinter ihm her. Droben setzten sie sich auf die zwei Bretter, die ein Bänkchen waren. Es roch nach Nacht und Moor. Schnaken sirrten. Johannes zog das Taschenmesser, das er extra eingesteckt hatte, aus der Tasche. Mit dem Daumennagel öffnete er die Klinge. »Sollen wir?«

Sie wusste, was er meinte. Sie sagte: »Okay. Von mir aus. Aber du zuerst.«

Wie wenig sie an diesem Abend sagten.

Das Messer war nicht scharf. Er musste es mehrmals über die Haut ziehen, bevor der Schnitt endlich tief genug war, dass Blut an die Oberfläche sickerte. Er drückte von rechts und von links, damit es mehr wurde. »Jetzt du.«

Sie nahm das Messer. Sie hatte gesehen, wie stumpf es war. Sie brauchte nur einen Versuch. Sie hatte Übung.

Dann legten sie die Unterarme aufeinander – und umarmten sich. Sie wussten beide, dass das, was hier geschah, mehr zählte als alles andere. Das hier war echt, weil sie es wollten. Es war echt, weil sie es allein taten, nur er und sie, nur sie und er. Es war ihre Form der Konfirmation. Sie waren jetzt Bruder und Schwester, nicht weil sie aus demselben Leib gekrochen waren, sondern weil sie einander Bruder und Schwester sein wollten. Seelengeschwister. Blutgeschwister. Jetzt. In dieser Welt.

Er sagte: »Ich gehe morgen.«

»Wohin?«

»Ich weiß es nicht.« Er durfte es ihr nicht sagen. Die Eltern würden es aus ihr herausbringen. »Was, wenn ihm etwas passiert ist?«, würden die Eltern sagen. »Was, wenn er uns braucht?« »Was, wenn er einen Unfall gehabt hat?« Er hätte ihr gern gesagt, wohin er gehen wollte. Er hätte ihr gern mehr gesagt. Aber es ging nicht. Sie würde ihn in ihrer Liebe verraten.

Er sagte: »Weg.

Er sagte: »Ich will mich von dir verabschieden.«

Er war auf einmal nervös. Er spürte sein Schlucken. Er spürte sein Herz schlagen. Er spürte, wie in ihm eine Hitze aufstieg. Die Stelle am Unterarm zuckte.

Sie umarmten einander noch einmal. Das zählte. Im Blut. Im Zucken. Im Jetzt.

Er sagte: »Nach Amerika.«

»Wie?«

»Mit dem Bus. Dann mit dem Zug. Dann mit dem Flugzeug.«

»Hast du die Fahrkarte schon?«

»Tante Hilde hat sie mir geschickt. Aber das darfst du niemandem sagen.«

Miriam roch nach Baby-Crème. Es war ein Geruch der Unschuld. Sie will zu mir, dachte er. Mein Herz zittert für dich, dachte er und blickte auf die Stelle hinter ihrem Ohr, wo der Kiefer begann. Diese Stelle war weich. Von da gingen alle ihre Bewegungen aus. Miriam blickte aufs dunkle Wasser im Moorloch. Am Ufer standen Schilfrohre.

Sie war ruhig. »Lass uns beieinander bleiben«, sagte sie, während sie weiter aufs Wasser hinausblickte. »Auch wenn wir weit voneinander sind.« Er wusste, was sie meinte.

Am nächsten Morgen blickte sie ihm von ihrem Zimmerfenster aus nach, als er zur Bushaltestelle ging. Die Eltern schliefen. Er spürte, als er ging, das Moor an seinen Fingern. Er spürte Miriams Augen in der Seele. Er sah die roten und blauen Sterne. »Viel Glück.« Alles war da. Wie sie sich die Schuhe band, wie sie das kleine g mit einem extra Kringel schrieb, als hätte es eine Schlaufe, wie sie die Nase hinaufzog, wenn es kalt war, wie er sie schubste und sie ihn »Idiot« nannte. Bewegungen. Worte. Spiele. Kringel am kleinen g.

42

Bis zur Bushaltestelle ging er zu Fuß. Er trug seinen Koffer. Er trug seine Fußballtasche. Die Leute sahen ihn. Aber er sah keine Menschen. Es war der Morgen des fünfzehnten August. Es war ein Sommermorgen. Es war ein stiller Morgen. Die Wolken hingen in der Landschaft. Als der Dieselbus sich auf der Landstraße näherte, vor ihm anhielt und die Tür laut atmend aufschwingen ließ, blickte er sich nicht noch einmal um. Er stieg die fünf Stufen in den Bus. Er sagte den Namen der Stadt, wo der Bahnhof war, legte die Münzen auf den Kassier- und Wechselgeldapparat, nahm seinen Fahrschein und setzte sich weit hinten in den Bus. Er hoffte, dass er dort hinten allein sitzen könnte. Er wollte allein sein. Er wollte mit niemandem reden. Er wollte niemandem etwas erklären. Er schuldete niemandem eine Erklärung. Er hatte sich nicht verabschiedet. Es wäre sinnlos gewesen, sich zu verabschieden. Die Eltern hätten nichts verstanden. Die Eltern hätten ihn gebeten, es sich noch einmal zu überlegen. Der Vater hätte es ihm vielleicht verboten. »Du bist noch nicht volljährig.« Die Eltern hätten mit ihm beten wollen, damit ihm der rechte Weg gewiesen würde, wobei von vornherein klar gewesen wäre, dass der rechte Weg nicht der war, den er gehen wollte. Er hätte seine Eltern nicht davon überzeugen können, dass er aufbrechen musste, um das zu finden, was er für das Leben hielt. Weg. Hinaus. Er war der Konfrontation aus dem Weg gegangen. Im Gespräch hätte er schwach werden können. Er hätte ihnen vielleicht gegen seinen Willen recht gegeben, so wie er es schon hunderte Male getan hatte. Er war, während sie schliefen, aufgestanden, hatte den Koffer gepackt und war aus dem Haus gegangen.

Er trug Lederhalbschuhe. Der Koffer war aus einer Mischung aus Pappe, Plastik und Leim. Dunkelgrau war er, bis auf den Handgriff, der schwarz war und aus Plastik, und die Scharniere, die silbern waren, mit Chrom überzogenes Eisen. Eine schwarze Cordhose trug er und ein rot-weiß kariertes, kurzärmliges Hemd. Wenn er heute einen so gekleideten Jungen im Bus sähe, hätte er keinen Zweifel, dass der aus dem Dorf käme. Er wüsste, dass der Junge entweder zu Verwandten draußen in der Welt oder zu einer christlichen Freizeit fahren würde. Oder dass er auf dem Weg aus dem Dorf war. Und dass der Junge »für immer« dachte.

Einen Façon-Schnitt hatte er. »Einen Façon-Schnitt«, sagte man beim Friseur und meinte, mit diesem Wort sei man Paris nahe. Auch weil man in den Zeitschriften, die in dickes Packpapier eingeschlagen waren, ein Stück Paris mit den Augen sehen konnte. Johannes hoffte jedes Mal, dass er nicht sofort drankäme. Dann konnte er lesen. Blättern. Anschauen. So tun, als sei alles nur Zeitvertreib. So tun, als läse er. Sobald da glänzende Haut war, gab es etwas, das sich in seine Seele einbrannte. Gut einbrannte. Tief einbrannte. Im Atmen. Auch die Körper von Rahel, der Künstlerin, von Renate, der angehenden Logopädin und von Martina, der Totengräbertochter. Er hatte sie gesehen. Er hatte sie berührt. Es war ein Jubel der Haut gewesen. Ein Segen. Ein Vertrauen. Ein Atmen. Ein Spüren. Ein Spüren, was es hieß, Lippen zu haben, Hände zu haben, einen Hals zu haben, Haut zu haben.

An diesem Morgen im Bus spürte er sich. Er spürte sich unter der Wolkenschicht, die am Horizont einen Schlitz für den Sonnenaufgang freihielt. Dorthin blickte er. In dieses rötliche Orange. In diesen Horizont, in diese Öffnung, die in Wolken überging. Da war ein Stück, wo man durch den Himmel hindurchblicken konnte. Bis zum nächsten Himmel, der heller war als der erste und weiter weg. Johannes spürte sein Atmen, spürte die Enge in sich, spürte das Kämpfen. Alles spürte er. Das Licht und den Schatten, die Landschaft und den Horizont.

Alles war richtig. Es war richtig, dass er weit hinten im Bus saß und in die Stadt fuhr. Es war richtig, dass er in die Welt fuhr. Es war richtig, dass er das kleine Dorf, das eine Sekte war, das Nest, das Kuhnest hinter sich ließ. Endgültig.

Die Eltern waren gute Menschen. Sie taten das, wovon sie überzeugt waren, dass es gut war. Sie waren gehorsam. Sie waren demütig. Sie waren gläubig. Sie liebten ihre Nächsten und ihre Kinder wie sich selbst. Sie waren Kinder GOttes und standen fest in ihrem Glauben. Du sollst nicht lügen. Du sollst dir kein Bildnis machen. Du sollst deine Eltern ehren. Du sollst keine Götter neben dem einen GOtt haben. Du sollst keine Mädchen riechen, berühren, ausziehen, betasten, erkunden, feiern, segnen oder mit den Lippen wortlos machen wollen; du sollst nicht versuchen, ihnen und dir gleichzeitig Glück zu bringen. Du sollst GOtt lieben und IHn ehren.

Langsam fuhr der Bus die Steige hinauf aus dem Tal. Jetzt war er oben und fuhr ins nächste Tal. Dort unten lag die Stadt. Von dort würde er weniger als einer Stunde mit dem Zug weiterfahren – in die Stadt, die einen Flughafen hatte.

43

Bei der Tante in Amerika hörte Johannes von morgens bis abends Rossini-Ouvertüren: *Die Italienerin in Algier*, *Wilhelm Tell*, *Der Barbier von Sevilla*, *Aschenbrödel*, *Die diebische Elster*. Immer wieder sprach er alles Italienisch aus: Gioacchino Rossini, *L'Italiana in Algeri*, *Guillaume Tell*, *Il Barbiere di Siviglia*, *La Cenerentola*, *La Gazza Ladra*. Die gerollten R und die offenen Vokale sollten bedeuten, dass er in der Welt angekommen war. Er hatte das Dorf hinter sich gelassen. Für immer. Statt den in ihrem Gehorsam gehärteten Kirchenglocken spielten nun die Glockenspiele des Orchesters und die scharf einsetzenden Violinen

Sonne und Italien in ihn. In Amerika. *Tancredi. La Donna del Lago. Mosè in Egitto. Otello. La Scala di Seta.* Die Tante hatte eine Neunzigminutenkassette, die er immer wieder nur umzudrehen brauchte. Lauter Ouvertüren. So ging die Welt in ihm auf. Dass Italien und Amerika gleichzeitig in ihm aufgingen, dass sie einander größer und heller machten, weil sie die Fernen, die er in sich fühlte, miteinander verbanden, verstand er nicht. Aber dass es gut war, dass er es genoss, das verstand er. Dass etwas in ihm heilte, das spürte er. Er fühlte sich frei. Seine Seele war ein übermütiges Reh, das über eine Morgenwiese galoppierte. Freiheit. *Libertà.* Er war siebzehn. Er hatte es geschafft. Sein Herz sang mit den Violinen.

Die Tante ließ ihn, ohne ihm eine Frage zu stellen, drei Monate bei sich wohnen. Wenn die Eltern anriefen und sagten, »Er ist erst siebzehn«, antwortete sie: »Er ist alt genug.«

Seine Tante war die Erste, die sich die Härchen auf der Oberlippe rasierte. »So ein Unkraut im Gesicht hat eine Frau nicht nötig.«

Sie, die Fluchthelferin, war selbst geflüchtet. Ihre Augen wurden klein, wenn sie lachte. Sie lachte, sobald sie etwas sagte. Im Lachen war sie. Und sie gab dem Neffen den Autoschlüssel. Da war er gerade achtzehn geworden. Es war der Schlüssel zu einer noch größeren Welt. »Ach du! Ist das lieb, dass du kommst«, hatte sie gesagt, als er mit dem Koffer vor der Tür stand. Was sie wusste und was sie mehr wusste, als ihr Lachen sagen konnte, sagten ihre Augen. Sie tanzten. Sie sangen. Sie sangen Kirchenlieder und Volkslieder. Sie sangen Deutsch und Englisch. Sie und ihr Mann waren Verbündete. Das spürte Johannes vom ersten Augenblick an, auch wenn ihr Mann selten ein Wort sagte. Die Tante streckte ihm die Arme entgegen und drückte ihn an sich. »Dass du mich besuchst! O komm, komm. Komm rein.« Er setzte sich aufs Sofa neben Schnurri, den Kater, der sich streicheln ließ. Stundenlang.

Das war alles so viel freier als die Welt, aus der er kam. Dort hieß es: »Hast du mit dem HErrn geredet?« »Hast du nicht gehört?« »Johannes«, hätten sie gesagt, wenn er sich mit dem Koffer in der Hand von den Eltern verabschiedet hätte, »was ist los mit dir?«

»Ich gehe jetzt.« Das hätte er nicht sagen können. Denn dann hätte der Vater zum Fenster hinausgeblickt und gesagt: »Lass uns wenigstens noch einmal zusammen beten.« Das »Nein« wäre Johannes nicht über die Lippen gekommen. Also hätte er das Gebet nicht verhindern können. »Sei DU mit ihm. Behüte und beschütze DU ihn auf all seinen Wegen.«

Viel hatte er nicht eingepackt: ein Paar Schuhe, ein paar Unterhosen und Strümpfe, ein paar Hemden. Vater und Mutter begriffen nicht. Er wusste, dass sie dachten: In SEinem unergründlichen Ratschluss lag es. Sie dachten: »So hoch der Himmel über der Erde, so hoch sind MEine Gedanken über euren Gedanken.« Die Mutter hätte gesagt: »Willst du nicht noch etwas essen? Kann ich dir wenigstens für unterwegs noch etwas zum Essen machen?« Gut, dass er nur den Koffer genommen hatte und gegangen war.

Nach vier Wochen kam ein Brief. Es war ein Montag. Sie hatten keinen Absender auf den Umschlag und die Adresse mit Schreibmaschine geschrieben. Sonst hätte er ihn nicht geöffnet. Aber er hatte ihn geöffnet. Das Briefpapier roch nach frisch geschnittenen Bohnen, nach Sellerie, nach Petersilie und Himbeeren. *Vergeben* – nur dieses eine Wort stand auf dem Papier. Sie hatten es mit grünem Farbstift aufs hellblaue Luftpostpapier gezeichnet, jeden Großbuchstaben einzeln. Da ging kein Buchstabe in den nächsten über. Sie hatten kein Ausrufezeichen dahinter gesetzt. Licht und Schatten schwankten. Grün die Buchstaben. Hellblau das Papier. Das Wort wankte vor seinen Augen. Es war Vergeben und Vergebens. Wie hatten sie nur dieses eine Wort schreiben können? Gegen ein Wort allein war er machtlos. Er konnte sich nicht wehren. Vergeben. Vergebens. Er ging ans Telefon und rief zuhause an. Zum Glück nahm niemand ab. Eine halbe Stunde später hatte er seine Stärke zurückgewonnen.

Zwei Monate später kam ein zweiter Brief. Diesmal schrieben sie zwei Zeilen. Gegen die konnte er sich wehren, denn die waren voll vom Dorf. »Der HErr vergibt.« Er wusste, sie dachten an das Gleichnis vom Verlorenen Sohn. »Wir sind alle arme Sünder. Wir dürfen in SEiner Gnade und Vergebung zu IHm kommen.«

Er spürte die Worte der Mutter: »GOtt segne und behüte dich.« Da waren Tränen in ihrer Stimme.

Dass er es trotzdem getan hatte, dass er es trotzdem geschafft hatte, dass er trotzdem so weit gekommen war, wie er gekommen und trotzdem geblieben war, grenzte an ein Wunder. Die Tante. Ohne sie hätte er es nicht geschafft. Sie hatte die Anrufe entgegengenommen, ohne ihn ans Telefon zu bitten. Er würde zurückrufen, hatte sie gesagt, wenn er dazu bereit wäre. Das müssten sie verstehen. »Wenn es so ist, wie es ist, dann ist es GOttes Wille.«

44

Es war die erste Traueranzeige, die er bekam. Sie traf kurz nach Weihnachten ein, nachdem er sein erstes eigenes Zimmer gemietet hatte. Ein Zimmer in einer Wohngemeinschaft. Ihre Eltern mussten nach seiner Adresse gefragt haben. Sie mussten bei seinen Eltern nachgefragt haben, diese mussten bei der Tante nachgefragt haben und die musste ihnen in diesem Fall die Auskunft gegeben haben. Ohne Kommentar traf der Umschlag ein. Der schwarze Rand machte ihn auf die Nachricht gefasst. Er sollte ihn gefasst machen. Aber er konnte ihn nicht gefasst machen, wenn es sich um eine Achtzehnjährige handelte, die er eigentlich schon vergessen, wenn es sich um eine Person handelte, mit der er Zigaretten geraucht hatte und ins Moor gewandert war, wenn es sich um eine Person handelte, die ihn einmal berührt hatte. In derselben Klasse. Im selben Schullandheim. Im selben Mondnachtkussspiel. Er starrte auf den Namen, auf die verzierten Großbuchstaben am Anfang des Namens, auf die Zahlen, die Anfang und Ende bedeuteten. Die Beerdigung hatte, als er den Brief bekam, schon vor zehn Tagen auf dem Gottesfeld stattgefunden.

Er rief zuhause an, als die Eltern in der Bibelstunde waren. Er rief an, als er wusste, wenn jemand abnähme, wäre es Miriam. Sonst niemand. Er rief an, wie man über den Atlantik anrief, wenn jede Minute so viel kostete, wie er in einer halben Stunde Arbeitszeit verdiente. Nach zehn Minuten war das Gespräch zu Ende.

Miriam wusste, dass Angela, die Engelin, Angie, »Angie, sag mal süße Sahne«, die Briefträgertochter, die ihr Sinologie-Studium begonnen hatte, wieder nach Hause gekommen war. Miriam wusste, dass sie, als alle meinten, es gehe ihr besser und sie habe sich wieder im Griff, die Tabletten geschluckt, sich die Adern am Handgelenk der Länge nach aufgeschnitten, »geschickt, der Länge nach«, und sich ins warme Badwasser gelegt hatte. »Mehr weiß ich auch nicht. Hast du noch einmal Kontakt zu ihr gehabt?«

Er hatte keinen Kontakt mehr zu ihr gehabt. Jetzt stand ihr Name auf der schwarz umrandeten Karte, und die Großbuchstaben, mit denen Vor- und Nachnamen anfingen, hatten kleine Schlaufen. *A* und *S*. Angela Simon. »Bohne«, dachte er. Was hatte sie den Eltern erzählt? Was dachten sie über ihn und sie? Einmal hatten sie einander berührt. Sie musste ihnen etwas erzählt haben, sonst hätten sie ihm die Traueranzeige nicht geschickt. Es war ihm egal, was sie dachten. Es war ihm egal, was

Angela ihnen erzählt hatte. Sie waren dort. Er war hier. Sein Leben ging weiter. Es war schon viel weitergegangen. Er studierte. Er hatte Prüfungen. Er hatte Freunde. Er hatte eine Freundin. Alle fanden ihn faszinierend. »German!« »From a fundamentalist sect!« »You ran away at the age of seventeen?« Er lernte tanzen. Er lernte lachen. Er lernte das Kino kennen. Er lernte das Arbeiten, während er studierte. Er lernte Krankenhäuser kennen. Er lernte Ärzte kennen. Er lernte die Sprache und den Gehorsam im Land der großen Freiheit kennen. Und immer wieder sagte er sich, dass er angekommen war. Einmal im Monat gingen die Tante und er zum Essen. Sie bezahlte. Jedes Mal. Sie behielt ihn im Auge. Das tat gut. »Wenn du etwas brauchst, sagst du es mir.«

Manchmal brauchte er das Auto von der Tante. Manchmal brauchte er einfach einen Ort, wo er eine Katze streicheln konnte. Die Tante gab ihm einen Hausschlüssel. »Du kommst einfach und lässt dich selber rein.«

Das Dorf, aus dem die schwarz umrandete Karte gekommen war, war weit weg. Die Gesichter waren weit weg. Und Miriams Stimme war weit weg: »Sie hat sich hinübergeschlafen. Wer blutet, schläft einfach ein.«

»Einfach?«

»Ja, einfach.«

45

Als er heiratete, erhielt er vom Vater einen langen Brief. Der Vater konnte nicht anders. Er musste Ratschläge geben. In harter Schrift. In Gehorsam verlangenden Worten. Das war seine Zuneigung. Er war von seinen Eltern auch schon so geliebt worden. Immer wieder geschah alles aus Liebe.

Jetzt seid Ihr auch vor dem Gesetz Mann und Frau. Ihr habt Euch ja vorher schon einander hingegeben und die Ehe vollzogen. Nun habt Ihr Euch vor dem Gesetz trauen lassen und die Ordnung für Euch wiederhergestellt.

Die Härte der Worte. Die Härte der Handschrift. Die Härte des Gesetzes. Und alles auf hellblauem, durchsichtigem Luftpostpapier, damit Porto gespart wurde. »Immerhin hat er sich die Mühe gemacht zu schreiben«, sagte Naomi. Miriam hatte dem Vater von der Hochzeit erzählt. Aus Himmelreich war niemand dabei gewesen.

Es war uns ein Gebetsanliegen, dass Ihr die Freude zur Ehe bekommt. Nun ist unser Gebet erhört, und wir freuen uns mit Euch. Wir wünschen Euch Glück und GOttes Segen.

Er war, wie er immer war. Nichts hatte sich verändert. Die Ordnung, das Gebet, GOttes Segen – und irgendwie schwebte über allem eine Drohung. Es war das Wenn und Dann der Liebe, die die Ordnung brauchte.

Wir wünschen Euch, dass Ihr das versprochene Vertrauen zueinander halten könnt. Dass Ihr das wollt, habt Ihr mit Eurem Ja vor dem Standesbeamten bekundet. Das Haltenwollen auf Dauer ist sicher leichter zu bekunden als das Haltenkönnen. Es gibt dafür bestimmte Regeln, die dies erleichtern.

Es folgten, nummeriert, die Regeln.

1. Lasst die Liebe zueinander nicht erkalten; wenn sie Euch mangelt, dann bittet darum. DEr, DEr uns je und je geliebt und uns heute liebt und uns alle Tage lieben wird, hat Freude die Fülle und unendliche Liebe.

Würden es zehn Gebote werden? Dafür war nicht genug Platz auf dem Luftpostbriefpapier. Johannes schaute voraus. Es waren vier Regeln. Also gut. Die konnte er lesen. Amüsiert. Zusammen mit Naomi, die nichts verstand, die das blaue Luftpostpapier *quaint* fand und sagte: »Das ist wie wenn man einen Brief aus einem Museum bekommt.«

2. Betrachtet als Verheiratete jeden Tag als Geschenk, als Gabe, und nicht als Besitz, über den Ihr Verfügungsrecht zu haben meint. GOtt lässt Freiraum für das nötige Vertrauen und die Liebe.

Johannes fragte sich, ob Miriam den Eltern auch gesagt hatte, dass Naomi schon einmal verheiratet war und eine Tochter hatte. Kyra. Er war jetzt noch sicherer, dass es richtig war, die Eltern nicht einzuladen.

3. Ehret und achtet einander so hoch, dass Ihr keine abfälligen Bemerkungen, keinen leichtfertigen Witz, kein schlechtes, entwürdigendes Wort übereinander verliert und auch keine herabsetzenden, anklagenden und verletzenden Beschuldigungen und Vorwürfe gegeneinander erhebt, sondern wenn Ihr ein Problem habt, fragt einander nach den auslösenden Umständen, bringt sie vor IHn, erhellt die Ursachen, überlegt, bevor Ihr redet, wie ER Euch führen möchte, dann werdet Ihr viel weniger aneinander schuld, als wenn Ihr Euch in Vorwürfe verrennt, die sich nachher oft als unhaltbar und unberechtigt herausstellen.

Kyra war vier. Sie durfte ihn an der Nase und an den Ohren ziehen. Sie durfte ihm Schokoladeneis triefend in den Mund schieben. Tom & Jerry. Er durfte zu Kyra sagen: »Das ist jetzt aber genug.«

4. Trotz allem Bemühen werdet Ihr nicht nur eitel Freude und Sonnenschein haben. Ihr seid zwei Menschen, zwei Persönlichkeiten, mit je einer eigenen Veranlagung, mit einer eigenen Prägung im Verlauf der Jahre, mit einer eigenen Geschichte, und natürlich mit einem eigenen Willen. Bei so zweierlei Menschen bleibt es nicht aus, dass ein und dasselbe Ding ganz verschieden betrachtet, beurteilt und bewertet wird. Da Ihr nun einen gemeinsamen Weg eingeschlagen habt und gehen wollt, müsst Ihr Euch manchmal zu einer einmütigen Entscheidung durchringen. Das geschieht durch anhören, überlegen, Abstriche machen und manches Mal durch Nachgeben beziehungsweise mit SEiner Hilfe der anderen Ehehälfte die Entscheidung überlassen und diese akzeptieren. Bei diesem gemeinsamen Suchen und Ringen mag Euch ein weises Wort aus dem Ehezuchtbüchlein *hilfreich sein und Euch leiten: »Nicht das Glücklichwerden ist's, sondern das Glücklichmachen, darin liegt's.«*

Dies wäre die Rede gewesen, die der Vater gehalten hätte, wenn sie ihn eingeladen hätten. *Ehezuchtbüchlein* – er hätte während der Rede das Wort ins Englische übersetzen müssen. Er hätte die ganze Rede ins Englische übersetzen müssen. *Zucht. Zuchthaus. Ehezucht.* The Little Book of Marriage Discipline. The Little Book of Punishment in Marriage. The Little Book of Breeding in Marriage.

Naomi lachte. Das konnte sie. Sie fand seine Herkunft exotisch – *crazy*, aber *crazy good*.

Nach zehn Jahren kannte er seine Eltern nur noch von ihrer Schrift. Die Mutter schrieb ohne Ober- und Unterlängen. Sie setzte immer wieder ab, um deutlich zu bleiben. Sie wollte es niemandem schwer machen, das zu lesen, was sie schrieb. In der Schule hatte sie gute Noten im Schönschreiben erhalten. Sie hatte das oft erwähnt. Sie wäre, wenn es keine Sünde gewesen wäre, stolz darauf gewesen.

Der Vater drückte mit jedem Jahr den Kugelschreiber noch härter ins Luftpostpapier. Er schrieb die Worte in einem Zug. Großbuchstaben hatten Schnörkel. In den Großbuchstaben zeigte sich, dass er mit Sütterlin angefangen hatte. Das E war aufgestockt, das G rückenlastig, das D hatte eine Ohrmuschel. Alles war gegenwärtig. Alles hatte Macht. Alles hatte seine Ordnung.

Zum Weihnachtsfest noch einen extra Gruß und Eure Losungen fürs neue Jahr. Uns geht es allen gut. Auch mein Hexenschuss ist wieder ganz ausgeheilt. Leider legen die schönen Hühner, die jetzt dreiundzwanzig Wochen alt sind, noch nicht. Die Gekauften beginnen in der zwölften oder dreizehnten Woche zu legen. Nun habe ich vor ein paar Tagen einen Hühnerspezialisten gefragt. So bekam ich zu meiner Überraschung die Auskunft: Nur die Hybriden legen so früh;

bei Normalen dauert es sieben bis acht Monate. Nun heißt es eben geduldig sein. Auch fürs neue Jahr wünschen wir Euch GOttes Segen und Geleit. Seid in Liebe gegrüßt.

46

Sie habe ihm schlechte Nachricht, sagte die Mutter am Telefon. Sie versuchte, gefasst zu klingen. Aber dass sie es so deutlich versuchen musste, bedeutete, dass sie es nicht sein konnte. Immer wieder krachte es in der Leitung, weil sie immer wieder Pausen machte. Aber ohne dieses Krachen hätte er ihre Worte nicht ertragen. Er hätte sie ertragen müssen. Aber er hätte sie nicht ertragen. Gern hätte sie ihm die Nachricht erspart, sagte sie.

Vielleicht seien es ja nur Durchblutungsstörungen, sagte die Mutter. Einen Druck habe er gespürt. Weh habe ihm nichts getan. Vielleicht sei's auch nur eine Episode. Man wisse nie. Bei GOtt sei alles möglich.

»Wo?«, fragte er. Das Wort war ihm zu hart aus dem Mund gekommen. Und zu schnell. Er hatte kein Recht, ungeduldig zu sein. Auf der anderen Seite des Atlantiks beherrschte die Mutter sich auch.

»Hinten, am Nackenansatz«, sagte die Mutter. Sie machte eine Pause, die zeigte, wie sachlich sie bei all dem blieb. ER hatte es so entschieden. Sie konnte ertragen, was ER ihr aufgetragen hatte. Dabei wusste die Mutter, dass er, Johannes, wusste, dass der Vater sich wegen eines einfachen Drucks im Hinterkopf nicht ins Krankenhaus hätte einliefern lassen.

»Sonst war da nichts?«

Die Mutter sagte, er sei eben auf Türen gelaufen, habe die Kaffeetasse neben den Tisch gestellt, den Kaffee neben die Tasse geschenkt, und ihm sei schwindlig geworden, wenn er nach links geschaut habe. Auf der Straße sei er sogar auf die Frau Doktor gelaufen, als die ihren Wurm spazieren geführt habe.

»Ihren Wurm?« Er durfte lachen, und sie durfte lachen. Es kam ja alles von IHm. Alles war ein Geschenk. Auch der Humor. Auch das gehörte zum Leben. So erlösten sie einander durch ihr Lachen. Oder sie taten so, als könnten sie einander durch ihr Lachen erlösen. »Die hätten sich auch etwas G'escheiteres einfallen lassen können«, sagte die Mutter. Studiert hätten sie ja beide. Und wie das jetzt morgens klinge, wenn es um halb sieben durch die Nachbarschaft schalle: »Wu-urm! Wu-urm!«

»Auf die Frau Doktor gelaufen?«

Ja, er habe wohl der dünnen Leine ausweichen wollen, oder vielleicht habe er sie auch nicht gesehen, oder – sie wisse es eben nicht. Irgendetwas stimme nicht mehr bei ihm. Sie sagte: »Verschattung, Verdacht, Episode.«

Johannes kaufte sich kein Flugticket. Er flog nicht zurück. Drei Stunden später kam der Anruf, dass der Vater habe heimgehen dürfen.

Johannes ließ sich ein Bad ein. In den Schaum stieg er. Johannes ließ sich unter die Wasseroberfläche gleiten, bis nur noch das Gesicht über dem Schaum war. Überall knisterte es über seinem Körper. Johannes saugte die Wasserwärme auf in sich. Alles wurde weicher und leichter. Sein Vater, wenn er im *Kurier* auf eine Bikiniwerbung gestoßen war – lächelnde Haut, sonnige Körper –, hatte er sie schnell durchgeblättert, man konnte ja nie wissen, ob es noch andere Sonderangebote in der Beilage gab, und dann verkündet: »Das kann gleich ins Altpapier.«

Mit welch ungeschickter Zeremonie ihm sein Vater das Messer überreicht hatte. Auch er habe zu seiner Konfirmation von seinem Vater eines bekommen, sagte er; eines, das er immer noch habe. Johannes wusste, wo der Vater das Taschenmesser aufbewahrte, das er von seinem Vater bekommen hatte. In der Nachttischschublade. Die Nachttischschubladen waren die Orte, wo seine Eltern ihr Wertvollstes aufbewahrten. Bei der Mutter lagen da eine weiße und eine rosa Perlenkette und ein Goldkettchen und der Reisepass und die Bibel. Beim Vater lagen da die Bibel, der Reisepass, das rote Taschenmesser mit dem golden eingeprägten gleichschenkligen Kreuz und der Fahrzeugschein für den VW. Als Kinder hatten Miriam und er, wenn die Eltern nicht zuhause waren, die Schubladen aufgezogen und an ihrem Inhalt gerochen. Besonders die Perlenketten der Mutter berochen sie immer wieder und spürten in ihnen das Meer. Nie kam etwas Neues zu dem, was in den Schubladen lag. Am Reisepass rochen sie und schmeckten den Kibbuz in Israel, wo der Vater einmal gearbeitet hatte, und das Salz des Toten Meers.

Eine Woche nach der Beerdigung erreichte ihn der Brief des Vaters. »Mir geht es schon wieder besser.« Er hatte den Brief im Krankenhaus geschrieben. Er hatte für Johannes alles leicht machen wollen.

Johannes versuchte, an nichts zu denken. Er wollte sich einer großen Leere hingeben, in die er alles hineinfallen lassen konnte. Solange er versuchte, an nichts zu denken, sah er die Gesichter. Er musste wegdenken von ihnen. Er sah die Augen und Lippen. Sie erschreckten ihn. Es dauerte lange, bis sie die Köpfe hoben und ihn anschauten. Sie versuchten, ihre Enttäuschung zu verbergen. Er hatte sie betrogen. War es überhaupt möglich, sie zu betrügen, wo doch alles von GOtt kam? Enttäuscht zu sein, war Gotteslästerung. Seine Mutter blickte in seine Richtung und blickte ins Leere. Der Vater stand hinter ihr und blickte ebenfalls wortlos ins Leere.

Der Vater saß am Stubentisch und machte ein Kreuzworträtsel. »Engl. Kriminalschriftsteller.« Es fehlten zwei Buchstaben, die der Vater nicht finden konnte. ? A L L ? C E.

»Altröm. Hirtenlied.« Es fehlten zwei Buchstaben, die er nicht finden konnte. E K L ? G ?.

»Figur aus ›Zauberflöte‹.« S A ? A S T R O.

»Fährmann der Unterwelt.« C ? A R O N.

Es schmerzte Johannes, dass der Vater diese Dinge – und die Welt, die diese Dinge trugen – nicht kannte. Der Vater lebte sein Leben in der Welt der Gemeinde, ohne diese andere Welt, die Welt der Helden, kennenzulernen.

»Englisch Held.« H E R ?.

»Stadt in Norditalien.« ? ? M O.

Und mit dem ersten O von Como hätte er auch das O in Hero gehabt. Alles ging ineinander über. Irgendwie. Und Johannes meinte, der Vater müsse diese Leere, die er, Johannes, für ihn, der die Welt der Helden nicht kannte, empfand, auch spüren. Dabei wusste er, wie wenig der Vater diese Leere spürte. Ihm fehlte nichts. Alles, was fehlte, war von IHm beschieden. Ob das Kreuzworträtsel aufging, spielte keine Rolle. Wenn man nicht alles wusste, war das in Ordnung. Die Dinge, die man nicht wusste, waren Teil von dem, was ER einem schenkte.

»Am 24. Dezember wurde unser Bruder Lukas Lerner von unserem himmlischen VAter aus dieser Zeit in die ewige Heimat abberufen. Er gehörte über drei Jahrzehnte dem Ältestenrat der Gemeinde an, den er auch über viele Jahre leitete. Er diente dem Wort GOttes. Wir gedenken seiner in Dankbarkeit.«

Auf dem Sterbebett, als der Pfarrer mit ihm betete, sagte er: »Ich bleibe gern hier, wenn ich dem HErrn noch dienen kann. Ich gehe gern heim, wenn das mein Weg ist.«

Johannes rief Miriam an. Er fragte: »Wie spät ist es bei dir?« Aber statt einer Antwort hörte er ihr Schluchzen. »Wir sind um dreiundzwanzig Uhr sieben geboren worden«, sagte er. Er wusste nicht, warum er das sagte. Es war ihm einfach eingefallen. Jetzt war es dreiundzwanzig Uhr, dort, wo er anrief.

»Schön für uns. Ich gratuliere.«

Diesen Ton hatte er bei seiner Schwester noch nie gehört.

»Ist es bei dir fünf Uhr morgens?«, fragte sie.

»Nein, fünf Uhr abends!«, schrie er.

Sie unterbrach ihn. »Wenn du es genau wissen willst«, sagte sie, »sitze ich hier und starre in die Nacht.«

Er sagte: »Ich auch.«

Sie sagte: »Schade.« Sie sagte: »Er wusste, was kommen würde. Ich bin ja noch bei ihm im Haus vorbei und habe aus dem Schrank das Sterbekleid geholt. Sogar eine Unterhose hatte er daraufgelegt. Alles war vorbereitet. Er war bereit. Ich habe alles nur noch in die Tasche stecken müssen. Ein weißer Umhang, eine Art Taufkleid, ohne jegliche Verzierung, nicht einmal an den Ärmeln oder am Kragen. Nichts als ein fast weißes Baumwollkleid. Ein bisschen grau. Hundertprozentig weiß war es nicht.«

»Dann ist der Sarg weißer als das Sterbekleid?«

»Aber nur ein bisschen. Beißen tut sich das nicht.«

Miriam fuhr mit den Sachen ins Krankenhaus. Als sie beim Vater ankam, war er, so sagten es die Schwestern, vor zwei Minuten gestorben.

Miriam sagte: »Alles ging so schnell. Vor drei Tagen noch die Fahrt im Auto durchs Ried. Die ganze Landschaft war weiß vom Raureif. Vorgestern war er schwach, im Bett, ohne Zähne, aber noch ganz da. Gestern war er schwächer, lag nur noch im Bett und abends im Krankenhaus auf Intensiv.« Sie redete nicht weiter.

Er flog nicht zurück zur Beerdigung. Es gab Termine. Ein Rigorosum. Eine Jahreshauptversammlung. Eine Ernennung, die von der Verwaltung genehmigt werden musste. Es war alles wichtig.

Er ging hinaus und lief umher. Er rannte umher auf dem Asphalt in der Stadt. Alles um ihn herum hatte sich verändert. Ein Reh lief knapp vor ihm über die Straße. Die Hufe klapperten. So nah war er einem Reh noch nie gekommen.

Als er wieder ins Haus ging, sagte seine Frau: »Du solltest

zurückfliegen. Du wirst es dir nicht verzeihen, wenn du nicht zurückfliegst.« Sie sprach immer das aus, was er gerade selbst gedacht, dann aber sofort wieder verworfen hatte. Und indem sie es aussprach, musste er dem, was sie gesagt hatte, also auch sich, noch mehr widersprechen.

Er sagte: »Ich glaube nicht.«

Sie sagte: »Sei kein Feigling. Du musst zurück.«

»Vielleicht. Vielleicht aber auch nicht. Ich überlege es mir noch.« Miriam würde ihm keine Vorwürfe machen. Das wusste er.

Seine Frau sagte: »Ich höre schon an deiner Stimme, dass du nicht fliegen wirst.«

47

Es waren immer Frauen um ihn gewesen. Miriam war dagewesen. Die Mutter war dagewesen. Rahel, die rothaarige Zahnarzttochter, war dagewesen. Martina, die Tochter des Totengräbers, war dagewesen. Renate, die angehende Logopädin, war dagewesen. Da waren Esther und Charlotte und Ursula und Angela – in der Schulklasse, im Schullandheim, auf den Ausflügen. Maria, die Töpferin, war dagewesen. Tante Hilde in Amerika war dagewesen. Barb, Sandra, Ruth und, jetzt, Naomi in Amerika – immer waren Frauen um ihn gewesen. Immer hatte er sich wohlgefühlt bei ihnen. Immer hatte er sie gebraucht. Von innen heraus. Und doch war da immer auch dieses Gefühl, dass er nicht ganz bei ihnen war. Dass er mit ihnen zusammen entfernt von ihnen war. Da war dieser Schmerz. Da war dieses Suchen. Er wollte die Nähe. Er wollte das Atmen und den Blick. Er wartete. Er lebte weiter. Weil er weitersuchen musste. Weil er meinte, weitersuchen zu müssen. Nach dieser Nähe. Immer hatte er, das merkte er, Miriam gesucht. Er hatte dieses einfache Einssein, dieses unkomplizierte Einssein gesucht, dieses Zusammensein, Tag und Nacht, miteinander, im Zimmer, im Spielen, im Schlafen, im Essen, im Reden, im Dasein unter dem Dachfenster, im Rhythmus des Herzschlags, den sie beide spürten, ohne ihn spüren zu müssen, ungefragt, von innen heraus. Gehen Alche. Arlorn.

Er hatte geschlafen. Er hatte tief geschlafen. Der industrielle Teppichboden unter seinem Kopf war hart. Das spürte er. Die Stelle am Kopf schmerzte. Er atmete. Er atmete tief ein. Er atmete tief aus. Er drehte sich auf die rechte Seite. Atmete noch einmal tief ein. Ein. Aus. Setzte sich. In den Schneidersitz. In den Lotussitz. Ins Atmen. Dieses Zusichkommen tat gut. Es war ein einfaches Zusichkommen. Es war ein Aufwachen in diesem Raum mit den Lampen, mit den Stühlen, mit den Prayer Books. Die Lampen hatten Adern wie aus Marmor. Hinauf zur Decke leuchteten sie. Dort droben an der Decke gab es einen hellen Kreis über jeder Lampe, einen auf einer Seite abgeschnittenen Kreis. Dort, wo die Decke an die Wand stieß, hörte der Kreis auf.

Er atmete. Ein und aus. Spürte den Atem. Tief in sich. Mit allem. In allem. Er stand auf. Er machte ein paar Übungen, blickte als Hund auf den Boden, stand einbeinig balancierend als Baum da, dehnte die Beine und Hüften zum Dreieck und machte den Kämpfer. Es ging ihm gut. Er hatte geschlafen; er hatte gesehen und gespürt, von innen heraus. Er setzte sich neben den Schuhabstreifer. Er zog die Schuhe an. Langsam und tief atmend band er die Schuhe. Zuerst den rechten, dann den linken Schuh. Es ging alles einfach. Alles war einfach. Alles konnte einfach sein, weil er es zulassen konnte, dass es einfach war.

Die Frau war weg. Er hatte nicht gehört, wie sie gegangen war. Der harte schwarze Stoff musste ein Geräusch verursacht haben. Die Rollen des Koffers mussten Geräusche verursacht haben. Die Tür musste auf- und zugezogen worden und hinter ihr wieder ins Schloss gefallen sein. Nichts. Er hatte nichts gehört. Er roch noch die Reste des Rosenwasser- und Schweißgeruchs. Der hing noch in der Luft. Das war alles. Er war allein. Ruhig. Er atmete. Er war ein Baum auf einem Bein.

48

Am Gate stiegen sie, als er ankam, bereits ein. Er konnte gleich durchgehen. Er ging den langen Korridor hinab Richtung Flugzeug, ließ sich am Eingang begrüßen. »Nineteen G, please go through and to your right.« Er wartete hinter einem Geschäftsmann, der sein Gepäck umständlich in der Ablage verstaute. Dann konnte er weitergehen. Neunzehn G. Er saß am Gang und konnte während des Fluges aufstehen, so oft er wollte. In der Ablage über Neunzehn G gab es noch Platz. Da konnte er seinen Rucksack und seinen Handkoffer hineinschieben. Alles klar. Alles passte. Es hatte alles seine Routine mit diesen Abläufen. Neunzehn H, der Fensterplatz neben ihm, war noch frei. Vielleicht würde es so bleiben. Dann könnte er sich auf dem Achtstundenflug ausbreiten.

Sobald er in seinem Sitz saß, schloss er die Augen. Die überlaute Lautsprecherstimme gehörte dazu. Das durfte so sein. Das musste so sein. Das war kein Problem. »Please stow your larger items in the overhead bin, and put your smaller items in the space underneath the seat in front of you.« Alles ging so vor sich, wie es vor sich gehen musste. Auch sein Atmen. Tief und entspannt. Er würde lesen und Filme anschauen. Gern. Acht Stunden lang bis Amsterdam. Dort noch einmal umsteigen. Gehen Alche. Arlorn.

Zwei Sitze links von ihm, auf der anderen Seite des Ganges auf Neunzehn F, saß eine Mutter, afrikanisch-amerikanisch, wie das hieß, wohl aus Dahome oder Nigeria, mit ihrer vierjährigen Tochter. Vielleicht war sie auch afrikanisch, ohne amerikanisch zu sein. Alle Haare waren zu lang strudelnden Zöpfen geflochten. Symphonien von Haaren. Gedichte aus Haaren. Gemälde aus Haaren. Die Tochter tippte auf den Bildschirm. »Mommy, what makes that work?« *USA* las er auf ihrem T-Shirt. »You have to wait until we are in the air, honey.« »In the air?« »Until we are flying.« Auf drei Reihen verteilt saß weiter vorne eine Klasse von einem College. Ein Dutzend Achtzehn- und Zwanzigjährige in bunten T-Shirts und engen Jeans. Es war ein Vergnügen, ihr purzelndes Lachen zu hören. Ein Kunstkurs auf einer neuntägigen Italienreise: Rom, Pompeji, Florenz, Venedig und zurück nach Rom.

»Is this Nineteen H?« »It is.« »I am sorry to bother you.«

Der Mann, der nun acht Stunden neben ihm sitzen würde, war zum Glück nicht schwer und breit. Er würde in seinen Sitz passen und nicht zu Johannes herüberquellen. Er redete an seinem iPhone, während er mit einer Hand sein Gepäck in die Gepäckablage schob. »Vielen Dank, Darling, dass du mich zum Flughafen gebracht hast. Ich habe den früheren Flug noch erwischt. I love you. Gotta go.« Wie viel einfacher es für Amerikaner war, »Darling« und »I love you« zu sagen. »Liebling« und »Ich liebe dich« kamen auf Deutsch nicht so einfach über die Lippen. Das waren keine Worte, die man einfach so sagte, dass andere sie hören konnten. »In ein paar Minuten heben wir ab«, tönte es aus dem Bordlautsprecher. »Sieben Stunden und drei Minuten Flugdauer. Das Wetter in Amsterdam ist bewölkt mit Regenschauern. Während des Fluges bitten wir Sie, angeschnallt zu bleiben, falls es unerwartete Turbulenzen gibt.«

Unexpected turbulences. Das waren auch so Worte. Mit denen konnte er die Augen schließen und darauf warten, dass die Bordtüren endlich geschlossen würden. Unexpected turbulences during the flight.

Flight und flight. Flug und Flucht – wie nahe die Worte beieinander waren. Im Englischen waren sie identisch. Da wusste die Sprache wieder einmal mehr, als man selbst bisher gewusst hatte.

Sein Sitznachbar hieß Kevin. Das sagte er, sobald er sich gesetzt hatte. Johannes versuchte, ihn zu ignorieren. Er hatte den Kopfhörer noch nicht aufgesetzt. Also musste er nicken. Dieser Kevin gehörte wahrscheinlich zu jenen Menschen, die keine Stille um sich ertrugen. Kevin erzählte. Johannes hätte sich den Kopfhörer gleich aufsetzen sollen. Nun war es zu spät. Kevin war zehn Jahre in Deutschland stationiert gewesen, in Wiesbaden und in der Nähe von Gießen. Er hatte eine Deutsche geheiratet. »Wir haben uns aber, sobald wir in den USA waren, auseinandergelebt. Die Scheidung war vor neunzehn Jahren. Aber keiner von uns hat wieder geheiratet. So gehören wir auch nach neunzehn Jahren immer noch ein Stück weit zusammen.« Die gemeinsame Tochter ging auf die Universität in Toronto. »Veronica is a wonderful, wonderful kid – smart, loyal, and loving.«

Überall um sich herum sah Johannes amerikanische Gesichter. Er sah die offene Neugier, die Erwartung des Kommenden, die Augen, die sich mit Gewalt in die Zukunft stürzen konnten. Da gab es dann nur das Kommende – kindlich, unschuldig und immer überraschend. Alles war wunderbar durcheinandergemischt in dieser Zukunft. Es gab nie zweimal dasselbe. In einem Gesicht sah er Cherokee Indian, im nächsten ghanaafrikanisch-amerikanisch, im nächsten Holland und Norditalien. Amerikanische Gesichter waren Weltreisen. Aber nur für die, die sie anschauten. Für die, die sie trugen, waren sie nichts Besonderes. Sie waren, wie sie waren – bereit für die Zukunft. Sein Sitznachbar war britisch und irisch und französisch. Locker. Brummend. Lachend. Tanzend. Ja. Dahome. Neu Delhi, Irkutsk. Prag. Rom. Berlin. Rio. Amsterdam. Ja. Sie wurden allen zusammen in dieses gemeinsame Ja gepresst. Sie waren in der Luft. »In the unlikely event of a water landing, use the flotation devices, which are located under your seat. Please take a minute to locate them.«

Es kamen Slightly Salted Peanuts und Mini Pretzels, von denen er sich gleich von dem mit kleinen Ohrringen bewehrten Flugbegleiter noch einmal drei Päckchen geben ließ. »Could I have a few extra packages of pretzels?« Johannes hatte Hunger. Es war einfach, noch einmal drei Päckchen zu bekommen. Kein Problem. »Of course.« Johannes hatte sich daran gewöhnt, dass alles kein Problem war.

Er tippte auf den in die Rückenlehne vor ihm eingelassenen Bildschirm. Er tippte auf Flight Tracker. »Time to Destination five hours fifty-one minutes.« Er sah, dass sie gerade über Kanada flogen, nördlich von Montréal. Er zoomte die Karte heran. Der Ort hieß Saint-Gabriel. Er lag an einem See, der so groß sein musste wie der Bodensee. Lac Maskinongé hieß er, und Johannes hatte noch nie von ihm gehört. Benannt nach dem größten nordamerikanischen Hecht, der ein überraschend langes Maul hatte. Masque allongé nannten die französischen Jäger und Fallensteller diesen Fisch, was die Ojibwa-Indianer zu Maskinongé machten. Unter ihm war Ojibwa-Gebiet. Die Irokesen waren weiter südöstlich, die Huronen weiter südwestlich. Er sah, dass sie fünfhundertsiebzig Meilen geflogen waren und noch dreitausenddreihundertzweiundachtzig Meilen vor sich hatten. Einen bunten Kopfhörer trug die Mutter aus Dahome. Die Tochter lag mit dem Kopf in ihrem Schoß. Kein Problem. Alles war einfach.

Kevin redete von Delphinen. In Florida. »Es sind die einzigen anderen Säugetiere, die nur zum Spaß Sex haben.«

Kevin sagte »Sex haben«, weil das für ihn am unaufdringlichsten klang. Kein Problem. Nichts war ein Problem für Kevin, auch nicht, dass Johannes nun schon eine halbe Stunde lang nicht mehr in seine Richtung geblickt hatte.

Junge Delphininnen mussten es einfach mit sich geschehen

lassen. Vergewaltigung würde man bei Menschen sagen, sagte Kevin. Bei denen sei das normal. Da komme eine Gruppe von jungen Delphinen und treibe ein Mädchen in die Enge. Das liege in ihrer Natur. Ganz normal sei das.

Kein Problem war das. Johannes tippte auf den Bildschirm. Sollte er einen Film anschauen? Sollte er ein Buch lesen? Sollte er einfach die Augen schließen und versuchen, sich auf das zu konzentrieren, was kommen würde? Er setzte den Kopfhörer auf. Das musste nun sein, egal, ob es höflich oder unhöflich war. Amerika war ein freies Land. Kein Problem. Hier durfte man das. It's a free country.

Miriam. »Sich selbst eingewiesen.« Diese Worte. Johannes versuchte, sie zu einem Sinn zusammenzubringen. Hatte Miriam sich auf ihre Weise aus dem Dorf verabschiedet? Dreißig Jahre, nachdem er weggegangen war? Sie hatte sich verabschiedet, ohne sich zu verabschieden. Sie war gegangen. Sie hatte nicht gesagt: »Ich halte das nicht mehr aus. Ich kann nicht mehr. Es muss sich etwas ändern.« Sie war gegangen, hatte sich in den Twingo gesetzt, war zur Klinik gefahren, hatte das Auto auf den Parkplatz gestellt und war zur Aufnahme gegangen. Von dort erst hatte sie Matthias angerufen.

Matthias war immer ein bisschen übergewichtig gewesen. Miriam hatte das nicht gestört. »Er ist, wie er ist. Und mir ist er so recht.«

Matthias hatte am Telefon noch gesagt: »Ohne irgendwas. Ich sag's dir. Ohne irgendeine Vorwarnung.«

Miriam und Matthias. Frau und Mann. Mann und Frau. Miriam und Johannes. Schwester und Bruder. Bruder und Schwester. Sie waren eins gewesen. Mädchen und Junge. Brüderchen und Schwesterchen. Lange.

Johannes und Miriam schwammen im Moorsee. Was sich liebte, neckte sich. Ihre Gesichter schwebten über dem Wasser. Ihre Gesichter spiegelten sich im Wasser und kamen einander näher. Sie legte ihren Kopf auf seine Schulter. Im Wasser. Alles war ein Spiel. Alles war wahr. Alles war richtig. Alles war gut genug für sie. Auch in diesem Dorf.

Es gab, er hörte die Stimme des Flugbegleiters, »Pasta, hot, or Chicken, cold.« Johannes wollte nichts. Er hatte nach den Pretzels und Peanuts keinen Hunger mehr. Er wollte nichts als weit weg sein. Er wollte schlafen. Er drückte auf die Brandenburgischen Konzerte, lehnte den Sitz zurück und schloss die Augen.

»Was ist der Teufel?«

Als der Vater anfing zu erklären, was der Teufel war, sagte die Mutter: »Warum erzählst du ihnen so etwas? Das verwirrt sie doch nur.«

Der Teufel war ein böser Engel, der dem VAter abtrünnig geworden war.

»Was ist ein böser Engel?«

»Siehst du. Warum hast du auch damit anfangen müssen.«

Da redete der Vater nicht weiter. Die Mutter hatte das letzte Wort gehabt.

Der Teufel hatte Flügel, so wie Engel Flügel hatten, nur dass seine Flügel dunkler waren. Alle im Dorf schützten sich gegen dunkle Teufelsflügel, indem sie den HErrn JEsus in ihr Leben ließen. So kamen nur die Engel mit den hellen Flügeln zu ihnen. Und alle, die den HErrn JEsus in ihr Leben gelassen hatten, kamen in den Himmel. Wer den HErrn JEsus nicht in sein Herz ließ, kam nicht in den Himmel. So war das. Es war alles einfach. Und gut.

»Woran merkt man, dass jemand JEsus nicht in sein Leben gelassen hat?«

»An ihren Früchten sollt ihr sie erkennen.«

Draußen wurde es hell. Eine geschlossene Wolkendecke schwebte über dem Atlantik. Es waren noch 1:18 Stunden bis zur Destination. Sie flogen über Irland. Zu sehen war nichts. Unter ihnen lag eine geschlossene Wolkenschicht. Und unter der Wolkenschicht lag Irland, wo es noch kaum zu dämmern begonnen hatte, während sie in zehntausend Metern Höhe die Dämmerung im Osten sahen und weiter Richtung Osten flogen. Kevin schlief mit weit offenem Mund. Er hatte einen guten amerikanischen Zahnarzt. Das sah man.

Johannes hatte seinen Rasierapparat im Bad liegen lassen. Daran erinnerte er sich auf einmal. Den hatte er weggelegt, als das Telefon klingelte. Und ihn liegen lassen. Da lag er gut. Kein Problem.

49

Herbstnebelschwaden lagen in der Landschaft. Herbstnebelschwaden lagen über der Landschaft. Er fuhr hinein in den Nebel und genoss das Licht der Scheinwerfer, das aus so kurzer Distanz wieder auf ihn zurückleuchtete. Hart und schnell und immer wieder überraschend kam der Nebel auf ihn zu, so, als sei er nur dazu da, ihn zu verwirren und ihn immer wieder für einen Augenblick nicht wissen zu lassen, wo die Straße weiterging. Johannes bremste spät. Er bremste erst, wenn er die Kurve sah. Dann musste er hart bremsen, damit er die Kurve schaffte. Gerade noch. Den Nervenkitzel brauchte er. Johannes ließ sich herausfordern. Gern. Er sah nasse Herbstblätter am Straßenrand und immer wieder die aus dem Nichts auftauchenden Leitplanken. So kurvig hatte er sich diese Straße nicht vorgestellt. Es gab keine geraden Strecken. Immer nur lange oder enge Kurven. Eine nach der anderen. Er konnte nicht genug bekommen von diesen Kurven, die ihn, weil sie schnell auf ihn zukamen, in den Sicherheitsgurt schoben. Sanft. Gewiss. Großzügig. Trotz der Nebelwände, in die er hineinfuhr.

Am Flughafen hatte man seine Kreditkarte durch ein Gerät gezogen, ihn ein paar Seiten Kleingedrucktes unterschreiben lassen und ihm dann einen Opelschlüssel überreicht. In der dritten Etage des Parkhauses stünde sein Fahrzeug. »Bucht siebenunddreißig.« Es war ein roter Astra. Den fuhr er die engen Kreise hinunter aus dem Parkhaus und dann auf die Bundesstraße Richtung Süden. Zuerst war alles noch hell. Es ging durch ein paar Städte, dann über die Alb, und dann kam der Nebel. Es ging auf und ab. Es ging mehr ab als auf. Hinab in die mit Nebelsuppe gefüllten Täler. Das freute ihn. Diese Abwechslung aus Verwirrung und Klarheit, dieses Vorwärts in einen Schock des hellsten Nichtssehens. Alles war übereinander, durcheinander, voreinander. Und angenehm.

Wenn er langsam durch die Ortschaften fuhr, sah er am Straßenrand französische und italienische Automodelle, die es in den USA nicht gab. Sie kamen aus dem Nebel auf ihn zu. Eines hieß Scénic. Ein anderes hieß Panda. Er fuhr langsamer, damit er lesen konnte. Zafira, Twingo.

Gleich hinter der Tankstelle war eine Bäckerei, die hell erleuchtet war. Also hielt er an. »Drei Brezeln, bitte.« »Sonscht no ebbes?« Das musste die Seniorchefin sein an diesem Ort, wo alles nach Brot roch – und nach der Bäckerlauge, diesem Parfum, das alle Geschmacksnerven verführte. Unwiderstehlich. »Noi, danke, sonscht nix.« Das sagte er. Das sagte er so. Er hörte, wie diese Laute aus seinem Mund kamen. Als wären sie nie weg gewesen. Alles passte. Alles war angenehm.

In seinem roten Astra nahm er eine Brezel aus der Tüte und aß während des Fahrens. Er spürte die Härte, das Salz, die Lauge, das Feuer. Er ließ alles in sich aufgehen, als käme er tatsächlich heim. Es war eine Brezelheimkunft. So etwas durfte es geben. So etwas gab es, ob es das geben durfte oder nicht. Er konnte nichts dafür, dass das so war – dieses Schmecken, dieses Riechen, dieses Kauen, das ihn berührte.

Er fuhr langsam aus dem Ort. Citigo, Leon, Bora, Kangoo, Roomster. Englische Namen und Tiere hatten sich breitgemacht. Sie sollten ein Gefühl der Freiheit vermitteln. Bora, Zafira. Das waren Winde. Leon war die Ferne, das Mittelmeer, Afrika und Südeuropa. Er holte die zweite Brezel aus der Tüte. Das konnte er tun, solange er langsam fuhr, so langsam, dass er nie aus dem dritten Gang herausschalten musste. Dann nahm er auch die dritte. So schmeckte Heimat. Er hatte sich nicht einmal daran erinnert, dass er diesen Geschmack vermisst hatte. Aber nun, da er ihn im Mund hatte, konnte er nicht genug davon bekommen.

Im Nebel.

Hätte er für Miriam ein Geschenk mitbringen sollen? Bilder? Einen besonderen Stein seines Bundesstaates? Ein kleines Buch? Eines seiner Bücher? Warum dachte er erst jetzt daran? Er konnte sich Miriam nicht vorstellen. Etwas hielt ihn davon ab. Ihr Gesicht, die Haare, die Augen, der Körper. Sie musste sich verändert haben. Hatten ihre Augen das Leuchten verloren? War ihr Körper ihr ein fremdes Wesen geworden, mit dem sie nichts mehr zu tun haben wollte? In dem Dorf, in dem sie geblieben war, kam das vor. Zwischen siebzehn und siebenundvierzig geschah etwas mit den Körpern von Frauen. Es war ein Verlust, der sich in diese Körper einschrieb, ein Verlust an Leben, der sich mit Gewicht auszugleichen versuchte. Jetzt war auch die dritte Brezel weg. Es gab nichts mehr als das Lenkrad, das er festhalten musste. Er schaltete in den vierten Gang. Er war ruhig. Er war glücklich. Er fuhr. In den Nebel. In die Kurven. Er staunte. Die Herbstnebelschwaden waren an manchen Stellen so dicht, man sie wie Schlagsahne hätte schlucken können. Atmend. Gern.

50

Durchs offene Fenster hörte er, dass eine Amsel auf der Dachrinne landete. Er erkannte das Geräusch. Er wusste, wie eine Amsel landete. Das hatte er früher vor dem Schlafzimmer so oft gehört, dass es nichts anderes sein konnte. Er hatte das Fenster gekippt, so wie sich Fenster nur in Europa kippen ließen. Die Amsel putzte sich. Mit dem Schnabel kratzte sie sich unter den Flügeln, hart, präzise und ausdauernd. Er nahm dieses Amselgeräusch zum ersten Mal wieder wahr. Jetzt. Am Morgen. Beim Aufwachen. Im Herbst. Unter der Dachrinne. Im Nebel. Im Haus des Schwagers. Das harte Federgeräusch. Es klang wie Worte. Es klang, als verspotte die Amsel ihn. »Gespött? Gespött?« Miriam hatte im Chor diesen Max-Reger-Choral gesungen. Gespött? Gespött? »Mein Odem ist schwach.« Alles um ihn herum begann zu zittern. Die Wand. Das Bett. Die Decke.

Von oben hörte er das Wasser der Toilettenspülung. Es schoss herunter, schoss um eine Kurve und schoss nahe an seinem Ohr vorbei. Das Abflussrohr war in der Wand verlegt. Jetzt hörte er keine Amsel mehr. Dafür hörte er von draußen, wie jemand anfing, einen Teppich zu klopfen. Es klang, als ob jemand geschlagen würde, mit einem breiten, weichen Gegenstand. Immer auf dieselbe Stelle. Er hatte vergessen, wie früh am Morgen in diesem Dorf mit dem Teppichklopfen begonnen wurde. Es war noch dunkel draußen. Vielleicht leuchtete sich hier jemand mit einer Stirnlampe beim Teppichklopfen? Es war ein umtriebiges Dorf, dieses Dorf, in dem ER SEine Gnade walten ließ. Und SEine Gnade hieß, dass man sauber und ordentlich lebte. In den eigenen vier Wänden und in der Welt.

Matthias schaltete oben die Spülmaschine ein. Oder war's die Waschmaschine? Das gehörte dazu. Das Rohr war, wo es war. Er war, wo er war. Es gurgelte. Es gluckste. Die Eingeweide des Hauses waren lebendig. Johannes schlief dicht bei den Eingeweiden.

Über ihm schnitt der Schwager in der Küche etwas auf einem Brettchen. Waren es Radieschen? Karotten? Eine Gurke? Immer wieder schlug das Messer hart auf. Vielleicht machte er sich ein Vesperbrot. Oder eine Dose voller Salat. Besteck fiel auf den Küchentisch. Besteck wurde in den Spültisch geworfen. Johannes konnte sich nicht überwinden, aufzustehen und mit Matthias zu frühstücken. Es wäre das Richtige gewesen. Es wäre freundlich gewesen. Aber da war eine Schwere in ihm. Er wollte nicht. Er konnte nicht. Vielleicht machte Matthias über ihm diesen Krach, um ihn zu wecken und einzuladen. Aber es war zu früh. Er wollte nicht aufstehen. Er wollte nicht in die Augen eines anderen Menschen blicken müssen. Er wollte nichts sagen müssen. Er wollte nichts tun müssen. Den ganzen Morgen lang. Höchstens der Amsel auf der Dachrinne über seinem gekippten Fenster wollte er beim Putzen zuhören. Aber da gab es nichts mehr zu hören, seit an diesem gesegneten Morgen in diesem gesegneten Dorf das Teppichklopfen, das Toilettenspülen und das Messer-in-den-Spültisch-Werfen begonnen hatte. Morgen vielleicht wieder. Heute bestimmt nicht mehr. »Und, wie hast du geschlafen?« Diese Morgenfrage konnte er noch nicht ertragen. Gespött? Gespött? Die Amsel. Die Spülmaschine. Das Teppichklopfen. Das Abflussrohr.

Das Zimmer hatte eine weiße Raufasertapete. An manchen Stellen war sie heller. Da mussten Bilder gehangen haben. Da war das Weiß noch weißer als an der übrigen Wand. Das verwirrte. Aber weil er den Unterschied zwischen weiß und fast weiß erkennen konnte, konnte es draußen nicht mehr ganz dunkel sein. Das sah er. Er sah Übergänge. Zwischen weiß und fast weiß. Zwischen Nacht und Fast-Morgen. Zwischen Schlaf und Fast-Schlaf. In wessen Zimmer schlief er? War es das Zimmer der Ältesten, die beim Studium war? Sie hatte ihn in den

USA besucht. Onkel Hannes. Ein Mädchen, das verloren in die Welt blickte. Sie war gefangen in ihren Idealen von Liebe und Umwelt und Helfenwollen. Sie studierte Psychologie in einer Stadt im Norden, wo sie mit ihrem Freund zusammenwohnte. Auf dem Regal standen *Kleider machen Leute*, *Die schwarze Spinne*, *Don Karlos*. Las man diese Reclambändchen noch im Deutschunterricht? Oder waren das Miriams Bändchen, die in den Keller gewandert waren? Was für Bilder hatten an diesen Wänden gehangen? Pferde? Fußballer? Eine Landschaft in Afrika? Ein Popstar?

Die Luft roch feucht in diesem Zimmer – nach gut gelüftetem Kellerzimmer, aber trotzdem nach Keller, und nach frischer Nebelluft, die von draußen hereindrang. Er hatte, das musste er zugeben, gut geschlafen. Alles war ruhig. Der Schwager musste aus dem Haus gegangen sein. Das Teppichklopfen und das Amselputzen war verstummt. Es war schon nach neun. Er musste noch einmal eingeschlafen sein. Dort, wo er herkam, war es drei Uhr morgens.

Johannes stand auf und ging hinauf in die Küche. Da lag auf dem Küchentisch ein Zettel. »Brötchen sind in der Backröhre, Aufstriche im Kühlschrank. Wir brauchen das Auto heute nicht. Du kannst es gerne nehmen.« Daneben lag der Autoschlüssel für den Twingo. Weshalb hatte Matthias ihm den Autoschlüssel hingelegt. Hatte er vergessen, dass Johannes einen roten Astra vom Flughafen mitgebracht hatte?

51

Es gab im Dorf eine Bäckerei, in der man Haribo-Colaflaschen stehlen konnte. Es gab einen Friseur, bei dem man in braunes Packpapier eingeschlagene Zeitschriften anschauen konnte. Es gab Fernseher, in denen man die Mondlandung, Daktari und die Sportschau anschauen konnte. Bei der Nachbarfamilie stand so ein Fernseher. Sie hatten noch keinen. Der Vater im Nachbarhaus war nicht im Ältestenrat. Er ließ die Kinder Daktari anschauen. Und die Mondlandung. Die schaute er selbst mit an. In Schwarz-weiß. Die Männer in ihren aufgeblasenen Anzügen und Judy, die Äffin. Die Krater und die Sterne. Der Dschungel und die Elefanten. Karl-May-Bände gab es auch bei der Nachbarfamilie. Zuhause musste Johannes die Karl-May-Bände verstecken. Er legte sie unter die Hosen in den Kleiderschrank. Nachts las er von Helden, die die Welt eroberten. Sie eroberten Amerika und das wilde Kurdistan und die Wüste.

Johannes und Miriam wuchsen in einer Welt auf, die man nicht für möglich gehalten hätte. Eigentlich gehörte dieses Dorf in eine andere Welt – in eine Welt, die aus Himmel und Erde, aus Liebe und Nächstenliebe, aus CHristus und Glauben bestand. Die Welt in diesem Dorf war weit weg von der Welt der echten Colaflaschen, der Marterpfähle, der nackten Haut, der Elefanten und der Affen. Hier konnte man um einen See im Moor gehen, immer wieder. Man konnte jederzeit ins Moor einbrechen. Um dann im zu Moor versinken. In die Schwärze.

Dahin, in die Schwärze, gehörten Johannes und Miriam; er mehr als sie. Das wusste er. Das wusste er, seit in der Schule die Rollläden heruntergelassen worden waren. Das, was er gesehen hatte, gehörte nicht in dieses Dorf. Es war Sünde. Es war nackt. Es war lüstern. »Seid fruchtbar und mehret euch.« Das Dorf mehrte sich. Aber nicht so. Er wusste nicht, wie. Er wusste nicht, wo. Allein schon die Worte waren unmöglich. Verkehr. Glied. Scheide. Lippen. Empfängnis. Zelle. Frucht. Mutter. Erfolgreich. Einnisten. Wachsen. Dass dann aber auch noch diese Bilder dazukamen! Sie machten alles schlimmer. Diese Bilder sollten alles erklären. Strichmännchen und -frauen. So sollten sie alle sein. Jederzeit. Immer. Ewig. Johannes hoffte, das Licht würde nie wieder angehen, die Rollläden würden nie wieder hinaufgezogen. Aber das durfte er niemals laut sagen – auch ihr nicht. Sie musste meinen, er könnte das, was er sah, genauso einfach hinnehmen wie sie. Es durfte da keinen Unterschied geben. Meinte er. Und so war es, als die Rollläden hinaufgingen. Es gab keinen Unterschied. Sie waren beide gleich. Und redeten nicht miteinander darüber. Und nicht mit anderen. Es war doch nichts Besonderes. Oder?

52

Der Twingo stand freundlich und grün in der Garage. Der Schlüssel passte. Der Innenraum roch, wie ein Innenraum nach hundertfünfzigtausend Kilometern roch: ein wenig feucht, ein wenig nach Staub und Öl und Benzin und Schweiß. Der Tank war zwei Drittel voll. Seinen roten Astra ließ er stehen. Er fuhr lieber in einem Auto der Familie.

Er fuhr auf der Landstraße und hielt sich an die Geschwindigkeitsbeschränkungen. Er fuhr durch die Nebelschwaden, fuhr durch die Ortschaften, die ihre Namen einer fernen Tradition verdankten. Herrgottsweiler, Allerheiligen, Herrgatz, Kappel, Benistobel, Adelsreute, Fronreute. Die Namen erinnerten sich an Weihrauch und Leibeigenschaft, an Frondienste und Ablassbriefe. Die Straßen und der Nebel waren neu. Die erinnerten sich an nichts. Die führten in die Zukunft. In Herrgottsweiler hielt er an und kaufte Brezeln. »Einpacken?«, fragte die junge Verkäuferin. »Ja, bitte.« Hätte er die drei Brezeln an den Fingern hinaustragen sollen? Der Gedanke gefiel ihm. Das nächste Mal würde er sagen: »Nein, gleich an die Finger.«

Im Twingo suchte er nach einem Radiosender. Es gab nur einen, der ohne Störungen hereinkam. *Da sind wir daheim*, hieß es. Und Johannes begann, während er weiter im Nebel dem

See zufuhr, die Enge zu spüren, die in dieser Landschaft lag, in den Straßen, in den Ortschaften, in den Worten. Er spürte Einwohnermeldeamt, Kreiswehrersatzamt, Bürgermeisteramt, Oberschulamt, Landratsamt, Sozialamt. Er hörte die Schlagzeugrhythmen, die den Herzschlag in dieser Landschaft bestimmten. Er hörte Stimmen, die so von Leben und Liebe sangen, als könnten sie immer nur alles gewinnen. *Schuld war nur der Bossa Nova.* Ein Lied wollte in Endreimen die Liebe erfahren haben. *Ich male Herzen auf Papier. Was ist nur los mit mir?* Wälder begannen und hörten auf. In den Wäldern war der Nebel auf einmal fast verschwunden. Nach dem Wald begann er sofort wieder. Alles war eng. TÜV und AOK, Penny und Aldi. Es ging um Erlaubnis. Es ging ums Sparen. Es ging um Schulden und Vergehen. Bausparverträge und Kontogebühren. Polizeidirektion und Kreisgericht. Naturschutz und artgerechte Haltung. »Nachhaltig« war ein neues Wort, vor dem es neue Gewinner und Verlierer gab. Ungenügend, durchgefallen. Wird nicht versetzt. Wohnzimmergarnituren und RTL. Durchfahrt nur für Baustellenfahrzeuge. Umleitungen, Recyclinghöfe, Staus. Blitzer und Falschfahrer. Er fuhr dem See zu. Er fuhr der Klinik am See zu. Es ging bergab durch Wälder und Felder im Herbst. »Kinder werfen Gegenstände auf die Fahrbahn. Bitte fahren Sie vorsichtig.«

In den Liedern hörte er immer wieder die Sehnsucht nach dem Meer, nach Sonne, Liebe und Strand. *Traum und Erfüllung.* Das Licht der Kerzen in den Herzen. *Capuccino, Vino und du.* Zärtlich. Voller Wärme. Voller Exotik. Bahamas. Formentera. Mallorca. Draußen war die Liebe. Im Leben. In der Sonne. Am Meer. *Strangers in the Night.* Die Enge der Dörfer. Die Enge der Dienstpläne. Umweltplaketten und Baugenehmigungen. Bebauungspläne und Regierungspräsidien. Rentenversicherungs- und Solidaritätsbeiträge. Flächennutzungsänderungsverfahren und Umbauauf-, -um- und -zulagen. Schufa und Schluckimpfungen. Bundesjugendspiele und Lehrmittelsammlungen. Versetzung. Ausbildung. Das Klassenziel nicht erreicht. Weltspartag und Verhütung. Datenschutz und Liegezeit. Façonschnitt. *Da sind wir daheim.* Peter Maffay sang etwas von einem Sommer, als er sie traf und ihr in die Augen blickte. Er war sechzehn und sie einunddreißig. Als ein Mann sah er die Sonne aufgehen. Es war ein Morgensong. Das Werden eines Ich. In der Erinnerung.

Er fuhr vorbei an Wegkreuzen, die aus dem Nebel auftauchten. »Gott, schütze unsere Fluren. Gestiftet von Familie Gindele.« Der Nebel wurde dem See zu dichter. Der See war ein riesiger Kochtopf, der alles um sich herum großzügig mit Nebel versorgte. Der Twingo brummte. Der Twingo summte. Der Twingo beschleunigte und bremste zuverlässig. Das Land der Seelenklemmer. *Da sind wir daheim.* Weiter im Nebel. »In den Morgenstunden verbreitet Glatteisgefahr.« Beim Chillen unter Zitrusbäumen. Es kamen Kreisverkehre und Ampelanlagen. Johannes sah Schilder zum Bahnhof. In der Nähe des Bahnhofs lag die Klinik. Dort war die Schwester. In der Enge. Er fuhr Richtung Bahnhof, dann ins Parkhaus. Alles war einfach. Alles fand sich. Nichts war kompliziert am Morgen im Nebel am See. Alles war eng und überdeutlich.

53

Er ging vom Parkhaus durch die Unterführung unter der Bundesstraße und dann auf das Backsteingebäude zu. Langsam. Atmend. Es war, als erwarte das Gebäude ihn. Unter den Schuhen knirschte der Kies. Johannes ging durch den Nebel. Der See lag gleich hinter dem Gebäude. Solch eine Wasserfläche spürte man, auch wenn sie hinter der vierstöckigen Masse aus Backsteinen unsichtbar war. Die Eingangstür war noch eine alte, solide Tür, die man nach außen aufziehen musste. Er ging durch einen

Windfang in die Empfangshalle; der Boden bestand hier aus alten Steinfliesen, die wie Marmor aussehen sollten; rechts war ein Treppenhaus, das nach ein paar Stufen zu abgeschlossenen Glastüren führte. Man brauchte Schlüssel hier. Das war deutlich. Überall. Sofort roch Johannes auch den Geruch der alten Krankenhäuser. Der lag hier gefangen. Schon wochen-, monate-, jahrelang. Meuchelig. Speichelig. Träg. Traurig. Sonnenlos. Im Eingangsbereich über Steinfliesen und -stufen. Hier war Glas, hier war Licht, hier war es beheizt, und hier war gleich neben der Empfangstheke, ein wenig versteckt rechts, auch ein in Glas gefasster Aufzug, der irgendwohin hinaufführte. Aber der Geruch nach Speichel war überall. Er kam von rechts und von links aus Gängen, die vom Eingangsbereich wegführten. Wie in Backsteinhöhlen hinein. Man sah die alte Klosterarchitektur noch überall. In welche Himmelsrichtungen führten diese Gänge? Er wusste nicht, wo East, North, West, South waren. Draußen hätte er es gewusst. Draußen lag der See im Süden. Im Gebäude hatte es ihn herumgedreht. Eine Viertel Umdrehung nach Süden? Oder war es mehr als eine Viertel Umdrehung gewesen?

»Was kann ich für Sie tun?« Da waren Augen, die ihn von hinter der Empfangstheke her anblickten. Es waren müde, aber nicht unfreundliche Augen. Sie hatten schon viel gesehen. Sie gehörten einer älteren Frau aus der Gegend. Vielleicht war sie auf einem der unzähligen katholischen Bauernhöfe aufgewachsen, wo die Eltern noch den Namenstag statt des Geburtstags gefeiert hatten. Sie sah aus, als gehöre sie noch zu dieser Klosterwelt: gütig, verschlossen, treu ihren Dienst versehend, ohne zu fragen.

Johannes sagte: »Die Schwester.« Er sagte, er wisse die Station nicht. Und auf einmal fiel ihm der Nachname der Schwester nicht ein. Sie trug ihn schon über zwanzig Jahre. Er hatte ihn auf Briefumschläge geschrieben. Und nun fiel er ihm nicht ein. »Miriam«, sagte er. »Miriam«, wiederholte er und suchte nach Worten. Er sagte: »Der Nachname … Wir sind Zwillinge.«

Die Augen schauten ihn an. Nichts konnte diese Augen überraschen. Sie blickten ihn geduldig an. »Der Nachname wäre schon wichtig.« Es kam jeden Tag vor, sagten die geduldigen Augen, dass ein Zwillingsbruder sich nicht mehr an den Nachnamen seiner Schwester erinnerte. In aller Ruhe solle er noch einmal überlegen, sagte die Dame.

»Dorner.«

»Donner?«

»Nein, Dorner.«

Sie tippte den Namen in den Computer ein. Tippte noch einmal etwas ein. Dann blickte sie ihn an, von unten herauf. Sie wisse nicht, sagte sie, ob sie ihn hinauflassen dürfe. In ihrem Computer stehe nichts von einer Besucherberechtigung für ihn. Sie blickte ihn an und blickte gleichzeitig an ihm vorbei. Es war eine Kunst, so zu blicken. Da war keine Provokation in diesem Blick. Da war nichts Verletzendes. Einfach so.

»Besucherberechtigung?«

»Ja.«

»Braucht ein Bruder eine Besucherberechtigung, um seine Schwester zu besuchen?«

»In diesem Fall schon.«

»Und wie bekomme ich solch eine Besucherberechtigung? Wer stellt sie aus?«

»Der behandelnde Arzt. Das wäre in diesem Fall …«

Hinter ihm hallten Schritte durch die Empfangshalle. Von einem der Gänge kamen sie. Auf den Steinfliesen klangen die Absätze wie leise Explosionen. Johannes wandte sich um. Diese Stöckelschuhexplosionen gehörten einer jungen Ärztin. Klein war sie. Sie blickte vor sich auf die Steinfliesen, während sie vorwärtsschritt. Quadratisch waren die Fliesen. Knallend die Schritte. Eine kleine Schubertbrille trug sie. Jetzt erst bemerkte er, dass sie nicht auf ihn zu, sondern an ihm vorbei in einen anderen Flügel der Klinik gehen wollte. Er machte einen Schritt in ihre Richtung. »Entschuldigung, Frau Doktor.« Er trat einen Schritt weiter auf sie zu. »Entschuldigen Sie.« Sie blieb stehen. Johannes sagte: »Besucherberechtigung?« Dann redete er weiter, bevor sie etwas erwidern konnte. Er musste sie in seine Situation hineinziehen, bevor sie sagen konnte, dass sie hier nicht zuständig sei. Schnell sagte er, dass er extra aus den USA eingeflogen sei, gestern Abend angekommen. Er wolle seine Schwester, seine Zwillingsschwester besuchen. Miriam. Die habe darum gebeten, dass er komme. Nun sei er da. »Wie komme ich jetzt zu einer Besucherberechtigung? Kann die Schwester die selbst geben?«

Er musste schnell reden. Das verlangte die Situation. Auch wenn er, wenn er so redete, eine Abneigung gegen sich selbst empfand. Er mochte dieses Dringende, dieses Drängende nicht – nicht in sich und nicht in anderen. Trotzdem. Es musste sein. Er musste bitten. Musste erklären. Musste verlangen. Musste vortreten. Jetzt.

Die Ärztin ließ ihn ausreden. Sie war geduldig. Sie presste die Lippen aufeinander und schüttelte zur Bekräftigung den Kopf. Ja, sie verstehe schon, sagte sie. Aber sie sei da nicht zuständig. Das sei nicht ihre Station.

Er war froh, dass er eine Krawatte angezogen hatte. So ging man ihm nicht aus dem Weg. So blickte man ihn an. So nahm man ihn ernst.

Aber sie könne Professor Nack gern für ihn anrufen, sagte die Ärztin. Der melde sich dann, sobald das möglich sei.

»Professor Nackt?«

»Professor Doktor med. Heinrich Nack. Ohne T am Ende.«

Er lachte, wie es sich gehörte. Dann unterließ er es, wie es sich gehörte, einen Witz zu machen. »Aus den USA«, sagte Johannes noch einmal. Umständlich zog er eine Visitenkarte aus seiner Jacketttasche und überreichte sie. Er sagte: »Ethnomediziner.«

Sie nickte. »Ein Kollege also.« »Sozusagen.« Er könne ja, sagte sie, Platz nehmen, bis sie etwas herausbekommen habe. Sie wies auf ein niedriges Tischchen, das vor einem alten Heizkörper mit scharfen Lamellen stand. Zwei Metallrohrstühle und eine orange Sitzcouch standen davor. Da könne er gern Platz nehmen, bis Professor Doktor Nack sich melde. Er nickte. Damit konnte er leben. Das konnte sein. Das durfte sein. Von ihm aus. Ungeduld würde hier nicht helfen. Trotzdem ging er langsam weg von ihr. Er war es nicht gewohnt, weggeschickt zu werden. Das zeigte er. Er war älter als diese Ärztin. Es war schon lange her, dass er das letzte Mal so weggeschickt worden war. Er musste warten. Auf sie, auf Miriam, auf Professor Doktor med. Heinrich Nack. Ohne T am Ende. So war das. Hier. An dieser Stelle im Backsteingebäude. In einem Geruch, der alles akut machte. Speichel. Feucht. Meuchelig. Nack. Nackt. Auf dem Tischchen vor ihm lagen Zeitschriften. Sie waren nicht in braunes Packpapier eingewickelt.

»Er kommt in ein paar Minuten herunter«, sagte die Ärztin und steckte ihr iPhone zurück in die Seitentasche.

»Danke«, konnte er noch sagen, bevor die Ärztin mit hallenden Absätzen hinter einer der Milchglastüren verschwand.

54

Professor Doktor Nack war einer jener Menschen, die sich zwar wie ein Riese bewegten, Schultern vornübergebeugt, Füße leicht nach außen gestellt, aber für einen Riesen etwas zu klein, für einen normal gewachsenen Menschen zu groß und zu ungelenk waren. Und Johannes bemerkte, dass Professor Doktor Nack eigentlich nicht war größer als er, aber seine

Beine waren länger, seine Hüften höher, sein Oberkörper gedrungener. Dafür gab es seinen Nacken so gut wie nicht. Professor Doktor Nack hatte keinen Nacken. Der Kopf saß direkt zwischen den Schultern. Und er lächelte, als wolle er Jericho einnehmen. Ohne Hemmungen stellte er seine verwirrenden Zähne zur Schau. Immer wieder gab es große und kleine Zähne in seinem Mund. Die Eckzähne waren viel zu klein. Die Schneidezähne waren viel zu groß. Aber das machte nichts. Der ungepflegte Vollbart mit ersten grauen Strähnen machte all diese Verwirrung noch verwirrender. Professor Doktor Nack kam aus dem Kasperletheater. Er war eine Figur, die es außerhalb des Theaters eigentlich gar nicht gab. Immer weiter lächelte er, während er die Hand ausstreckte und auf Johannes zukam. Seine Birkenstocksandalen quietschten. Leise. Johannes wusste nicht, was er zu diesem großen Schatten, der da lächelnd auf ihn zukam, sagen sollte. Sollte er auch lächeln? Ihm war nicht zum Lächeln zumute. Aber er wollte auch nicht so ernst erscheinen, als sei er in einer offiziellen Funktion hier. Er presste die Lippen aufeinander und ging ein paar Schritte auf den kleinen, verwachsenen Riesen zu.

»Herr Nack?« Johannes nickte. Den »Professor« ließ er weg. Er hatte schon lange niemanden mehr mit »Professor« angeredet.

»Herr Lerner?« Ob Johannes einen Ausweis bei sich habe, fragte er. Es sei nur Routine. Oder einen Führerschein?

Johannes musste zugeben, dass er ohne Führerschein hierhergefahren war. Und einen Ausweis trug er auch nicht bei sich. Den hatte er im Handgepäck gehabt. Und das hatte er, ohne etwas auszupacken, im Kellerzimmer beim Schwager stehen lassen.

Johannes sagte: »Es ging alles so schnell – von Amerika herüber.« Er fühlte sich wie ein Kind, das zu einer Puppenfigur redete. Aber der Kasperleriese hatte Macht. »Meine Schwester«, sagte Johannes. Er hatte dieses Gefühl schon lange nicht mehr gehabt, dieses Gefühl, vor einer mächtigen Person zu stehen –

als habe er die Hausaufgaben nicht gemacht und würde vom Lehrer gleich eine Tatze bekommen. Bruder Metzger hieß der schlagende Lehrer in der dritten Klasse, der auch Gemeindeorganist war. Gleich käme das Urteil und die durch und durch gerechtfertigte Strafe. Johannes schluckte. Johannes atmete. Er durfte dieses Gefühl nicht ohne Gegenwehr über sich ergehen lassen. Er atmete ein. Er drückte die Luft hinunter in die Alveolen. Er atmete aus. Er musste etwas sagen. In dieser Sprache. In der Sprache des Riesen. Er sagte: »Jet Lag.« Er sagte: »Gestern erst angekommen.« Er sagte: »Mit dem Auto des Schwagers hierhergefahren.«

Professor Doktor Nack nickte. »Dann fahren wir eben zusammen nach oben. Das ist auch nicht das Ende der Welt. Die Zeit nehme ich mir.«

»Danke.« Johannes spürte tatsächlich etwas wie Dankbarkeit. Die Kasperleautorität. Die nahm er an. Gern. Die ließ er über sich ergehen, wenn sie mit nach außen gestellten Füßen in Birkenstock-Schlappen ungezwungen und locker vor ihm herging und ihn zu Miriam führte.

Auch im Aufzug roch es nach Speichel. Johannes blickte auf die Brusttasche des kleinen Riesen. Da steckte eine EKG-Schablone. Es gab diese Schablonen also noch.

Im dritten Stock ruckte der Aufzug. Dann stand er. Leise surrten die zwei Hälften der Aufzugstüren nach rechts und nach links auseinander. Professor Doktor Nack klimperte mit dem Schlüsselbund in der Hosentasche, bevor er ihn umständlich unter seinem Ärztekittel hervorzog. Das war ein kleiner Zaubertrick. Schau, was ich gefunden habe! Dabei lächelte er. Johannes wusste, Professor Doktor Nack nahm sich Zeit, die er eigentlich nicht hatte. Jede Minute, die er hier mit ihm verbrachte, würde er heute Abend später aus dem Gebäude und nach Hause kommen. Das war die Welt der Ärzte. Berichte schreiben, wenn man schon lange keine Zeit mehr hatte.

BKS. Boge & Kasten, Solingen GmbH. Der Schlüssel funktionierte. Die erste Tür öffnete sich. Gleich darauf kam eine weitere Milchglastür. Hart fiel die erste hinter ihnen ins Schloss. Sie standen in einer Schleuse zwischen zwei Türsystemen. Seltsam, dass hier immer noch alles mit Schlüsseln ging und es noch keine Plastikkarten mit Fotos und Magnetstreifen zum Öffnen der Türen gab.

Auch die zweite Tür öffnete sich mit einem Schlüssel aus Professor Doktor Nacks Hosentasche. Dann waren sie jenseits der Türschleusen auf Station 3B. »Unsere Frauenabteilung«, sagte Professor Doktor Nack. Er meinte, Johannes wusste es, »unsere geschlossene, nicht forensische Frauenabteilung«. Doch alles Zusätzliche, was Johannes verwirren könnte, ließ Professor Doktor Nack weg.

Desinfektionsmittel – ganze Eimer davon mussten sie hier ausgeschüttet haben. Und sofort vermisste Johannes den einfachen Speichelgeruch, der ins Freie führte. Hier konnte keine Bakterie überleben. Weder auf dem glänzenden Boden noch an den weißen Wänden noch an irgendwelchen Körpern, die sich in dieser Hochdesinfektionszone bewegten. Zitronenalkoholgeruch, der nichts als aggressiv war.

Ein langer Gang, rechts und links waren Schränke in die Wände eingebaut. Alte Flügeltüren, weißes Holz. In manchen Türen steckten kleine Schlüssel. Man hatte hier keine Angst, dass diese Metallschlüssel als Objekten der Selbstgefährdung benutzt werden könnten. Überhaupt schien man sich hier wenig Sorgen zu machen. Die Schranktüren standen offen. Moltex und Betttücher lagen darin gestapelt. Und ganz oben gab es sogar Vasen aus hartem Plastik. Sorglos und einfach. Vielleicht gab es hier keine Gefährdung anderer. Professor Doktor Nack watschelte groß vor ihm her. Links war der Aufenthaltsraum. Der hatte Licht, das von draußen kam. Glänzend und leuchtend und hell blickten die Fenster ins Freie, so dass vor diesen

Fenstern sogar die Böden glänzten, obwohl es draußen immer noch neblig war. Im Aufenthaltsraum standen neue Stühle – Birkenholz mit hellgrünen Bezügen auf Sitzen und Lehnen. Im Gegenlicht spiegelte sich das diesige Licht von draußen in den gewachsten PVC-Quadraten – hellwolkengrau. Und die langen Leuchten an der Decke gaben eine Art Licht ab, das zum aggressiven Geruchsgemisch passte.

An einem langen Resopaltisch in der Ecke des Aufenthaltsraumes saßen drei Frauen. War eine davon Miriam? Hell war der Tisch. Das musste so sein. Alles musste hell sein, weil Dunkelheit in dieser Welt misstrauisch gemacht hätte. Die drei saßen da wie Wahrsagerinnen und Heilpraktikerinnen und blickten Professor Doktor Nack nach. Johannes war fast fünfzig. Das sahen sie. Er ging neben Professor Doktor Nack. Das sahen sie. Die drei sahen aus, als lebten sie schon Jahre hier. Vom Essen und den Medikamenten waren sie schwer geworden. Die Nacken waren gebeugt, die Schultern hatten sich nach vorn geschoben. Johannes war etwas Neues hier auf der Station. Das sahen sie. Er ging neben Professor Doktor Nack her. Er trug keinen Arztkittel. Diese sechs Augen wollten wissen, wie sie ihn einordnen sollten.

Zu einem Zimmer linker Hand stand die Tür auf. Eine Frau in einem Nachthemd, sie war vielleicht fünfzig, sie war vielleicht siebzig, Johannes konnte ihr Alter nicht schätzen, die Falten, das weiße Haar, die vornübergebeugte Haltung. Sie wiegte sich auf einem dieser hier überall verbreiteten Hellholzbirkenstühle. Vor und zurück wiegte sich ihr Oberkörper. Wie ein Tier in einem Zoo. Rechterhand war in einem Zimmer eine jüngere Frau. Sie lag in ihrem Bett. Die Haare hatten keine erkennbare Frisur. Hier spielte es keine Rolle, ob sich jemand frisierte, ob jemand sich aufmerksam kleidete, ob jemand Make-up auflegte. Hier zählte das Atmen. Hier zählten die Augen. Hier zählte der Mund. Hier zählte das Überleben in diesem Geruch.

55

Dann saß sie vor ihm. Oder genauer, sie saß am Tisch in ihrem Zimmer und blickte zum Fenster hinaus. Sie saß da und wandte ihm den Rücken zu. Unbeweglich saß sie da. Sie hatte nicht bemerkt, dass er es war, der eingetreten war. Sie achtete nicht auf ihn. Sie achtete auf nichts. Sie achtete auf niemanden. Vielleicht meinte sie, er sei vom Personal. Er hatte geklopft. Aber wahrscheinlich hatte er geklopft, wie das Personal klopfte: kurz, laut, und fast gleichzeitig mit dem Klopfen hatte er die Tür geöffnet und war eingetreten.

Er schaute sie an. Von hinten. Ihre Haare hatten jede Spannung verloren. Dünn und fast leblos lagen sie an ihrem Kopf. Aber das war sie, die da vor ihm saß. Ohne Zweifel. Die Schultern, die Kopfhaltung, der Nacken. Die Schultern hingen nach vorn. Der Nacken war nach vorn gebeugt. Reglos saß sie auf der anderen Seite eines kleinen Tisches. Er wusste nicht einmal, ob sie hinaus auf den See blickte, oder ob sie die Augen geschlossen hielt. Sie schlief nicht. Man konnte in dieser Haltung nicht schlafen. Er blieb stehen. Er blieb immer weiter stehen und schaute sie an. Er dachte ans Retten. Er wollte sie retten. Aus diesem Zimmer. Aus dieser Klinik. Aus diesem Geruch. Sie hatte, das sah er, einen Retter nötig. Er, der sieben Minuten ältere Bruder, könnte ihr Retter sein. Hier. In ihrem Zimmer. Professor Doktor Nack wartete hinter ihm. Er ließ es zu, dass sie einander berührten, ohne dass sie ihn wahrnahm.

Die kleine Tischplatte, hinter der sie saß, war hellgrau. Sie war weiß mit zahlreichen schwarzen Punkten. Die Punkte waren so klein und zahlreich, dass sie fast unsichtbar waren. Aber sie machten das Weiß grau. Sie saß so hinter dem Tisch, dass der Tisch sie vor den Eintretenden schützte.

Johannes schaute in den Schrank, der offen stand. Da hing ein langärmliges, graublaues Kleid, nicht elegant, sondern uneitel, ein Kleid, wie es im Dorf getragen wurde. Johannes sah eine einfache braune Reisetasche. Er sah Birkenstock-Schuhe, sah Unterwäsche, sah eine Shampootube und eine Seifendose aus blauem Hartplastik. Hatte sie das mitgebracht? Oder hatte Matthias es ihr am nächsten oder übernächsten Tag gebracht und nicht gewusst, was er einpacken sollte?

Die endlosen Variationen des Sichgrüßens, die es in der Welt gab. Schon an der Universität wurde es kompliziert. Seine Kollegen aus China hatte er noch nie umarmt, er hatte ihnen nicht einmal die Hand geschüttelt. Aus der Ferne grüßte und verabschiedete man sich. Man kam erst gar nicht in Versuchung, sich die Hand entgegenzustrecken. Bei seinen französischen Kolleginnen erwartete Véronique aus Rouen vier Wangenküsse, das hieß Wangenberührungen mit einem weichen Kussgeräusch neben dem jeweiligen Ohr. Und sie erwiderte. Rechts, links, rechts, links. Vivianne aus Toulouse erwartete zwei. Und nicht mehr. Und weder Véronique noch Vivianne wollte wirklich mit den Lippen berührt werden. Das Geräusch des Lippenvakuums und das Wangenzusammenbringen waren die Hauptsache. Gab er Vivianne vier Küsschen, empfand sie diese Geste als Annäherungsversuch. Gab er Véronique zwei Küsschen, meinte sie, er wolle auf Distanz gehen. Die Möglichkeiten waren endlos. »Bei mir …« »Bei uns …« »In Argentinien …« »In Japan …« »Und hast du schon von den Maori in Neuseeland gehört?« »Und von Tibet?« In Argentinien küssten sich Männer auf die Wangen, zweimal, aber nur unter Freunden. In Tibet grüßte man sich, indem man sich gegenseitig die Zunge herausstreckte – aus sicherer Entfernung. In Japan wurde eine Verbeugung ohne Hände- oder Wangen- oder Nasenberührung erwartet. Bei den Maori waren Nasenberührungen die Regel, wobei man sich, im Gegensatz zu den Inuit, auch mit den Stirnflächen berührte. In Thailand legte man die Hände vor der Brust zusammen und verbeugte sich, als bete man. In Russland bedeutete es Unglück, wenn man sich über die Türschwelle hinweg die Hände schüttelte. In Portugal begannen die Wangenküsschen auf der linken Seite, in Frankreich auf der rechten. Sich grüßen. Sich begrüßen. Die Distanz des Unbekanntseins überwinden. Überall gab es für diese Grenzüberschreitungen Gesten und Kopfhaltungen und Augenkontaktvariationen. Das Fremdsein in den Gesten. Das deutsche Händeschütteln, das in den USA nur beim ersten Kennenlernen stattfand. Johannes vermisste das Händeschütteln beim Abschied in den USA. Da fehlte etwas.

Sie saß da, als sei sie aus weichem Marmor. Keine Kopfbewegung. Kein Nicken. Und vor allem kein: »Hallo.« Es war warm im Zimmer. Das Bett war weiß mit weißem Kissen und Deckbett. Es war ein Krankenhausbett, an dem Fuß- und Kopfhöhe verstellt werden konnten. Es roch wie im Gang – nach Zitronen und Alkohol und Speichel.

Er trat einen Schritt auf sie zu. Leise versuchte er zu sein. Noch einmal einen Schritt ging er auf sie zu. Noch einmal einen. Er atmete vorsichtig. Jetzt sah er über sie hinweg den Blätterteppich, der sich nahe am Ufer im See in den Wellen gelbgrün und braun auf und ab bewegte. Es war ein Eichen- und Pappel- und Weidenblätterteppich.

»Schön«, sagte er. Das war ein gutes Wort. Er wusste sofort, dass er das richtige Wort gefunden hatte. Es war besser als Guten Tag oder Grüß Gott oder Hallo oder Lass mich dich anschauen oder Wie geht's? »Schön«, sagte er noch einmal. Er legte ihr seine Hände nicht auf die Schultern. Er wusste, dass das zu viel gewesen wäre. Er berührte sie mit Worten.

Er sagte: »Herbstblätter wallen in hellen Wellen.«

Dann wartete er. Es war ein Spiel, das sie als Kinder gespielt hatten. Sie hatten gestabt. »Der Sperber ist Werber im Garten der Gerber.«

Er wartete.

Sie sagte nichts.

»Dein Herz ist müde«, sagte er. Er zog einen Stuhl heran, um sich hinter sie zu setzen. Sie musste spüren, dass er da war.

Sie roch nach Baby-Crème. Das roch er trotz Zitronen und Alkohol. Es war ein Geruch nach Unschuld und nach »Ich bin nicht eitel«. In ihr kämpfte es. Das spürte er. Er hörte es an ihrem Atmen.

Ich will zu dir, dachte er. Mein Herz zittert – für zwei, für dich und für mich.

»JEsus ist kommen, Grund ewiger Freude« war der Lieblingschoral ihrer Kindheit. Nummer dreiundfünfzig im Gemeindegesangbuch, in dem ihre Kinderhände immer wieder das seidenglatte Dünndruckpapier befühlten. Gesangbuchpapier. Zärtlich streichelte sie über die Seiten. »Mein eigener Begriff. Hast du's begriffen?« Er hatte begriffen.

Er blickte auf die Stelle an ihrem Ohr, wo der Kiefer begann. Die Stelle war weich. Von hier müsste der Impuls ausgehen, wenn sie etwas sagen wollte. Von hier aus müsste sich der Mund öffnen. Aber sie saß da und blickte aufs Wasser hinaus und auf den sich vor ihr wiegenden Wellenteppich.

Er wollte die Welt sich öffnen lassen. Er wollte sie sich einrichten lassen in ihr. In ihrer Stille. Sein Herz raste. Dabei saß er da und blickte zum Fenster hinaus auf die Wellen. Ruhig. Eigentlich müsste er ruhig sein. Aber sein Herz schlug, wie es noch nie geschlagen hatte.

Er wollte alles zu ihr sagen. Erinnerst du dich, wie du immer sagtest: »Ihr habt doch keine Ahnung.« Er sagte nichts. Er respektierte ihre Stille. Professor Doktor Nack ging. Das spürte Johannes. Heinrich Nack schloss die Tür. Von draußen. Johannes und Miriam waren allein. Gehen Alche. Arlorn.

Ihre Schrift war immer schön gewesen. Selbst wenn es keine Linien auf dem Blatt gab, schrieb sie ihre Zeilen perfekt. In Schönschrift hatte sie eine Eins bekommen. Die Ober- und Unterlängen waren immer genau richtig. Nichts war zu hoch, nichts war zu niedrig, nichts hing zu weit nach links oder nach rechts. Erst, als sie in der siebten Klasse anfingen, Französisch zu lernen, erlaubte sie sich extravagante Unterlängen. Da gab sie dem »Je« eine tiefere Unterlänge als alle Unterlängen, die sie bis dahin geschrieben hatte. »Je« – »ich«. Sie wäre lieber Französin gewesen. Sie hätte lieber in einer Welt gewohnt, in der sie verspielt »ich« hätte schreiben können. Sie hätte geschrieben: »Je fus déconcertée sans savoir pourquoi.« Sie hätte geschrieben: »Ah, mon cher, que le coeur me battait. Je rougissais.« Im Französischen wäre sie eine Andere gewesen.

»Je rougissais.« Er schloss die Augen. Das war jenseits der sechsten Klasse. Ihr Körper hatte begonnen zu blühen. Johannes wollte ihr nah sein. Er wollte sie als ein Wesen spüren, von dem er nie getrennt worden war.

Der Bundesstraßenverkehr auf der anderen Seite der Klinik war ein fernes Rauschen. Fuhr ein LKW vorbei, hörte man kurz das Grollen des Dieselmotors, der seine Last eine kleine Steigung hinaufzog.

Auf ihrem Nachttisch lag das Losungsbuch. Es war blau, wie es immer gewesen war. Nichts hatte sich verändert. Die Herrnhuter Brüder-Unität. Auf der einfach nur dunkelblauen Titelseite trug ein weißes, mit einem Heiligenschein geschmücktes Missionslamm seine Fahne mit dem Kreuz in die Welt. Dieses Lamm sollte den Menschen die Gute Nachricht bringen: JEsus CHristus war für unsere Sünden gestorben, und alle Menschen durften ihre Sünden auf IHn werfen. Dass alle Menschen Sünder waren, war der Anfang der Welt. »JEsus ist kommen, Grund ewiger Freude.«

Er hatte seit dreißig Jahren kein Losungsbuch mehr gesehen.

Zwei Karten von den Kindern standen auf dem Nachttisch. Er konnte, obwohl sie aufrecht standen, nicht lesen, was in ihnen geschrieben stand. Bunt waren sie. Sie hatten Blumen und Sonnen auf den Vorderseiten und in Goldbuchstaben gesetzte

Sprüche. Es war nicht nötig, dass er sie las. Es gab nicht viele Möglichkeiten. Und alle zielten auf eine Wirkung, die erheben sollte. Gute Genesung. Du fehlst uns. Alle Wünsche werden klein gegen den, gesund zu sein. Es waren einfache Worte. GOtt sei mit dir. Möge ER SEine helfende Hand über dir ausbreiten. Und doch überbrachten die Karten eine wichtige Nachricht. Dass sie hier angekommen waren, war die Nachricht. Wir denken an dich. Du gehörst zu uns. Du fehlst uns. Die gedruckten Worte spielten keine Rolle. Die Gegenwart der Karten spielte eine Rolle.

Du bist so weit weg, wollte er sagen. Gibt es einen Weg zu dir?

Sie hatte alles richtig gemacht. Sie hatte sich für Kinder entschieden, nicht für Geld. Sie hatte einen Beruf gewählt, der Anderen diente und der ihr etwas bedeutete. Sie und ihr Mann hatten Kinder bekommen, hatten sie erzogen, hatten das Haus gekauft und abbezahlt. Die Kinder waren gut ins Leben gekommen. Miriam und Matthias hatten sich im HErrn gefunden. SEine Liebe segnete sie. Matthias war eine treue Seele. Miriam hatte nicht nach dem Äußeren entschieden. Es ging ihr nicht um Schein. Sie hatte die Eltern gepflegt. Sie hatte in der Gemeinde geholfen und sich freiwillig gemeldet, um beim Seniorenausflug, beim Kuchenbacken fürs Jahresfest, beim Putzen des Gemeindehauses zu helfen. Sie hatte über ihre Schwächen gelacht – und dabei ganze Tafeln Schokolade gegessen. Sie hatte Bücher von Missionaren gelesen. Sie hatte im Chor gesungen, das Auto zum Ölwechsel gebracht, pünktlich den Personalausweis erneuert. Sie hatte gewählt, geputzt, gebacken, Kindergeburtstage gefeiert und die Töchter nachts um zwei von Partys abgeholt. Da war sie aufgeschlossen. »Die sollen es nicht so haben, wie wir es hatten.«

Der Schmerz der Liebe gehörte dazu. Im Schmerz war sie ihrem HEiland nahe. In den Worten, die sie an IHn richtete, wurde sie eins mit IHm. Sie wurde angenommen. Sie wurde aufgenommen. Und sie nahm IHn an, nahm IHn auf, gehörte IHm, ganz und gar, schenkte IHm ihr Leben.

Zwei unbemannte Kajaks trieben am Ufer entlang. Sie trieben direkt in den Blätterteppich und wiegten sich in ihm auf und ab, immer wieder, immer weiter. Sie blieben da. Sie würden noch eine Weile da bleiben.

Er wünschte sich Musik, er wünschte sich Pachelbel, damit er Miriam durch die Musik spüren könnte. Er wünschte sich ein rotes Gemälde. Nur rot. Blütenrot. Geranienblutrot. Er wünschte sich Wut in diesem Zimmer. Seine eigene und ihre. Aber da war nichts. Er spürte, wie weit weg alles war. Draußen waren Oberflächen. Draußen waren Worte, Melodien und Farben. Draußen waren Formen, die mit ihr und ihm spielten. Draußen war ein Heben und Senken. Draußen war ein Atmen, das aus Wasser und Blättern bestand.

»Du Muster« war ein Vaterwort für die Schwester. Ihn hätte der Vater nie »ein Muster« genannt. Ein Muster war weiblich und jung und eine Tochter. Das Muster ging einher mit den großen und starken Frauen, die im Kirchenchor sangen. Diese starken Gemeindefrauen durften dienen. Sie durften gebären. Sie durften kochen. Sie durften Muster sein. Aber in der Kirche und in der Gemeinde reden durften sie nicht. Lieder singen durften sie. Eigene Worte reden durften sie nicht.

»Du kleine Kröte«. Das war ein Kosename des Vaters, der nur der Schwester galt.

Johannes war ein »Lausbub« und ein »Schlingel«. Das konnte die Schwester nicht sein. Ebenso wenig konnte sie ein »Schlawiner« oder ein »Feger« sein. Und wenn Johannes etwas falsch gemacht hatte, war er ein »Simpel«. Miriam war eine »Blase« oder eine »Saublase«. Die Sprache trennte.

Johannes saß da und sah alles so, als sei er nie weg gewesen, als sei er nie in Malaysia und Indien und Peru und Nepal und

Senegal gewesen. Er blickte und hörte. Im Atmen. In ihrem Atem und in seinem Atem und im Blätterteppich, der sich vor dem Fenster hob und senkte, samt den Kajaks. Miriam, als sich für sie eins ums andere entschieden hatte – Mann, Kinder, Beruf, Haus –, fühlte sich geleitet. Sie fühlte sich geführt. Sie war dankbar für die Führung. Die Führung war ihr eigentliches Zuhause. Hier konnte sie für die Kinder, für den Mann, für die Gemeinde da sein. Hier konnte sie Musiktherapeutin sein. Sie genoss es, helfen zu können, Fortschritte in Patienten zu sehen, Stärken zu vermitteln. In Rhythmen und Tänzen und Liedern. Sie wuchs im Helfen und wurde mehr und war dankbar, dass sie helfen durfte.

Er beugte sich vor und nahm das blaue Losungsbuch in die Hand. Es war Freitag, der neunzehnte November. Er schlug das Büchlein auf und las – las so laut, dass sie es hören konnte: »Erforsche mich, GOtt, und erkenne mein Herz; prüfe mich und erkenne, wie ich's meine. Und sieh, ob ich auf bösem Wege bin, und leite mich auf ewigem Wege.«

Das war die Tageslosung.

Als Lehrtext für den Tag las er: »Der Sohn GOttes spricht: Alle Gemeinden sollen erkennen, dass ICh es bin, der die Nieren und Herzen erforscht, und ICh werde geben einem jeden von euch nach euren Werken.«

Es hatte sich also nichts geändert. Der böse Weg stand nach wie vor in deutlichem Kontrast zum guten. Alles war in einem großen Entweder-Oder konzipiert. So war es immer schon gewesen. Die Guten gingen auf dem schmalen Weg in den Himmel. Die Eitlen und Egoistischen und Reichen gingen auf dem breiten Weg der weltlichen Vergnügungen – und kamen auf diesem Weg nicht in den Himmel.

»Denn eher geht ein Kamel durch ein Nadelöhr, als dass ein Reicher in den Himmel komme.«

Miriam bewegte sich nicht. Aber sie hatte ihn gehört. Das

wusste er. Das spürte er. Ihr Atmen hatte sich geändert, während er gelesen hatte. Dachte er.

Er sagte: »Siehe, Finsternis bedeckt das Erdreich und Dunkel die Völker.«

Sollten diese Worte in ihr leuchten – in Miriam Dorner, geborene Lerner.

Er sagte: »Aber über dir geht auf der HErr, und SEine Herrlichkeit erscheint über dir.«

Miriam Dorner, geborene Lerner.

»So lasst uns ablegen die Werke der Finsternis und anlegen die Waffen des Lichts.«

Sie könnte sich umdrehen. Und weil sie es könnte, wäre es ihr möglich. Dachte er. Er spürte, wie ihr Herz schlug. Einfach. Immer wieder. Und immer weiter. Neben ihm, vor ihm.

Was stand in ihrer Krankenakte? Wie beschrieb Professor Doktor Heinrich Nack ihre Haltung und ihren Gesichtsausdruck? Schrieb er »in sich gekehrt« und »sentimentales Resignieren« und »morbide Maske«? Fest stand, dass Professor Doktor Heinrich Nack mit der Sprache der Überlegenheit sprach, mit der Sprache, die Besitz ergriff. Johannes kannte diese Sprache. Er kannte sie gut. Er lebte davon, dass er sie kannte.

Er stellte sich ihr Gesicht vor. Die Augen waren älter geworden. Es gab Risse in der Haut um die Augenwinkel. Auch um den Mund gab es Risse. Und nichts bewegte sich. Sie war versteinert in ihrer Wortlosigkeit. Er wusste, sie spürte seine Gedanken. Er wusste, sie versteckte sich. Er meinte, er spüre ihre Angst. Er meinte, er spüre, wie sie Wasser und Licht spürte. Sie war Wasser. Sie war Licht. Sie war Wasser, das Licht in sich aufsaugte.

Er stand auf und atmete tief ein – Babycrème und Zitrone und Alkohol. Er legte seine Hand nicht auf ihre Schulter. Es wäre zu früh gewesen. »Bis morgen«, sagte er. »Morgen komme ich wieder.« Sie spürte seine Worte. Er sah es, auch wenn sie sich nicht bewegte.

Er ging am Aufenthaltsraum vorbei, von wo ihm Gesichter, ohne den Kopf zu wenden, hinterherblickten. Nacken zuckten, Lippen zitterten, Hände beschäftigten sich mit Wachsmalstiften, mit Puzzleteilen, mit Mühlesteinen auf einem Mühlebrett. Eine Frau sagte: »Hier bleibe ich nicht. Die Funkantenne ist viel zu nah. Das ist wie in einer Mikrowelle.«

Eine andere Frau sagte: »Wenn die Idiotin von Pflegerin mir noch einmal so kommt, dann bekommt sie von mir trotz meiner christlichen Prinzipien die Kaffeetasse ins Gesicht.«

Wenigstens saß Miriam nicht hier.

56

Eine Pflegerin ließ ihn mit ihren Schlüsseln durch die Schleuse. Johannes trat in den Aufzug. Da stand Professor Doktor Nack. Er kam von oben. »Welch ein Zufall.«

Johannes konnte nicht glauben, dass es ein Zufall war. Der Professor musste, vielleicht durch eine Kamera im Gang, gesehen haben, dass Johannes aus Miriams Zimmer gekommen und durch die beiden Glastüren hinaus Richtung Aufzug gegangen war. Oder die Pflegerin, die ihn eben aus der Station ließ, hatte ihn mit ihrem iPhone verständigt.

»Hat sie etwas gesagt?«, fragte Professor Doktor Nack.

Darum ging es also. Der behandelnde Arzt wollte wissen, wie es gegangen war. Das Treffen mit dem Zwillingsbruder nach dreißig Jahren. Aber: Nachtigall, ich hör dir trapsen. So einfach ging das nicht. Selbst wenn sie etwas gesagt hätte, würde er sie nicht verraten und das sofort an den Professor mit den Birkenstocksandalen weitergeben. Johannes tat, als höre er nicht. Er starrte an die Aufzugswand, tief in Gedanken versunken. Er wollte jetzt nicht reden. Er wollte jetzt nicht reden müssen. Der Aufzug fuhr nach unten. Professor Doktor Nack – seine Krawatte war nur locker gebunden. Das himmelblaue Hemd, das er unter seinem Arztkittel trug, passte nicht. Er musste den Kragenknopf offen lassen. Das war das Problem, wenn man keinen Nacken hatte.

Freundlich, langsam, schweigend ging es nach unten. Eine ganze Weile lang. Professor Doktor Nack sagte nicht: »Miriam lebt zurückgezogen und geht nicht aus eigenem Antrieb auf andere zu.« So stellte sich Johannes vor, was in ihrer Krankenakte stand. Miriam ließ die Behandlung über sich ergehen. Sie war es nicht gewohnt, Fragen zu stellen. Sie akzeptierte. Sie ertrug. Sie glaubte, dass das, was kam, kam, weil es so kommen sollte. Sie war Meisterin im Akzeptieren. Alles ging weiter und weiter und weiter. So wie es in SEinem unergründlichen Ratschluss stand.

Professor Doktor Heinrich Nack. Forschte Nack? Publizierte er? Oder hatte er die Stelle an der Klinik am See angenommen, weil er dem Konkurrenzbetrieb der Forschung hatte entkommen wollen?

Der französische Arzt Beaurieux. Beaurieux – das schöne Lachen. Im Aufzug. In der Kabine. Das Fallbeil fuhr nach unten. Es brauchte Strecke und Gravitation, um seine Arbeit zu verrichten. Die Guillotine bot ideale Forschungsbedingungen für Doktor Gabriel Beaurieux. Der Augenblick stand fest, wie sonst nie ein Augenblick feststand. Doktor Beaurieux fand heraus, dass Köpfe, nachdem sie enthauptet worden waren, oder genauer, nachdem sie entleibt worden waren, noch bis zu dreißig Sekunden lang reagierten, wenn man ihnen ihren eigenen Namen zurief. Traurig und langsam bewegten sich die Augen und schauten den Rufenden an. Danach kam die große Helligkeit.

Der Atem. Das Blicken. Das Rollen. Gabriel. Beaurieux.

»Sie waren lange bei ihr«, sagte Professor Doktor Heinrich Nack.

Der Aufzug ruckte. Sie waren im Erdgeschoss. Die Türen schoben sich auseinander. Johannes sagte: »Ich war schon lange nicht mehr bei ihr.«

Professor Doktor med. Heinrich Nack. Johannes sagte: »Danke.«

Der Kopf fiel auf die durchtrennte Halsfläche, und es war deshalb nicht notwendig, dass ich ihn aufhob, so wie es die Zeitungen zu berichten nicht müde wurden. Ich brauchte ihn nicht einmal zu berühren, um ihn aufrecht hinzustellen. Das Glück war mir für meine Beobachtungen hold.

Kirchenglocken schlugen, als Johannes aus dem Gebäude ging. Er zählte, wie er es als Kind gelernt hatte. Eins, zwei, drei, vier. Dann erklangen die tieferen Schläge. Eins, zwei, drei, vier. Bei vier hörte es auf. Er musste fünf Stunden bei ihr gewesen sein. Es war unmöglich. Aber es war so. Wo er gedacht hatte, er sei eine halbe Stunde bei ihr gewesen, waren fünf Stunden vorbeigegangen. Im gemeinsamen Dasitzen. Ohne dass sie einander in die Augen geschaut hätten.

Es dämmerte. Der Nebel hatte weniger Licht. In der Unterführung dominierten die Neonleuchten. Fünf Stunden. Statt dreißig Minuten. In ihrem Zimmer. Bei ihr. Neben ihr. Mit ihr. Hinter ihr. Und er hatte über ihre Schultern hinweg auf den See hinausgeschaut. Er war Teil ihrer Zeit geworden. Einfach und atmend. Den schwankenden Wellenteppich betrachtend. Und die Kajaks, die sich irgendwo losgerissen hatten.

57

Alte, übergewichtige Frauen in Nachthemden umschlichen sie. Sie schlurften in ausgetretenen Schlappen auf die Toilette. Sie hörte es. Durch die Tür. Die alten Frauen glotzten sie an. Nackt stellte sie sich vor sie und spürte ihre eigene, viel zu groß gewordene Haut. Weiß und kraftlos hing sie als Hautlappen über ihr Geschlecht. Die Frauen kicherten. Sie waren albern. Sie waren weit weg. Rot geschwollene Nasen hatten sie. Mit dicken Venen. Rot und blau und purpurn.

Sie spürte, dass es Nacht war. Sie spürte ihre Nähe. Sie hörte mit überscharfem Nachtgehör. Ohne Grammatik. Ohne Silben. Geräusche der Nacht. Sie spürte die alten Weiber. In ihrem Zimmer standen sie. Sie kicherten und glotzten sie an. Diese Weiber hatten schlaffe Arme. Geh schlafen, mein Kind, sagten sie. Geh schlafen, mein Kind. Dunkel war es. Und kalt. In ihr. Sie lag frierend im Bett und schaute an die Decke. Du meine Güte. Alte, kichernde Weiber.

Es war ihr angenehm, dass es dunkel war. So spürte sie die Gesichter, spürte die Gestalten, spürte das zahnlose Kichern mehr, als dass sie es sah. Freundlich. Miriam Dorner, geborene Lerner. Wie unnötig sie eigentlich war. Wie unbrauchbar. Sie war nichts. Sie spürte es. Freundlich. Am Ende der Nacht. Sinnlos. Angenehm. Sie hatte diese große, alles einlullende Sinnlosigkeit schon viel früher gespürt. In sich. Auf der anderen Seite der Leere. Undeutlich. Doch die alten Weiber machten sie deutlich.

Ich habe, sagte sie, gelebt. Das Kichern wurde lauter. Einfach und sinnlos.

58

Seine Hausärztin hatte ihn gewarnt: Er solle dies nicht mit dem zusammen nehmen, sonst würde er wirklich einschlafen. »Don't take this together with that or it'll really put you to sleep.« Aber Johannes wollte schlafen. Er wollte schlafen, wie er noch nie geschlafen hatte. Sicher hießen diese Medikamente in Deutschland anders. Tussionex und Xanax. Hexengebräu.

Aber es spielte keine Rolle, wie sie hießen. Hydrocodon und Alprazolam. Er hatte eine großzügige Hausärztin, die ihm vertraute. Spielte es eine Rolle? Wichtig war es nicht. Wichtig war Miriam. Wichtig war, dass er sich zu ihr hinschlafen konnte, tief, ohne irgendein Bedürfnis. Codein und Benzodiazepin. Mochte sein Schlaf hundert Jahre währen. Schlaf war der Tröster. Schlaf war der Vereiniger. Sie schlief schon. Er würde schlafen, neben ihr. Fünfzehn Kilometer entfernt. Miriam mit ihren stumpfen Haaren. Miriam mit ihren Rissen um die Augen, die er nicht gesehen hatte. Miriam mit ihren Worten, die nicht gesprochen worden waren. Die Minuten, die Stunden gewesen waren.

Auf die Toilette hatte der Schwager ein Schild gehängt: »Männer, setzt euch.« Auf dem Schild war ein Strichmännchen, das sich auf die Toilette setzte und dessen Penis in die Schüssel baumelte. Kein Problem. Johannes konnte sich auch setzen. Das tat seiner Männlichkeit keinen Abbruch. Codein und Benzodiazepin.

Er legte sich ins Bett und zog die Decke über die Schultern. Dann wartete er. Er rollte sich ein in die Decke, damit er warm wurde. Wärme wollte er. Und unantastbar sein wollte er. Von oben hörte er das Radio: »Wir waren beim Rock am Ring. Das Video ist schon auf SWR3. Wir sind die knallharten Könige des knallharten US-Rock'n Roll.« Bässe und Schlagzeugdrums hämmerten durch die Wohnung. SWR3. »Never, never.« Der Boden knarrte. Matthias machte über ihm Gymnastikübungen. Er stellte sich auf den Kopf; er spreizte die Beine; er richtete sich auf; er rollte den Kopf in die eine Richtung und in die andere Richtung; er riss die Kinnlade nach unten und kaute Luft. »I'm sick, sick news. Nothing is nothing without my sweetheart.« Popshop. Spezialausgabe. »Wir rocken noch durch bis Mitternacht«, hörte er und richtete sich in dieser Mischung aus Englisch und Deutsch ein. Gern. Popshop. Never. Wir rocken durch. Nothing is nothing without. Sick, sick news. Spezialausgabe. Entspannt. Es gab keine Widerstände. Zu nichts. Nothing. Never. Rocken. Er genoss das Baumwolllaken.

Er musste Miriam in der Klinik aus dem Zimmer holen und in ein anderes Zimmer führen. »Behandlungszimmer« stand groß über der Tür. In diesem Zimmer musste er ihr, damit sie gesund würde, zwei Elektroden an ihre Mittelfinger anschließen. Zwei ältere Professoren, ein Mann und eine Frau, verlangten das von ihm. Zuerst musste er vorsichtig Vaseline auftragen. Dann musste er die Elektroden anlegen. An die Finger. Miriam zuckte zusammen. Sie blickte ihn an, während er sich an ihr zu schaffen machte. Sie tat, als kenne sie ihn nicht. Sie zuckte zusammen. Johannes schloss die Elektroden an eine Batterie an und drückte auf einen roten Knopf: Sie zuckte und schrie. »Aua.« Er musste das so lange weitermachen, bis einer der beiden Professoren sagen würde, es sei genug. Er hoffte, es sei bald genug. Er musste Miriam weiterquälen. »Auah!« Er konnte Miriam keine Schmerzen mehr zufügen. Es ging nicht mehr. Das Seltsame war, dass er nicht wusste, was geschehen würde, wenn er sich weigerte. Er wusste nicht, was mit ihr und mit ihm geschehen würde. Würde es eine Strafe geben? Würde überhaupt etwas passieren? Er hoffte, dass nichts passieren würde. Er biss sich auf die Lippen. Er hoffte, dass die Professoren nicht mehr da wären. Und dann waren sie doch noch da. Er drückte wieder auf den Knopf. Jetzt tat er so, als ob ihm das Quälen nichts ausmachte. War er nicht auf den Bauernhöfen der Großeltern groß geworden, wo man dem Vieh Schmerzen zufügte, wenn es nicht gehorchte? Das war in Ordnung. Das gehörte dazu. Den Kühen drehte man den Schwanz um, wenn sie nicht in den Lieferwagen des Schlächters gehen wollten. Man schlug sie auf die Hinterbeine, unten, unter den Knien, da spürten sie es. Der HErr bestimmte den Menschen, über Tiere zu herrschen. »Machet sie euch untertan.« Der HErr schuf die Menschen in SEinem Bilde. ER schuf sie, zu herrschen über die Vögel im

Himmel und das Vieh und die Tiere des Feldes und das Gewürm, das auf der Erde kroch. Und die Frau war des Mannes Untertan. Quälen und Quälenmüssen. Die eigene Schwester. Die eigene Zwillingsschwester. Und sich selbst auch. Der HErr herrschte über die Menschen. Über Mann und Frau.

Er wachte auf. Sein Herz klopfte. Hart. Tief. Bis in die Schläfen und bis in die Schenkel. Er wollte nicht mehr weiterschlafen. Er wollte nicht mehr weiterträumen. Er spürte Schmerzen in sich. Das Zucken. Ihr Auah-Geschrei. Ihr Zusammenzucken. Er war mächtig und ohnmächtig zugleich. Er war mächtig über Miriam. Er war ohnmächtig vor den Professoren.

Er schlug die Bettdecke zurück. Er stand auf. Er schloss die Augen. Er holte Luft. Er stand sicher auf dem Boden. Das ging. Das Gehen ging. Er machte ein, zwei, drei, vier Schritte Richtung Tür. Er fand die Türschnalle. Er war froh, dass außer ihm niemand im Keller wohnte. Er stand an einer ganz anderen Stelle im Gang, als er erwartet hatte. Verrückt. Alles war verrückt. Die Welt, er, Miriam. Nichts war, wie es war. Nichts war, wo es war. Männer, setzt euch. Er setzte sich auf die Toilette. Dann legte er sich wieder ins Bett. Er starrte an die Decke. Sein Herz schlug noch hart. Er atmete tief ein und tief aus. So wach, wie er sich fühlte, hatte er sich schon lange nicht mehr gefühlt. Er wusste, er würde nicht wieder einschlafen. Aber es war erst halb drei. Er konnte noch nicht aufstehen. Die Medikamente hatten überhaupt nicht gewirkt. Er warf sich von einer Seite auf die andere und zog die Bettdecke über die Schultern. Er hörte, wie der Heizkörper unter dem Fenster blubberte, als sei er ein Kind, das mit Wasserblasen spielte. Das Kind atmete, tief ein, tief aus, tief ein, tief aus. Es sah den sich wiegenden Blätterteppich.

59

Draußen war es dunkel. Er fror. Es musste mit den Medikamenten zusammenhängen, dass er fror. Er musste sich mehr überziehen – noch ein Hemd und einen Pullover. Vielleicht konnte er es so bis zum Morgen aushalten. Die Nacht hatte kaum begonnen. Wie sollte er es noch einmal drei Stunden in dieser Kälte aushalten? Er war verwirrt.

Sie war runder geworden. Der Bauch schob sich über den Hosenbund. Er wusste nicht, wo sie anfing und wo sie aufhörte. Er spürte ihre Augen. Er spürte ihre Gedanken, die bei ihm waren. Er spürte ihre Herzschläge, die ihn begleiteten. Sie zog sich vor ihm aus und legte sich ins Bett. Sie sagte: »Ich lebe am Abgrund. Ich muss am Abgrund leben. Dass ich am Abgrund zuhause sein kann, ist mein Geheimnis.« Sie deutete in die Höhe. Sie sah Menschen und schüttelte Hände. Sie räusperte sich. Es klang, als spiele sie mit ihrem Kehlkopf. »Geh schlafen, mein Kind.« Dunkel war es draußen.

Er spürte, wie sie etwas in sich spürte. In der Dunkelheit.

»Ich will fliehen«, sagte sie, »und das Ende der Nacht erreichen.« Sie blickte ihn nicht an. Sie blickte an die Decke und in die Ferne.

»Gewalt«, sagte sie, »ist eine Perlenkette.«

Es war ihm angenehm, dass sie das sagte. Es war ihm angenehm, dass sie redete. Egal was. Er sah ihr freundliches Gesicht. Er sah eine alte, übergewichtige Frau in einem Nachthemd.

Wenn Miriam jetzt einen Grund gesucht hätte, hätte sie keinen gefunden. Aber sie suchte keinen. Sie suchte nichts. Es war alles grundlos geworden.

Sie sagte: »Ich halte es gut mit mir aus.«

Über die Haare streicheln wollte er ihr. Er wollte ihre Tränen wegwischen. Er wollte sie leben sehen in ihrem eigenen Licht.

Sie sagte: »Die Seele ist die Vollstreckung eines Urteils, das man über sich selbst verhängt hat.«

Sie sagte: »Alles tut weh. Die ganze Zeit.«

Sie atmete tief und langsam. In ihr war ein Stück Himmel zerrissen. Das gehörte zu ihr. Grundlos und schmerzhaft.

60

Er wachte auf und war hellwach. Er musste lang geschlafen haben. Er wäre beinahe aus dem Bett gesprungen, so wach war er. Er musste auf die Toilette. Da sah er, dass es draußen immer noch dunkel war. Draußen gab es nicht einmal eine Ahnung von einer Dämmerung. Stockdunkel war es. Alles war durcheinander. Es hätte Tag sein müssen, so wach, wie er sich fühlte. Aber es war mitten in der Nacht. Vielleicht war es vier Uhr, vielleicht war es sechs Uhr. So oder so, er war wach; er saß auf der Toilette, und draußen war es noch tiefste Nacht. Wieder einzuschlafen, war unmöglich. Das spürte er. Sollte er aufstehen? Es war wahrscheinlich erst drei oder vier Uhr. Er wischte sich die Augen. Salzreste klebten in den Augenwinkeln. Er hatte tief geschlafen. Jetzt war er wach.

Wenn er jetzt aufstünde und durchs Dorf ginge, würde das Dorf ihm gehören; er würde mit niemandem sprechen müssen, niemandem erklären müssen, warum er hier war und warum er jetzt hier war und warum er so lange nicht mehr hier gewesen war. Er suchte, ohne Licht anzumachen, Socken, Hose, Hemd und Jacke, zog sich an, zog seinen Mantel über, setzte eine Mütze auf, vergaß die Brille nicht, zog die Schuhe an und schlich, damit er den Schwager nicht aufweckte, zur Haustür. Er zog sie langsam hinter sich ins Schloss. Er hatte das Schloss richtig eingeschätzt. Es klickte nur leise. Auf BKS war Verlass. Er hatte niemanden aufgeweckt. Er war allein in der Welt. Er war allein in der Nacht. Dass er allein war, tat ihm gut. Er fühlte sich erleichtert. Da waren keine Elektroden. Da war nur er.

Die Luft war feucht. Voller Nebel. Er roch die Nähe des Sumpfes. Er hörte das Tropfen von den Bäumen. Es tropfte in die Novemberblätter, die von den Bäumen gefallen waren.

Er ging durch den Nebel und durch das Tropfen bis an die Stelle am Rand des Dorfes, wo er den Bach plätschern hörte. Die Rote Aach mit ihren paar Schilfrohren, die leicht aneinander rieben. Schilfrohre im Wind. Dazu das Plätschern über die Steine. Das Dorf war, wie es immer gewesen war. Er spürte es. Es gab da EInen, der wichtiger war als alles andere. ER war unsichtbar. ER war da. ER war mehr als erahnbar. ER war eine Gegenwart. Den ersten Siedlern war ER eine Gegenwart. Im Moor. Jeder im Dorf ehrte IHn. Die Siedler taten der Welt kund, WEr der HErrscher war. Sie zeigten, in WEssen Dienst sie standen. Wer unter der Hut des HÖchsten stand und wer unter dem Schatten des ALlmächtigen blieb, der sprach zu dem HErrn: »Meine Zuversicht und meine Burg, mein GOtt, auf DEn ich hoffe.«

Unter SEiner Hut lag das Dorf. In SEinen Händen lag das Dorf. Die vier Straßen, die aus den vier Himmelsrichtungen aufs Dorf zuführten, liefen in Kreuzform auf den Betsaal in der Ortsmitte zu, auf dieses große, weiße, schmucklos bescheidene Gebäude, das der Mittelpunkt des Dorfes war. Der Betsaal hielt alles zusammen. Im Zeichen des Kreuzes stand der Betsaal. Im Zeichen des Kreuzes lebte das Dorf. Aus allen vier Himmelrichtungen kommend. In alle vier Himmelsrichtungen führend. So hatten die Gründerväter es angelegt. Väter. Die Geschichte des Dorfes bestand aus Männern – außer Schwester Katharina, die vor hundert Jahren in die Mission nach Afrika gegangen und zehn Jahre später, wie es im Dorf hieß, mit »zwei Negerdienerinnen« zurückgekommen war. »Das Lenele« und »die Gretel« hießen sie, und beide trugen Dienerinnentracht.

Im Dorf war alles dunkel. Hell war der HErr. Weiß war der Tod. Im Dorf lebte man in der Sehnsucht nach dem ewigen Leben. Von nun an bis in Ewigkeit.

In diesem Dorf lebten zahllose Mütter, die nicht tanzten und kaum lachten und die sich in SEiner Gnade ihrer Sünden bewusst waren. Sie banden sich Kopftücher über Haar und Dutt. Eitelkeit war aller Laster Anfang. Sie bereuten, was sie im Denken oder Handeln gesündigt hatten. Sie hatten begehrt. Sie waren zornig geworden. Im Bereuen wurden die Frauen lebendig. Und wenn es im Februar in den katholischen Nachbarorten Fastnachtsumzüge gab, saßen die Mütter des Dorfes beim Nähnachmittag und flickten Herrenstrümpfe und bekämpften ihre Neuralgien.

Er betrachtete die Autos auf dem Parkplatz, wo früher der Tennisplatz und das Denkmal für einen Gründervater gewesen waren. Gute, starke, rostfreie Mittelklassewagen standen auf diesem Parkplatz. Das sah er auch in der Dunkelheit. Dass man sich ein rostfreies Auto leisten konnte, das problemlos durch den TÜV kam, durfte man von seinem Leben erwarten. Im ehemaligen Hauptgebäude des Gymnasiums firmierte jetzt eine Physiotherapeutenschule. Ein Stück weiter sah er unter den Straßenlampen in der Ortsmitte, dass der Betsaal frisch gestrichen war. Johannes ging quer über den nachtentvölkerten Asphaltkreis, ging zum Betsaal und stellte sich auf die Zehen. Er blickte ins Innere. An der Wand über dem Altar hing immer noch das Kruzifix aus hellem Holz. Es hing im Licht einer Straßenlampe. »Du sollst dir kein Bildnis machen.« Es waren lange Diskussionen geführt worden. Und dann war das Kruzifix geblieben. Die Gemeindeältesten hatten entschieden. Es war kein Bildnis. Es war ein Hinweis. Es war ein Ziel. Rechts vom Kruzifix hing auf weißem Grund die Jahreslosung: »Der Friede CHristi regiere in euren Herzen.« Da war sein Platz in der dritten Reihe in der Kirchenbank. Aber die Holzbänke waren jetzt dick weiß gestrichen. Man konnte also seine Fingernägel nicht mehr in die Holzlinien der Vorderbank graben und sie entlang der Widerstände von rechts nach links gleiten lassen. Er hörte den Klang der Orgel; er hörte das Papier des Gesangbuchs, die Stimmen der Singenden, die Haare der Frauen in den Bänken vor ihm, die Stimme des Pfarrers, die Blockflötenstimmen. Alles schwebte in dieser Welt. Alles war weiß und leise – bis auf den, der da vorn mit geschlossenen Augen unter seiner Dornenkrone an der Wand schwebte; der war still und Esche natur.

Er ging auf der Straße nach Süden hinaus aus dem Kreisverkehr, vorbei am Schuhgeschäft, am ehemaligen Café, das jetzt ein Dritte-Welt-Laden war, vorbei an der Bäckerei, am Siedlermuseum und am Elektrogeschäft, wo Waschmaschinen, Fernseher, Toaster, Laptops, Handys und Computerbildschirme im Schaufenster standen. Es waren dieselben Marken wie in den USA: Sanyo, LG, Magnavox, Apple, Toshiba, Asus, Panasonic, Sylvania und Yamaha.

Er ging an der langen, schulterhohen Hecke vorbei, öffnete die Holztür und ging auf die andere Seite. Unter den Schuhen knirschten Kieselsteine. Die Linde stand noch, wo sie gestanden hatte – über den Namen der Pfarrer, die es über die Jahre in diesem Siedlerdorf gegeben hatte. Es waren noch dieselben Pfarrernamen. Kein neuer war dazugekommen.

61

Zuhause im Keller machte er seine Yoga-Übungen. Er hatte sie einige Tage vergessen. Die Augen schließen. Sich konzentrieren. In sich hineinhören. Er verschränkte die Beine, soweit er seine Beine eben verschränken konnte. Das ging nur in beschränktem Maße. Aber es ging. Er atmete durchs linke Nasenloch ein, atmete durchs rechte aus. Zwei Finger drückte er an die Stirn und dann mit den anderen Fingern jeweils ein Nasenloch zu. »Im Kreis atmen« nannte die Lehrerin, die eine angenehme Stimme hatte, das. »Lass den Frieden in dich kommen.« Gut, das konnte er. Im Augen-Schließen und Atmen war er Meister. Tief atmete er ein. Langsam atmete er aus. Ein. Aus. Ein. Aus. Das schaffte er. Dass seine Beine weit abstanden, spielte keine Rolle, wenn er atmete. Im Atmen gehörte er sich. Das Atmen berührte ihn. Steif, wie er war. Steif, wie er blieb.

Den Hund mit krummem Rücken schaffte er fast. Die Katze ganz. Die Kuh kam mit der Zeit auch als Möglichkeit in seinen Körper. Er atmete. Er dehnte sich. Er streckte das Hinterteil in die Höhe, dann den Kopf. Delphin. Und Kobra. Er ließ die Schmerzen sprechen in seinem Körper. Gab es einen Seehund? Gab es eine Maus? Er ließ sie atmen. Immer wieder. Und dann konnte er sich hinlegen, konnte das Kissen unter die Knie und eine gefaltete Decke unter den Kopf schieben und atmen, einfach atmen, immer nur atmen. Der Schmerz der Stellungen löste sich auf. Der Schmerz, zu dem er sich gezwungen hatte. Eine Minute. Zwei Minuten. Drei Minuten. Dass in diesem Ruhen Bilder von Miriam in ihm auftauchten, ergab sich von selbst. Sie wartete auf ihn. Sie schaute ihm zu. Sie atmete mit ihm. Das Atmen und der Kreis der Sonne. Im Atmen. Mit geschlossenen Augen.

62

Er fuhr Richtung See; er fuhr Richtung Bahnhof, parkte im Parkhaus und ging zu Fuß Richtung Klinik. PUSSY FUCK ASS. Nur diese drei Worte standen an der Wand der Unterführung. Neu. Frisch gesprayt. Schwarz. Es waren Worte wie Explosionen. In ihm. Er sagte sich, dass die, die das geschrieben hatten, unmöglich über zwanzig sein konnten. Und wer unter zwanzig war, dem musste man allerhand nachsehen. Johannes wollte verstehen. Er wollte diese Explosionen in sich schwächer machen. Er wollte weitergehen, als sei nichts geschehen. Er wollte nicht zu den alten Knackern gehören, die sich über ein bisschen Graffiti an einer Unterführungswand aufregten. War es nicht das Selbstverständlichste der Welt, dass ein paar Teenager diese Worte auf die Wand einer Unterführung sprühen wollten? Sie hatten Englisch geschrieben, diese Jungen – denn dass es sich um Jungen handelte, stand für ihn außer Zweifel –, weil die Welt des Englischen ihnen, wenn es sich um Worte aus diesem Bereich handelte, näher war als die Welt des Deutschen. Mit englischen Worten kam man hinaus in die Welt. In die große Welt. In die Welt des Lebens. Das verstand er. Er verstand, dass man das unmöglich auf Deutsch hätte schreiben können. Da gab es solche Worte gar nicht. Was hätten sie auf Deutsch schreiben sollen? Im Deutschen klangen die Worte, die er dafür in sich fand, grob, unbeholfen und verklemmt. Im Deutschen klangen die Worte, als kämen sie entweder von einem katholischen Bauernhof in Kärnten oder aus dem Biologieunterricht eines alten, grauhaarigen Lehrers, dem immer wieder seine dritten Zähne hinter den verrunzelten Lippen verrutschten. Im Deutschen klang nichts nach New York und Hollywood. Im Deutschen klang nichts exotisch, nichts provokant, nichts ungehemmt und Anti-Establishment. Johannes bemerkte, wie er diesem Graffiti zustimmte. In der deutschen Welt. In der Welt am See. In der Welt der Unterführung zur Klinik. Mit Zustimmung und Verstehen konnte er die Explosionen dämpfen. Er konnte sie fast ungeschehen machen. Das war die Macht des Verstehens. Dachte er. Zwischen dreizehn und fünfzehn schätzte er die Urheber dieser Verzierungen an der Wand der Unterführung. Er hätte als Dreizehnjähriger auch gern so etwas getan. Er hätte gern solche Worte an die Betsaalwand gesprüht. Damit in allen, die sie gelesen hätten, Seelenexplosionen entstanden wären. Ein Skandal. In Himmelreich. Dem Dorf, das der christlichen Nächstenliebe lebte. Und weil er es damals als Dreizehnjähriger nicht getan hatte, beglückwünschte er nun die Dreizehnjährige zu diesen Worten. Gut, dass sie sie geschrieben hatten. Gut, dass sie sie hierher geschrieben hatten. Hier in die Dunkelheit der Unterführung. Gut, dass sich diese jungen Leute ausleben konnten. Er ging im Nebel auf das Backsteingebäude zu.

An der Pforte kam er heute problemlos vorbei. Man ließ ihn allein zum Aufzug gehen. Man ließ ihn allein hinauffahren. Man kannte ihn. Man vertraute ihm. Oben klingelte er an der Milchglastür, und es wurde ihm aufgemacht. Professor Doktor Nack hatte also das Personal vorbereitet. Diese Pflegerin hatte Johannes gestern nicht gesehen. Sie war jung, klein und wohlgenährt. Als tränke sie viel Milch und Kakao. Viola hieß sie. Sie ging vor ihm her – durch den Geruch. Viola sagte: »Sie hat lang geschlafen heute.« Sie sagte: »Aber sie macht sich gerade fertig.« Johannes sagte: »Soll ich warten?« Violas Augen – wie sie ihn anblickten. Als hätten ihre Pupillen vor Kurzem noch in einem Schälchen aus Zucker und Zimt gelegen. Hellbraun mit weißen Flecken, immer wieder und überall.

Er fragte: »Soll ich später noch einmal vorbeikommen?«

»Nein, nein. Sie können so lange im Aufenthaltsraum warten.«

Er hätte lieber im Gang gewartet. Aber nun ging er in den Aufenthaltsraum. Er erwartete, dass er dort die alten Frauen in Nachthemden treffen würde. Vor der Fensterwand. Vor dem Nebel.

Viola. Ihre Eltern spielten sicher Musik. Kammermusik. Jetzt war die Tochter hier in der Klinik.

Im Aufenthaltsraum war der Geruch der Station noch intensiver. Zwei Frauen spielten Backgammon. Johannes setzte sich so weit wie möglich weg von ihnen. Sonst war niemand da. Eine sagte: »Ich habe eine beidseitige Lungenentzündung.« »Du bist dran«, sagte die andere Frau.

Er atmete nicht tief ein. Er hörte und roch und schaute. Er wollte gegen diese Welt einen Widerstand aufbauen. Sie hatte sich eingewiesen. In diese Welt. Jetzt war sie hier. Das war nun einmal so. Und er war hier. Das war auch so.

Er bemerkte, dass durchs Fenster vom Gang her Viola ihn anblickte. Wahrscheinlich wusste sie nicht recht, wie sie ihn einschätzen sollte. Professor Doktor Nack hatte ihn mit Respekt behandelt. Also musste da etwas sein. Aber was?

Eine alte Frau in einem aquamarinblauen Bademantel, mit stark gekrümmtem Rücken, kam herangeschlurft. Ausgetreten waren ihre Schlappen. Johannes hoffte, dass sie sich zu den beiden Backgammonspielerinnen setzen würde. Aber sie kam direkt auf ihn zu und setzte sich an seinen Tisch. Immer das, was man am wenigsten wollte, trat ein. Johannes sah unter dem Bademantel einen glänzend blauen Seidenschlafanzug. Der kam bestimmt nicht aus der Klinik. »Ich komme aus Spandau und habe die Reisesucht«, sagte die Frau.

Sie redete mit ihm.

»In einem kleinen Dorf in Böhmen wurde ich geboren. Ich sollte abgetrieben werden. So etwas bleibt einem.« Sie blickte ihn an. Blau waren ihre Augen, dunkelblau, kornblumenblau, intensiv, hungrig. »Seit zwei Jahren habe ich einen Krebs – Leberkarzinom. Aber ich habe ein gutes Leben gehabt. Ich habe mich hochgearbeitet. Ich war Bettlerin als Kind. Nur mit den Männern habe ich es nie können. Die haben mich ausgenützt. Die haben gemeint, weil ich eine Liebe bin, tue ich alles für sie. Das habe ich auch. Mein Mann war mein Heiliger. Obwohl er einen Bandscheibenschaden hatte. Und ich habe ihn genommen, habe ihm nie gesagt, dass seine Mutter eine Hure war. Ausgenützt hat er mich, das kann ich dir sagen. Ein Blumengeschäft in Charlottenburg haben wir zusammen aufgebaut. Und ich habe gearbeitet, die ganze Zeit, und gut verdient. Damals war viel Geld mit dem Blumengeschäft zu verdienen – auch ein bisschen am Staat vorbei. Von daher habe ich mein Geld.«

Sie roch nach einem frisch mit Lenor gewaschenen Bademantel. Das tat gut. »Wissen Sie, früher waren Frauen resistenter. Keine hatte weniger als vier Kinder.« Sie beugte sich herüber und flüsterte ihm ins Ohr: »Ich bin jetzt schon vierunddreißig Jahre allein. Zehn Jahre war ich verheiratet. Dabei – das habe ich erst später erfahren – war der schon steril, hatte keinen Samen mehr. Und einen Bandscheibenschaden hatte er auch.« Sie stand auf und redete lauter: »So, jetzt muss ich mich leider verabschieden. Ich will heute Abend wieder in meiner Wohnung sein. Die haben mich letzte Nacht wieder belästigt. Da habe ich gedacht, heute gehst du weg. Aber die kriegen mich da nicht raus. Ich nehme mir das Leben nicht. Fünfmal haben sie es schon versucht. Aber ich bin stark! Ich wehre mich. Ich bin resistent. Eine andere hätte schon lang aufgegeben. Ich nicht. Ich bin stark. Ich habe das in meiner Kindheit gelernt. Auf Wiedersehen. Ich denke, wir hatten ein gutes Gespräch. Und du siehst aus, als hättest du auch schon viel gesehen. Bleib, lieber Mann, wie du bist. Gesund und munter.«

»Danke.«

Viola trat in den Aufenthaltsraum und sagte von der Tür her: »Ihre Frau Schwester wäre dann soweit.«

Heute saß sie, als er eintrat, ihm zugewandt. Sie schaute auf die Tischplatte vor sich. Sie schaute ins Grau. Dunkel waren ihre Augen. Rechts am Augenwinkel hatte sie einen Leberfleck. War der immer schon dort gewesen? Sollte er etwas sagen? Er schluckte. Er schluckte noch einmal. Dann senkte er die Augen. Von vorne sah sie noch rundlicher aus. Sie hatte deutlich zugenommen. Das Gesicht war rund geworden. Das tat weh. »Hallo«, sagte er.

Sie blickte vor sich hin. Sie sagte nichts.

Er sah sie, obwohl auch er jetzt die Augen gesenkt hielt. Er zog einen Stuhl heran und setzte sich. Ihr gegenüber. Die Resopalplatte des Tisches, endlich hatte er das Wort wiedergefunden, *Resopal*, zog die Augen an – das Glänzen, das Graue, das aus den vielen kleinen Punkten bestand, das weich Reflektierende. Immerhin wandte sie sich ihm heute zu. Immerhin saß sie mit ihm an einem Tisch. Sie und er. Zu zweit. Allein. Immerhin ließ sie ihn ihr ins Gesicht schauen. Immerhin ließ sie ihn fühlen, dass es bei ihr eine Verbindung gab zwischen den Augen und dem, was sich in ihrem Inneren abspielte.

Dachte er.

Sie blickten auf die Resopalplatte, die eine leere Fläche war. Ihre und seine Hände lagen auf den Schenkeln unter dem Tisch. Genau gleich, dachte er. Wir sitzen genau gleich. Unsere Körper machen dieselben Bewegungen.

63

Sie saß da, und er kannte sie nicht. Sie hatte sich vorbereitet für ihn. Da war etwas in ihren Augen. Er sah es. Aber ihr Gesicht war ihm fremd geworden. Er hatte das Gefühl, dass diese Augen ihn nicht sahen. Hatte er sich so verändert?

Sie lebte in ihrer Welt. Er lebte in seiner Welt.

War ihm ihre Welt fremd geworden, weil sie ihr Leben in IHm lebte? Oder weil sie eine Frau war und er nie von innen heraus als Frau hatte leben können?

Er lehnte sich zurück und schaute auf ihre Finger. Völlig ruhig lagen sie auf dem Tisch. Als wären sie Fremdkörper. Leblos. Gelähmt. Aber mit gesunden Nagelbetten und Nagelhäuten und Nagelmonden. Miriam. In ihm zog sich etwas zusammen. Er hätte ihre Finger gern berührt. Er hätte gern gewusst, was in ihr vorging. Er spürte die Dunkelheit in ihr. Aber er verstand sie nicht. Er verstand nur, dass sie weit weg war. Sie und er. Tausende von Kilometern auseinander. Sie in ihrer Einsamkeit. Er in seiner. Sie in ihrer Dunkelheit. Er in seiner.

Er fühlte sich, wie er ihr da gegenübersaß, völlig ungenügend. Könnte er ihr, wenn er mehr Einfühlungsvermögen besessen hätte, näherkommen? Wenn er ein anderer Mann gewesen wäre, hätte er ihr vielleicht näherkommen können. Aber er war ihr Bruder. Er konnte nicht in ihre Nähe kommen. Er wollte sie in seine Helligkeit ziehen. Er wollte sie in seine Helligkeit reißen. »Jetzt tu doch nicht so.« »Jetzt reiß dich doch zusammen.« Das sagte er nicht. Es tat ihm weh, dass ihm solche Sätze in den Sinn kamen. Schon diese Sätze zeigten, wie weit weg er war. Aber er konnte sie auch nicht allein lassen. Er konnte sie nicht sich selbst überlassen. Epistemizid, dachte er. Dieses Wort, das in den akademischen Kreisen Nordamerikas in Umlauf gekommen war. Das oft liebende Verstehen einer oder eines Anderen, indem man sie ungefragt mit den eigenen Begriffen des Verstehens verstand und dabei die ihren zerstörte. Ver-stehen. Ich ver-stehe dich. Ich nehme dich mit an einen anderen Ort. Wenn ich dich verstehe, gehörst du mir.

Er sagte: »Und?« Dabei lehnte er sich ein wenig vor. Er schaute sie an, ihre Oberarme, ihren Nacken, dann ihr Gesicht. Sie blickte weiter auf die Resopalplatte zwischen ihnen. In ihrem Gesicht bewegte sich nichts. Es war keine Unruhe in ihr. Es war keine Ruhe in ihr. Eine Ruhe verlangte nach einer Grundspannung, nach einer Aufmerksamkeit. In ihr war es, als ob alle Batterien leer seien. Die Augenbatterien. Die Mundbatterien. Die Schulterbatterien. Die Nackenbatterien. Die Gedankenbatterien. Nichts. Leere. Eine leere Wunde. Ohne Wut. Ohne Energie. Ohne Blut. Ohne Worte. Ohne Gedanken. Ohne ein Vor oder Zurück. Ohne sich. Sie hatte sich verloren. Dachte er. Irgendwie. Irgendwo. Nur wo? Und wie? Wie konnte er mit ihr an diese Stelle zurückgelangen, wo das passiert war? In diesen Augenblick, wo alles angefangen hatte. In den Anfang ihrer Verlorenheit. Die Resopalplatte zwischen ihnen war grau und zerfiel bei genauem Hinsehen in kleine Pünktchen. Maschinell hergestelltes Grau. Zwischen ihnen. Zwei Welten. Zwei Seiten. Zwei Hemisphären. Zwei sich gegenübersitzende Menschen, die aus demselben Mutterleib gekommen, die miteinander aufgewachsen waren, die zusammen das Sprechen und Gehen und Lachen gelernt hatten. Er hatte das Gefühl, dass er nicht mehr als der, der er war, existieren könnte, wenn er ihr jetzt nicht näherkommen konnte. Er brauchte sie. Wenn er jetzt nicht zu ihr kommen, wenn er sie jetzt nicht erreichen konnte, dann war dieser Teil von ihm, der sie war, tot. Zerstört. Alles, was sie hätten gemeinsam sein können, wäre dann nicht mehr möglich.

64

Eine Seele in ihrer Zurückgezogenheit – warum sollte sie nicht genau so sein dürfen, wie sie war? Wo kam die Erwartung her, dass eine, die sich in sich selbst zurückgezogen hatte, herauskommen müsse aus sich selbst, damit sie ein vollständiges Leben führen könne? Woher kam dieses Vorurteil der Gemeinschaft, das ein in sich zurückgezogenes Leben so wenig verstand, dass es pathologisiert wurde? War das nicht auch eine mögliche Form der Seelenexistenz: in sich zurückgezogen leben, mit sich selbst und der eigenen kleinen Welt. Einfach so.

Was, wenn Miriam in diesem Augenblick des völligen In-sich-zurückgezogen-Seins Glück verspürte? Eine eigene Form des Glücks? Was, wenn sie das, was die Welt von ihr verlangte, als einen Weg in eine Form des Unglücks ansah?

Sie saß vor ihm und bewegte sich nicht. Das, was sich bewegte, war die Brust, die atmete, waren die Schultern, die von den Lungen bewegt wurden, war der Bauch, der vom Atem bewegt wurde. Sonst nichts. Der Atem war und musste sein, dieses Ein und Aus und Aus und Ein. Dieses Dehnen und Senken, dieses Auf und Ab, dieses Ja und Nein. Und ein Herzschlag musste sein. In die Zukunft.

Ihr Zimmer war die Höhle einer Einsiedlerin. Vor dreihundert Jahren hätte das sein dürfen. Es wäre gottgewollt gewesen. Es wäre GOtt gefällig gewesen. Es wäre eine Form der Andacht, des Gebets, des Feierns SEiner Schöpfung gewesen. Nun war es eine Krankheit. Nun war es eine Gefährdung. Nun war es ein Angriff auf ein Selbst, über das andere sicher waren, mehr zu wissen als sie, Miriam, selbst. Nur weil sie Worte besaßen. Nur weil sie Kategorien besaßen. Nur weil sie Gebäude mit Mauern und Decken besaßen. Wer sagte, dass man Teil der Welt sein musste? Wer bestimmte, was normal war? Wer legte fest, was die Krankenkassen abrechnen konnten? Wer sagte, was seelische Schmerzen waren und was nicht? Wer entschied, was Unglück und was Glück, was Zufriedenheit und was Unzufriedenheit, was gewollt war und was nicht? Hatte sie gemeint, Hilfe zu brauchen? Hatte sie gemeint, hier Hilfe zu bekommen? Hatte sie gemeint, sie könne sich hier von der Welt zurückziehen? In sich? Besser als in Küche und Bad und Schlafzimmer in ihrem Haus, besser als in einem Dorf voller Bibeln und Losungen und Ältestenrat? War dies ihr Hort der Sicherheit?

Er sagte: »Die Losung für heute handelt vom Frieden. Sprüche zwölf, zwanzig: ›Die zum Frieden raten, haben Freude.‹ Und der Lehrtext steht in Matthäus fünf, Vers neun: ›Selig sind, die Frieden stiften; denn sie werden GOttes Kinder heißen.‹« Er sagte: »Frieden. Zum Frieden raten. Frieden stiften. Wenn du mit dir im Frieden bist, dann will ich dich in ihm sein lassen.« Er nickte. So sagte er das und fühlte sich sofort wie ein predigender Pfarrer, wie ein Idiot, der von oben herunter sprach. »Mansplaining.« Das Erklären der Männer. Aus Zwang. Aus

Gewohnheit. Aus einem eigenen Gefängnis heraus. Der Zwang zur Überlegenheit. Johannes sagte: »Entschuldige. Das ist falsch herausgekommen. Ich meine nur: Mag jeder sein Leben führen, wie es ihr oder ihm recht ist.«

Sie sagte nichts. Sie hob nicht den Kopf. Sie hob nicht die Augen. Sie bewegte keine Hand. Sie saß da. In ihrem Frieden. Er stand auf, nahm seine Jacke von der Stuhllehne, zog sie an und sagte: »Ich geh dann jetzt. Okay?« Dieses Okay war noch so ein Zeichen seiner Verzweiflung. Er wollte ihre Erlaubnis erhalten, damit er gehen dürfe, damit sie sich berührt hätten vor dem Gehen. In Worten wenigstens.

Sie bewegte sich nicht.

Dann ging er hinaus. Im Gang atmete er tief ein und aus. Trotz des Geruchs. Es war ein Seufzen. Er wusste nicht, ob es ein Seufzen über sich, über sie, über die Welt oder einfach nur über diesen Gang und über sein Atmen war in diesen weißen Wänden mit ihren weißen Schranktüren.

65

Er gewöhnte sich an den Geruch. Er gewöhnte sich an das Zimmer. Er gewöhnte sich an ihre Gegenwart, die ihm alles bedeutete. Das musste er sich eingestehen. Alles andere zählte nicht. Sie war Teil von ihm wie nichts sonst. Sie musste ihn erlösen, indem sie ihm in die Augen blickte. Er wollte sie zwingen, ihn anzuschauen. Ihr Blick wäre ein Teilen, ein Mitteilen, ein Aufgehen im Anderen gewesen. Er, Johannes, könnte etwas sein, wenn ihr Blick ihn sah. Aber so, wie sie dasaß, war das Gegenteil. Der Blick war ein leeres Starren, er war ein Fehlen, war ein Sog in sie hinein. Er war weniger, wenn er ihr gegenübersaß, statt mehr zu sein. Sie nahm, statt zu geben. Sie war nicht still in sich. Sie war nicht konzentriert in sich. Sie war unruhig. Sie war leer. Sie sah ihn nicht. Sie nahm ihn nicht wahr. Sie nahm ihn nicht in sich auf. Also existierte er nicht.

Er sagte: »Als ich wegging, habe ich nicht an dich gedacht. Ich habe immer nur an mich gedacht. Aber in den letzten Jahren bist du mir immer wichtiger geworden. Ich brauche dich. Ob du mich brauchst, weiß ich nicht. Aber ich brauche dich.« Es war ihm egal, ob das, was er sagte, stimmte. Es stimmte jetzt. Aus ihm heraus. In diesem Augenblick in diesem Zimmer stimmte es. Für ihn. Für sie. Es waren Worte, die er an sie richtete. Es waren Worte, mit denen er sie aufwecken wollte.

Sie blickte unverändert auf die graue Resopalplatte. So war das. So blieb das. Gestern. Heute. Nichts änderte sich. Wenigstens nicht in ihr. In ihm schon. Seine Gedanken gingen immer mehr zu ihr – zu ihrem Dasitzen, in ihre Dunkelheit. Warum war Matthias nicht hier? Warum überließ Matthias es ihm, Miriam jeden Tag zu besuchen? Matthias hatte einen Beruf. Er musste arbeiten. Aber auch am Wochenende ging er in die Kirche und zu Veranstaltungen in der Gemeinde – und nicht zu Miriam in die Klinik. Es war, also ob alle Miriam nun ihm überlassen wollten. Er war ihre nächste Nähe.

Und sie war seine. Es gab niemand, der ihm näher gewesen wäre. Dabei war sie ihm fern – nichts als fern. Traurig. Dunkel. Als Kind hatte er ihr im Gesangbuch die Verse gezeigt, die ihm besonders gefallen hatten. Es waren immer Paul-Gerhardt-Verse gewesen. »Nichts, nichts hat dich getrieben / zu mir vom Himmelszelt / als das geliebte Lieben, / damit du alle Welt / in ihren tausend Plagen / und großen Jammerlast, / die kein Mund kann aussagen, / so fest umfangen hast.« Er hatte sich losgelassen und war in diesen Versen aufgegangen. Kindlich. Mit ihr. Zu ihr. Gemeinsam. »Mein Herze geht in Sprüngen / und kann nicht traurig sein, / ist voller Freud und Singen, / sieht lauter Sonnenschein. / Die Sonne, die mir lachet, / ist mein Herr JEsus CHrist; / das, was mich singen machet, / ist, was im Himmel ist.« Es waren Reime, die eingingen wie süßer Saft. Immer wieder wurde man erlöst. In IHm. Johannes roch am Falz des Gesangbuchs. Das musste sein. Er saugte diesen Geruch in sich ein. Gesangbuchpapier hatte einen besonderen Geruch. Dünn. Flüchtig. Einfach. Chemie, Honig und Ewigkeit. Die Ewigkeit kam vom Holz. Vom Eschenholz. »Nackend lag ich auf dem Boden, / da ich kam, / da ich nahm / meinen ersten Odem; / nackend werd ich auch hinziehen, / wenn ich werd / von der Erd / als ein Schatten fliehen.« Sie saßen nebeneinander in der Kirchenbank. Sie kümmerten sich nicht um Männer- und Frauenseite. Den Großmüttern und Großvätern bedeutete das noch etwas. Die Jungen konnten sitzen, wo sie wollten. Im Gesang hatten sie fast die gleiche Stimme, bis er dreizehn war. Danach trennten sich die Stimmen. »Heut, als die dunklen Schatten / mich ganz umgeben hatten, / hat Satan mein begehret; / GOtt aber hat's gewehret.«

Es war ihre kindliche Art des Glaubens gewesen. Er hatte sie zurückgelassen. Sie war geblieben. Hatte sie nun auch ihren kindlichen Glauben zurückgelassen? War sie, wie es im Dorf hieß, abtrünnig geworden? Er hatte sich in seinem Abtrünnigsein eingerichtet über die Jahre und Jahrzehnte. Sie war nirgends zuhause, wenn sie nicht da war, wo sie herkam.

66

Er musste wegdenken von dieser Dunkelheit, wegdenken von diesen Schaufenstern und Straßenlampen, wegdenken von diesen Autos auf dem Parkplatz, vom Losungstext, »Der Friede CHristi regiere in euren Herzen«, vom Einsetzen der Orgel, vom Geruch des Gesangbuchpapiers, von den Kopftüchern der Frauen, von IHm, der mit geschlossenen Augen unter seiner Dornenkrone für alle Menschen dieser Erde litt.

Kyra – sie war vier, als Naomi und er heirateten. Jetzt war sie vierundzwanzig. Er hatte alles miterlebt. Er hatte sie auf dem ersten Schulweg begleitet. Er hatte ihr zu ihrer Rolle im Schultheater gratuliert. Er hatte sie getröstet, als sie nicht in die High School Basketballmannschaft aufgenommen wurde. Er war ungeduldig gewesen, als sie im Bad vor der Abfahrt in den Urlaub lange gebraucht hatte. Kyras Augen. Kyras Wünsche. Kyras Charme. Sie hätte gern eine jüngere Schwester gehabt. »Bitte«, sagte sie. Und Johannes sagte: »Wie wäre es mit einem Hund?« Worauf sie sofort einging. »Yes, a dog, please. And I'll get to give her a name.« Naomi meinte, er sei »radically non-coercive«. Er sei radikal in seiner Überzeugung, dass man Menschen zu nichts zwingen dürfe. Auch Kinder nicht. Er ließ Naomi allein, wenn sie für Kyra Regeln aufstellen wollte. Mit sieben sollte Kyra nicht allein in die Schule gehen dürfen. Mit acht sollte sie nicht allein in ein Summer Camp dürfen. Mit neun sollte sie kein eigenes Handy haben dürfen. Mit zehn sollte sie bestimmte Four-Letter-Words nicht aussprechen dürfen. Mit elf sollte sie auch manchmal für die Familie kochen. Mit zwölf sollte sie um zehn Uhr abends zuhause sein. Mit dreizehn sollte sie keinen festen Freund haben dürfen. Mit vierzehn sollte sie nicht beim Freund übernachten dürfen. Mit fünfzehn sollte sie weniger Zeit an ihrem Handy verbringen dürfen. Mit sechzehn sollte sie weniger Taschengeld bekommen, wenn sie sich keinen Job als Babysitterin bei Nachbarn oder sonst eine Arbeit suchte. Mit siebzehn sollte sie für Passover mit zu den Großeltern reisen. Mit achtzehn sollte sie auf ein billigeres College in der Nähe gehen. Mit neunzehn sollte sie bessere Noten bekommen, wenn man schon so viel Geld in ihre Collegeausbildung investierte. Mit zwanzig sollte sie den Schaden am Auto, den sie bei einer leicht angetrunkenen Fahrt verursacht hatte, selbst bezahlen. Mit einundzwanzig sollte sie nicht mit zwei videospielabhängigen Jungen, die am College nie den Abschluss schaffen würden, zusammenziehen dürfen. »Dabei ist weder der eine noch der andere dein fester Freund.« »Aber geschlafen hab ich schon mit beiden«, sagte Kyra. Und Johannes war glücklich, dass er eine solche Tochter hatte. Sie war schlagfertig und ließ sich nicht unterkriegen. Er sagte: »Das kann ihr langfristig doch nur helfen, wenn sie mit Jungen auf so engem Raum zusammenwohnt. Sie wird einmal Männer viel besser verstehen.« Naomi gab sich geschlagen: »Von mir aus. Bei manchen Sachen ist es besser, wenn man sie nicht allzu gut versteht, sonst bleibt man sein Leben lang im Seichten.«

Johannes hatte es leicht, in allem großzügig zu sein. Kyras leiblicher Vater musste für die Hälfte der Collegeausbildung aufkommen. Jackson bezahlte die Hälfte der Autoreparatur. Johannes verstand sich mit Jackson. »If she were a boy we'd make her pay.« Darin stimmten sie überein.

Es gab so vieles, was er durch Kyra gelernt hatte. Dass sich eine Tochter, egal ob sie vier oder sieben oder zwölf oder siebzehn war, auf dem Sofa an ihren Vater kuscheln konnte. Einfach so. Dass eine sechzehnjährige Tochter ihren Vater zu privaten Fahrstunden draußen auf dem Land überreden konnte. »I learn it much better from you than in driver's ed.« Dass eine zwanzigjährige Tochter ihn bitten konnte, ihr beizustehen, wenn sie der Mutter gleich sagen würde, dass sie ihr College-Hauptfach schon wieder geändert hatte. Dass eine zweiundzwanzigjährige Tochter ihre Eltern zweimal in drei Monaten um Geld für ein neues iPhone bitten konnte, weil sie das alte, das gar nicht alt war, irgendwo liegen gelassen hatte. Und doch war in all dem eine Erfahrung der Ferne. Wie weit weg er sich von Kyra fühlte. Wie weit weg er sich von ihrer Nervosität vor den High School Dates gefühlt hatte. Wie weit weg er sich von ihren Tränen der ersten unglücklichen Liebe gefühlt hatte. Es tat ihm weh. Er spürte sie. Aber er war weit weg. Ihr Leben erschien ihm als Theaterstück, in dem seine Tochter mitwirkte. Er war Zuschauer. Immer wieder dachte er, dass er seiner Tochter nur dann wirklich nahe sein könnte, wenn er jeden Augenblick auf den Bildschirm hätte schauen können, mit dem ihre Hände verwachsen waren. Was sie nachschaute. Wem sie schrieb. Welche Nachrichten sie empfing. Welche Bilder sie verschickte. Welche Videos sie herunterlud. Welche Produkte sie in welchen Online-Shops erforschte. Welche Orte und Menschen sie vor sich sah. Da war ein ganzer Kontinent in seiner Tochter, von dem er nichts wusste. Manchmal zeigte sie ihm etwas. Aber das war nur ein winziger Ausschnitt von diesem Handflächenbildschirmkontinent, der ihre eigentliche Heimat war. Dass sie mit zweiundzwanzig zweimal innerhalb von drei Monaten ihr iPhone verlor, war für ihn das sicherste Zeichen, dass sie sich in einer Krise befand. Was geschehen war, erfuhr er erst drei Jahre später. Sie und ihr Freund hatten entschieden, dass sie nicht die Richtigen füreinander waren und dass sie keine Eltern werden wollten. Planned Parenthood hieß die Klinik, in die sie gemeinsam gingen. Weder Naomi noch er hatten das mitbekommen. So weit weg war Kyra, mit der sie eigentlich meinten, eine gute Beziehung zu haben. Drei Jahre später sagte sie: »I couldn't tell you because I knew you would tell mom.« »Und warum konntest du es deiner Mutter nicht anvertrauen?« »Dann hätte ich nicht mehr meine eigene Stimme in mir gehört. Und es musste meine und Jasons Entscheidung sein.«

67

Johannes ging vorbei am Schuhgeschäft, das nun einen anderen Namen trug und neue Schuhe im Schaufenster ausstellte. Da war kein »Salamander lebe hoch!« mehr. Nun hießen die Marken adidas und Nike, und die Halbschuhe, wenn sie noch Halbschuhe hießen, hatten italienische Namen. Er ging vorbei am Dritte-Welt-Laden, ging vorbei an der Bäckerei, am Brüdergemeindemuseum, an der Missionsbibliothek und am Elektrogeschäft. Marken, die es nicht mehr gab: AEG, Siemens, Saba, Grundig und Telefunken. Tauben gurrten unter einem Dachvorsprung.

Von sich selbst dachte er, er sei der gleiche, der vor dreißig Jahren aus der Gemeinde weggegangen war. Er wusste, er war derselbe. Aber warum sah ihn niemand? Dabei wusste er, dass er grau geworden war und nun einen Bart trug. Seine Zähne waren größer, weil er den Mund öffnete. Die schmalen Lippen des Siebzehnjährigen waren geschlossen gewesen.

Er kannte dieses Dorf. Aber er war weit weg von allem. Weit weg vom Bahnhof in der nächsten Stadt, weit weg vom Moor, vom Betsaal, um den aller Verkehr in einem Kreis herumfuhr, von den in die vier Himmelsrichtungen führenden Straßen, er war weit weg von den Separatisten, die dieses Land urbar machten und Julifröste, Epidemien, TBC, Maschinenunfälle und von Mitbrüdern gemachte Alkoholikerschulden überstanden, weit weg von den Lehrern, dem Apotheker, dem Arzt, dem Bürgermeister, dem Pfarrer und dem Ältestenrat. Kyra war weit weg. Naomi war weit weg. Miriam war weit weg.

Das viele Weiß, die Kreuze am Betsaal, die in alle Himmelsrichtungen wiesen, und die bescheiden dreinblickenden Leute – alles war weit weg. Er war ein Kind, das von allem weit weg war. Er war ein Zuschauer, der seinem eigenen Leben zusah. Das war seine Rettung. Das war sein Fluch.

68

An der Mauer vor dem Gottesfeld sah Johannes eine Skulptur. Sie war neu. Zwei Schiffswände, unten weiß, hatten einen schwarzen Strich, der die Wasserhöhe anzeigen sollte. Über dem Strich waren die Bordwände himmelblau bemalt. Knapp unter der Wasserlinie hatte das Boot ein Leck. Es gab, unter Glas, ein Vernissagenprogramm und einen Zeitungsbericht mit Bild. »Auf der Suche nach Freiheit, Frieden und einer neuen Heimat.« Aus der Mitte des Bootes ragte ein dunkles Brett, das unter dem Boot ein Kiel war und über dem Boot zu einer sich nach dem Himmel streckenden Hand wurde. Pfarrer Gnandt schrieb im Programm: »Wir wollen eine überkonfessionelle Gedenkstätte schaffen für Menschen aller Glaubensrichtungen, die auf der Flucht ums Leben gekommen sind.«

Vor dem lecken Schiff brannten Teelichter. Bei der Vernissage hatte Pfarrer Gnandt gebetet. Dann spielte die Trommlergruppe Kankurang, die drei im Ort lebende Flüchtlinge gegründet hatten. »Alle sind Christen aus Gambia«, las Johannes. Sie spielten auf drei Trommeln, drei Rhythmen neben-, über- und durcheinander. Überall waren Gesichter, die gut sein wollten und sich in ihrem Gutseinwollen bestätigt fühlten. Die Augen strahlten uneitles Gutsein aus. Es war klar, dass man hier der Nächstenliebe lebte. Es war klar, dass man sich in den Dienst des Glaubens und der Nächsten stellte.

Lichtlein brannten. Man gedachte derer, die auf dem Weg aus Krieg und Zerstörung gestorben waren. Ertrunken. Namenlos. Auf dem Weg von Afrika und Asien nach Europa. Kannten die drei Gambier jemanden, der umgekommen war? Welchen Status hatten Flüchtlinge aus Gambia? Waren sie Flüchtlinge erster, zweiter oder dritter Klasse? Waren sie geduldet? Oder kamen sie aus einem sogenannten sicheren Land? Oder wurden sie nach einigen Monaten anerkannt? Die gesenkten Blicke der Trommelnden trafen ihn am meisten. Die Trommler wurden angestarrt. Neugierig. Sie selbst senkten die Augen. Sie wagten es nicht, zurückzustarren.

Der Pfarrer sagte: »Wir danken der Künstlerin. Wir danken dem Schreiner, dass er das Material zur Verfügung gestellt hat.

Wir danken der Gemeinde und insbesondere dem Bürgermeister, dass er uns diesen Streifen Rasen mitten im Dorf so unkompliziert zur Verfügung stellte. Und wir danken der Gruppe Kankurang.«

Johannes hörte die Bongotrommeln. Alle Töne waren gut. Alle Töne waren großzügig. Nur die Augen, die sich über die wohlwollende Großzügigkeit freuen sollten, blickten auf die Erde.

69

Er ging die Straße nach Süden hinaus. Er ging über die Rote Aach. Er ging ins Elektrogeschäft an der Aach, wo ihn eine Verkäuferin begrüßte. Sie trug ihre schwarzen Haare offen. Locker. Dazu Lippenstift und silberne Ohr- und Fingerringe. »Ja, Kurtulus«, lachte sie. »Aus Ankara. Ursprünglich. Die Eltern. Ich war drei, als wir hierhergezogen sind.«

Er starrte. Er sagte: »Ja.«

Einen neuen Rasierapparat brauche er, sagte er. »Braun«, sagte er.

Dass es diese Verkäuferin in diesem Dorf gab, machte ihn beinahe glücklich. Es hatte sich etwas verändert.

Frau Kurtulus mit terracottarotem Lippenstift sagte: »Ja, ja, die Sorgen mit der Schwester. Es ist schön, dass Sie gekommen sind.«

Sie erkannte ihn, ohne ihn je vorher gesehen zu haben. Zum Glück. Es wusste also jeder im Dorf, weshalb er hier war. Aber nur diese Verkäuferin, die er noch nie gesehen hatte, sprach es aus. Ein schöneres Willkommen hätte er sich nicht vorstellen können. Nach einer Woche.

Sie sagte: »Vielleicht können wir den alten auch noch reparieren. Bringen Sie ihn doch einmal vorbei.«

Sie gehörte also wirklich dazu. Sie nahm nicht an, dass hier einer sofort von einem Augenblick auf den anderen einen neuen Rasierapparat kaufen würde. Impulskäufe gab es in diesem Dorf nicht. Hier hatten die Menschen ihre Impulse unter Kontrolle. Bestens. Und sparsam waren sie auch.

Er sagte: »Kann ich hier auch mit Kreditkarte bezahlen?«

Sie sagte: »Die Rasierapparate haben wir da hinten. Aber wir haben nicht nur braune.«

In Reihe und Glied standen sie auf einem Regal. Aufrecht. Sie nahm einen in die Hand und hob ihn hoch, so dass er zwischen ihr und ihm auf Augenhöhe war. »Dieser hier hat den Vorteil, dass er leise ist. Wenn Sie also in einem Hotelzimmer mit einer anderen Person zusammen sind, dann stören Sie die nicht, wenn Sie sich rasieren.«

Sie lachte.

Sie hob den nächsten vom Regal und gab ihn ihm in die Hand.

»Kompakt«, sagte sie.

Es folgte der nächste.

»Immer einsatzbereit.«

Er lachte. Sie spielten ihr Spiel.

Farben, Formen, Rundungen. Er wog ab und verglich. Einer war leichter als die anderen. Einer war fichtengrün. Ein anderer kostete mehr als das Doppelte und war postgelb und hatte eine lange Garantie.

Sie sagte: »Garantiert keine Selbstentladung.«

Johannes drückte auf Knöpfe, die gedrückt werden wollten. Er sagte: »Handlich.«

Der Postgelbe kam mit einem soliden Reiseetui.

»Wenn man viel unterwegs ist«, sagte sie.

»Der ist ohne Behälter.«

»Dafür hat er einen Softgriff für perfekte und bequeme Handhabung.«

Jetzt sagte er, dass er eine so große Auswahl nicht erwartet habe. So viele Formen und Preise. So viele Unterschiede. Das müsse er sich erst einmal alles durch den Kopf gehen lassen. Ihr Angebot habe ihn überwältigt. Er sei überrascht. Positiv überrascht. Wunderbar überrascht. »Das alles hier in Himmelreich.«

Sie sagte: »Dieser hat keinen Memory-Effekt beim Akku. Das ist ein Hochleistungsakkupack mit Schnellladestation und elektronischem Sensor zum gefühlvollen Rasieren.«

Er sagte: »Mein Bart wird schon nicht zu lang werden bis morgen oder übermorgen.«

Sie sagte: »Aber er sieht jetzt schon ein bisschen ungepflegt aus.«

Das durfte sie sagen. So etwas war erlaubt, nachdem sie miteinander wie in einem Bierzelt gelacht hatten.

Johannes sagte, er werde morgen wiederkommen. Ganz bestimmt. Bis dahin werde er sich entscheiden.

Sie sagte: »Aber nicht vergessen.«

Er sagte: »Bestimmt nicht.«

70

Die Vorstellungen, die sie als Kinder vom Himmel gehabt hatten. Sie waren direkt aus der Kinderbibel gekommen. Es gab Wolken im Himmel. Es gab Engel im Himmel. Es gab helle Umhänge und lange Bärte im Himmel. Das Essen war leicht und luftig wie Zuckerwatte. Frauen mit langen Haaren spielten auf Harfen. Männer saßen auf Wolkensesseln und nickten. Es gab keinen Streit im Himmel. Es gab lauter Einverständnis mit dem, was geschah. Es war ein endloser Feierabend ohne Alkohol. Hell war es. Die Sonne schien. Es gab keine Schnaken und keine Schlangen, keine Gewehre und keine bösen Hunde, kein Geld und keine Metzger. Im Himmel hatte niemand eine

Aufgabe, weil alles schon zum Besten bestellt war. Alles war perfekt. Man konnte ausruhen von all den Herausforderungen, die man im Leben gehabt hatte. Und GOtt belohnte einen mit diesem ewigen Feierabendfrieden für alles, was man im Leben richtig gemacht hatte. Der Friede kam aus dem Dasein in IHm. ER kannte alles. ER wusste alles. Einmal sagte Johannes im Konfirmandenunterricht: »Es gibt auch andere Vorstellungen von Erlösung in der Welt.« Das wurde vom Pfarrer als Kritik verstanden. An der Gemeinde. An den Gesetzen, die zum Ewigen Leben führten. »Wenn du das glaubst, ist die Konfirmation nicht der richtige Weg für dich.« Johannes erinnerte sich. Sie verhörten ihn im Dorf. »Was hast du damit gemeint?«, fragte einer vom Ältestenrat. Johannes sagte: »Ich weiß es nicht.« Ein Pfarrer in Rente sagte: »Wir freuen uns, dass du doch noch den Weg gefunden hast.«

71

Er legte die Hände auf den Tisch vor ihr. Flach. Er faltete sie nicht. Aber dass er sie auf die hellgraue Resopalplatte legte, sollte eine Nähe bedeuten: zwischen ihr und ihm. Es sollte bedeuten: Ich würde eigentlich gern meinen Kopf in deinen Schoß legen, Schwester, damit du mir mit den Händen übers Haar streicheln kannst. Es sollte bedeuten: Miriam, ich will dir nahe sein, so nahe, wie wir einander noch nie waren. Ich will, dass du dir von meiner Gesundheit nimmst, so viel du willst, und dass du mir von deiner Krankheit gibst, so viel du nicht mehr haben willst. Auch alles. Auch das war gut. So viel du nicht mehr haben willst, nicht mehr haben kannst, nicht mehr haben sollst. Egal, was. Nur ich und du. Nur er und sie. Zusammen. Und daraus sollte etwas Neues entstehen – für sie – und für ihn. Ja, auch für ihn. Er brauchte sie. Das spürte er. Es war ihm unerklärlich, dass er das vorher noch nie so gespürt hatte. Bei dir sein, sollte heißen: bei mir sein. Er schob seine Unterarme bis zu den Ellbogen auf den Tisch und beugte sich vor. Die Hände lagen flach. Aneinander. Ihr näher. Aber da war noch immer eine ganze Fläche graues Resopal zwischen ihnen. Sie lehnte sich nicht vor. Aber auch nicht zurück. Aufrecht saß sie da und schaute auf die graue Fläche. Sie musste seine Hände sehen. Seine gesunden Fingernägel. Dachte er. Er hätte sich am liebsten geohrfeigt. Sie musste gar nichts. Sie war. Sie durfte. Sie durfte wollen oder leben oder atmen. Sie durfte sehen oder nicht sehen. Egal, was. Es war ihr Leben. Sie sollte entscheiden dürfen, was sie wollen, dürfen, sollen wollte. Aber vielleicht wollte sie auch gezwungen werden, dachte er. Am liebsten durch Liebe. Durch eine Liebe, die sie ergreifen wollte. Durch seine Liebe. Zum Beispiel. Vielleicht könnte er sie mit seinem Sie-ergreifen-Wollen aufwecken, aufzerren, aufziehen. Heraus. Aus sich. Hinüber. Ein kleines Stück. Er wollte sie dazu bringen, dass sie sich über die Abgrundkante, die der Resopaltisch war, hinüberlehnte und eine Hand ihm entgegenschob. Dann hätte er die Hand vielleicht irgendwann ergreifen, hätte sie berühren, hätte sie zu sich herziehen und seine Energie in sie hineinfließen lassen können. Egal, wie. Vielleicht ein wenig heilend. Hoffte er. Dachte er. Und saß ebenso unbeweglich da wie sie. Der Resopalabgrund blieb. Was in ihr vor sich ging, konnte er nicht einmal erahnen. Sie war so weit weg. Es schmerzte. Ein Riss. Eine Kluft. Er war hilflos. Er erreichte sie nicht, nicht mit den Händen, nicht mit den Augen, nicht mit den Worten. Er saß einer lebendigen Toten gegenüber. Die Seele war tot. Tief in sich war sie verschwunden. Irgendwie. Beerdigt in sich selbst. Versunken. Verschwunden. »Auferstanden am dritten Tage.« Das war auch so ein Satz, der einem blieb. Die Seele. Das Wesen. Die GOttheit. Der Segen. Von oben herab. Egal, wie. Der Sohn. Und wo war die Tochter in all dem? Wo war die Schwester? Es gab Mütter. Es gab Elisabeth und Maria. Aber wo waren die Töchter? Ruth gab es. Wo immer du dein Haupt hinlegst, lege ich mein Haupt. Ruth, die zum Liebeswerben um den reichen Grundbesitzer von der Schwiegermutter geschickt eingewiesen wurde. Ruth, die gute Schwiegertochter. *Also hielt sie sich zu den Mägden des Boas, dass sie las, bis dass die Gerstenernte und Weizenernte vorbei war.* Ruth, die gute Schwiegertochter. *Und er kam und legte sich hinter einen Kornhaufen; und sie kam leise und deckte auf zu seinen Füßen und legte sich hin.* Die Welt war geschmeidig, geschwistrig, suchend. In Rätseln aus Liebe und Nähe und den Augen, die einem gegenüber saßen und die man spürte. *Als es nun Mitternacht ward, erschrak der Mann und beugte sich vor; und siehe, eine Frau lag zu seinen Füßen.*

72

Er blickte an ihrem Gesicht vorbei über ihre Schulter hinaus auf den See. Er sah das Grau und den Dunst und die Wellen, die heute blattlos waren. Es war etwas in ihrem Gesicht, das er für Frieden halten konnte. Etwas In-sich-Liegendes. Etwas Ruhiges. In sich. Und in der Welt. Eine Form des tiefsten In-sich-Lebens. In diesem Atmen. In dieser Zurückgezogenheit aus der Welt. In diesem Gefängnis der Harmonie, in das sie sich selbst eingeschlossen hatte. In dem sie sich finden wollte oder sich selbst gefunden hatte. Er wusste es nicht. War sie ohne ihr Zutun in diesen Frieden hineingelangt? In diesen Frieden ohne eine Tür nach draußen. Es war ein Seelenfrieden. Die Seele lebte für sich. In ihrer eigenen Harmonie. Eingeschlossen. Fensterlos. In einem Wasser, in dem sie sich wiegen und tragen konnte. Tragen und getragen werden. Zugleich. Der Augenblick in sich selbst. Im Finden. Im Tragen. Befriedet. Umfriedet. Eingefriedet. Johannes war außerhalb. Sie ließ ihn nicht zu sich. Sie wollte Frieden. Sie wollte nicht verletzt werden. Sie wollte nicht berührt werden. Aber weshalb hatte sie ihn dann rufen lassen? Weshalb hatte sie Matthias gebeten, ihn anzurufen? Oder hatte Matthias erfunden, dass sie ihn gebeten hatte, ihn, Johannes, anzurufen? War es Professor Doktor Nack, der Matthias gebeten hatte, ihn anzurufen?

Er bemerkte immer mehr, wie wenig er sie verstand, wie wenig er von ihr wusste, wie wenig er sich in sie hineinfühlen konnte. Dabei hatte sie ihre Augen geöffnet. Sie schaute. Aber ohne zu sehen. Sie schaute, ohne dass ihre Augen einen Einblick in sie zuließen. Ihre Augen waren ein Teil der Haut, die ihren Körper umgab, bewegungslos, ungerichtet, ungezielt.

Was in ihr war, war größer als sie selbst. Das sah er. Es war stärker. Aber es war nicht stärker als sie. Denn es war Teil von ihr. Höher als sie. Tiefer als sie. Und doch in ihr. Und doch sie selbst. Es war schön, sie so dasitzen zu sehen. Er ließ es zu, dass er sie schön fand. Er ließ es zu, dass er sich zurücklehnte, weiter weg ging von ihr und ihrem Gesicht, sie betrachtete, als sei sie ein Kunstwerk, als sei sie geschaffen, damit man sie anschaue und nicht, damit man sie erlebe. Sie war eine Fremde, so wie sie vor ihm saß. Es tat ihm gut, dass er sie als eine Fremde sehen konnte. Denn wenn er sie eine Fremde sein ließ, dann konnte sie schön sein. Fern sein. Sie selbst sein. Ohne ihn. So wie sie das noch nie gewesen war. Weil er sie noch nie so empfunden hatte. Wie unwichtig Familie war. Wie unwichtig Bruder und Ehemann waren. Wie unwichtig Kinder waren. Es war eine Tragödie. Weil er sie verloren hatte. An sie selbst. An diesen inneren Frieden. War es das? Solange sie nichts sagte, konnte er es nicht wissen. Aber sie zu zwingen, etwas zu sagen, hätte Gewalt bedeutet. Er hätte sie verletzt. Er hätte ihren Frieden angegriffen. Er hätte sie angegriffen. Ich und du. Angriffe. Eingriffe. Er wollte etwas von ihr. Das spürte er. Das wagte er zu denken. Er wollte sie spüren.

Er wollte eine Reaktion von ihr. Auf sich. Er wollte sich in ihr spüren, sehen, denken, verlieren. Er müsste sie sein lassen können. Das wäre das Richtige. Aber indem er sie liebte, begann er sie berühren zu wollen, ein Teil von ihr sein zu wollen, einen Teil von ihr besitzen zu wollen. Für sich. Mit ihr. Zusammen.

73

Zwei Möwen stürzten sich hinab ins Wasser, Kopf voraus, dann flogen sie wieder auf. Sie mussten aufsteigen, damit sie sehen konnten, wo der nächste Fisch schwamm. Nur von oben konnten sie sich auf ihn stürzen. Saßen sie in den Wellen, sahen sie nichts von dem, was sie sehen wollten. Das Wasser spritzte auf, als sie sich hineinstürzten. Dann saßen sie nebeneinander im Wasser und wurden von den Wellen auf und ab gewiegt. Eine warf den Kopf hin und her, musste töten, bevor sie verschlingen konnte. Ein kleiner Polizeikutter, blau unten, weiß oben, seine stolze Landesflagge am Heck wehend, schob sich ab und zu sichtbar draußen in den Nebelschwaden von rechts nach links vorbei. Er fuhr langsam. Von rechts nach links. So wie viele ihre Schrift schrieben. Arabisch, Hebräisch, Persisch. Wer schrieb von links nach rechts und wer von rechts nach links? Oder von oben nach unten? Hatte es etwas mit der Technik des Schreibens zu tun? War es auf Tonplatten einfacher, von rechts nach links zu schreiben? Auf Pergamentrollen? Auf Papyrus? Wie sehr für ihn von links nach rechts normal war, hatte er noch nie bemerkt. Bis jetzt. Von rechts nach links überraschte ihn. Immer wieder. Ebenso wie jene, die mit der linken Hand schrieben, ihn überraschten. Ein Präsident beim Unterzeichnen eines Gesetzes. Wenn der mit der Linken schrieb, war Johannes überrascht. Er konnte nichts dagegen tun. Es war, als sei in seinem Schädel eine Verbindung, die er nicht rückgängig machen konnte. Die

Erwartung. Das Erwartete wurde als normal empfunden. Die Dominanz des Normalen. Rechts links. Frau Mann. Schwester Bruder. Amerika Deutschland. Katholisch evangelisch. Arabisch christlich. Himmel Erde. Er musste sich lösen. Er musste sich leichter machen. Er musste sich durchlässiger machen. Nicht sich einfach hineinfallen lassen in seine Erwartungen. Und sie dann als normal empfinden. Er musste kämpfen. Gegen sich selbst. Damit er sich öffnete. Damit er größer würde, als er war. Damit er nicht mehr von links nach rechts dachte, damit er die Wellen auf dem See sich wiegen und die Möwen sich herabstürzen lassen konnte. Einfach wie Wasser sein. Die Wellen sich ans Ufer herantreiben lassen. Einmal so und einmal so. Links, rechts. Rechts, links. Auch Miriam. Sie war, wie sie war. Sie war, wie sie geworden war. Es war, wie es war. Und damit gut. Einfach da sein. Für sie. Das musste genügen. Die Möwen waren verschwunden. Das Polizeiboot war verschwunden. Da lag die wellendurchwebte Seefläche, das Ufer mit dem Herzschlag der Wellen. Jetzt erst bemerkte er, wie klein ihn das alles machte. Er wurde kleiner, während er immer weiter das Ufer betrachtete. Es war berechenbar. Es war die Sicherheit, dass es weiterging. Im Wasser. In den Wellen. Im Nebel, in dem man das jenseitige Ufer nicht einmal erahnen konnte. Das Wasser. Über den Schultern der Schwester. Er wollte eine Macht dort draußen spüren. Etwas, das verändern konnte. Etwas, das alles – Miriam und ihn eingeschlossen – verändern konnte. Auf die eine oder die andere Art. Aufreißen. Mitreißen. Fortreißen. In sich. Treibend. Und da war es schon wieder passiert. Er wollte, er wollte, er wollte. Er hatte sich eingelassen auf das, was so zart in ihm war. Die Erwartungen. Das Eine und das Andere. Er wollte. Er wünschte sich. Der Konjunktiv des Daseins. Die anderen Möglichkeiten. Die Veränderungen, die er sich wünschte. Die aus ihm kamen. Und die die anderen mitreißen sollten. Aus Liebe. Ob sie es wollten oder nicht. Die Macht des Wünschens. Die Macht des Liebens. Über die Schultern, am Gesicht vorbei, das vor ihm saß und das er umarmen, küssen, das er aufwecken wollte aus seinem verschollenen Sein in der Dunkelheit und der Helligkeit des Nebelhimmels dahinter.

74

Sie sah attraktiv aus in ihrer Dunkelheit. Unnahbar. Geheimnisvoll. Er fühlte sich zu ihr hingezogen. Zu ihrer Dunkelheit. Zu ihrem Geheimnis. Erotisch. In ihren Atem. Er betrachtete ihre Haare, die ungeordnet über Hals und Schultern lagen. Kraftlos. Resigniert. Traurig.

Schon als Kind konnte sie diesen Blick haben. Sie saß in einem Boot neben der Mutter. Im Hintergrund die Fläche des Bergsees und eine Brücke aus der Zeit der Römer. Die Brücke stand auf drei runden, flachen Bögen. Dort floss der Fluss aus dem See. Und das Boot trieb dorthin. Der Vater musste dagegen anrudern. Miriam saß neben der Mutter mit dem Rücken zur Brücke. Der Vater ruderte. Die Mutter blickte über die Schultern des Vaters zum hohen Horizont eines Alpenkammes. Miriam blickte vor sich hin, als hätten ihre Augen keinen Kontakt zur Welt, als gälte alles, was es in der Welt gab, nichts. Als blickte sie auf eine Ameise am Boden des Bootes, knapp vor den nackten Zehen des Vaters. Als säße die Ameise gleichzeitig vor dem großen Zehennagel des Vaters und vor ihrem kleinen großen Zehennagel. Als kröche sie langsam voran. In der Familienferiensonne und in ihrer Seele. Zitternd. Neugierig. Hungrig. Ohne Sinn für das, was über ihr vorging, ohne Sinn fürs Fahren und Treiben im gemieteten Ruderboot. Die Lippen waren tot. Die Augenlider waren tot. Die Stirn war tot. Nach außen hin. Und in ihr war Leben, musste Leben sein, denn die Lippen, die Stirn, die Augenlider waren da, schwammen mit im

Familienboot, in den Familienferien auf dem Alpensee unter dem hohen Bergmassiv. Neben der Mutter. Vor dem Vater, den sie, wenn sie die Augen gehoben hätte, angeschaut hätte, wie er in seine enge Badehose gekleidet vor ihr die Ruder aus der Kraft von Rücken und Schultern heraus langsam gegen die Strömung am Boot vorbeizog. Die noch nicht grauen Haare auf der Brust. Die überraschend großen Brustwarzen auf seiner Brust. Die immer überraschend großen und etwas hängenden Männerbrüste.

Könnte er sie mit einem Vorwurf erreichen? »Warum machst du das alles?« Könnte er sie mit einer Melodie erreichen? Er könnte eine Arie aus *Don Giovanni* summen. *Toca mi qua. Toca mi qua qua. Toca mi qua.* Er könnte aufstehen und den Stuhl laut zurückstoßen vom Tisch, könnte Anstalten machen zu gehen. »Wenn du so gar nichts zu sagen hast, komme ich morgen nicht wieder.« Er könnte sagen: »Es tut mir leid, dass ich immer so weit weg war.« Er blieb stumm und blickte sie in ihrer Ferne von seiner Seite des Tisches aus an – über den Resopalabgrund hinweg. Er wollte sich ihre Geheimnisse und ihre Rätsel erhalten. Solange er nichts sagte, setzte er nichts auf Spiel. Er blieb, wie er war – und konnte sich zu ihrer Dunkelheit und Rätselhaftigkeit hingezogen fühlen. Ungefährlich. Er konnte bleiben, wie er war. Ein Professor. Aus Amerika. Mit einer sicheren Anstellung. Mit einem sicheren Aus- und Einkommen. Er war erfolgreich. Er hatte es geschafft. Und das war jetzt das Resultat. Er war gekommen, um sie zu retten. Meinte er. Veröffentlichungen. Vorträge. Jährliche professionelle Aktivitätsberichte. Professional Activities Reports. Abzugeben am fünfzehnten Oktober eines jeden Jahres. So wollte es der Arbeitsvertrag. Wieder drei Artikel veröffentlicht, vier Vorträge gehalten, achtzig Studierende gelehrt und beraten, in sieben Gremien und zwei Aufsichtsräten gesessen. Und dafür das für sein Überlegenheitsgefühl wichtige Gehalt bezogen. Samt

Renten- und Krankenkassenbeiträgen. Nichts war geheimnisvoll in seiner Welt. Alles war auf Sicherheit und auf Sicherung von Privilegien ausgerichtet. Immer wieder. Immer weiter. Er hielt die Luft an. Er wollte hören, wie sie atmete. Er wollte hören, dass sie atmete. Das war jetzt mehr wert als all die Bücher, die er veröffentlicht hatte. Ihren Atem hören. Sie atmen hören. Im Klang ihres Atmens hätte er vielleicht etwas verstehen können. Er sah, dass sich ihre Brust ein wenig hob und senkte. Das war alles. Zu hören war nichts.

75

Er war hart geblieben. Immer wieder. Daran erinnerte er sich. An jene zahllosen Tage, an denen er sie verlassen hatte. Immer wieder. Sie musste zuhause bleiben, weil für sie draußen in der Welt nichts war. Für Jungen war alles draußen in der Welt. Er ging. Sie blieb. Immer wieder. Dass er gedachte hatte, er müsse hart bleiben. Daran erinnerte er sich. Die Härte, zu der er sich selbst ermutigt hatte.

Was sie zuhause tat, wusste er nicht. Vielleicht spielte sie Klavier oder sie malte oder sie machte Hausaufgaben oder sie strickte. Irgendetwas tat sie. Vielleicht saß sie auch nur da und blickte zum Fenster hinaus. Ihm war es egal. »Tschüss, ich geh dann.« »Wohin gehst du?« Er wollte sie nicht hören. Er ging die Treppe hinunter und zog die Haustür hinter sich zu. Das war seine Welt. Seine Welt war draußen. Damit er in seine Welt gehen konnte, musste er hart bleiben. Immer wieder. Zum Fußballplatz gehen. Hinter das Gottesfeld gehen und dort an der Hecke mit den Kumpeln über Mädchen reden. »Die hat's schonmal gemacht. Mit dem Zimmerer Rainer.« »Rein und raus und tschüss.« »So einer ist der Rainer.« Die Mädchenwelt. Die Mädchenhaut. Die Mädchenkörper. Annähern und

Anrühren. Hart musste er sein. Hart musste man sein. Im Geben und im Nehmen. Gegen sich selbst und gegen die Anderen. Einem Weichei verzieh man nicht, dass er ein Weichei war. »Du Depp, jetzt fang doch nicht so an!« »Was?« »Willst du jetzt noch den Krankenschwesterorden kriegen?«

Es war die Zeit der Härte. Es war die Zeit von Reden ist Silber und Schweigen ist Gold. Er ging und zog die Haustür hinter sich zu. Schweigend.

Er wollte sagen: Miriam, es tut mir leid, dass ich damals nicht in deiner Nähe geblieben bin. Du warst eingesperrt. In deine Welt, in der du gut sein musstest.

»Wenn du jetzt nicht aufhörst, dann gibt's eine hinter die Löffel.«

Er war hart gewesen. Er hatte das Leben gemeistert. Sozusagen. Dabei spürte er, wie leer es in ihm war. Wenn er jetzt nur ein Stück näher bei ihr sein könnte, würde er alles, was er bisher für Erfolg gehalten hatte, herschenken. Auszeichnungen. Geld. Besitz. Seit sie zwölf waren, hatte er keinen Weg mehr zu ihr gefunden. Oder waren sie dreizehn, als die Jalousien vor den Fenstern des Biologiesaales sich heruntersenkten, summend, während der Biologielehrer, der Flüchtling, der Heimatvertriebene aus Breslau, den Daumen immer weiter auf den Knopf gedrückt hielt?

Er sagte: »Ich gehe dann jetzt.«

Sie sagte nichts.

76

Er entschied sich für den Postgelben, der mit einem soliden Reiseetui kam. »Garantiert keine Selbstentladung.« »Wenn man viel unterwegs ist.« Er schaute sich im Elektrogeschäft um. Er suchte sie, die ihn das letzte Mal bedient hatte. Aber Markus kam auf ihn zu. Den kannte er. Vom Fußball. Markus war freundlich. Freudig kam er auf ihn zu: »Auch mal wieder im Land.« Aber Markus sagte nichts, was hätte kitzeln können. Er sagte: »Wie lange bleibst du?« Er erzählte von den Häusern im Neubaugebiet und vom Wetterbericht für morgen und vom neuen Vorsitzenden des Sportvereins. So redete man miteinander im Dorf. Das gehörte sich so.

»Und Frau Kurtulus?«, fragte Johannes endlich.

Markus hatte nichts dagegen, über Frau Kurtulus zu reden. »Sie arbeitet samstags nie. Der Samstag gehört der Familie.« Doch in der Stimme war eine leise Ironie, ein kleines Lächeln, das sagte: Das ist aber noch nicht alles.

Johannes fragte: »Und?«

»Hat sie dir das nicht erzählt? Sie und ihr Mann sind die größten Bayern-Fans, die es hier herum gibt. Die fahren für jedes Heimspiel nach München.«

Wieder so ein Vorurteil, das er in sich entdecken musste. Eine Frau Kurtulus aus Ankara, die zusammen mit ihrem Mann der größte Bayern-Fan war. Wie wenig er sich vorstellen konnte.

Johannes sagte: »Ich dachte immer, du seist der größte Bayern-Fan.«

»Ich arbeite samstags, wie du siehst.«

»Weil du das Geld für die Fahrt nach München nicht ausgeben willst.«

»Das – und weil die Frau mich nicht fahren lässt, schon gar nicht jeden zweiten Samstag.«

»Dann arbeiten hier nur Bayern-Fans?«

»Das war schon so, bevor du und ich in die Schule kamen. Weißt du das nicht mehr?«

Johannes wusste es nicht mehr. Aber es hatte auch keine Rolle gespielt. Der Schwarz-Weiß-Fernseher im Schaufenster bei den Weltmeisterschaften, vor dem er die Spiele angeschaut hatte. Es war die Franz-Beckenbauer-Zeit. Und die

Zeit des gerade neu in die Mannschaft gekommenen Paul Breitner.

Fans. Was war die weibliche Form von Fan? Fanin? Anhängerin? Oder verschwand bei Fans der Unterschied zwischen Mann und Frau?

So war die Welt angekommen in Himmelreich. Im Elektroladen. Frau Kurtulus. Die Augen. Die Herzschläge.

Markus sagte: »Du bist doch Lehrer?«

»Ja. Warum?«

»Weil wir eine Flüchtlingsfamilie im Dorf haben, die dringend einen Deutschlehrer bräuchte. Ihr Englisch ist gut, aber das Deutsch nicht.«

Johannes zögerte. Er war kein Deutschlehrer. Er war Professor für medizinische Anthropologie. Er hielt Vorlesungen und Seminare, er forschte und publizierte. Doch das wollte er nicht erklären. Nicht im Elektrogeschäft vor den großen Bildschirmen und neben den Waschmaschinen. In diesem Dorf war es selbstverständlich, dass man, wenn man helfen konnte, helfen wollte. IHm dienen im Dienst am Anderen. Markus nahm das an. Er durfte das annehmen. Johannes hatte diesen Reflex des Helfenwollens verlernt. Er hatte gelernt, mit seinem Kalender sparsam umzugehen. Es gab Wichtiges, zu dem man Ja sagen musste. Und es gab Unwichtiges, das man, so gut wie möglich, aus seinem Kalender fernhalten musste. Einer Flüchtlingsfamilie Deutsch beizubringen – er konnte sich nicht entscheiden, ob er das für wichtig oder für unwichtig halten sollte. Dass er für den Postgelben zurückgekommen war, erwähnte er nicht. Er würde noch einmal kommen. Nicht an einem Samstag. Er sagte: »Du kannst ja anrufen. Heute Abend habe ich Zeit.«

77

Markus rief tatsächlich an. Er wollte helfen. Er wollte Gutes tun. Indem er Johannes mitnahm, tat er Gutes. Indem er Johannes mitnahm, gab er ihm die Gelegenheit, Gutes zu tun. »Ich stelle dich vor.« Man traf sich um Viertel nach sieben am alten Gemeindehaus.

»Gibt es ein neues?«

»Ach, das weißt du gar nicht. Schon seit über zehn Jahren.«

Sie wohnten oben im alten Gemeindehaus. Die Familie bestand aus einer Frau mit zwei Jungen. Aus Afghanistan. Alte, solide Möbel standen in der Wohnung. Ein besticktes Tischtuch, das von seiner Großmutter hätte sein können. »Zahara.« Er verstand die Namen der Söhne nicht. Es klang wie »Fadusch« und »Machmed«. Aber »Zahara« verstand er. »Zahara Hazara.« Sie hatte Augen, die zu groß für dieses Gesicht waren. Aber sie waren nicht zu groß. Sie beherrschten es. Sie waren das Dunkelhellgleißende, das in den Raum blickte. Sie blickte ihn nicht an. Sie blickte irgendwohin. Sie wusste, dass sie mit diesen Augen Männer nicht anblicken durfte. Einen Mann anzublicken, hätte schon geheißen, ihn herauszufordern. Die Welt aus dem Gleichgewicht zu bringen. Aber er, Johannes, durfte blicken. Das ließ die Welt zu. Männer durften blicken. Und wenn die Frau zurückblickte, dann konnte das schon etwas heißen. Markus stellte ihn vor. Markus sagte: »Vielleicht am besten am Tisch.«

Braun waren ihre Augen, fast schwarz, nicht wie eine Pflanze oder ein Stein. Augenschwarzbraun. Dieses Schwarz, durch Licht ein wenig heller gemacht, gab es sonst nirgends. Es war stechend und schaute weg von ihm, so wie es, umrahmt vom dunklen Kopfumhang, von der Welt wegschaute. Dieses Gesicht hätte gern geweint. Es hätte gern viel geweint. Aber es war zu stolz zum Weinen. Also blickte es weg von der Welt.

Er guckte. Er schaute. Er starrte, ohne dass er wirklich hinschaute. Er blickte kurz hin, nahm wie eine Kamera auf, was er sah, und, während er zum Fenster hinausblickte, ließ er das Gesehene in sich groß werden. Er sah den Kopfumhang, sah die Augen, den Mund, die Wangen. Rundlich war ihr Gesicht. Neugierig. Sie wollte hier sein. Sie hatte für sich entschieden. Eindeutig. Sie sagte: »Hier?« Sollte sie sich hier auf diesen Stuhl setzen? Ihm war es egal. Aber er sagte: »Da drüben hat es mehr Licht.« Er wollte, dass sie das Buch besser betrachten könnten. Mit dem Licht von vorn. So gab es weniger Schatten in ihrem Gesicht. Markus sagte: »Hazara. Der Nachname und der Stamm. Das macht es einfach.«

Waren Hazara Schiiten? Waren sie Sunniten? War es eine eigene Sekte? Welchem Propheten, welchem Kalifen folgten sie nach? Warum waren sie anders als die Anderen?

»Ja, hier«, sagte er. Und setzte sich neben sie – in einem respektvollen Abstand. So dass sie einander nicht zufällig berührten. Und die Augen? Augenberührungen zählten nicht. Sie waren ein Spiel. Sie waren ein Eindringen. Sie waren ein Streicheln. Aber das Spiel, das Eindringen, das Streicheln zählte nicht, weil es nur von der Seele kam und eigentlich nicht berührte. Blicke konnten nichts anhaben. Sie konnten nichts anrichten. Sie konnten keine Narben, keine Wunden, keine Schmerzen hinterlassen. Sie konnten wandern und sich treiben lassen. Sie konnten aufnehmen und weiterreisen. Sie konnten mitnehmen und verlassen. Und nach ein paar Minuten war alles vergessen. Meistens. Er sagte: »Ich heiße Johannes.« Dann fügte er, weil sie hier nicht in Amerika waren, hinzu: »Lerner. Johannes Lerner.« Sie sagte: »Herr Lerner.« Er sagte: »Und Sie?« Eigentlich hätte er lieber du gesagt. Aber das ging nicht. Hier musste Distanz gewahrt werden. Vorerst wenigstens. Sie waren in Himmelreich. »Ich?«, sagte sie. »Ja, wie heißen Sie?« »Heiße?« »Was ist Ihr Name?« »Ja, Name. Mein Name ist Zahara Hazara.«

Er blickte die Wand hinter ihr an, die eine glänzend weiße Fläche mit ein paar blauen Schlieren war, eine eilig abgewischte Trockentafel. »Vater, Mutter, Großvater, Großmutter, Enkel, Enkelin«, sah er in den blauen Schlieren der schlecht gewischten Tafel. Verbunden waren die Worte mit Strichen, vom Großvater nach unten zur Mutter, von dort zweigeteilt zu Enkel und Enkelin. »Frau Hazara«, sagte er.

Er begann, die Geflüchteten, die Asylbewerber und die Geduldeten in Himmelreich in Deutsch zu unterrichten. Er unterrichtete zwei Syrer und eine Syrerin, einen Iraker und einen Afrikaner, von dem Johannes nicht wusste, ob er aus Gambia oder aus Ghana kam. Aber all das zählte nicht. Was zählte, war Zahara. Zahara Hazara. Frau Hazara. Sie war die Familie mit den zwei Kindern. Diese Augen, die er immer wieder anblickte, die ihn kein einziges Mal angeblickt hatten. Es war ein dunkel leuchtender Nachmittag. Es war eine dunkel leuchtende Stunde. Sie hatte geatmet. Sie hatte Buchstaben und Worte gemalt. »Die Orange.« »Das Bett.« »Der Fernseher.« »Ich kaufe zwei Orangen, zwei Betten und zwei Fernseher.« Und immer wieder – diese Finger, die sich ungeschickt um den Kugelschreiber wanden. Sie war Rechtshänderin. Und da bewegte sich etwas in ihm. Tief in ihm. Er wollte ihr danken. Er fühlte es. Sie hatte ihn lebendig gemacht.

78

In ihren Augen sah er etwas, das er zuvor noch nie in den Augen einer Frau gesehen hatte. Sie hatten ihn am Ende der Stunde nur kurz von der Seite her angeblickt. Aber dieser Blick blieb ihm. Diese Augen wollten in die Welt hineinblicken; und sie sahen ihn als einen Teil jener Welt, die sie noch nie gesehen hatten. Der Blick war neugierig; er war herausfordernd; er war stolz. Sie war stolz vor allen Frauen, dachte er. Sie wusste um ihre Wirkung. Sie wusste, was sie mit ihren Augen anrichten konnte. Deshalb blickte sie schnell wieder weg. Die Wirkung blieb, weil der Blick schon wieder zu Ende war. Dunkel leuchtend. Wertvoll. Ein wenig Hoffnung machte sie ihm mit diesen Augen. Hoffnung auf was? Dass auch er mehr von jener Welt verstehen lernen könnte, aus der sie kam? Wie sie als Kinder gebetet hatten, »Gib mir Licht in dem Verstande«, so beteten diese Augen: »Gib mir Licht im dem, was in mir vorgeht«, »Gib mir Licht in Werden und Suchen«, »Gib mir Licht in der Welt, in der wir leben«. Sie vertraute ihm etwas an mit diesem Blick. Sie wollte etwas von ihm. Sie wollte von ihm lernen. Sie würde ihm etwas beibringen. Es ging nicht um den Körper in diesen Blicken. Es ging um das Leben; es ging um die Zukunft. Sie würde ihn in ihre Familie aufnehmen, und er würde sie in seine Familie aufnehmen. Das sagte dieser Blick. Das wurde ihm auf einmal klar. Nur dass seine Familie Lerner hieß und ihre Hazara. Seine Familie war in sich vollständig. Sie gehörte sich. Selbstbestimmung, Selbstverantwortung, Selbstvertrauen, Selbstrespekt – das war seine Familie. In sie konnte er sie aufnehmen. Ihre Familie bestand aus Menschen, die auf engem Raum zusammenlebten – und über den Telefonbildschirm gehörten dazu: Mutter, Vater, Großeltern, Onkel und Tanten. Sie war nichts ohne diese Telefonbildschirmfamilie. »Gib mir Licht in dem Verstande.« Sie wollte verstanden werden. Sie wollte gefragt werden. Sie wollte gesehen werden. Von ihm. Dunkel leuchtend. Diese Augen ließen ihn nicht los. Und doch ging er. So tief konnte er sich nicht einlassen in dieses Leben. Jetzt nicht. Vielleicht später. Ihm war Anderes wichtiger, sagte er sich. Und doch konnte er dem Anderen nicht folgen, ohne an diese Augen zu denken. Miriams hellbraune Augen hatten ihn noch nie so angeblickt. Das ging gar nicht. Man musste von einem anderen Kontinent kommen, um so blicken zu können. Da gehörten eine Stirn, Augenbrauen und Wimpern dazu. Da gehörte ein Kopfumhang dazu. Da gehörte eine kleine Narbe auf dem Nasenrücken dazu. Diese Frau hatte schon viel gesehen. Sie hatte schon viel erlebt. Sie hatte geboren und gelitten. Sie war geschlagen worden. Sie hatte geliebt und sich nach Schönheit gesehnt. Sie hatte Tränen geboren und Geschenke verteilt. Sie hatte geduldet und gefeiert. Jetzt bestand alles für sie aus Möglichkeit und Offenheit und Zukunft. Er war Teil dieser Möglichkeit und Offenheit und Zukunft geworden. Auf einmal. Das war die Überraschung. Das war das Schöne. Das war die Stelle, an der dieser Blick ihn traf. Sie hatte ihn wahrgenommen. Da war er sich sicher. Aber er wusste auch, wenn er nichts unternehmen würde, würde aus diesem Blick nichts Weiteres werden. Und nach fünf oder zehn Jahren wäre er fast vergessen. Es lag an ihm, was aus diesem Blick wurde. Er hatte die Macht, sie anzusprechen und dem Blick eine Nähe folgen zu lassen. Sprach er sie nicht an, konnte er sich darauf verlassen, dass von ihr aus nichts Weiteres geschehen würde. Er war in Sicherheit. Sie musste warten. Sie musste es geschehen lassen. So war das in der Welt, aus der sie kam. So war das in der Welt, in der er aufgewachsen war. Hätte er diesen Blick an der Universität so erlebt, er wäre nicht überrascht gewesen, eine Mail vorzufinden, sobald er den Computer zuhause eingeschaltet hätte. Die Universität war eine andere Welt. Die Universitätswelt erlaubte es einer Frau, eine Mail zu schreiben an jemanden, den sie gesehen hatte. Bernsteinschwarz, dachte er. Er ließ es zu. Vielleicht hatten ihn diese Augen schon etwas gelehrt.

٧٩

Wie die Augen ihm sagten: »Hör auf. Ich weiß, was du von mir willst. Du schaust mich an, wie mich Männer immer schon angeschaut haben. Da will einer mir in die Augen blicken. Und das heißt, dass er mir ins Wässrige blicken will, in mein Inneres, in mein Innerstes. Er will mir dorthin blicken, wo ich Seele bin. Tief in mir. Männer stellen sich diesen Ort als eine Höhle vor. Als etwas Geborgenes. Als etwas Gebendes.« Sie lachte. Sie lachte ihn aus. Und er genoss es, ausgelacht zu werden. Von ihr. Tief in sich. Von tief in ihr.

Sie redeten, die schwarz leuchtenden, ihn herausfordernden Augen. »Weißt du, wie das Leben für eine Frau bei mir zuhause aussieht? Wir sollen den Männern dienen. Aber früh in unserer Religion gab es andere Denker. Die wollten, dass auch die Frau ein eigenes Leben führen darf. Ijtihad, hieß diese Zeit. Es war ein Kampf um ein eigenes Verstehen und um ein Leben durch Vernunft – von Mann und Frau. Wusstest du, dass Muhammeds erste Frau, seine geliebte Khadija, eine selbständige Händlerin war, für die der Prophet selbst viele Jahre arbeitete? Das will heute niemand mehr wissen. Da sagen die Männer heute: ›Das war der Prophet. Das war ein anderes Leben.‹ Aber Khadija war eine Frau! Sie war eine selbständige Frau, bevor der Prophet sie traf. Aber wenn ich zu einem Mann sage, dass er, wenn er wirklich wie der Prophet leben will, für das Geschäft seiner Frau arbeiten soll, dann schaut er mich nur an und denkt, ich sei verrückt. Die weisen Männer haben vor fast tausend Jahren gesagt: ›Wenn wir jede Frau und jeden Mann für sich denken lassen, dann haben wir bald keine Religion mehr, dann haben wir bald keine Gemeinschaft mehr, dann haben wir bald keine Macht mehr. Dann haben wir nur noch verschiedene Meinungen und verschiedene Menschen.‹ Und so haben sie in Bagdad entschieden, dass Gehorsam zählt und dass das Verbeugen vor Allah zählt, aber nicht das eigene Denken. Auf einmal hieß es: ›Bete und glaube – ohne für dich zu denken!‹ So haben sie ihr Reich und die Macht festigen wollen. Soldaten, die gehorsam kämpfen und nicht nachdenken, wollten sie. Frauen, die gehorsam die Beine spreizen und nicht nachdenken, wollten sie.

Ich will die Erlaubnis, für mich selbst zu denken«, sagten diese Augen. »Und so, wie du mich anschaust, willst du mir diese Erlaubnis geben.«

Sie sah, dass sie recht hatte. Sie sah, dass er ihr in die Augen blickte. Was war das Gegenteil von Xenophobie? Xenophilie. Die Suche nach dem, was anders war – in sich selbst. Das Bernsteinschwarz in ihren Augen. So, wie sie ihn anblickte, war sie anders. So wie sie durch ihre Augen redete, war sie anders. Deshalb traf sie ihn.

Sie sagte: »Verstümmelung, Folter, Vergewaltigung, Mord – und alles, damit wir gehorsam bleiben. Deshalb bin ich hier! Und ich will mich nicht weiter unterdrücken lassen. Auch nicht von denen, die sagen, ein Kopftuch sei das Zeichen der Unterdrückung. Ich kann ein Kopftuch tragen, wenn ich ein Kopftuch tragen will. Ich kann Rauchfleisch essen, wenn ich Rauchfleisch essen will. Xenophilie! Wenn ich dir ähnlich wäre, würdest du mich nicht mehr anschauen. Dann würdest du vor mir davonlaufen!«

80

Wollte sie mit dem, was sie ihm sagte, gehört werden? Wollte sie von ihm gehört werden? Er war sich sicher, dass sie wollte, dass er ihr zuhörte und dass er sie weiterreden ließ. Was danach kam, war offen. Darum ging es.

Er senkte den Blick. Sie hatte recht. Er ließ es zu, dass sie recht hatte. Sie sollte entscheiden, ob sie sich wieder treffen würden oder nicht. Er nickte kurz. Das war alles. »Auf Wiedersehen«, sagte er, drehte sich um und ging.

Ihm wurde übel. Alles war so vielfältig und uneindeutig. »Hast du dir schon einmal überlegt, warum Maria auf allen Bildern den Kopf bedeckt hat? Sie trägt ein Tuch um den Kopf, weil sie nicht hier und heute lebt. Bei Maria ist der Kopfumhang kein Problem. Und jetzt soll heute der Kopfumhang hier etwas ausdrücken, was ihr mir sagt, was er ausdrücken soll?« Was, wenn diese Augen Frauen und Männer liebten? Was, wenn diese schwarz leuchtenden Augen, da, wo er meinte, wo sie herkamen, nicht so lieben durften, wie sie lieben wollten? Wollte er sie immer noch von daher kommend wissen, wo sie herkamen? Was, wenn sie ihm ähnlich sein wollte? Denn er trug ja auch einen Kopfumhang, wenn er es genau nahm. Um seinen Kopf herum waren immer diese Vorstellungen von Vernunft und Achtung und Respekt und Offenheit und Toleranz. Das war sein Kopfumhang. Diese Ideale. Diese Aura des Zulassens und des Willkommenheißens und des Aufnehmens – ins Eigene. Aber es war ein Aufnehmen ins Eigene. Man ging vom Eigenen aus. Nur so konnte es das Andere geben – das, in das er sich hineinsehnen konnte.

»Lehre mich alles, was du sagen willst«, sagten ihre Augen. Und er antwortete: »Ich bin der, der ich bin. Klein geschrieben. Lehre mich, wer du bist.« Und sie sagte: »Ich bin die, die ich bin.« Er sagte: »Sind wir wirklich so verschieden? Ich bin *der* und du bist *die*? Gibt es nicht mehr zwischen uns als diesen Unterschied?« Sie sagte: »Wir lehren einander.« Er sagte: »Schwarz.« Sie sagte: »Grün.« Er sagte: »Licht.« Sie sagte: »Smaragd.« Durften sie einander umarmen? In Worten? Er war sich nicht sicher. Sie war sich nicht sicher. Mit den Augen konnten sie einander umarmen. Das ging.

Hätte er sie so anblicken können, wenn er nicht das Gefühl gehabt hätte, dass er ihr etwas anbieten konnte? Dass seine Einladung etwas Großzügiges hatte? Dass er von ihr lernen wollte, damit sie das Gefühl haben könne, angenommen und aufgenommen zu sein? Gesehen zu werden? Er wollte sie verstehen. Aber es war nichts, was er zum Überleben brauchte. Es war Luxus. Es war ein Gernhaben. Es war ein Geschenk. Ein

Sich-Vergucken. Seine Rente stand nicht auf dem Spiel. Sein Haus stand nicht auf dem Spiel. Sein Beruf stand nicht auf dem Spiel. Eigentlich stand so wenig auf dem Spiel, dass es unbedeutend war. Und doch war es ihm wichtig. Es war, als käme aus dem, was da kommen könnte, eine neue Perspektive, ein neues Verstehen – in sich und in der Welt – und in der Kindheit, im Dorf, in der Gemeinde, in den Schlägen, in der Liebe. Und in Miriam. Weil Miriam auch Teil des Anderen war. In ihm. Dahin könnten die schwarz leuchtenden Augen, von denen er lernen wollte, ihn führen. Zu Miriam. Vielleicht. Er wagte, es zu denken. Wagen wollte er es.

81

Zahara hatte ihm diesen Film empfohlen, auf YouTube könne er ihn anschauen. Da könne er sehen, wo sie herkomme: das Leben, die Menschen, die Zustände. Natürlich sagte sie das nicht so. Sie sagte: »Guter Film.« Und dann gab sie ihm einen Zettel, auf dem der Titel stand, in schwierigen lateinischen Buchstaben geschrieben. In arabischer oder persischer Schrift hätte sie sicher alles in einem einfachen Zug von rechts nach links geschrieben. Nun, von links nach rechts, mit den fremden Buchstaben, war alles ungelenk. Sie musste jeden Buchstaben einzeln zeichnen. *Guter Film.* Ebenso wäre es ihm ergangen, wenn er

بودا از شرم فرو ریخت
sknil hcan sthcer nov

hätte schreiben müssen. Es wäre ihm ein Zeichnen gewesen. So wie es ihr ein Zeichnen war,

Buddha Collapsed Out Of Shame

von links nach rechts zu schreiben. Er versuchte es. Mit einem Bleistift.

بودا

Von rechts nach links. Da sperrte sich der Arm, das Handgelenk, die Hand. Nichts wollte geschrieben sein, und schon gar nichts wollte etwas bedeuten in diesem Schreiben, wo er sich nur auf Umrisse und Punkte und Striche konzentrieren konnte.

از شرم

Zu hoch? Zu breit? Zu weit weg? Zu viel Abstand?

Zahara. Das Gesicht. Die Augen. Die Kampfbereitschaft. Sie war da. Er fragte sie: »Wie sieht es da aus, wo du herkommst?« Zwei Tage später gab sie ihm den Zettel.

Er schaltete den Laptop ein. Er fand den Film und klickte auf das Dreieck, das *Play* bedeutete. Langsam lud sich der Film hoch. Dann erklang Musik. Er erwartete Untertitel für die Sprache. Aber da waren keine Untertitel. Es gab nur eine spanisch synchronisierte Fassung von *Buddha Collapsed Out Of Shame.* Alles war Spanisch. Die Mutter, die Tochter, der Nachbarssohn, der die Tochter mit in die Schule nahm, sprachen Spanisch. Waren das die Hazara? Sah es so bei ihnen aus? Lebten sie in Felsenhöhlen? Die riesige Felsenfassade. Darin immer wieder kleine Löcher. Aus der Ferne. Dann die Nahaufnahme. Ein kleiner Ofen. Ein kleines Bett. Ein kleines Fenster neben dem Eingang, der mit einem Teppich zugehängt wurde. Ein Fluss war in der Ferne zu erkennen. Dann gab es eine Explosion. Ein amerikanisches Aufklärungsflugzeug flog quer über den Himmel. Es hatte die Schallmauer durchbrochen. Kopftücher waren überall. Bunte Kopftücher. Wer wohnte wo? Männer und Frauen? Zwei Familien hatten nur Mütter. Das Mädchen und der Nachbarsjunge, der in die Schule gehen durfte, hatten Mütter, aber keine Väter. Das Mädchen wollte auch in die Schule, hatte aber kein Schulheft und keinen Stift. Fahrräder fuhren auf den Sand- und Staubwegen. Fahrräder waren Luxus. Kinder lachten. Kinder waren kein Luxus. Es wurde gehandelt. Ein Schuhmacher, der am Rand der Straße arbeitete. Eier? Wer brauchte Eier? Der Schuhmacher brauchte keine Eier, er wollte Brot von dem Mädchen. Also tauschte das Mädchen viele Eier gegen wenig Brot ein und verkaufte ihm das Brot. Die Eier hatte sie von zuhause mitgenommen. Einfach so. Ohne zu fragen. War das ein Symbol für ihre Zukunft? Sie verkaufte ihre Zukunft? Ihre Hoffnung? Alles war klein und grausam. Die Jungen, die ihr das Heft wegnahmen und es zerrissen und sie in ein Dreckloch warfen und ihr eine Papiertüte überstülpten, damit sie das Gesicht, wenn sie sie nun gleich steinigen würden, nicht sehen müssten. »Eres una mujer. No se vea el pelo.« Du bist eine Frau. Du darfst deine Haare nicht zeigen. Apedrear. Steinigen. Acht ist das Mädchen. Es ist alles nur ein Spiel. Sie weiß es. Sie spielt mit. Sie gibt sich hin. Sie tun ihr ja nichts. Es geht weiter. Unfassbar. Unbeweglich. Grausam. Die Fahrräder. Die Kalbshälften, die von einer Stange hängen, neben den Lammhälften, neben dem abgetrennten Kopf eines Ponys. Das Blut an den Locken.

Sah es so aus bei ihr? Tod und Steinigen und keine Haare zeigen dürfen und kein Lernen und kein Schulheft? Für Mädchen. Trocken war alles, trotz des kleinen Flusses, der vor der Felswand floss. Die Felswand neben den Höhlen des Mädchens und des Jungen. Da war eine Nische. Die war leer. Früher stand da eine riesige Buddha-Statue. Es gab ein Foto. Hundert Männergrößen hoch war die Statue. Im Vorspann war sie gesprengt worden. Eine große Explosion. Dann eine Staubwolke. Danach war die Nische leer. Es gab keine Autos. Es gab keine Haustüren. Es gab keine Gehwege. Die Schule fand unter freiem Himmel statt. Immer wieder wurde im Freien gehandelt. Es war eine Form des Gesprächs. Du gibst mir ein Ei, ich gebe dir fünf Rupien. War die Währung Rupien? Rupias, hieß es auf Spanisch. Afghanische Rupien? Das Mädchen hatte keinen Namen. Was waren Namen in dieser Landschaft der Felsen und Höhlenwohnungen? Was war Glück? Was war Hoffnung? Leben?

Nachdem der Film zu Ende war, googelte er Hazara. Die Hazara waren die drittgrößte ethnische Gruppe in Afghanistan. Es gab mehr Paschtunen und mehr Tadschiken. Hazara gab es zwischen fünf und zehn Millionen. Je nach Quelle gab es mehr oder weniger. Eine genaue Volkszählung war nicht möglich. Dafür gab es Bilder. »Images.« Runde Gesichter, große Augen, rot und blau und purpurn leuchtende Kopftücher. Und oft diese dunkel leuchtenden, fast schwarzen Augen. Die Hazara sprachen, las er, einen persischen Dialekt und wurden, auch weil sie der schiitischen Minderheit und nicht der sunnitischen Mehrheit angehörten, verfolgt. Turko-mongolisch war die Herkunft. Samar, Mazari, Rahimi und Nikpai waren oft gehörte Nachnamen. Aber was war Glück für sie? Was war Hoffnung? Was war Leben?

۸۲

Wie einfach ihr Leben war. Wie einfach. Aber auch: wie brutal. Sie trug auf dem Leib, was sie besaß. Damit ging sie von einem Ort zum andern. Und wenn sie angekommen war, war sie wieder bereit aufzubrechen. Sie lebte in einer Welt des Weiterziehens. Das bedeutete, es ging vorwärts. Einfach. Voller Vertrauen, dass am nächsten Ort auch wieder ein Leben möglich war.

Er kam aus einer Welt, die sich verankerte. Tief. In Zu- und Angehörigkeit. Besitz bedeutete Leben. Um in einem Selbst anzukommen, brauchte man einen Sinn für Heimat. Die Wandererphantasien kamen aus einer Zeit, da sich das Ich in einer Sesshaftigkeit zu verankern begann. Schubert. Hegel. Le Citoyen. Citizen. Der Bürger, der aus der Stadt kam. Bürgerrechte. Erst in der Sesshaftigkeit gewährt. Aber was, wenn die Welt auch eine andere sein konnte? Wenn die Sesshaftigkeit nicht der Ausgangspunkt war? Was, wenn Ordnung Bewegung und

Werden war? Was, wenn der Wanderer das Leben und die Sesshaftigkeit die Phantasie war? Ordnung war eine Welt im Werden. Und trotzdem sah es so aus, als setzte sich die sesshafte Ordnungswelt voller Mitleid über die Welt der Bewegung. Mit Aufenthaltsgenehmigungen, Ausweisen, Geburts- und Sterbeurkunden, mit Wohnsitzmeldungen, Bleibe-, Arbeits- und Straßenverkehrsrechten. Mit einem Geben und Nehmen in Formularen. Mit Gesetzen, in denen das Schriftliche zählte.

Wer aus der Bewegung kam, empfand das Bleibendürfen nicht als Privileg. Empfand die Formulare nicht als Geschenk. Zahara. Die Bewegliche. Die Weiterziehende. Hazara. Frauen, die gegen den Widerstand der Religion eine Schulbildung erkämpfen wollten. Das Volk, das unterdrückt wurde. Er wollte dieser Zahara eine Bleibe geben. Ihr eine Wohnung verschaffen. Ihr ein Sofa und einen Fernseher und eine Waschmaschine schenken. Damit sie glücklich werden konnte, mit oder ohne Kopftuch, mit oder ohne Mann, mit oder ohne Religion. In einer Sesshaftigkeit. In seiner Welt. Er wollte sie beschenken. Er wollte, dass sie sah, wie großzügig er war und wie viel Glück sie in diesem Leben erlangen konnte. Mit ihren schwarz leuchtenden Augen. Mit ihren zwei Söhnen. Mit ihrem karminroten Kopfumhang. Mit ihrer Ausbildung als Näherin. Mit ihrer Jugend. Mit ihrem Körper, der von atmenden Gewändern umschlungen war. Aber was, wenn er ihr in all seinem Schenken nichts als ein Gefängnis gab?

83

War sie keusch? Oder war da ein Tabu, das er nicht spürte? Sie durfte nicht sehen, was mit ihm geschah. Sie durfte nicht sehen, wie alle Harmonien in ihm aus dem Gleichgewicht gerieten. Als Kind saß er einmal mitten auf dem Teppich in der Stube im Sommerlicht und schaute interessiert, was er hatte. Was er konnte. Hinunterdrücken und hochschnellen lassen. Immer wieder. Es war ein Wunder. Er war beeindruckt von sich. Wo nichts gewesen war, war auf einmal etwas. Und das ging in die Höhe. Es suchte die Höhe. Immer weiter. Das war er, obwohl er nicht wusste, wie er das, was er war, geworden war.

»So etwas tut man aber nicht.«

Im eigenen Haus versteckte er sich und ihn danach. Vor allen. Der durfte im eigenen Haus bei Miriam und den Eltern nicht sein. Es gab kein größeres Verbot. So etwas tat man nicht. Ihn durfte es in dem Haus, in dem er wohnte, nicht geben. Das Haus war vollständig, ohne ihn. Wo er war, gab es kein Zuhause mit Miriam, gab es kein Zuhause mit Mutter und Vater. Die Welt, wo er war, hatte keinen Hort. Da war eine Gewalt, die von ihm ausging.

Einmal sah Miriam ihn, als er schlaftrunken auf dem morgendlichen Gang zur Toilette war. Bis sie lachte. Leis lachte. Und sich abwandte. Da blickte er an sich hinunter und sah seinen Morgenschein in vollem Glanz. Es war ein Augenblick. Für sie. Für ihn. Was meinte sie mit ihrem Lachen?

Zum Glück waren die Eltern nicht in der Nähe.

84

Sie saß ihm gegenüber. Sie saß, Professor Doktor Nack hätte geschrieben *teilnahmslos*, am Tisch. Aber sie war nicht teilnahmslos. Das wusste er. Das spürte er. Sie lebte in einer Welt, die ein Stück weit weg war von der Welt, in der er saß. Ihr Körper war vielleicht teilnahmslos. Aber sie war es nicht. Sie war mehr als ihr Körper. Sie war dabei, mehr zu werden. In ihren Vorstellungen. Sie wuchs. Sie stellte sich etwas vor, das anders war als das, was sie sich bisher vorgestellt hatte. Sie wurde. Sie floh aus einer Vorstellung heraus in die nächste hinein. Von sich. Mit sich. In sich.

Die Worte, die Vorstellungen, die sich vor ihr öffneten, nahmen sie mit. Weg von ihr. Hin zu ihr. Hin zu ihren neuen Vorstellungen.

Etwas bewegte sich in ihr. Sie bewegte sich. Die Muskeln am Kieferansatz. Die Augen hatten einen Augenblick der Lebendigkeit. Dachte er. Meinte er. Er wollte keinen Druck auf sie ausüben. Er wollte geduldig sein. Er atmete mit. Sonst nichts. Er wartete und blickte – auf den See hinaus.

Gegen Ende seines Lebens brauchte Goethe für sich und seine Welt immer mehr Qur'an und Bilder muslimischer Propheten. Er nahm arabische Aufbruchs-, Heimat- und Auswanderungsgedichte in sich auf. Worte verschiedener Sprachen und Kulturen. Geheimnisse, die nicht einfach verständlich waren. Worte bedeuteten mehrfach. Und die Wahrheit war nie einfach – nicht in Sprache, nicht in Worten, nicht im Verstehen. Es gab immer so viel mehr, als man wahrnehmen konnte. Die Schwester. Cornelia. Er hatte sie in sich aufgenommen. Er wollte überwinden, vereinigen, verbinden – ins Nächste-Andere kommen. GOtt und ALlah sollten keine Verschiedenheit bedeuten, sondern beide das Höchste sein. Vereinigt in den Menschen. Goethe schrieb Arabisch. Er schrieb Suren ab. Er schrieb arabische Schriftzeichen mit unsicherer Hand. »Im Namen ALlahs, des Barmherzigen, der sich Aller erbarmt, spreche: ›Ich nehme meine Zuflucht beim HErrn, dem alle Menschen teuer sind, dem König aller Menschen, dem GOtt aller Menschen; ich nehme meine Zuflucht vor dem, der einflüstert, ewig entweichend und wiederkehrend, dem Einflüsterer, der den Menschen immer und immer wieder ins Herz dringt, sei er Dschinn oder Mensch.‹«

Zuflucht und Aufbruch. Ein- und Ausatmen. Das Flüstern des Herzens. Der Atem des Flüsterns. Er hörte das Zittern des

Atems. Im A – der Vokal im Atem. A. Menschen in Worten. Er spürte die Worte. Sei er Dschinn oder Mensch. Es gab die Welt der Menschen, es gab die Welt der Dschinn. Es gab Dschinni und Dschinnīya. Sie waren, ob Mann oder Frau, aus Feuer erschaffen. Sie waren Wesen, die klug waren und die die Menschen in Versuchung führten. Selten konnten Menschen sie sehen. Doch Menschen konnten sie spüren. Sie waren Hauchwesen. Sie inspirierten. Genies. Dasselbe Wort, dieselbe Vorstellung. Manchen Menschen wurden Gedanken eingehaucht, ins Herz gepflanzt, in die Seele geboren. Es gab gläubige und ungläubige Dschinn. Die ungläubigen hießen Schayātīn. Sie waren Diener des Teufels. Gegen sie half das Tragen von Silber. Silber verbrannte ihre Haut.

Dschinn, jene, die gut waren, und jene, die dem Teufel dienten, hatten einen Willen. Sie konnten entscheiden, ob sie den Weisungen der Heiligen Schrift oder den Versuchungen des Teufels folgen wollten. Am Jüngsten Tag wurden auch sie zur Rechenschaft gezogen. »Sei er Dschinn oder Mensch,« hieß nicht, sei er Geist oder Mensch. Es hieß: »Sei er ein dschinnliches oder ein menschliches Wesen.« Es hieß: »Sei er aus Feuer geschaffen oder aus Lehm.«

Den Dschinn war eine eigene Sure gewidmet. Man spürte sie. Im Atmen. Sie hauchten einem ihre Gedanken ein.

»Und wir suchten den Himmel ab, doch wir fanden ihn gefüllt mit strengen Wächtern und brennenden Sternen.«

»Unter uns gibt es jene, die Allah ergeben sind, und jene, die vom rechten Wege abweichen.«

»Und die sich Allah ergeben, sie haben den rechten Weg gesucht. Die aber vom rechten Weg abweichen, mit ihnen wird einst die Hölle beheizt.«

Da war etwas in ihr. Sie holte Luft. Sie atmete aus. Sie holte Luft, als wollte sie reden.

Dann redete sie.

85

Sie redete über die graue Fläche hinweg. Als hätte sie nie aufgehört, mit ihm zu reden. Sie blickte ihn nicht an, aber sie redete. »Warum hast du gleich so viel genommen?« Er verstand sie nicht. War sie wütend auf ihn? Dreißig Jahre? Er hatte sich noch nie überlegt, wie sie alles erlebt hatte. Er hatte sich noch nie überlegt, wie sie in diesem Gebäude die Nächte zubrachte – welche Geräusche sie hörte, welche Schreie, welches Alarmklingeln, welches Türenschlagen.

Sie sagte: »Matthias hat sich überlegt, ob er deinetwegen einen Arzt rufen soll, so tief hast du geschlafen, auch nachmittags noch. Er hat dich gerüttelt.«

»Und ich soll nichts gemerkt haben?«

»Wahrscheinlich hast du etwas genommen.«

Miriam kannte ihn.

Sie sagte: »Das, was du genommen hast, könntest du mir auch einmal bringen.«

»Lieber nicht. Wer weiß, was die hier mit dir anstellen würden, wenn du so lange schlafen würdest.«

Er spürte Miriams Augen. Sie sah ihn an, ohne ihn anzusehen.

Er sagte: »Weißt du, ich glaube, ich habe immer Angst gehabt vor dir.« Dabei blickte er auf den See hinaus, der lebendig war. Die Wellen waren Narben, Schriftzeichen vergangener Schmerzen, unwesenhaft.

Miriams Augenlider schlossen und öffneten sich. »Gott, du weißt, wie du einen verletzen kannst.«

Er atmete. Es spielte keine Rolle, was sie dachte. Dass sie etwas sagte, spielte eine Rolle. Sie war gegenwärtig, auch wenn sie von ihm wegschaute.

»Gibt es etwas Interessantes in der Tischplatte? Oder warum kannst du mich nicht anschauen? Bist du so wütend auf mich?«

»Vielleicht, wenn du es einmal versuchen würdest, Johannes.« Ihre Augen blickten dorthin, wo sie hingeblickt hatten. Weg von ihm. Es war eine Anklage. Sie traf ihn. Er wartete, dass sie weiterreden würde. Aber sie tat es nicht. Da war der Resopalabgrund zwischen ihnen. Da war ein Dröhnen. Ein Durcheinander. Da war eine Welt, die hinauswollte in zitternde Harmonien.

Er blickte auf ihre Hände, auf die Fingernagelbetten, die Nagelhäute, die Nagelmonde. Naomi, seine Frau, die Familientherapeutin, hatte einmal gesagt: »Bei Aufnahmegesprächen achte ich immer am meisten auf die Hände. Wenn die Fingernägel eine Katastrophe sind, weiß ich, dass es schwer wird.«

Miriams Fingernägel waren keine Katastrophe. Johannes sagte: »Weißt du, welche Medikamente sie dir hier geben?«

Sie blickte ihn nicht an. Sie sagte nichts.

Er sagte: »Stille nimmt die Formen an, die wir ihr geben.«

Er sagte: »Stille ist ein Gefäß ohne Inhalt.«

Sie schloss die Augen. Sie wollte in sich sein. Sie wollte in sich wohnen. Atmen. Einfach. Für sich sein. Mit ihm? Ohne ihn? Die Welt war ihr Geheimnis. Hatte sie das Reden zu sehr angestrengt?

Er roch Speichel und Desinfektionsmittel, er hörte das Klappern von Besteck. Das Mittagessen wurde ausgeteilt. Oder war es schon vorbei? Hatten sie Miriams Zimmer ausgelassen? Hielten sie ihr Essen in der Stationsküche warm für sie? Jemand warf Löffel, Messer und Gabeln in einen Spülmaschinenkorb. Das Atmen fiel ihm schwer. Diese Gerüche. Besonders, wenn Miriam nichts sagte, bemerkte er diese Gerüche. Was verschrieben sie inzwischen in solchen Kliniken? Trizyklische Neuroleptika? Waren die noch aktuell? Er konnte nicht einmal vermuten, welche Kombination von Medikamenten Professor Doktor Nack bei Miriam für angebracht hielt. Was meinte er, erreichen zu wollen? Psychomotorische Dämpfung und Müdigkeit, um sie von einem Angsthoch herunterzuholen? War die ganze Liste von Benzodiazepinenderivaten noch in Gebrauch? Wie hatten sie alle geheißen? Seine Ausbildung lag schon lange zurück. Librium, Valium, Frisium. Er war sicher, dass irgendein Angstunterdrücker in Miriams Arterien floss. Aber was bekam sie noch? Bekam sie nachts ein Schlafmittel? Ein Barbiturat? Er war sicher, dass sie kein Thymoleptikum bekam. Noch nicht. Oder hatte sich da etwas geändert? Früher hieß es, dass Thymoleptika erst nach vierzehn Tagen die Stimmung aufhellten und dass sie bis dahin innerlich eher unruhig machten und die Suizidgefahr verstärkten.

Er sagte: »Darf ich Heinrich Nack um Einblick in deine Akte bitten?«

Sie zuckte mit den Schultern. Sie sagte: »Er wird dir deine Bitte bestimmt nicht abschlagen.«

86

»Sie ist noch nicht so weit«, sagte Professor Doktor Nack. »Vielleicht nächste oder übernächste Woche. Im Moment noch nicht.«

Johannes sagte: »Kann es schaden? Ich übernehme die Verantwortung.«

Professor Doktor Nack blickte ihn an, machte kehrt und sagte im Weggehen: »Also gut. Ich gebe die Anweisung.« Er ließ es zu, nicht weil er seine Meinung geändert hätte, sondern weil er sah, dass es einem Kollegen wichtig war und ihn dieser kleine Gefallen, den er gewähren konnte, nichts kostete. Man wusste ja nie, wie in der Zukunft so ein Gefallen erwidert werden könnte.

Zusammen gingen sie los. Der Weg am Ufer führte vorbei an der Klostermauer, vorbei an der von Efeu überrankten

Mauer des Klostergartens. Danach kam der Klinikgarten mit einem von Schilf umstandenen Tümpel. Johannes wollte mit Miriam allein sein. Ohne den Geruch. Er wollte mit ihr zusammen draußen sein, am Ufer entlanggehen und die Wellen hören, wie sie an den Kieselsteinen leckten.

Miriam ging neben ihm. Schwer. Langsam. Weit vornübergebeugt. Sie sagte nichts. Es war, als hätte sie nie etwas zu ihm gesagt. Es war, als sei sie wieder wie vor drei Tagen, als er gemeint hatte, sie könne vielleicht nicht mehr reden. Sie war willig mitgegangen, als er sie gefragt hatte: »Sollen wir einen Spaziergang machen?« Sie hatte genickt. Sie stand auf. Er half ihr in die Jacke und zog seinen Mantel an. Sie war kleiner geworden. Das fiel ihm auf.

Er hatte immer noch nicht erfahren, was sie bekam. Es gab viele Möglichkeiten. Tat er ihr unrecht, weil er nicht wusste, was es hieß, mit solchen Tabletten leben zu müssen? Was diese Tabletten mit ihr taten? Von innen heraus.

Sie gingen vorbei an der verlassenen Kirche mit dem Brunnen, dessen Pumphebel mit einem Vorhängeschloss an der Kirchenmauer befestigt war, damit Jugendliche ihn nicht missbrauchen konnten. PUSSY FUCK ASS. Die hätten so lange gepumpt, bis das Wasser ins Fundament der Kirche gesickert wäre.

Sie war das Gehen nicht mehr gewöhnt. Sie schien erschöpft. Sie drehte den Kopf zu ihm und sagte: »Ich war mir fremd.«

Er durfte nicht zeigen, wie sehr ihn ihre Worte berührten. Er wiederholte: »Du warst dir fremd?«

»Und ich bin es immer noch. Aber immerhin hat die Sonne manchmal geschienen.« Das sagte sie und blickte aufs Wasser hinaus.

Alles war grau. Miriam war grau. Das Wasser war grau. Der Himmel war grau. Der See und die Wellen begleiteten sie.

Sie waren einander nahe gewesen. Sie hatten einander vertraut. Er ihr und sie ihm. Sie waren umeinander gekreist. Manchmal unsichtbar. Aber sie waren, auch wenn sie einander unsichtbar waren, einander immer das Wichtigste gewesen.

Johannes sagte: »Die Kindheit umgibt uns wie ein Wettersystem.«

Sie gingen vorbei an Sträuchern, vorbei an für den Winter vorbereiteten Beeten und an einer Steinskulptur. Es war ein Anker aus Stein, der schräg auf einem Steinsockel lag. Die Kette aus Stein hing vom Ankerschaft herunter bis auf den Stein, der den Grund darstellen sollte. Die Kette war nirgends befestigt. Es gab kein Schiff für diesen Anker. Da war kein Ufer für diesen Anker. Es war ein Anker mit Grund und ohne Halt.

Miriam ging beinahe schlurfend, die Schultern eingefallen, der Kopf gebeugt. Sie schwieg. Ihr Blick war auf die Welt gerichtet, die für sie zählte. Die Welt in ihr. Sie war zu weit weg, um ein Wort zu sagen. Sie war zu weit weg, als dass er sie auf den Anker und die Kette hätte hinweisen können. Miriam war zum ersten Mal seit Wochen im Freien. Das musste sie zuerst einmal bewältigen.

Er sagte: »Die Einsame im Herbst.« Da waren diese Mahlermelodien, die alles übertönten, die grelle Pentatonik, die über dem Wasser schwebte. Blasinstrumente. Laut und traurig. In eigenen Harmonien. Die überraschten.

Welche Tonart spielte in ihr? Welche Bilder trug sie in sich, wenn sie solch einen Satz sagte? »Ich war mir fremd.«

Haldol, dachte Johannes. Ganze Gewässer voller Haldol. Sie gingen durch den Nebel, der eine Landschaft war. Sie gingen gemeinsam. Nebeneinander her. Im Haldolnebel am See. Ein paar Möwen schwammen wie Papierschiffchen im Nebel. Auf der anderen Seite des Weges war ein für den Winter geschlossener Streichelzoo. Am Ziegenzaun hing ein buntes Schild: »Bitte nur Ziegenfutter füttern!« Da waren leere Hasenställe und eine leere Ponykoppel.

Sie ging schwer unter ihrer Kleidung. Ihre Hüften hatten dazugewonnen, und an ihrem Bauch gab es über dem Hosengürtel den Anfang einer Rolle. Kam das von den Medikamenten? Er wollte ihr nah sein. Sie war stolz gewesen. Auf ihn. Sie hatte ihn getragen. Bis nach Amerika.

87

Den See brauchten sie. Sie brauchten das Wasser. Sie waren Fremde in dieser Welt. Und gehörten doch dazu. Ein Graureiher watete ungeschickt in Ufernähe. Er sah aus, als trete er immer wieder auf überraschend spitze Steine. Dann schien er kurz das Gleichgewicht zu verlieren, fing sich, um gleich wieder fast das Gleichgewicht zu verlieren. Eine leise Böe raute die Wellen von Westen her auf und trieb den Nebel auseinander. Nichts spielte eine Rolle. Der Graureiher nicht. Der Nebel nicht. Miriams Bauch nicht. Johannes hielt die Stille nicht mehr länger aus. Er sagte: »Sind Rehe Wiederkäuer?«

Sie antwortete nicht. Er wusste nicht, ob sie die Frage gehört hatte. Irgendwie passte der grüne Mantel, den sie trug, nicht zu ihrem vornübergebeugten Gang. Zur Erde blickend, in sich versunken, im Novembernebel. Trotzdem hatte er das Gefühl, dass der Spaziergang das Richtige war. Für sie und für ihn. Etwas bewegte sich, während sie nebeneinander hergingen. Im Rhythmus des Gehens. Etwas löste sich – aus der Umgebung, aus der Landschaft, aus dem Wasser. Ihre Augen nahmen auf. Die Blicke waren in Bewegung und wurden zum Rhythmus ihrer eigenen Bewegungen. Aufgehoben.

Er sagte, auch wenn sie nichts antworten würde: »Es gibt umfallende Ziegen. In Neuseeland. Die wurden so gezüchtet, dass sie bewusstlos umfallen, wenn etwas sie erschreckt. Die werden in Schafherden mitgeweidet. Kommt ein Wolf und fällt die Herde an, fallen sie in Ohnmacht. Der Wolf reißt die billige Ziege, während die Schafe entkommen.«

Dann gingen sie weiter schweigend nebeneinander her. Es war unglaublich. Er sagte: »Jetzt habe ich bald genug.«

Ihr Konfirmationsspruch war: »Lebe ich, so lebe ich dem HErrn; sterbe ich, so sterbe ich dem HErrn.« Es war ein Spruch, der eigentlich zu Beerdigungen gehörte. Vielleicht hatte Pfarrer Gottschalk diesen Spruch für sie ausgesucht, weil er etwas in Miriam gesehen hatte. Damals schon. Sie lebte dem HErrn. Alles in ihrem Leben geschah im Blick auf IHn. Sie war vorbildlich in ihrer Selbstlosigkeit. Sie übte die Nächstenliebe – an ihren Nächsten und an denen, die ihr fremd waren. Aber jetzt lebte sie in sich – irgendwo.

Er wunderte sich, wie leise die Wellen über die Kieselsteine heraufrollen konnten.

Miriam sagte: »Lass uns ins Wasser gehen.«

»Jetzt?«

Sie war schon nach links gegangen, lief schon über die Kieselsteine, ging schon ins Wasser.

Er rannte hinterher. Er spürte die Nässe an seinen Zehen. Er spürte die Kälte am Fußballen, an der Ferse, am Rist, am Knöchel. Die Wellen krochen an den Waden herauf. Alles ging in ihn über. Auch die Schatten im Wasser. Das Atmen fiel ihm schwer. Zu kalt war das Wasser. Zu direkt der Kontakt. Unter den Wellen war das Wasser schwarz. Er konnte nichts unter dieser Oberfläche erkennen. Miriam ging vor ihm. Das Wasser reichte ihr bis an die Oberschenkel, reichte ihr an den Bauch. Das Geräusch der Wellen am Ufer hinter ihnen war kaum hörbar. Da verstand er, was es hieß, willkommen geheißen zu werden. Der Atem ging einem aus. Die Kälte verwandelte sich in Wärme. In einem. Man war nur noch man selbst. Und man war nur noch überwältigt. Von sich. Und den Wellen. Und der Kälte. Von innen heraus. Von innen heraus ersticken. Im Atmen. Von innen heraus erfrieren. Das war auf einmal alles, was zählte. Weit weg von Worten. Weit weg vom Ufer. Tief in ihr. Von innen heraus.

Miriam stand still. Sie stand neben ihm in den Wellen, in den Tönen, die das Wasser von sich gab. Sie sagte: »Danke, dass du gekommen bist.« Es war eine Umarmung. Im November. Im Nebel. Im See. Die Umarmung war größer als alles, was eine wirkliche Umarmung gewesen wäre. Er liebte diese Frau, die neben ihm stand. In der Kälte. Er hatte in allen Frauen seines Lebens niemand anderen als Miriam gesucht. Es war alles eine Reise zu ihr.

Er sagte: »Sollen wir fliehen? Ich fahre dich, wohin du willst.«

Sie sagte nichts. Sie drehte um und ging zurück Richtung Ufer.

Sie gingen auf dem Uferwanderweg und ließen die Wellen, die über die Kieselsteine heraufrollten, flüstern. Wispern. Miriam schaute weg von ihm, so wie sie früher nach der Kirche von den Leuten, die ihr die Hand reichen wollten, weggeschaut hatte. »Friede sei mit dir.« »Und mit deinem Geiste.«

Die schmatzenden Schuhe hinterließen schwarze Fußstapfen.

Sie gingen zurück. An einem Ufer entlangzugehen, bedeutete, nicht ziellos zu gehen. Man hatte an einem Ufer immer ein Ziel. Ein Hin oder ein Zurück. Man war immer ans Ufer gebunden. Auf der einen Seite. Oder auf der anderen. Es ging am Wasser entlang. Wer die Möglichkeit hatte, am Wasser entlangzugehen und aufs Wasser hinauszublicken und dem Wasser neben sich zuzuhören, der tat es. Immer. Johannes wusste nicht, wie lange sie gegangen waren. Es dämmerte. Es wurde dunkel. Das bemerkte er. Miriam trug ihre Birkenstockschuhe in der Hand. Nass, wie sie waren. Schwarze Socken trug sie. Und ging vor sich hin, als spürte sie nichts. An ihren Füßen drehten sich die Zehen nach innen. Wenn sie ohne Schuhe ging, sah man das deutlicher. Alles war bei ihr nach innen gewandt. Sie bestand aus einem einzigen Schutzwall gegen die Welt. Tief in sich wollte sie sein. Sonst nichts. Aber das durfte er nicht zulassen. Er sagte: »Ob du es glaubst oder nicht, ich habe mich noch nie so nahe am Glück gefühlt wie jetzt neben dir.«

Dass er den Rückflug auf Ende der Woche gebucht hatte, sagte er nicht. Das war unwichtig. Alles, was im Kalender stand, ließ sich ändern. Nur sie zählte. Miriam. Jetzt. Neben ihm. Sterne leuchteten vor ihnen im See. Da war eine Lücke im Nebel. Sie leuchteten von unten herauf. Schweigend. Es gab ein Stück Himmel in den Novemberwellen vor ihnen. Voller Sterne. Im Auf und Ab der Wellen. In den seit tausend Jahren rundgewaschenen Kieseln. Grundlos. Schwebend. Im Auf und Ab der Sterne, die zu benommen waren, um noch eine Frage zu stellen.

88

Er blickte Miriam an. Er blickte über ihre Schultern ins Freie, auf den Nebel und auf den See zu. Er atmete den Klinikgeruch, die Desinfektionsmittel, die Stärke in den Leintüchern, die von den Heizkörpern erwärmten Luftmoleküle ein.

Sie sagte: »Zuerst wollte ich mir nichts anmerken lassen. Ich dachte immer: Morgen wachst du auf, und dann ist alles besser. Aber genau das Gegenteil war der Fall. An jedem Morgen bin ich aufgewacht, wenn ich überhaupt schlafen konnte, und alles war noch schlimmer.«

Sie sagte: »Gefangen. In der Wut – auf mich und auf die Welt. Und, ja, auf dich auch.«

Sie sagte: »Ich war traurig. Und ich wusste, ich tu' mir und der Familie nicht gut, so wie ich bin.«

Sie fragte: »War ich der Grund, dass die Mutter oft so traurig war?«

Er sagte: »War sie das?« Er hatte es nie bemerkt. Er war ausdem Haus gegangen. Er hatte nichts von alldem wahrgenommen.

Sie sagte: »Weißt du, die Unterscheidung zwischen Körper und Seele ist sinnlos. Wenn eins krank ist, wird das andere auch krank, egal, wie herum.«

Und immer wieder gingen in der Stille zwischen ihr und ihm auch Momente der Wortlosigkeit auf.

Sie sagte: »Es gibt da ein Eiweißmolekül im Hirn, das zur Stressreduzierung dient, abends und nachts. Bei denen, die zur Depression neigen, funktioniert dieses Eiweißmolekül nicht so gut. Da bleibt der Stress hoch – nicht nur stunden-, sondern tage- und wochenlang. Man kommt dann einfach nicht mehr raus aus dem Loch. Alles wird übermächtig.«

Sie sagte: »Bei mir ist alles noch viel komplizierter, als die hier ahnen können.«

Sie sagte: »Da wird mit Schrotflinten auf Spatzen geschossen. Und man hofft, dass die eine oder andere Kugel trifft. Bei mir probieren sie, welcher Wirkstoff in meinem Gehirn Wirkung zeigt, wenn es überhaupt einen gibt, der wirkt.«

Sie sagte: »Es ist komisch. So viele Sachen, die mir eigentlich egal sind, sind mir doch nicht egal. Ich will's gar nicht sagen, wie weit das geht.«

Sie sagte: »Ich möchte mich einmal wieder richtig freuen können.« Während sie das sagte, zeigten ihre Mundwinkel Kraft. Diesen Mundwinkeln konnte man wieder ein Lächeln zutrauen.

Er kannte die Fachbegriffe. Empathiefähigkeit ist in der Depression beeinträchtigt. Ängstliches und zurückgezogenes Verhalten. Ziel ist ein neugieriger und agiler Umgang mit der Umwelt, ein Wiedererlangen des Mitgefühls mit anderen, ein Gefühl, dass man füreinander da ist, ein Anerkennen der Krankheit, damit man mit ihr umgehen lernt. Er sah ihre Mundwinkel. Er hatte Hoffnung. Aber sagen durfte er das nicht.

Hoffen und es ihr sagen, hätte Druck auf sie ausgeübt. Es hätte bedeutet, sie hätte ihn enttäuschen können, wenn es anders gekommen wäre, als er es für sie und für sich erhoffte. Liebe ohne Druck. Liebe ohne Hoffen. Liebe ohne ein Überwältigen. Das war es, was er jetzt finden musste. Er musste es lernen.

89

»Ort der Niederwerfung,« hieß Moschee. Man ging auf die Knie an diesem Ort – vor GOtt, vor ALlah, vor dem, der so hoch und so viel und alles war. Vor dem Allumfassenden, dem Allumfasser, dem Allseienden.

Ort der Niederwerfung – Miriams Gesicht, so wie es vor ihm saß, war ein Ort der Niederwerfung, der inneren Niederwerfung, der bewusstlosen Niederwerfung, der unglücklichen Niederwerfung. Meinte er. Aber wusste sie das? Sie schwieg wieder. Sie hatte sich wieder in ihrem Schweigen eingerichtet. War sie müde? Oder verzweifelt? Oder traurig?

Es war ihn noch nie etwas mehr angegangen als dieses Gesicht. Ihm gegenüber.

In ihrem Gesicht lag die weit offene Wüste unter einem breiten Horizont. Der Himmel war größer da. Und unter dem Himmel erstreckte sich ein endloser Horizont. Flach. Zitternd. Heiß.

Dieser Himmel, dieser Horizont, diese weite Offenheit, von innen heraus, der weit offene Ort der Niederwerfung. Die weit offene Fläche.

Wie sie sich, ohne nachzudenken, als Kinder den Himmel vorgestellt hatten – ganz selbstverständlich. Da waren Wolken. Da war Blau. Da war ein Eingang. Da war Wasser. Da waren lange Bärte und fließende Gewänder. Sie waren Kinder. Gewiss. Trotzdem gehörten diese Vorstellungen zu ihnen. Immer noch. Es war nie ein Himmel über einer Wüste gewesen. Es war nie ein Himmel gewesen, in den man aus einer Moschee hinaufkommen konnte. Der Himmel war immer über dem Dorf gewesen, über dem Betsaal, über den Eltern und über dem GOttesfeld. Vor allem über dem GOttesfeld. Es gab nichts anderes. Und jetzt das. Sie machte aus ihrem Gesicht einen Ort der Niederwerfung. Dankbar. Offen. Anders. So anders. In eine andere Welt, in einen anderen Himmel hinein. Wie stellte sie sich in diesem Augenblick den Himmel vor? Fragte er sich. Wenn sie sich überhaupt etwas vorstellte. Wenn sie sich überhaupt etwas vorstellen wollte. Den Himmel? Einen Ort des Aufblickens? In ihnen? In ihr? In ihm? Über ihnen?

Er war nie aus seinem Dorf weggegangen. Er war immer dageblieben. Die Fragen, die er sich stellte, kamen immer nur aus diesem Dorf. Das sah er. Das spürte er. Er schüttelte den Kopf. Er war in New York, in Boston, in Berlin und Paris zuhause, und nun das. Er atmete tief ein und tief aus. Atmen. Das Dorf in ihm. Die Himmelsrichtungen in ihm, die immer nur aus dem Dorf kamen. Er schloss die Augen. Er sah die Frau im Religious Reflection Room. Sie hatte sich niedergeworfen. Immer wieder. Gen Osten. Denn im Osten war, was ihr Orientierung gab. War für sie der Himmel im Osten? Gab es für sie einen Himmel? Einen Ort der Erlösung? Einen Ort, wo die, die das Ewige Leben erlangten, hinkamen?

90

Er wusste nicht, ob sie ihn brauchte oder ob er sie brauchte oder ob keiner von ihnen den anderen brauchte – nach dreißig Jahren. Es ging um das Weggehen, weg von dem Anderen, weg aus der Welt, in der die Wüste alles hart und deutlich machte. Aber es ging auch ums Weggehen von sich selbst, um ein Sichvon-sich-selbst-Wegnehmen, um ein Sich-selbst-Herausreißen aus dem Eigenen. Weil man sich nach dem Herausgerissenwerden sehnte. Weil man sich nach der Ferne von sich sehnte. Immer wieder. Man brauchte das Herausgerissenwerden.

Sie saß da, als sei sie sich abhandengekommen. Als sei sie sich fremd geworden. Als sei sie zweifelnd – an sich, an der Welt, an den Fenstern, an den Geräuschen draußen auf dem Gang, an ihm, Johannes, der vor ihr saß, und sogar am See, der hinter ihr unhörbar lebte.

Er sagte: »Himmel gibt es viele.«

Sie sagte aus der Ferne: »Mindestens fünf.«

»Fünf?«

»Mindestens. Im einen sind Wolken. Im anderen sitzt einer zur Rechten GOttes. Im nächsten gibt es Trauben und Oasen. Und im nächsten ist es ein Warten in einem weißen Raum, ein Warten aufs Abgeholtwerden.«

Er sagte: »Und in diesem Zimmer ist dir alles möglich?«

Sie schwieg.

Er musste unbestimmt bleiben, damit sie sich vom Bestimmten, vom von ihm Bestimmten, nicht abgestoßen fühlte. »Ja?«

Er sagte: »Stell dir vor, hier würde ein Kreuz an der Wand hängen oder ein Symbol, das eine andere Welt und einen anderen Himmel bedeutet.«

Sie sagte: »Zum Beispiel?«

Er sagte: »Eine Taube. Oder Vischnu mit dem Rüssel. Ein Siebenarmiger Leuchter oder eine Mondsichel.«

Sie sagte: »Grausam.«

So redeten sie. Dabei wussten beide, dass sie alles vermieden, was sie hätte wieder auseinanderbringen können. Sie vermieden es, über Matthias zu reden, über ihre Kinder, über das Dorf, über das Gottesfeld, über seine Flucht. Sie taten, als hätten sie einander vergeben. Als hätten sie vergessen. Als läge alles hinter ihnen.

»Eine Taube. Bist du dir da sicher? Meinst du nicht eher eine Traube?«

»Vielleicht.« Er nickte. Er konnte es zulassen.

91

Sie sagte: »Wie verschieden sich die Leute das Paradies vorstellen. Dakhil sagt: ›Bei uns ist es ein Siebenhimmelgarten mit sich im Wind wiegenden Palmen und plätschernden Quellen und frischen Trauben, und alles grünt und wächst.‹«

Johannes beherrschte sich. Er wollte nicht mit einem Wer-ist-Dakhil in sie dringen. Er wollte sie sein lassen, wie sie war. Wie Wasser. Wie Nebel. Er fragte: »Ist es ein Wohlfühlen, wenn man in diesen Siebenhimmelgarten kommt?«

Sie sagte: »Es ist Belohnung für das, was man hier richtig gemacht hat. Es ist eine bestandene Prüfung. Und dafür wird man mit Annehmlichkeiten belohnt.«

»Und Freunde? Und Allah? Und die Familie? Sind die auch dort?«

»Davon hat er nie erzählt, nur immer wieder vom Frieden, der dort herrscht. Es gibt kein Leid, nur Frieden – Salam.«

Dakhil. Wie einfach sie diesen Namen sagte. Zum ersten Mal sagte. Zu ihm sagte. Er durfte nichts erwarten. Er durfte nicht hoffen. Er durfte nicht fragen. Nicht nach dem Namen. Nicht nach der Person. Er sagte: »Also ein Siebenhimmelgarten mit plätschernden Brunnen und einem grenzenlosen Frieden?«

»Ja.«

»Daran gibt es eigentlich nichts auszusetzen.«

»Eigentlich nicht. Nur, dass es so verschieden ist von dem, was wir uns vorgestellt haben – und was ich mir irgendwo immer noch vorstelle.«

»Was?«

»Den Himmel. Die Wolken. Die Engel. Dass wir dort als schwerelose, glückliche Seelen eingehen. Schwebend. Und dass die Seelen dort in der unmittelbaren Nähe Gottes wohnen.«

Er sagte: »Verrückt. Da stellt man sich Dinge vor und lebt einfach drauflos.«

»Bis auf einmal jemand eine andere Vorstellung hat. Und dann fragt man sich, warum man sich die Dinge eigentlich so vorstellt, wie man sie sich vorstellt.«

»Und diese Vorstellungen gibt es im Dorf immer noch?«

»Soviel ich weiß. Man redet ja nie darüber. Da werden Worte gesagt, die Bilder in sich tragen, aber niemand sagt, welche Bilder man sich in die Worte denken soll oder darf oder kann oder muss. Es ist verrückt. JEsus und GOtt und der HEilige GEist und die Seele und der Himmel und das Paradies.«

»Für Luther war die Hölle noch etwas ganz Reales. Der Teufel existierte genauso, wie GOtt und JEsus existierten. Erst später ist die Hölle immer weniger real geworden. Heute glaubt im Dorf niemand mehr an eine Hölle, aber alle glauben an einen Himmel.«

Sie sagte: »Man merkt dir an, dass du es gewohnt bist, von oben herab zu erklären.«

»Wie ein Professor?«

»Genau.«

»Herablassend? Belehrend?«

»Interessant zwar, aber von einem Hochsitz herunter. Unnahbar.«

»Quatsch.«

»Ich sage ja nur, wie es bei mir ankommt.«

»Du willst nur nicht, dass jemand etwas sagt, was dich zum Nachdenken über deine kleine, behütete Welt zwingen könnte.«

»Das auch.«

»Und was ist dein Helfenwollen anderes?«

»Aber unnahbar und herablassend war ich nie.«

Er lachte.

Sie lachte nicht. Es war ihr ernst.

92

Sie kamen aus Aleppo. Dakhil und Khawla und Rana und Omar. Zehn und drei waren Rana und Omar. Dakhil war mit zwölf von der Schule abgegangen und Metallarbeiter im Betrieb seines Vaters geworden. Der Vater hatte drei Werkstätten gehabt, von denen er eine Dakhil gegeben hatte. »Wir tun das für unsere Kinder«, sagte Dakhil. »Sie sollen einmal ein besseres Leben haben.« Fatimah, Dakhils Schwester, war sechs Monate früher gekommen. Auf demselben Weg. Fatimah hatte fünf Kinder. Jetzt wohnten beide Familien im Dorf, in verschiedenen Unterkünften. »Alles normal.« Familie. Das Verlangen, in die Moschee zu gehen.

Sie hatten drei Wochen nach Omars Geburt ein Fest bei einer Nachbarin gefeiert, als eine Bombe auf Haus und Werkstatt fiel. Danach blieben sie vier Tage im Garten der Nachbarin unter einem Baum. Zu Fuß gingen sie nach Jordanien. Mit dem vier Wochen alten Säugling. Im Umhängetuch. Unter dem Umhang. In der Sommerhitze. Frühmorgens, vor Sonnenaufgang gingen sie los. Manchmal drei Stunden. Manchmal, wenn der Wind ein wenig kühlte, fünf. Immer wurden sie freundlich aufgenommen. Dreihundert Kilometer in vierzehn Tagen. Zweimal nahmen Lastwagen sie mit. Sie blieben drei Jahre in Amman. Im Flüchtlingslager. Sie gingen weiter, wurden weitergebracht. An die Küste. Dakhil verriet nicht, wie sie nach Griechenland gelangt waren. Sie kamen an. Sie gingen weiter. Jetzt waren sie im Dorf. Bei ihnen. Bei ihr. Khawla wollte eine Schulausbildung machen. Zuerst Deutsch lernen. Englisch konnte sie schon. Aber Deutsch nicht. Kurse. Prüfungen. Sie wollte Abitur machen und studieren. »Germany is opportunity for women.« Immer wieder mit den Kindern zum Kinderarzt und zum Zahnarzt. Impfungen und Antibiotika. Drei Jahre im Flüchtlingslager. Zähne waren ausgefallen, Wunden kaum verheilt. Augeninfektionen. Jetzt waren sie hier. Immer wieder sagten sie, wie dankbar sie waren. Und Fatimah und Dakhil wollten ihre Eltern nach Deutschland bringen. Das Glück mit ihnen teilen. Die Eltern waren inzwischen auch nicht mehr zuhause. Sie saßen in Jordanien im Flüchtlingslager.

Immer wieder erschreckte es Miriam, wie getrennt Frauen- und Männerwelten waren. Sie sei Khawlas Schwester, erklärte Dakhil endlich. Als Familienangehörige durfte sie danach im Haus sein. »Was ist das?«, fragte er und hielt ihr ein Schreiben vom Landratsamt hin. Er sollte den Nachweis eines Arbeitsangebots vorlegen. Ein vom Arbeitgeber auszufüllendes Formular lag bei. »Hast du Arbeit gefunden?« Dakhil schüttelte den Kopf. »Hat dir jemand eine Arbeit angeboten?« Auch nicht. »Dann muss ich bei denen anrufen. Da weiß ich jetzt auch nicht, wie die auf das kommen. Kann ich das mitnehmen?« Der Name der Sachbearbeiterin stand da. »Die rufe ich gleich morgen früh an.« Miriam tat es gern. Für sich selbst rief sie nie auf Ämtern an. Das musste Matthias erledigen. Für andere rief sie gern an.

٩٣

Khawla hatte diese grünen Augen, die aus dem Gesicht hervorstachen, weil das Gesicht umrahmt war vom schwarzen Tuch. Es war um Kopf und Hals gewickelt, einmal rundherum. Das Gesicht war wie ein Gemälde, traurig, hungrig und jung. Die Augen waren viel älter, als sie es hätten sein sollen. Sie hatten zu viel gesehen. Im Camp in Jordanien. Wo die Kinder mit Krankheiten kämpften. Wo ihnen die Zähne ausfielen. Wo Hautausschläge und Wanzenstiche überall waren. Der schwarze Stoff ihres Körperumhangs – hatte er einen Namen? Kleid? Kostüm? Tracht? Das schwärzeste Schwarz. Bis auf die kleinen grünen Rosen, die sie selbst ins Tuch gestickt hatte – eine an der rechten Schulter, eine vorne am linken Ärmel, eine am Rücken auf Nierenhöhe. Und dann waren da die Hände, die sich aus dem schwarzen Tuch herausstreckten und die auch viel älter aussahen, als sie hätten aussehen sollen. Es waren die Hände einer schon fast alten Frau, nicht dreißig-, sondern sechzigjährig sahen sie aus. Sie hatten Narben, vorstehende Venen, dunkle Punkte. Es war, als hätten Khawlas Augen und Hände ein eigenes Alter. Mit diesen Händen fasste sie an. Beim Kochen. Beim Waschen. Beim Saubermachen von Menschen und der Wohnung. Exkremente und Küchenmesser, Kochwäsche und Läusekämme. Die Augen waren misstrauisch, aber so, dass man sah, dass sie vor langer Zeit einmal vertraut hatten. Es waren keine unterwürfigen Augen. Es waren Augen, die einmal gern stolz gewesen wären. Es lagen Schmerzen in diesen Augen. Es lag ein Müssen in diesen Augen. Diese Augen waren Fremde in der Fremde.

٩٤

»Du solltest sehen, wie er backt«, sagte Miriam. »Beim Backen lebt er auf. Da wird er ein ganz anderer Mensch.« Er wellte den Teig aus. Er redete die ganze Zeit. »Fatayer«, sagte er. »Gemacht aus Spinat.« Es sah aus wie einfacher Teig. Spinatteig. Und da hinein kam eine Schicht Marmelade. Aber es war keine Marmelade. »Er hat das selbst zusammengerührt. Thymian und Pfefferminze und Sesamkörner und Olivenöl.« Grünlich und rötlich sah die Mischung aus. Den Rand des Teiges hatte er mit den Fingern rund herum höher gemacht. »Zärtlich und weise.« So gab es eine kleine Wand am Teig, der die Größe einer kleinen Pizza hatte, aber süß war, wunderbar süß. »So etwas von Süß hast du noch nie geschmeckt.« Mit Thymian! Und Sesamkörnern! Und Olivenöl! »Und die Pfefferminze macht alles kühl und erfrischend.« Ein kleiner Kuchen. Eine kleine Torte. Eine kleine Nachtischpizza. »Da hat sein Gesicht geleuchtet. Er ist immer jünger geworden, wenn er da in der Küche stand und etwas zusammenmischte.« Das hatte sie bei einem Mann noch nie erlebt. »Wo hast du das gelernt?«, fragte sie ihn. »Zuhause. Und dann im Lager.« Sie waren fast drei Jahre lang im Lager gewesen. »Habe ich dir das schon einmal gesagt? Es tut mir leid.«

Die Augen. Die Augenbrauen. Schwarz. »Ja, schwarz waren sie. Über der Nase sind sie so zusammengestoßen, dass sie wie Flügel aussahen.« Flügel eines großen Greifvogels. Und alles, was darunter war, war eine Zustimmung, so lange er in der Küche stehen und zaubern konnte. »Ich wünschte, ich hätte genauer aufgepasst.« Die Hände. Jeder Handgriff sagte etwas: »Jetzt bin ich wieder daheim.« Er hatte das genaue Gegenteil von weichen Händen. Er hatte als Schmied und Werkzeugmacher gearbeitet. Die Hände eines Schmieds, die zärtlich den Rand des Teiges zusammendrücken, damit er höher wird und damit das, was er dann oben drauf leert, nicht rauslaufen kann! Leider geschah es nicht oft, dass er in der Küche stand und sie ihm beim Backen zusehen konnte. »Wir hatten ja keine gemeinsame Küche. Nur beim Backen für den Sommerbasar hab ich's mit ansehen können. Da hat er bei uns in der Küche gewerkelt, dass es eine Freude war.« Es war an einem Freitagmittag, als Matthias noch nicht zuhause war. »Ich glaube, egal, was kommt, an diesen Freitagmittag werde ich mich immer erinnern.« Nicht wegen dem, was danach kam, sondern weil seine Finger so zaubern konnten. »Mit Zeigefinger und Daumen der einen Hand hat er den Teig zusammengezwickt und dann mit dem anderen Zeigefinger und Daumen ein Stück weiter innen dasselbe gemacht. Danach hat er diese zwei Zwickstellen, die angeschwollen waren, so zusammengeschoben, dass es eine gleichmäßige Erhöhung gab. Und immer wieder. Immer weiter. Rund herum um die suppentellergroße Teigfläche. Zwicken, verdicken, zusammenschieben. Und oben auf den Fingern waren die schwarzen Härchen. Die schwarzen Härchen auf dem hellen Teig. Das sah aus wie in einem Märchen, wenn ein Riese am Himmel Wolken zusammenschiebt, damit es eine Wolkenburg gibt. Ich war hin und weg. Das kann ich dir sagen. Ich will's ja nicht sagen. Aber wenn mich einmal ein Mann verführen will, dann muss er so vor meinen Augen Teig anfassen. Ich sehe seine Hände vor mir, wie sie den Thymian, die Pfefferminze, die Sesamkörner und das Olivenöl zusammenrühren, die runden Fatayerstücke am Rand zwischen Daumen und Zeigefinger zusammenschieben und wie sein Gesicht dabei leuchtet, als könne er drei Sonnen vom Himmel herunterholen.«

95

Sie blickte auf die Tischplatte. Wenn er etwas gesagt hätte, hätte sie reagiert. »Frierst du?«, hätte er sagen können. Und sie hätte vielleicht aufgeschaut, ihm dabei nicht in die Augen geschaut, sondern sich vielleicht ein wenig vom Tisch zurückgezogen. Es wäre mehr Distanz zwischen ihnen entstanden, aber es hätte auch eine neue Energie gegeben. Die Energie einer Frage, die von einer Seite auf die andere ging. Die Energie einer Frage, die eine Antwort erwartete. Die Energie einer Erwartung. Also stellte er keine Frage. »Ist ja gut«, hätte er sagen können. Er tat es nicht. Er saß da und blickte mit ihr zusammen auf die Resopaltischplatte.

Er versuchte, ohne sie anzuschauen, in ihrem Gesicht zu lesen. Sie war wieder weit weg. Er hatte noch nie so sehr gefühlt, dass er Miriam verloren hatte. Sie hatte andere Schwerkräfte zu ertragen, andere Tages- und Nachtzeiten, andere Freuden und Hoffnungen, andere Schmerzen und andere Herzschläge.

Er sagte: »Und jetzt?«

Ihre Augen blickten, ohne zu blicken. Sie waren offen. Tief in sich lebte Miriam wieder. Da, wo er nicht hinblicken konnte. Da, wo sie allein war. Ohne irgendjemand.

»Soll ich lieber gehen?«

Hinter dem Fenster war Nebel, matt beleuchtet von den Gehweglampen. Draußen lebte es. Drinnen lebte es. Drinnen waren er und sie, Johann und Miriam. Und ihr gemeinsames Atmen. Draußen war der Nebel.

Sie sagte leise: »Wir sind nicht allein hier.«

Sie hatte gesprochen, als hätte sie diese Worte Stunden in sich hin und her gewendet, bevor sie sie herausließ und sie ihm anvertraute.

»Gibt es eine Kamera? Ein Mikrophon?«

Sie starrte vor sich hin. Sie sagte, ohne aufzublicken: »Ich will's dir sagen.« Sie sagte: »Aber du musst es für dich behalten, wenigstens vorerst noch. Versprichst du mir das?«

Es war das alte Vorspiel, bevor jemand einem anderen etwas anvertraute. Da wurde der eigene Mut bestärkt, indem man sich sagte, dass man mit dem Geständnis nicht die Kontrolle über das Gesagte verlöre. Dass im Teilen mit einem anderen nur die Kraft des Geheimhaltens verdoppelt würde. Dass das geteilte Geheimnis die Wissenden verbände und sie nicht auch trennte. Dass das Ausgesprochene in die Welt gelassen würde, ohne wirklich Teil der Welt zu werden.

Er sagte: »Ich versprech's dir.«

Sie sagte: »Ich bin schwanger.«

Er sagte: »Wie bitte?«

»Ich bin schwanger.«

»Du?«

»Ja.«

»Wie?«

»Wie wohl?«

»Nicht schlecht. Mit siebenundvierzig.«

»Mit siebenundvierzig.«

»In deinem Alter?«

Er sagte, weil ihm nichts anderes einfiel, das, was man in solch einer Situation sagte. »Wahnsinn. Ich fass es nicht.« Er sagte: »Seit wann?«

»Wenn ich's richtig gezählt habe, bin ich in der neunten Woche.«

»In der neunten? Da gibt es also keinen Zweifel?«

»Seit dem Ultraschall nicht. Seit drei Wochen nicht. Ein Junge und ein Mädchen.«

»Wie bitte? Zwillinge?«

»Wahrscheinlich wird das Mädchen vor dem Jungen geboren.«

»Und was hat Matthias dazu gesagt?«

»Der weiß es noch nicht.«

»Wie bitte?« Er sagte schon zum dritten Mal »Wie bitte?«

Ihre Augen trafen sich bei jedem »Wie bitte?« Vielleicht sagte er es auch deshalb immer wieder. »Das gibt's doch nicht. Er weiß es noch gar nicht?«

»Nein.«

»Warum denn bitte nicht?«

»Das ist eine lange Geschichte. Vielleicht morgen. Jetzt bin ich müde. Mir ist kalt. Ich will ins Bett. Würdest du morgen wiederkommen?«

»Ich versuch's.«

»Nichts schlucken, okay.«

Das erinnerte ihn. »Und die ganzen Medikamente, die du hier schlucken musst? Wissen die Ärzte hier, dass du …?« Er sprach den Rest nicht aus.

»Nein.«

»Das ist eine Überraschung.« Er stand auf, ging zwei Schritte in die eine, dann zwei in die andere Richtung. Er setzte sich wieder. »Und Matthias weiß es auch nicht?« Es machte ihm nichts aus, wenn sie jetzt dachte, er sei ein Idiot.

»Nein.«

»Weiß es irgendjemand?« Die Worte mussten einfach raus aus ihm. Er konnte nicht anders.

»Außer mir und dir? Doktor Hauser, seine Sprechstundenhilfe und die Ultraschallassistentin wissen es. Sonst niemand.«

»Und jetzt?« Er blickte zum Fenster hinaus, wo er nichts Lebendiges sah. Wie lange war ein Schwangerschaftsabbruch in Deutschland erlaubt? Mit medizinischer Indikation bestimmt weit über die achte Woche hinaus. Miriam brauchte nicht sofort zu entscheiden. So oder so. Als ob sie sich entscheiden musste. Es gab für sie keine Entscheidung. Er presste die Lippen aufeinander. »Junge, Junge«, sagte er.

»Mädchen, Junge«, sagte sie. Ihr Mund verzog sich zu etwas, das einem Lächeln ähnlich sah.

»Und wie heißt der Vater?«

»Für heute hab ich dir schon viel zu viel verraten.«

»Und das soll ich jetzt niemand weitersagen?«

»Genau.«

Es war eine irrsinnige Stimmung in ihm. Es war ein Augenblick, der das Zimmer sprengte – und die Zeit. Alles andere war nebensächlich. Es war Ende November. Anfang Oktober also hatte es begonnen, dachte er. Oder Ende September. Ja, ungefähr. Er musste rechnen, um sich zu beruhigen. Zahlen waren überlegen. Zahlen hatten Kontrolle über die Welt. Wo war Miriam Ende September, Anfang Oktober gewesen?

Er wollte in dieser irrsinnigen Stimmung bleiben. Er wollte nur noch weiterreden mit Miriam. Bei ihr bleiben. Er wollte ihr hundert Fragen stellen. Er wollte singen. Er wollte brüllen. Er wollte tanzen. Er sagte: »Gut. Ich behalt's für mich. Es wird mir nicht leichtfallen.« Er streckte die Hand über den Tisch. Aber sie reagierte nicht. Sie tat, als nehme sie seine Hand nicht wahr.

96

Durchgefallen war sie. Bei der Führerscheinprüfung. Dabei habe sie alles richtig gemacht. »Alles!« Nur eine Sache hatte sie nicht ganz richtig gemacht. »Fahre ich über drei Jahre. Tausende von Kilometer. Und nicht auf Butterstraßen wie hier!«

Beim Paralleleinparken war sie durchgefallen. Und er und Markus lachten. Das gefiel ihnen. Drei Jahre Fahrpraxis in Kriegsgebieten und auf Wüstenstraßen, Bombenkratern ausgewichen und einen Ziegenbock in der Nacht getötet – all das zählte nicht, wenn man in Deutschland nicht parallel parken konnte.

»Lacht nicht! Das kostet viel Geld! Nicht euer Geld!«

Da musste er ihr recht geben. Sie verdiente diese Euros nicht einfach. Es dauerte. Sie musste sparen. Sie musste Anträge stellen. Sie musste – er wusste nicht genau, wo und wie sie ihre Euros verdiente. Für die Handyrechnungen, für die Lebensmittel, für den gebrauchten Fernseher, für die Schulkleider der Kinder, für das neue grüne Kopftuch, das sie sich mit Elan um Kopf und Hals warf, hatte sie Geld. Eine gelbe Sonne und gelbe, lange Farnblätter waren auf den Schal aufgedruckt. War das Seide? Er wollte es nicht wissen. Er hoffte, sie hatte irgendwo Ersparnisse, auf die sie zurückgreifen konnte. Dass sie ihn noch nie um Geld gebeten hatte, machte alles ehrlich. Es ging um sie. Es ging um ihn. Es ging um das, was sie mit ihm, und das, was er mit ihr verband. Ihre grüne Beweglichkeit. Seine gebildete Sesshaftigkeit. Sie wollten etwas voneinander.

Wenn sie wütend war, wenn ihr Gesicht fast rund aus der Kopfbedeckung in die Welt blickte, sah er ihre Zähne deutlich und ihre Augen undeutlich. Dann zählten die Zähne. Dann leuchtete das Gesicht. Wenn sie wütend war, dann zählte der Mund. Und der leicht quer liegende linke Schneidezahn, der sich ein wenig über den anderen Schneidezahn geschoben hatte. Der kleine Schneidezahn daneben fehlte fast. Er war nach hinten gerutscht und lag im Schatten. Da war diese Lücke, die aussah, als fehle ein Zahn. Mit einer Zahnregulierung wäre alles nach einem Jahr in der Balance gewesen. Sie warf sich den Kopfumhang vorne um den Hals und dann über die Schulter. Das Tuch flog. Das Smaragd brodelte. Der Mund war offen und zeigte den quer liegenden Schneidezahn. In den Lagern hatte es keine Zahnärzte gegeben. Die letzten Jahre in Bamiyan hatten Zahnärzte nur noch Akutes behandelt. Ästhetik spielte keine Rolle, wenn es ums Überleben ging.

»Durchgefallen! Der Idiot! Ich parke. Überall. Parallelparken – was braucht man das?« Er mochte sie, wenn sie hin und her ging und den Tisch fürs Abendessen deckte. Heute gab es keinen Deutschunterricht. Alles war in Ordnung. Markus sagte: »Aber das hast du doch so oft geübt. Warum hat es bei der Prüfung nicht geklappt?«

»Habe Mülleimer nicht gesehen.«

Der Mülleimer stand zu nah an der Straße.

»Und dann den ganzen Inhalt aufsammeln und zurück in den Mülleimer!«

Sie lachten. Sie blickte die beiden Männer aus dem Dorf an. Wütend. »Ist nicht lustig.«

Ihre beiden Söhne saßen auf dem Sofa und schauten auf dem Handybildschirm ein Kindervideo an. Immer wieder.

Markus sagte: »Ich weiß, ich weiß. Ich sehe dich, wie du Blumenkohlreste und McDonalds-Tüten von der Straße aufhebst. Wie niemand lacht. Und wie du dir anhören musst, dass du durchgefallen bist.«

»Woher weißt du, dass Blumenkohlreste da waren?«

»In Deutschland gibt es in allen Mülleimern im November Blumenkohlreste.«

Und dann schlug sie auf einmal um sich. Sie schlug an ihren Söhnen vorbei auf die Sofakissen. Sie schlug auf den Tisch. Sie schlug an die Wand. Er rannte zu ihr hin. »Sarah«, rief er. Er wollte sie festhalten. Er wollte sie umschlingen, damit ihre Arme nichts mehr tun konnten, damit ihre Hände nichts mehr anrichten könnten. Sie schlug um sich. Er schaffte es nicht, sie festzuhalten. Sie hatte Kräfte. Markus half. »Hör auf«, rief Markus. »Sei still.« »Verdammt, das gibt's doch nicht«, sagte Johannes. Ihr Gesicht war voller Gräben, Risse, Schluchten. Sie erreichten sie nicht. Nicht mit ihrem Festhaltenwollen, nicht mit ihren Worten, nicht mit ihren Augen. Sie war auf einmal in einem Kokon. Der zerstören wollte. Etwas. Sich. Ihn. Sie beide. Das Fenster. Die Wand. Den Tisch. Den Stuhl. Der Stuhl krachte auf den Boden. Die Fernbedienung krachte ans Fenster. Er umschlang sie. Von hinten. Drückte sie an sich, so fest er konnte. Er nahm ihr den Atem. Sie traf ihn mit der Ferse am Schienbein. Ohne Schuh. Er musste sie an sich drücken. So fest es ging. Nur festhalten musste er sie. Von hinten. Mit Gewalt. Die Söhne saßen auf dem Sofa und starrten auf den iPhone-Bildschirm. *Elil arnab lah i moh.* Er spürte einen Schmerz in der Magengegend. Sie hatte ihn mit dem Ellbogen getroffen. Hart. Er taumelte. Das Zimmer, sie, ihre Augen verschwammen vor seinen Augen. Er hielt sie fest. Er ließ sie nicht los. Das durfte er nicht. Von der Wand triefte der Tee, dort, wo sie die Teetasse hingeschleudert hatte. Die Splitter mussten irgendwo liegen. Scherben. Scherben, an denen man sich schneiden könnte. »Lass mich!«, brüllte sie. Ihr Widerstand wurde schwächer. »Hau ab!«, brüllte sie. Er hielt sie. Er hielt sie fest. So fest er konnte. Markus stand da und schaute zu. »Du tust weh!«, brüllte sie. »Du bringst um!«, brüllte sie. »Hilfe!«, brüllte sie. Er spürte ihre Kraft.

Hilfe. Er hoffte, dass niemand es gehört hatte. Er schaffte es, mit seinen Armen um ihre Arme zu kommen, um ihre Oberarme, sie fest an ihren Körper zu drücken, von hinten. Sie schlug nur noch mit den Händen. Sie versuchte, ihn zwischen den Beinen zu treffen. Ein neues Aufbäumen. Eine neue Kraft. Eine neue Verzweiflung.

Und dann hielt sie auf einmal still. Ihr Körper war schlaff. »Was soll ich denn machen?« Er umarmte sie lockerer. Gab ihr Platz zum Atmen. Dass die Söhne so auf dem Sofa sitzen und immer wieder dieses Kinderlied anschauen konnten! Markus kam und hielt ihr die Hände. Immer noch hielt er ihre Arme an den Körper gepresst. Ihre Haare waren schwarz. Das sah er. Das Tuch lag auf dem Boden. Er sah auch winzige Flocken auf der Kopfhaut.

Noch einmal bäumte sie sich auf. Noch einmal hielt er sie fest. Hielt sie fester, damit sie den Widerstand spürte. Er stand hinter ihr. Hielt sie in ihrem Kampf umarmt. Hielt sie davon ab, mehr zu zerstören. Die Fernbedienung lag auf dem Boden. Die Batterieabdeckung war weggespritzt. Die Batterien waren noch in der Fernbedienung. Die hatte es nicht herausgeschleudert.

Er ließ sie los. Sie setzte sich aufs Sofa, hob das grüne Tuch auf und legte es sich um Kopf und Hals. Mit derselben Bewegung wie immer. Wenn sie geweint hätte, wäre alles in Ordnung gewesen, dachte er. Sie weinte nicht. Sie schluchzte nicht. Ihr Brustkorb hob und senkte sich. Sie keuchte. Vor Anstrengung.

Sie ließ sich nicht beruhigen. Da war nichts zu machen. Sie blickte sie aus ihren fast schwarzen Augen heraus an, als seien sie Feinde. Als sei er *der* Feind. Als gälte es, ihn um jeden Preis abzuwehren. Er war die Fratze! Der Geifer! Das Gesicht der Schlange, die nichts als Übles im Sinn hatte. Ihr gegenüber. Sie sprang auf, rannte in die Küche. Auf einmal explodierte die Flasche Olivenöl über ihm an der Wand. Sie schleuderte eine Pfanne an die Wohnzimmertür. Sie schrie, brüllte, zeterte. Johannes hatte Angst vor ihr. »Sarah.« Sie war die Wilde. Sie war die Unbezähmbare. Sie war die Ausgebrochene. Aus der Welt, aus der Rede und aus der Ordnung.

Sein Herz klopfte. Er blickte um sich. Markus stand im Gang und schaute allem zu, als sei er Zuschauer bei einem Theaterstück. Zaharas Gesicht. Das Öl, das an der weißen Tapete herunterlief, leicht grünlich, leicht glänzend. Klebrig. Unmöglich abzuwischen. Grün waren die Flaschenscherben auf dem Parkettboden.

Markus sagte: »Komm, gehen wir.«

Johannes drehte sich um und ging. »Ich heiße Zahara! Nicht Sarah!«, rief sie hinter ihnen her.

97

Wie hatte er es so weit kommen lassen können? Er schickte all seine Gedanken hinüber in ihre Welt. In ihr Dasein. Er phantasierte geradezu, wenn er daran dachte, was sie denken könnte. »Da werde ich ganz heiß«, sagte Zahara. »Ganz heiß.« Er konnte mit ihrer Hitze nicht umgehen. Weit weg wollte er sein. Von dieser Fratze, die brüllte und schrie. Hätte sie genauso gehandelt, wenn er und Markus nicht da gewesen wären? Er war sich sicher, dass sie das nicht getan hätte. Sie brauchte jemanden, der da war. Sie brauchte jemanden. Sie brauchte jemanden, der sie von hinten umarmte. Der Tanz des leuchtend schwarzen Gifts. Er verstand sie nicht. Die Zerstörwut. Der plötzliche Ausbruch. Er verstand seine Erleichterung, als er und Markus auf dem Trottoir draußen weggehen konnten von diesem Gebäude, in dem sechzehn Wohnungen waren und in dem Zaharas Wohnung war, als Markus zu ihm sagte: »Da werde ich jetzt wohl einen Bericht schreiben müssen. Wahrscheinlich werden wir in Zukunft nicht mehr zu ihr dürfen.«

Wie einfach er Zahara hatte umarmen können – bis zu dem Moment, als sie sich schwächer werden ließ. Er wollte sie vor sich selbst zurückzuhalten. Sie zu sich zu bringen. Langsam. Zu sich. In Tränen. Er warf es sich vor. Da waren keine Tränen der Erlösung gewesen. Nur die Worte: »Ich heiße Zahara! Nicht Sarah!« Leidenschaft. Hitze. Die Gewalt ertrug er nicht. Und weil er sie »Sarah« genannt hatte, war allem etwas Falsches beigemischt.

Er sah sie unter einem Kopfumhang, unter dem handverzierten Umhang, schwarz mit grünen und gelben und roten Blumen, die sich rankten und immer weiter rankten auf dem Stoff. An der Stirn waren einige ihrer Haare sichtbar. Die Hände waren alt. Er hatte Angst. Weit aufgerissen waren ihre Augen.

Er war müde. Tagelang war er nicht müde gewesen. Tagelang hatte er alles mitmachen können. Tagelang hatte er gelebt. Nun spürte er die Nacht. Die Müdigkeit. Die Schwere des Körpers. Er hörte Stimmen. Aus der Nacht. »Go on! Go on! You must go on!« Er blieb liegen. Das war sein Leben. Er war angekommen. Er hatte es geschafft.

Er hätte Miriam gern Blumen geschickt. Die Zukunft zählte. Sie war alles, was zählte. Dahin konnten sie kommen. Leuchtend schwarz und grün.

98

Auf dem Sofa saßen die beiden Söhne. Fadusch und Machmed. Sie starrten auf den kleinen Bildschirm. Zwei Söhne, die sich von den Explosionen nicht berühren ließen. Es war ein Kinderlied. Immer wieder. Immer wieder derselbe Rhythmus, derselbe Refrain, dieselbe Melodie. Vokale wurden lang gezogen und zitterten. *El arnab wa.* Johannes fand das Lied. *Elil arnab lah i moh. Elil arnab lah i moh. Ismachie ili racha el ab mama. Elid nu la mamoh. Elidu nu la mamoh. Ihm je jih kid da la. Ihm je kid schid nidd. Alahh. Ihm je ki schid nidd. Alahh.*

Elil arnab lah i moh. Elil arnab lah i moh. Ismachie ili racha el ab mama. Elid nu la mamoh. Elidu nod mamoh. Ihm je jih kid da la. Ihm je kid schid nidd. Alahh. Ihm je ki schid nidd. Alahh.

Da war ein Grundton, auf den es immer wieder zuging. War es eine Tonart? Aber da waren auch gehaltene Vokale, die über und unter dem Ton zitterten, gehalten wurden, verzierten, verzerrten, verwirrten. Die zitternden O. Immer wieder. Es gab Reime in diesen zitternden O. Binnenreime? Gab es überhaupt Zeilen in diesem Kinderlied?

Elil arnab lah i moh. Elil arnab lah i moh. Ismachie ili racha el ab mama. Elid nu la mamoh. Elidu nod mamoh. Ihm je jih kid da la. Ihm je kid schid nidd. Alahh. Ihm je ki schid nidd. Alahh.

Auf dem Bildschirm lebten Zeichentrickfiguren. Ein weißer Hase mit rosaroten Ohren. Im Hintergrund eine Windmühle. Ein Fuchs. Die Mutter des Häschens trug ein goldenes Kopftuch. *Elil arnab.* Und das Häschen ging in die Welt hinaus. Das Häschen roch in der Wiese an Blumen. Unschuldig. Die Wolken waren Idylle; die Wolken waren Geborgenheit. Es war die erste Gefahr der Kindheit. Der Fuchs tauchte auf. Er trug Messer und Gabel über dem Kopf. Er wollte Elil arnab fressen.

Wie hieß der Fuchs im Lied? Mama war Mama. Ein Wort, das vom Atmen kam, vom Lippenaufeinanderpressen und -öffnen, vom Trinken, wo die Lippen wichtigstes Instrument waren. War Saugen die erste menschliche Aktivität? Das Einsaugen der Luft, die die Lungen füllte?

Heschi abab hieß der Fuchs. Und heschi abab hesche bub lih. Er rannte dem Häschen hinterher. Das Häschen versteckte sich in einem Baumstamm, der an der Wurzel eine Höhle hatte. Der Fuchs suchte. Der Fuchs winkte mit Messer und Gabel über dem Kopf. Er war wild. Er war hungrig. Nur die Augen blickten aus der Baumwurzel. Der Fuchs fand das Häschen nicht. Und das Häschen rannte nach Hause, wo die Mutter, die um den Kopf ein goldenes Kopftuch trug, die Arme um das Häschen schlang. Auf dem Herd kochte Reis, und in der Waschmaschine wirbelte eine Ladung goldener Wäsche.

Elil arnab lah i moh. Elil arnab lah i moh. Ismachie ili racha el ab mama. Elid nu la mamoh. Elidu nod mamoh. Ihm je jih kid da la. Ihm je kid schid nidd. Alahh. Ihm je ki schid nidd. Alahh. Immer doppelt kamen die Zeilen. Das hörte er. Das war zum Mitsingen. Er hätte gern mitgesungen. Er summte nur. Es war eine eingängige Melodie. Nur beim Erzitternlassen der langen Vokale machte seine Stimme nicht mit. Das war ein Ton, der nicht Teil seiner Sprache war. Er schaffte es nicht, ihn aus seiner Kehle zu bringen.

Weinend küsste das Häschen die Hand der Mutter. Es war gerettet. Es war nach Hause gekommen. Jetzt war alles in Ordnung.

Elil arnab lah i moh. Elil arnab lah i moh. Ismachie ili racha el ab mama. Elid nu la mamoh. Elidu nod mamoh. Ihm je jih kid da la. Ihm je kid schid nidd. Alahh. Ihm je ki schid nidd. Alahh. Mama war die Mutter. Heschi aba war der Fuchs. Elil arnab ging in die Welt, ging weg vom goldenen Kopftuch der Mutter und von der goldenen Wäsche in der Waschmaschine.

99

Er fuhr an den See. Er musste zu Miriam. *Elil arnab lah i moh, elil arnab lah i moh.* Dazu rannte ein weißer Hase mit rosaroten Ohren durch die Welt.

Miriam lehnte sich zurück in ihrem Stuhl. Ihre Augen schlossen sich und öffneten sich. Dann blieben sie offen. Es war früh am Morgen. Johannes meinte, ein leichtes Kopfschütteln wahrzunehmen. Aber vielleicht bildete er sich das auch nur ein. Er wusste es nicht. Er wollte es eigentlich auch nicht wissen. Er wollte nur noch, dass sie spürte, wie tief ihn das alles anging. Dass er das alles miterlebte. Ohne zu richten. Ohne zu fordern. Ohne besitzen zu wollen. Nicht Miriam, nicht den Stuhl, nicht das, was in Miriam vorging, nicht den Atem, nicht das, was kommen würde. Er konnte sie sein lassen, wie sie war. Das sollte sie spüren. Tief atmete er ein. Er wollte da sein für sie.

Elil arnab lah i moh. »Weiß er was?«, fragte Johannes.

Spielte es eine Rolle, was Dakhil wusste? Es stand fest, dass es Dakhil war. Das brauchte sie ihm nicht zu sagen. Ihre Beschreibung von Dakhils Fatayer-Backen, »zärtlich und weise«, sagte es.

Wäre es schlimm gewesen, wenn Dakhil es gewusst hätte? Wäre damit schon die erste Instanz des Richtens geschaffen? So lange Dakhil es nicht wusste, konnte er weiter sein Leben leben. Als einfacher Mann. Als mitfühlender Mann. Als dankbarer Mann. Als backender Mann. Als besorgter Mann. Er konnte sich frei bewegen. Hätte sie es ihm gesagt, hätte das Wissen ihn sofort gefesselt. Es hätte ihn gezwungen, Entscheidungen zu treffen.

Mädchen und Junge. Würde das Aussehen sie verraten? Wäre dann, wenn erst das Aussehen sie verriet, der Betrug noch größer, den das Dorf und Matthias empfinden würden? War es ein Betrug? Ein Betrug der Liebe? War es nicht auch ein Sich-Hingeben? Eine Zukunft, der hier eine Möglichkeit gegeben wurde? Im Wissen würden Grenzen gezogen. Sofort. Grenzen, die nicht mehr zurückgenommen werden könnten. Grenzen, die trennen würden. Unaufhaltsam. Bei Dakhil. Und bei Matthias.

Hinter ihr bewegten sich Nebelschwaden, von rechts nach links. Von Westen nach Osten. Westwind. Von rechts nach links. Wie die Schrift, wenn sie in den Zeichen des Qur-ān geschrieben wurde. Aber nur, weil sie Richtung Süden auf den See hinausblickten. Säßen sie am anderen Ufer, im anderen Land, würde der Westwind die Nebelschwaden von links nach rechts wehen. Dann wäre alles umgekehrt. Dann gehörte alles zu einer anderen Welt.

Eine Pflegerin trat zusammen mit ihrem Klopfen ins Zimmer. »Zeit für die Medikamente.« Sie gab Miriam drei kleine Plastikbecher mit Pillen, einen halb mit Wasser gefüllten großen Plastikbecher reichte sie hinterher. Ungeduldig stand sie da, während Miriam langsam den ersten, den zweiten und den dritten kleinen Plastikbecher ansetzte, in den Mund kippte und mit Wasser nachspülte.

Die Pflegerin nahm die drei kleinen Becher mit und ließ den Wasserbecher stehen. Kaum war sie weg, bewegte Miriam den Kiefer und den Hals und spuckte sich alles bunt in die Handfläche. Sie zeigte sie ihm. »Wie ein Storch mache ich das.«

Er lachte. »Toll.« Er fühlte sich betrogen. Er spürte eine Wut in sich aufsteigen. Wie hatte sie das tun können? Wie hatte sie ihm das antun können? Diesen Betrug. Er war von Amerika hergeflogen. Wie hatte sie die Suizidgefährdete spielen können, damit sie sich hier verstecken konnte? Und sie spielte sie immer noch. Um sich zu verstecken. Um Zeit zu gewinnen. Vor der Welt und vor dem Dorf und vor Matthias. Er sagte: »Verflucht nochmal.« Er sagte: »Wie ein Storch. Mannomann.« Er durfte sich seine Wut, er durfte sich sein Gefühl des Betrogenwordenseins nicht anmerken lassen. Er sagte: »Gibst du mir eine?«

»Von denen?«

»Ja, von denen.«

»Wenn du willst. Welche hättest du gern?«

Er studierte die Pillen. Bunt waren sie. Sieben an der Zahl. *Elil arnab lah i moh.* Er entschied sich für die orangerote, die runde, die kleine. »Die sieht ein bisschen geheimnisvoll aus. Sie ist so klein, sie muss viel in sich haben.«

Miriam reichte ihm das Wasser. Johannes blickte noch einmal auf das Sammelsurium von Pillen in ihrer Hand: eine größere rosa Pille, zwei gelbe Pillen, vier winzige – rot und rosa und orangerot und blau. Es war ein Murmelspiel von Pillen. Er blieb bei der orangeroten. Die sah am gefährlichsten aus. Er warf sie sich in den Mund, nahm einen Schluck und legte zum Schlucken den Kopf in den Nacken. So hüpfte sein Adamsapfel besonders. Vielleicht amüsierte sie das.

»Weißt du, wofür die ist?«

»Wofür die wäre?«

»Nein, wofür die ist – jetzt eben bei mir.«

»Vielleicht Östrogen.«

Er stellte keinen Geschmack fest, auch keinen Nachgeschmack. Alles war sauber die Kehle hinuntergerauscht. »Morgen probier' ich die Grüne«, sagte er.

»Und dann vergleichen wir, was du mehr und was du weniger hast.«

»Oder umgekehrt.«

»Genau.«

Die runde, orangerote Pille war die kleinste gewesen. Und sie hatte die auffallendste Farbe gehabt. »Vielleicht war's die Antibabypille?«

»Bestimmt nicht. Da kann ich dich beruhigen.«

»Bist du sicher? Weißt du genau, was dir Professor Doktor Nack da gibt?«

»Ich habe keine Ahnung.«

»Bist du denn gar nicht neugierig?«

»Ein bisschen schon. Aber die haben es hier nicht gern, wenn man bei jeder Kleinigkeit nachfragt.«

»Hast du denn schon einmal nachgefragt?«

»Ja, als die Verstopfung einfach nicht weggegangen ist.«

»Das muss am Anfang gewesen sein.«

»Ja, ganz am Anfang. Es war die Essensumstellung. Hier gibt's ja keine Früchte und kaum Gemüse. Aber da hab ich sie gefragt, von welchem Medikament das kommen könnte. Ich hab nie eine Antwort bekommen. Keine richtige Antwort. Vielen gehe das so, hat der Professor Doktor Nack gesagt.«

»Vielleicht hat er ja recht.«

»Bestimmt hat er recht. Aber so, wie er das gesagt hat, habe ich gleich gemerkt, der lässt sich nicht gern Fragen stellen.«

»Vielleicht war er an dem Morgen in Eile?«

»Der ist doch immer in Eile. Nur wenn du da bist, nimmt er sich Zeit.«

Diese Feststellung tat Johannes gut. Vielleicht hatte Professor Doktor Nack gegoogelt und auf Wikipedia nachgeschaut. Johannes sagte: »Ich bin also doch jemand.«

100

Sie sagte. »Ich wollte auch einmal etwas Verrücktes tun.«

Er begann zu verstehen.

Sie sagte: »Das Weiße um die Pupillen. Und die weißen Zähne, und die Lippen, die übrigens auch ganz bemerkenswert waren.«

»Im Vergleich zu was?«

»Im Vergleich zu allen Lippen der Welt.«

Er lag vor ihr. Er lag neben ihr. Sie hatte sich aufgesetzt auf der Liegewiese des Strandbades. Er lag auf dem Bauch, und sie betrachtete seine Schultern, den Rücken, die Wirbelsäule, die Haare, die am Nacken dichter wurden. Es waren dunkle Haare. Schwarze Haare. Starke Haare. Sie waren stärker als die Haare, die er auf dem Kopf trug. Sie waren kürzer. Und immer wieder waren da kleine Flecken in der Haut – manche ockerfarben, manche dunkelbraun, manche fast schwarz. Hier war jeder Punkt eine Ortschaft auf einer Landkarte. Es ging um diese Punkte, nicht um die Weite der Landschaft um sie herum. Bei Dakhil erzählten die Punkte. Alles war wach. Alles war gespannt. Alles war durchströmt von etwas Fremdem, dem sie sich hingeben wollte, ohne es entziffern zu können. Es war eine Stimmung – des Lebendigseins, des Zurrens und Zerrens, des Atmens und Schluckens. Da war etwas überlebendig in ihr, wenn sie ihn anschaute. Alles war anders. In dieser Sonne auf der Liegewiese am See. Und sie wusste nicht, woher es kam und wie es weitergehen sollte. Mit ihr. Mit diesem Überlebendigsein.

Sie sagte: »Das Verrückte ist, dass es seine Zähne waren. Immer wieder seine Zähne.«

»Seine Zähne?«

»Weil die so hell waren, so mitten im Gesicht. So etwas habe ich noch nie erlebt. Solche Zähne. So groß und so weiß. Immer wieder musste ich sie anstarren.«

Dakhil genoss die Sonne. Er schloss die Augen, mit halb offenem Mund. Vielleicht wusste er, dass sie ihn anschaute. Sie vermutete es. Sie tat, was richtig war. Sie zeigte ihm, dass hier in dieser Welt Männer und Frauen miteinander ins Freibad gehen konnten, ohne dass das gleich etwas zu bedeuten hatte. Er brummte. Es war eher ein Summen als ein Brummen. Tief aus ihm kam es. »You are a bear«, sagte sie. »Brummbär.« Er brummte. Die Worte gefielen ihm.

Er hatte sie eingeladen. »Gehst du mit mir an den See?« Und sie hatte ja gesagt. Es war einfach gewesen. Was er zuhause gesagt hatte, als er sich verabschiedete, um sie vor dem Eingang des Freibades zu treffen, konnte sie sich nicht vorstellen. Wahrscheinlich hatte er nichts gesagt. Sie wollte ihn nicht danach fragen.

Nach seinem Namen konnte sie ihn fragen. Hatte er eine Bedeutung? Sie bemerkte, dass sie immer in Wortspielen denken musste. Dakhil Brummbär. Und diese Wortspiele gingen, als sei es das natürlichste von der Welt, immer von ihrer eigenen Sprache aus. Das Verlangen, etwas benennen zu können – für sich benennen zu können –, es sich so zu eigen zu machen, sich einzuverleiben. Ich will dich als Teil von mir haben. Miriam. Dakhil sprach ihren Namen so aus, wie sie ihn gern in sich hörte. Da war das erste I ein A und das R leicht gerollt. Sie hörte es gern, wenn er sie so beim Namen nannte. Maryam. Wenn er sie anders machte – in sich. Es entstand eine neue Nähe in diesem neuen Klang ihres Namens. Und sie war sich sicher, dass sie Dakhil mit ihrer Aussprache seines Namens in ihre Welt zog. So entstand ein Hin-und-Her. Es war ihr fremd. Es war ihr angenehm. Sie lernten. »Der Hereinkommende«, lernte sie. »Bitter aus dem Meer«, lernte er. So kamen sich die Welten näher. Sagte sie sich. Alles war in Ordnung. Sie lernten voneinander. Sie hörten voneinander. Sie wurden sich fremd im Aussprechen ihrer Namen. In eine neue Welt wuchsen sie. Und achteten nicht auf die Hunderte von Handtüchern und die Hunderte von anderen Rücken und Bäuchen, die um sie herum auf der Liegewiese lagen an diesem heißen Sommertag am See.

101

Immer wieder waren da die drei Herzschläge, die Miriam in sich spürte – ihren und die zwei anderen. Immer wieder waren da die Haare an Dakhils Schläfen, die sie durch ihre Finger gleiten ließ. Immer wieder waren da die Augenblicke, in denen sie ihm mit den Fingern über den Handrücken strich. Er sagte: »Du hast schöne Hände.« Noch nie hatte jemand das zu ihr gesagt. Und obwohl sie sich für immun hielt gegen solche Komplimente, waren sie ihr angenehm. Sie waren ihr mehr als angenehm. Sie hörte sie gern. Sie glaubte sie. Sie sollten ihre Wahrheit haben, diese Worte, denn sie waren mit einer Stimme gesprochen, die nahe bei ihr sein wollte. Diese Worte waren Zuneigung. Und diese Zuneigung wollte sie erwidern. Diese Worte waren so anders als das, was sie bisher zu hören bekommen hatte. Sie waren dunkler, gefährlicher, aber auch wärmer und einladender. Sie wollten, dass zwei Seelen nahe beieinander sein könnten, egal, was die Welt davon hielt. Sie wollten, dass ein Zusammensein stärker wäre als ein Jeder-für-Sich. Drei Herzschläge waren stärker als einer. Drei Herzschläge bedeuteten Zukunft. Drei Herzschläge bedeuteten Mehrstimmigkeit, bedeuteten drei Rhythmen, die mit- und übereinander schlugen. Zusammenkamen und auseinander gingen. Miteinander spielten.

Und die Kinder stießen sich in ihrem Leib. Rebekka sprach: Warum geschieht mir das? Sie ging und befragte den HErrn. Und der HErr sprach: Siehe, zwei Völker sind in deinem Leibe, und zweierlei Volk wird sich scheiden aus deinem Schoß; ein Volk wird dem anderen überlegen sein; der Ältere wird dem Jüngeren dienen.

Sie wusste, dass er aus einer Welt kam, in der Worte Nachrichten aus einer verhüllten Welt waren. Als Zeichen seiner Zuneigung bat er sie, sich ein wenig mehr zu verhüllen. Sich etwas um die Schultern zu legen. Er zeigte ihr so, dass er sie mochte. Er wollte, dass sie, so wie er sie sah, gut sein sollte. »Du und ich«, sagte er. Und sie verstand. Sie war sogar, trotz der Überraschung, geschmeichelt von seiner Aufforderung. »Ein wenig mehr Stoff, damit der Stoff deine Zierde ist.« Er schenkte ihr ein Schultertuch aus Seide. Es sah aus wie gebatikt. Hübsch, eigentlich, dachte sie. Aber dass sie dieses Eigentlich mitdenken musste, erschreckte sie. Da wurde ein Wir geschaffen, über das sie nicht mehr entscheiden konnte. Sie als Teil eines neuen Wir: Sie war klein und gefangen. Gern.

Sie kämpften eine Weile. Sie erzählte von der Liebe DEssen, DEr für »unsere« Sünden gestorben ist. »Auch für deine.« Diese Liebe wollte er nicht annehmen. »Ich will nicht, dass jemand für mich stirbt. Und noch weniger, dass jemand für mich gestorben ist.« Was für ein Geschenk war das, wenn der Beschenkte sich dem Geschenk verpflichtet fühlen musste?

Am Strand rollten kleine Wellen heran. Farnblätter, dachte sie. In der Wüste gab es keine Farne. Wo hatte er dieses Schultertuch gefunden? Hatte er es selbst gemacht? Hatte er es aus dem Schrank seiner Frau genommen? Es war nicht so eingepackt, dass sie hätte denken können, er habe es gekauft.

Sie nannte ihn Dakhil, er nannte sie Maryam. Sie fand es angenehm, dass sie in seiner Sprache zwei A in ihrem Namen hatte. Er fand es angenehm, dass sie offen sprach, dass sie offen vertraute, dass sie Worte suchte für das, was er bisher erlebt hatte. Das Nachdenken über den Herzschlag. Das Nachdenken über die Finger. Das Nachdenken übers Vertrauen. Sogar über Khawla redeten sie. Wie sie immer wieder die Kinder herantrug, als seien sie ihr besonderes Geschenk an ihn, als könne sie ihn damit gewinnen. »Dein Sohn«, sagte sie. »Deine Tochter«, sagte sie. Und sie ließ ihn sie mit seinem Zeigefinger liebkosen. Immer wieder sollte er ihnen den Bauch befühlen, damit sie ihn fühlen konnten. Durch die Säuglingskleidchen hindurch.

102

Er wusste, er hätte sich weniger betrogen gefühlt, wenn er alles schon von Anfang an gewusst hätte. Dann hätte das gemeinsame Wissen ihnen einen Kokon geschenkt. Es hätte sie in einer Gemeinsamkeit zusammengewebt. Er fühlte sich nicht betrogen durch das, was geschehen war, sondern er fühlte sich betrogen, weil er nicht ins Wissen eingeschlossen war. Das Wissen war das Entscheidende. Wissen hieß dazugehören. Nicht-Wissen hieß, ausgeschlossen worden zu sein. Er war von ihr ausgeschlossen worden. Erst als er wieder dazugehörte, bemerkte er, dass er ausgeschlossen worden war. Das geheime Ausgeschlossenwerden aus dem Wissen war der eigentliche Betrug.

Er fand keinen Weg. Er fand keine Lösung. Es war alles durcheinander. Sie zu verlassen, sie zurückzulassen, das spürte er, damit hätte er sich selbst betrogen. Hier zu bleiben, bei ihr, neben ihr, war auch keine Möglichkeit. Was blieb? Das Licht, die Offenheit, die Wellen, der Strand und der Nebel.

In ihm kämpfte es. Sie wusste, was sie in ihm angerichtet hatte. Er konnte es in ihren Augen erkennen. Sie wollte etwas von ihm. Und so, wie sie dasaß, rechnete sie sich die besten Chancen aus, dass sie das, was sie erreichen wollte, erreichen würde. Das Nebellicht draußen über dem See. Das war die Natur im November. Kalt und lichtlos. Ohne Orientierung. November war der lichtloseste Monat des Jahres. Da gab es nur Grau. Durch die Fenster drang kein Licht von draußen herein. Alles war verurteilt. Zur Kälte. Zum Gelähmtsein. Miriam war Teil von dem, was draußen war – leise Wellen, die aus dem Nebel herleckten, letzte fallende Blätter, die vor dem Fenster nach unten taumelten, grenzenloses Grau. Wenn er jetzt allein gewesen wäre, hätte er sich wohler gefühlt. Dann hätte er so sein können, wie er sein wollte. Dabei wusste er, dass er mehr war, wenn sie bei ihm war. Immer mehr. Das machte er sich klar. Atmend. Es war, wie es war. Er war, wie er war. Sie war, wie sie war. Grundlos. In Liebe. Er war sie, und sie war er. Damit lebten sie. Ineinander. Im anderen. Mit dem anderen. Durch den anderen. Sie und er. Frei. Es war Liebe. Es war Abhängigkeit. Es war Betrug.

103

Sie konnte ihn sich als Vater vorstellen; sie konnte ihn sich gut als Vater vorstellen. Er hatte dieses weiche, stolze Gesicht, diese Dunkelheiten von Licht und Liebe, diese Helligkeiten von Augen und Stirn und lachend geöffnetem Mund. Das dunkelblaue Adidas-Trainingsanzugsoberteil, das er immer getragen hatte, mit Schweiß- und altem Zigarettengeruch. Sie wollte, dass er mit seinem Zeigefinger der Kleinen und dem Kleinen über den Magen strich, »kuhkuhkuh« sagte und dass in seinen Augen nichts als Stolz und Glück und Zukunft leuchteten. Sie würde ihm zuliebe sogar ein Kopftuch tragen, wenn das einen Unterschied machte. Auch ihre Großmutter hatte ein Kopftuch getragen. Auch ihre Großmutter hatte sich an die Männer- und Frauenseiten in der Kirche gehalten. Gehorsam. Die Liebe zählte. Sonst nichts. Ihm zuliebe. Den beiden, deren Herzschlag in ihr wuchs, zuliebe. Alles andere zählte nicht. Nicht in ihrem Leben.

Aber das andere würde in ihrem Leben auch zählen. Und es würde in Matthias' Leben zählen. Das wusste sie. Die Welt war stärker. Die Welt hatte Erwartungen. Recht und Unrecht. Richtig und falsch. Dazugehören und nicht dazugehören. Familie. Religion. GOtt. Mohammed. Allah. JEsus. Maria. Und immer wieder die Liebe. Die Liebe, die einschloss. Die Liebe, die beschützen wollte. Die Liebe, die besitzen wollte. Die Liebe, die »ich« sagen und »Familie« heißen wollte. Die Liebe, die ausschloss. Die Liebe, die in GOttes unergründlichem Ratschluss lag.

Sie spürte, wie Johannes sie anblickte. Sie wusste nicht, was sie tun sollte. Sie wollte wissen, was sie tun sollte. Dabei gab es nichts, was er tun sollte. Er sollte nichts tun. Aber eben dieses Nichts-Tun war ihm unmöglich. Das wusste sie. Das spürte sie. Aber in jedem Tun, das er in Betracht zog, lag ein Antun. Es gab kein Tun, das ohne Antun war. Ein Antun aus Liebe. GOtt ließ auch das zu. Ein Antun aus Zuneigung. Das Antunlassen gehörte zu GOttes unergründlichem Ratschluss. Sie gehörte zu jenen Menschen, die sich im Antunlassenmüssen einrichten mussten. IHm zuliebe. Durch SEine Barmherzigkeit. Sie musste sich sein lassen. Freundlich. Nachdenklich. Glücklich. Mit Schmerz und Glück. Ihren Schoß spürte sie. Sie spürte die Zukunft. Ich und sie. Er. Und er auch. Und noch einmal ein Er. Da waren zu viele Er. Das wusste sie. Die Er kämpften in ihr. Es kämpfte in ihr. Er oder er? Ihn oder ihn? Oder keinen. Konnte sie weggehen – in eine neue Zukunft? Sie und Johannes? Alles konnte sein. Aber lange würde es nicht so bleiben. Lange konnte sie die Entscheidung nicht hinausschieben. Und wie würde die Welt für sie entscheiden? Gab es eine Möglichkeit des großen Zusammenseins? Eine große Familie? Dakhil, der seinen Zeigefinger stolz in den Bauch des Kleinen und der Kleinen drückte. Zärtlich. Und am Küchentisch über sein iPad gebeugt Matthias, der mit Ruth und Daniel skypte. War das eine Möglichkeit? Konnte sie auf diese Möglichkeit zuleben? Und Khawla lebte auch in dieser großen, gemeinsamen Wohnung? Gab es eine Liebe, die so viel einschließen konnte? Sie war bereit. Dachte sie. Johannes und sie könnten den Anfang machen – und die anderen einladen. All die anderen. Gemeinsam. Miteinander. Zueinander. Durcheinander. Das war eine Möglichkeit. Ihre Gedanken. Die Männernamen bewegten sie. Gesichter und Augen bewegten sie. Und es ging weiter. Irgendwie. Es musste weitergehen. Ob im Kreis oder in der Zukunft. Sie konnte ihn sich als Vater vorstellen; sie konnte ihn sich gut als Vater vorstellen. Er wäre ein guter Vater. Das wusste sie. Es ging im Kreis. Immer wieder im Kreis. Und solange es im Kreis ging, geschah nichts.

104

»ICh bin der Weg und die Wahrheit und das Leben; niemand kommt zum VAter denn durch MIch.« Da waren Räume der Wahrheit, da war der VAter. Weg, Wahrheit und Leben! Alles miteinander. War sie ihm Weg? Sie war ihm alles.

Draußen war es Nacht. Draußen hörte er den Wind, der sich mit den Fichtenzweigen auf dem Nachbargrundstück beschäftigte. Johannes hatte soeben die wichtigste Entscheidung seines Lebens getroffen. Er würde bei ihr bleiben. Er würde bei ihr bleiben, bis sie beide wieder so viel voneinander aufgenommen hatten, dass jeder für sich leben konnte, eine Zeitlang wenigstens. Das war das Leben. Das war der Weg. Also war das auch die Wahrheit. Es war der Tag, an dem sich alles umkehrte. Das Hinaus aus dem Dorf der Kindheit, das Wegwollen, das Heimweh auf die Welt kehrte er um – es wurde zu Miriam, zum Dorf, zur Zukunft.

Brüderchen und Schwesterchen. Johannes und Miriam. »Komm, wir wollen miteinander in die weite Welt gehen.« »GOtt und unsere Herzen, die weinen zusammen.«

»Gehen Alche, Arlorn.« »Ja, Arlorn.«

Leite mich in deiner Wahrheit, wollte er sagen. Die weißen Wände machten es einfacher. Der fast weiße Resopaltisch in ihrem Zimmer machte es einfacher. Es war alles einfach.

105

Er legte seine Hand auf die Tischplatte. Langsam schob er sie vorwärts. So weit, bis sie in der Mitte des Tisches lag. Dort ließ er sie liegen. Und wartete. Wie entspannt er auf einmal war. Dieser Augenblick war heilig. Er war beinahe glücklich. Er atmete anders; er blickte anders; er fühlte anders. Er wusste nicht, woher das kam. Aber es war da. In ihm. Es war da. Eine Art Frieden.

Sie sagte: »Ich habe von einem Strauch geträumt, der in meinen Kopf hineingewachsen ist. Der hat immer neue Triebe bekommen. ›Was soll das?‹, habe ich gesagt. Aber er ist immer weiter hineingewachsen.«

Miriams Augen schluckten das Licht im Zimmer und gaben es nicht wieder zurück. Sie verbrauchten Licht. Sie starrten. Nach innen. Weg von ihm. Sie warteten und konnten das Warten ertragen. Sie versuchten, anzukommen – in der Tiefe.

Er spürte es. Er spürte sie. Tief in sich. Im Atmen. Im Sehen. Es war ein Blühen in der Dunkelheit. Es war ein Wachsen. Auch zu ihm hin. Er hieß Johannes; sie hieß Miriam. Sie kamen einander näher.

Er sagte: »Wie ist das Essen hier?«

Sie sagte: »Hier?« Die Augen senkten sich auf die Resopalplatte. Sie zitterte.

Hier – das Wort klang wie eine Lüge. Das warf sie ihm vor. Sie hatte ihn in ihre Nähe gelassen. Jetzt war er wieder weit weg. *Hier*. Sie blickte auf die Tischplatte. Etwas spielte sich ab zwischen ihnen. Er wusste nicht, was. Hier? Diese Sprache konnte er nicht entziffern.

»Herr Professor.« Viola stand hinter ihm. Er hatte nicht bemerkt, dass sie eingetreten war. »Professor Nack hätte gern ein Wort mit Ihnen gesprochen«, sagte sie. »Er erwartet sie im Untersuchungszimmer auf der Station.«

Johannes sagte: »Geben Sie mir noch ein paar Minuten.«

Miriam und er saßen einander gegenüber. Aber sie waren nicht mehr im selben Raum. Er war weggeholt worden. Er sagte: »Entschuldige. Wir hatten gerade einen guten Moment.«

»Wenn du meinst.«

Er würde Professor Doktor Nack warten lassen.

106

Anamnese. Gegenübertragung. Abwehrverhalten. Psychotische oder neurotische Depression. Abhängigkeit. Auslöser. Faktoren. Stimmungsamplituden. Selbsttötungsabsichten. Unterleibsbeschwerden. Ängste. Antrieb. Melancholie. Schuldgefühle.

Schlaflosigkeit. Antriebslosigkeit. Es waren lauter Worthülsen. Er musste sie in sich zusammensuchen. Er brauchte sie jetzt vielleicht. Diese Worthülsen könnten ihn ausweisen. »Sind Sie Kollege?« Er würde diese Begriffe einsetzen. Wie Ausweise. Professor Doktor Nack. Der kleine Riese in Birkenstocksandalen.

In den USA nahmen ein Viertel aller Frauen zwischen vierzig und sechzig Antidepressiva. Benzodiazepin-Derivate, Azapiron, Diphenylmethan-Derivate. Auch trizyklische Tranqulizer. Beruhigungsmittel. Stimmungsaufheller. Bekam Miriam Alprazolam? Gab es das auf dem deutschen Markt? Xanax? Stellte Pfizer das her? Medikamentenmärkte unterschieden sich wie Glaubensbekenntnisse. Kultur, Märkte und Heilungsglauben. Marktwirtschaftsreligionen und Politik. Diazepam? Also Valium? In welcher Dosierung? 2,5 mg? 5 mg? Eventuell sogar, weil eine akute Krise vorlag, mehr? Krankheit war Unterschied. Gesundheit war Stille. Also wurde Krankheit zuerst in Stille umgewandelt. Von innen heraus.

Miriam sagte: »Bibel, Märchen und Bäume. Ich hatte als Kind eine schreckliche Phantasie. Und ich habe immer Angst gehabt, dass jemand das herausfindet.«

Es war eine Verwirrung in ihr, in die sie sich hineintraute.

Sie sagte: »Ich sehe eine Stadt in den Wolken. Es ist eine große Stadt mit zahllosen Gässchen. Ganz tief unten gehst du.«

Er sagte: »Sind wir das?«

Sie sagte: »Nein, du. Ich weiß nicht, wo ich bin.«

Sie sagte: »Wusstest du, dass die Mutter mir, als ich drei war, die Ärmel meines Schlafanzuges vorne zugenäht hat? Zunähen musste. Musste! Weil das angeordnet wurde. Von der Gemeindeschwester. Alles, damit ich nicht weiter die Nächte durch Daumen lutschte.«

»Hat sie das bei mir auch getan?«

»Ja, bei dir und bei mir.«

Auf der Resopalplatte lag ein Memory Stick. Gelb. Den musste sie, ohne dass er es bemerkt hatte, hingelegt haben.

»Ist der für mich?«

»Wenn du willst.«

107

In ihm lebten Welten. Sie gehörten zu ihm. Aber er wusste nicht, ob er auch zu ihnen gehörte. Er spürte die Distanz. Er wollte bei Miriam bleiben. Sie gehörte zu ihm. Aber sie war ihm fremd. Er blickte sie an und sah seine Schwester, die zu einer Welt gehörte, die er nur entfernt kannte. Es war eine Welt, die ihn betrügen konnte. Er sah Zaharas Welt und den schwarzweißen Teppich in ihrem Wohnzimmer, das einfache Blumenmuster mit den schwarzweißen Weintrauben, die am Rand entlang aufgereiht waren. Es war eine Welt, die außer Kontrolle um sich schlagen konnte. Er sah die Tapete mit den Olivenölspuren. Er sah Markus, der den Bericht schrieb. Er sah den weißen Hasen mit den rosaroten Ohren, der in die Welt hinausging und sich in der Höhle in der Baumwurzel vor dem Fuchs versteckte. Er sah Dakhils Lachen, die dunklen Haare, sah das Haus, von dem nur noch die Mauern standen. Die Treppe in den Keller war voller Schutt. Ein Waschbecken und eine Toilette lagen da. »Panzerschüsse.« Wo die Fenster waren, waren jetzt schwarze Löcher. Ausgestochene Augen. Er sah Khawlas rundes Gesicht, wie es aus den Gewändern herausschaute, klug, verstehend, gehorsam. Er spürte die Hitze. Er sah Khawlas nackte Füße, wie sie unter ihrem Gewand hervorschauten, als sie in die Küche ging, um Miriam ein Glas Schokoladenpudding zu bringen. Dakhils offenes Gesicht. Es wollte eine Zukunft. Für den drei Wochen alten Sohn. »Wir sind gegangen, weil er immer weinte. Bummbummbumm. Jedes Schießen. Er hat nicht mehr geschlafen.« Er sah die Zeltplanen, die Teppiche auf der Erde, die Kissen auf dem Teppich, am Zeltrand entlang; er hörte die wilden Katzen, die im Lager umherstreunten und nachts die Abfallcontainer plünderten. Ihr Haus in Aleppo hatte auf einer Anhöhe gestanden. Von dort aus hatten sie über die Stadt, über die Autobahn, über die Gebäude im Neubauviertel hinausblicken können. Es war ein neues Viertel – gebaut mit den Staatsgeldern, die die Ölexporte ins Land brachten. Johannes sah Khawlas rundes Gesicht. Er sah die Augen. Auch zu diesen Augen gehörte er. So wie sie zu seinen braunen Augen gehörte. Dakhil hörte mit dem Rauchen auf. Von einem Tag auf den andern. Er sagte: »Ich rauche nicht mehr.« Und er rauchte nicht mehr. Diese Augen trugen eine Macht in sich. Johannes sah alles. In sich. Er spürte es. Auch die Schläge, die der Sohn bekam. Schläge mit dem Gürtel, weil der Sohn eine Tasse auf den Boden geworfen hatte. Mutwillig. Jähzornig. Dakhil war sich sicher. Khawla war sich sicher. »Genug jetzt.« Er spürte die Augen des Sohnes. Er spürte die Liebe der Familie. Im neuen Land. In der neuen Welt. In der Offenheit. In der Zukunft. Das war er. Suchend. Einatmend. Ausatmend. Tief.

108

Beim Stamm der JoUhero im westlichen Kenia gab es eigene Regeln für Heirat und Liebe. Vor der Heirat kam, wenn man Glück hatte, das Sich-Verlieben. Es hieß *giwinjore e chunye. Giwinjore e chunye* hieß, dass man sich im Herzen einig war.

Aber die Liebe spielte eine untergeordnete Rolle. Sie war ein Import aus dem Westen, der von ihnen aus gesehen im Norden lag. Die Liebe war ein Instrument des Kolonialismus. Die Liebe kam aus Filmen und aus der Musik. Sie kam aus einer Welt, die Englisch sprach. *I love you.* Die jungen Menschen liebten einander. Sie schliefen miteinander. Die Herzen harmonierten. Aber vor dem Heiraten, vor dem wirklichen, tatsächlichen Zusammenkommen von Mann und Frau, wurde bei den JoUhero die allbedeutende Frage gestellt: »Harmoniert das Blut?«

Nicht, dass die Liebe unwichtig gewesen wäre. Sie half Männern und Frauen zusammenzukommen. Ein Mann durfte sich auch in mehrere Frauen verlieben und ausprobieren, wie es mit einer jeden und ihm mit dem Blut stand. Es ging ja eigentlich immer darum, herauszufinden, ob das Blut harmonierte.

Liebe war der Anfang. *Giwinjore e chunye*. Die Herzen harmonierten. Liebe war der Anfang des Zusammenkommens. Liebe war das Oberflächliche. Was zählte, war die Harmonie des Blutes – *rembgi owinjore*. Nur wenn sich das Blut verstand, konnten Kinder gezeugt werden.

Schwangerschaft war das Zeichen, dass wirkliche Harmonie zwischen den Körpern bestand und dass man fürs Heiraten geeignet war.

Die Alten warteten, bis eine Frau schwanger wurde. Das war das Zeichen der Götter, dass das Blut harmonierte. Und alles andere war dieser Blutharmonie untergeordnet. *Rembgi owinjore*.

Und wenn das Blut eines Mannes mit dem Blut von mehreren Frauen harmonierte, dann hatten es die Götter so gewollt.

Bei den JoUhero war alles, was im westlichen Weltbild die Seele war – der Ort der tiefen Vereinigung in der Liebe, jener Verbindung, die alles überdauerte –, dieser Ort im Inneren des Menschen war bei den JoUhero, die vom Blut ihrer Rinder lebten, Blut. Blut war Leben. Blut war Fruchtbarkeit.

Wie war das bei den schwarz leuchtenden Augen? Was zählte da? Wie verstanden diese Augen die Liebe? In der Seele? Im Körper? Spielte das Blut eine Rolle? JoUhero und Hazara. *Giwinjore e chunye. Rembgi owinjore*. Er fand nichts im Internet. Arabische Buchstaben konnte er nicht eintippen oder lesen. Sie blieben ihm fremd.

١٠٩

Da war die Wirkung ihrer Sprache, wenn er sie halb gesungen, halb gesprochen hörte. Immer wieder hörte. Die YouTube-Gesänge. Sie taten etwas mit ihm. Er wollte sie nicht einmal verstehen. Darum ging es nicht. Oder doch. Er wollte sie aber nicht als Worte verstehen, sondern als Melodien. Worte waren nicht nur Worte. Sie waren Melodien. Sie waren Atem. Sie waren Behälter, im Himmel, im Wasser. Die Melodien in ihren Worten gingen auf in ihm. Und er ging auf in ihnen. Getragen. In diesem Singen, das die Vokale zittern ließ. Glücklich. Gewiss. Ohne dass es eine andere Möglichkeit gab. Von Pflanzen, die wuchsen, hörte er. Immer wieder ein paar Worte verstand er. Verstand sie als Worte. Diener hörte er. Von Dienern, die bereuten, hörte er. Das weckte ihn auf. Warum nur Diener und nicht auch Dienerinnen? Er musste sich das fragen. Es war ein Reflex. Dann war er wieder tief in den lang ausgehaltenen Endvokalen, die von den Wänden um ihn herum, von den Wänden, die in ihm waren, widerhallten. Die Seele bewegte sich über die Weide, wo auch die Ziegen weideten. Bereit waren sie. Die Ziegen. Die Hirten. Und seine Seele war bereit. Allah. Dieses Wort, das sich aushalten ließ – mit seinen langen Vokalen – am Ende. Und am Anfang.

Hypnotisch. Dachte er. Wie kam das? Wie konnte das sein? Er, Johannes, der sich gegen alles wehrte, was von diesen gesprochenen Worten ausging, konnte sich in gesungenen Klängen auf diese Worte einlassen. Sie gingen ein in ihn, als hätte er keine Kraft. Als wäre er nichts. Als wäre er ein Nichts im Hauch der Töne. Zitternd. Atmend. Schauen sie denn nicht zum Himmel über ihnen?, hörte er, in sich, atmend, die Worte, in der Luft, das Zittern. Der Himmel war geschmückt. Mit Blumen. Mit offenen, roten Blumen. Gesegnetes Wasser traf die Blumen und ließ sie sich noch weiter öffnen. Getroffen. Schmerzend. Trinkend. In den Worten. Im Singen. Im Zittern des Augenblicks. Blühend unter Palmen. Trinkend. Er wurde gesättigt. Er wurde lebendig. Und ruhig. Und offen. Alles war offen in ihm – in diesen Worten, in diesem Singen. Es war eine Schöpfung. Es war ein Erschaffen. Seine Seele war. Seine Seele zitterte. Im Gesungenwerden dieser Stimme, die sich vor ihm weiter und weiter vorwärtsbewegte, die die Worte zu einer Melodie zusammenzog, zu einem Atmen, zu einem bedeutungslosen höchsten Bedeuten. Weder die Trunkenheit noch eine Versuchung konnten ihn erreichen. Alle Wahrheit war in ihm. Werft in die Hölle jeden Ungläubigen, hörte er. Das war die Wahrheit. Und er hörte weiter. Er lebte weiter. Er zitterte weiter. Was er gehört hatte, spielte keine Rolle, weil das Zittern und das lang durchgehaltene Atmen alle Rollen spielte. Und die Hölle redete. Sie fragte: »Gibt es denn noch mehr?« So redete die Hölle mit ihm, und er hörte es. Im Zittern. Im Atmen. Und gleich daneben im Atmen war der Garten, der zitterte, waren die Palmen, die zitterten, war das Grün, das zitterte. Im Wasser. In der Fruchtbarkeit. In GOtt. Denn DEr war da. Im Atmen. In der Dankbarkeit. Tief in ihm. Der Friede. Der Ort, in dem er angekommen war. Zitternd. Offen. Im Garten. Lebendig. Versammelt.

١١٠

Wer erklärte ihm sein Heimweh nach der in alle Richtungen offenen Wüste, nach den Stromdrähten, die sich im Wind bewegten, zu zahlreich, um sie zählen zu können? Die Fenster, die oben rund waren, kuppelrund, wie Moscheenkuppeln. Es waren versengte Kuppeln, schwarz, wo die Flammen durchs Fenster geschlagen waren. Nur die Wände mit den versengten Kuppelfenstern standen noch. Das Dach des Gebäudes war eingebrochen. Es roch nach Ruß und Pulver und verbranntem Holz.

Unbewohnbar, unbenutzbar, ungenießbar war es. Er wandte die Augen ab und war doch dort. Neben ihm standen in schwarze Tücher gehüllte Nachbarn, die alles unbeschadet überstanden hatten. Am Körper unbeschadet. Die Häuser waren zerstört. Die Wände standen noch. Kein Haus hatte mehr ein Dach.

Wer erklärte ihm sein Heimweh nach den Stimmen auf dem Markt, nach den Ständen, die in buntesten Farben Gewürze anboten, Käse, von Ziegen und Schafen, Wollsachen, Obst und Gemüse? Alles unter Wellblechdächern, die von vierkantigen Brettern gehalten wurden. Die Augen, die alles beobachteten. Die Plastiktüten, die die Männer trugen, während sie mit wiegenden Schritten durch die Menge gingen. Außer den Bäumen und dem Gemüse war nichts grün. Grün – er hatte sich immer nach mehr Grün gesehnt. Und jetzt, wo er von Grün umgeben war, fast nichts als Grün in der Landschaft war, sogar im Winter, jetzt erreichte ihn selbst dieses so lang ersehnte Grün nicht mehr. Die Kälte erreichte ihn. Die Finger froren, sobald er aus dem Haus ging. Es war diese durch und durch gehende Kälte, mit der er nicht gerechnet hatte.

Wer erklärte ihm sein Heimweh nach den Gerüchen der Männer? Er hätte nie gedacht, dass er die vermissen würde. Diese Mischung aus Textilien und Schweiß, die Anstrengung der Muskeln, die ihre Spuren hinterließ. Die bettelnden Kinder, nicht einmal acht Jahre alt. »Eine Rupie, Mann, bitte.« Schon die Kinder trugen Plastiktüten. Und an die Pullis waren runde Embleme von Fußballmannschaften genäht. Immer waren es Mannschaften aus Europa. FC Barcelona. Bayern München. Manchester United. PSG. Die Jungen lebten in ihrem Lachen, in ihrem Fußballspiel und in ihrem aus nichts als dem Augenblick bestehenden Schussglück.

Wer erklärte ihm sein Heimweh nach der Mutter, die den jüngsten Enkel noch nicht einmal gesehen hatte? Die Umhänge. Das Knistern der Stoffe, wenn Menschen an ihm vorübergingen. Das Stechen der Sonne. Der Staub, den der Wind von der Wüste her in die Stadt trug.

Er hatte Glück. Sie hatten Glück. Sie hatten es geschafft. Sie waren angekommen. Sie waren entkommen. Lebendig. Sie hatten eine Wohnung. Sie hatten Möbel. Sie konnten schlafen. Ohne Angst. Sie konnten auf die Straße gehen. Ohne Angst. Sie konnten morgens Tee kochen. Ohne Angst. Sie hatten Menschen, die sich um sie kümmerten. Großzügig. Die halfen, wenn wieder Formulare im Briefkasten lagen. Die halfen, wenn wieder etwas kaputt gegangen war. Die halfen, wenn ihn jemand auf der Straße angesprochen hatte, weil Khawla ein Kopftuch trug. Oder weil sie kein Kopftuch trug. Manchmal trug sie eins. Manchmal trug sie keins. Sie konnte beides tun. Sie hatte Glück. In letzter Zeit trug sie mehr Kopftuch. Denn es war kalt. Der Winter war hart und kalt. Und lang. Er durfte kein Heimweh haben. Er konnte kein Heimweh haben. Er war einer der Glücklichen. So oft er sich das sagte, waren da der Wüstenwind und die Gerüche und die oben runden Fenster und das Knattern eines Motorrads, das vorbeifuhr, mit zwei jungen Männern, und der hintere hielt sich am vorderen fest. Sie fuhren laut vorbei und ließen diese bläuliche Wolke zurück. Aus lauter Übermut. Zwischen den Trümmern. Hinaus aus der Stadt, dorthin, wo die Stromdrähte sich wiegten und wo alles offen und weit war.

١١١

Alles war still um sie. Es konnte nicht still sein in Bamiyan. Aber es war still. Da waren die hellblauen Plastikhandschuhe am Griff des Rollwagens, am Rollwagengriff hinter ihrem Kopf. Sie schaute nach hinten. So schmerzte es am wenigsten. So konnte sie die Handschuhe sehen, die den Rollwagen schoben. Kein Auto fuhr auf der Straße. Rechts und links lagen Trümmer. Sie reichten von den Häuserwänden bis zur Straßenmitte. Nur in der Mitte kam man durch mit dem Rollwagen. Autos kamen hier nicht durch. Die Häuserwände standen mit ausgestochenen Augen da und blickten auf sie herunter. Da war nur Leere, dunkle Leere. Und diese Stille, die unmöglich war. Ein Junge, halb Kind, halb Mann, spielte Fußball zwischen den Trümmern. Barfuß. Er war schlank vom Hunger und groß. Der Ball hatte wenig Luft. Und aus dem Westen schien die untergehende Sonne an die Hauswände. Rötlich und blass. Der Junge schoss den Ball an die Hauswand. Sie hörte nichts. Da war ein Fußballtor an die Wand gezeichnet. Das sah sie. Und die blauen Plastikhandschuhe hinter ihrem Kopf, die einem Mädchen gehörten, das einen engen, ockergelben Kopfumhang trug. Trotz Kopfumhang sah sie, dass das Mädchen unter dem Tuch ihre Haare hinter dem Kopf zusammengebunden hatte. Und große, weiße Zähne hatte sie. Sie schob den Wagen. Sie musste eine Krankenschwester sein. Aber an ihr war kein Roter Halbmond; sie trug keine weiße Kleidung. Die blauen, dicken Handschuhe aus Plastik zeigten, dass sie nicht zufällig hier war. Sie schob den Wagen Richtung Lazarett. Sie wusste, wo das Lazarett war. Sie schob sie. Von hinter ihrem Kopf. Es musste eine Frau sein. Ein Mann, der eine Frau so durch die Straßen schob, hätte mit ihr verwandt sein müssen. Und sie hatte keine Verwandten.

Der Einschlag. Der Druck. Der Luftdruck hatte sie umgeworfen. Und jetzt lag sie auf dem Rollwagen, der von diesem Mädchen mit den blauen Plastikhandschuhen Richtung Lazarett geschoben wurde. Es war einfach, ruhig zu sein, wenn alles still war. Auf der Pritsche aus Metall lag sie. Am Hals und am Ohr spürte sie etwas Warmes. Die Arme hatte man ihr auf dem Bauch zusammengebunden. Sie konnte nur den Kopf bewegen. Und nach hinten schauen. Und nach oben. Ins Gesicht des Mädchens, das vielleicht eine Krankenschwester war. Der

Junge mit dem Fußball war jetzt schon ein ganzes Stück weit hinter ihnen. Das Mädchen blickte über sie hinweg. Es musste sich konzentrieren, damit es durch die Trümmer kam. Ein Strommast lag quer. Die Drähte lagen da. Keine Funken. Also ohne Strom. Hoffte sie, als das Mädchen den Pritschenwagen aus Metall über die Drähte schob. In der Stille. Ein Rohr lag quer auf der Straße. Ein Abwasserrohr. Es lag nur dieses Stück Rohr da, nach rechts und links offen. Sinnlos lag es da. Aber es lag da. Ein Betonrohrstück ohne Fortsetzung. Und ein dreiteiliger Wellblechzaun, mannshoch, der stand da und schützte irgendetwas, das dahinter vielleicht auch in Trümmern lag. Es roch nach vor Kurzem gelöschten Feuern. Etwas hatte gebrannt. Aber nicht zu stark. Immer wieder holperte der Rollwagen, und es warf sie ein wenig nach oben. Dann fiel sie wieder aufs Metall. Weich. Die Schmerzen kamen und gingen. Im Kopf. Im Nacken. An den Schläfen. Hinter den Schläfen. Am Hals. Die Schmerzen hatten nichts zu tun mit dem Holpern. Das stellte sie erleichtert fest. Das Blech. Das Metall. Der Fußball. Nirgends hörte sie ein Flugzeug, eine Klimaanlage, ein Fahrrad. Das Mädchen rief, dass man ihr aus dem Weg gehen solle. Sie hörte nichts. Sie hörte nur diese gespenstische Stille. »Allah«, sagte sie. Und noch einmal: »Allah.« Nicht einmal sich selbst hörte sie. Vielleicht hatte sie auch nichts gesagt und nur gemeint, dass sie etwas gesagt hätte. Im Gesicht des Mädchens konnte sie nicht ablesen, ob sie etwas gesagt hatte oder ob sie nichts gesagt hatte. Sie und sie. Miteinander. Durch die Straßen Bamiyans. Bis zum Lazarett. Sie schloss die Augen. So war es schwerer, so schmerzte es mehr. Sie öffnete die Augen. Und blickte auf die blauen Plastikhandschuhe am Griff hinter ihrem Kopf. Sie griffen von unten. So konnten sie den Wagen anheben, wenn sie über einen Stein mussten. Diese Hände hatte Erfahrung. Dieses Mädchen wusste, was es tat, warum auch immer sie das tat, was sie tat.

١١٢

Sie wusste, sie sollte sich freuen – sie sollte sich freuen, dass sie entkommen war. Drei Jahre war sie dort gewesen, wo Sand und Staub durch die Ritzen der Zeltplanen gedrungen waren, jener dünne, fast flüssige Sand, der einem wie Erde an der Haut klebte. Er ging unter die Kleidung, egal, wie sehr man sich gegen ihn schützte. Die Wüste kannte keinen Schutz. Es gab kein Entkommen. In einem Haus hätte man Fenster und Türen schließen können. In einem Haus hätte man den Steinboden und die Teppiche abfegen und dann die Kehrschaufel in den Abfall schütten können. Man hätte sich befreien können. Man hätte sich ins Bett legen können, ohne an sich, unter sich, neben sich und sogar in sich diese feinen Körner zu spüren, die wie Lebewesen krabbelten. Die Kinder hatten sich, weil sie Kinder waren, daran gewöhnt. Sie hatte sich nicht daran gewöhnt. Sie wollte sich nicht daran gewöhnen. Es war nicht normal. Sie wollte ein Haus. Sie wollte einen Ort, wo sie die Tür schließen konnte. Verrückt machte sie das alles. Je länger desto mehr. Der Staubsand überwältigte nicht mit Härte. Er überwältigte mit seiner Allgegenwart. Trat man vor das Zelt, hüllten sich bei jedem Schritt die Füße in kleine Wolken. Es waren Wolken, die kurz über der Erde schwebten und sich dann wieder auf die Erde senkten. Sie versuchte, den Sand nicht zu sehen. Je mehr sie versuchte, ihn nicht zu sehen, desto eindringlicher spürte sie ihn. An sich. Und in sich. Sie roch die Tausenden von Toten, die dieser Sand in sich trug. Sie roch Zigarettenasche; sie roch Talg und Pulverschärfe der Maschinengewehre. Metall und Talg und Schwefel und Salpeter und Schwärze und Öl. Und überall war dieser vermaledeite Sand, in dem Mumien aufgelöst waren. Es war ein Sand der Gräber. Es war ein Sand der Toten. Es war ein Sand, der sie von innen heraus zersetzte. Langsam und geduldig. Geduldiger als sie, die sich jeden Augenblick gegen ihn wehrte.

Sie war machtlos. Gegen den Geruch des Sandes. Gegen den Sandgeruch, in dem sich ein Mann Monate nicht gewaschen hatte, Monate keine neuen Kleidungsstücke gefunden hatte, Angst und Anstrengung in seine Textilien gebacken hatte. An diesen Geruch konnte sie sich nicht gewöhnen. Der ging nicht vorbei. Der blieb. Der fraß ihr Gehirn. Der war stärker als die Toilettengerüche und die Gerüche von brennenden Autoreifen, von Desinfektionsmitteln, von Diesel und Benzin und von menschlichen und tierischen Kadavern.

Sie hätte froh sein sollen, dass sie nun hier war. Dass sie nun hier war, wo es diesen Sand nicht mehr gab, dass sie nun hier war, wo alles grün war, wo alles wuchs, wo es Bäume gab, dass sie nun hier war, wo sie ins Bad gehen und den Wasserhahn aufdrehen und sich Wasser in die Hände laufen lassen konnte, dass sie nun hier war, wo sie Blusen in Schaufenstern sehen, wo sie helle Kurzmäntel einfach so über die Schultern werfen konnte, wenn sie hinausging, wo sie eine Haustür hatte, wo die Heizung funktionierte. Hier war sie. Hier hätte sie froh sein sollen. Hier hätte sie erleichtert sein sollen. Hier hätte sie dankbar sein sollen. Für sich und ihre Söhne. Den Geruch des Sandes hatte sie zurückgelassen. Sie vermisste ihn keine Sekunde lang. Sie war erleichtert. Sie war dankbar, dass sie hier war. Aber tief in ihr war da dieser Sand, der sich festgefressen hatte. Sie war das Eine. Sie war hilflos. Der Sand war das Andere, das größer werden und wachsen wollte. Der Sand war, was sie zurückgelassen hatte. Er war Balkon, Hitze, die Augen der Mutter, die Augen des Bruders. Sie waren geblieben, wo der Sand war. Sie wusste, sie sollte sich freuen, dass sie in diesem grünen, sandlosen Land angekommen war. Sie hatte es geschafft. Warum spürte sie dann immer noch den Sand? Was war los mit ihr in diesem grünen, sandlosen Land?

113

Es war ein Kinderschlaf gewesen. Er wusste, dass es schon Morgen sein musste. Draußen war es hell. Er blieb liegen. Sein Kopf war angenehm schwer. Das Kissen war angenehm weich. Unter der Decke war es angenehm warm. Er brauchte sich über nichts Gedanken zu machen. Nur atmen musste er. Sonst nichts. Und das ging, ob er daran dachte oder nicht. Oft erinnerte er sich beim Aufwachen an ein Gefühl der Nacht, eine Aufregung, eine Erschöpfung, eine Vorfreude, ein paar Traumfetzen – Bäche, Berge, Seen, Wege, Autofahrten, Gesichter. Heute war da nichts. In ihm war alles leer und angenehm. Er hatte keinen Termin vergessen; er hatte keinen Termin wahrzunehmen. In ihm leuchtete es. Es war, als ob der Schlaf den Dingen eine eigene Leuchtkraft geschenkt hätte. So rein und so leer und so leuchtend hatte er die Welt noch nie erlebt.

Er atmete tief und langsam, ein und aus. Er war nichts; er war ein atmendes und denkendes Nichts, in dessen Atem bereits ein Stück Himmel schwebte. Und das war angenehm. Er war; und er war nichts. Er war Himmel und Teil eines Nichts, das der Anfang von allem war. Er gehörte dazu. Er atmete, um offen zu sein für alles, was zu ihm kam. Sein Körper war eine offene Leere – im Atem, einfach und tief. Er würde heute einmal wieder seine Übungen machen. Die hatte er die letzten Tage vergessen. Aber auch das war angenehm, dass er den Baum, die Katze, die Kuh, das Kind, die Kobra, das Dreieck, die Brücke, den auf den Boden blickenden Hund, den Kämpfer, die Taube, die Heuschrecke, den Delphin einmal ein paar Tage lang einfach vergessen hatte. Heute war ein Neuanfang. Ich bin eine sehnsüchtige Seele, dachte er. Und atmete ein. Tief. Ob Mensch oder Dschinn. Begeistert. Angenehm. Alles.

Im Spiegel betrachtete er die Fältchen in seinem Gesicht, die weiche Haut an Kinn und Hals. Er war gealtert. Aber er war nicht alt. In seinem Gesicht lebten die Kontraste zwischen jung und alt, in kleinen Falten und glatten Flächen, zwischen dunklen und grauen Barthaaren. Er fühlte sich wohl. Er fühlte sich entspannt. Er war angekommen in der Ruhe dieses Dorfes.

Es war ihm zum Feiern zumute. Er wusste nicht, warum. Doch er wollte singen. Auf einmal. Mochte es Verzweiflung gewesen sein, jetzt war es das Gegenteil. Jetzt war er da, jetzt war alles wert, gefeiert zu werden. Zum Glück war Matthias schon aus dem Haus. So konnte Johannes ungestört auf dem Kopf stehen, mit dem Rücken an der Wand.

Dann ging er ins Dorf. Mit dieser Stimmung in sich war er stark genug dafür. Draußen lag wie immer Nebel in der Landschaft. Der Weg ins Dorf führte durch ein Wasserschutzgebiet, dann am alten Gemeindehaus und am alten Kindergarten vorbei, einen leichten Hügel hinan, vorbei an einem stillgelegten Transformatorenhäuschen, vorbei an einer Bank und der Zahnarztpraxis. Alles leuchtete. Statt Maiwald stand jetzt Ross auf dem Türschild. Zahnarztpraxis Ross. Das Leuchten in ihm war ein Geschenk, von dem er nicht wusste, woher es kam. War er schon eine Woche hier? War er bereits drei Wochen hier? Das Leben des Professors an einer amerikanischen Universität, das er bis vor Kurzem geführt hatte, gehörte nicht mehr ihm. Es war die Hauptsache gewesen. Bis vor Kurzem. Nun war es so weit weg wie ein vor sieben Jahren geträumter Traum.

Er spürte den Nebel in seinem Atem. Schwer und feucht und angenehm. Er war ein Kind. Er war ein Kartoffelkrebs. Er war Johannes, der in einem Kreis ging; dreißig Kinder im Kindergarten mit ihm. Und sie sangen. Schwester Martha in ihrer schwarzen Tracht mit der weißen Haube ließ sie im Kreis herumgehen. »Ich bin ein Kartoffelkrebs.« »Ich bin ein Wasseraal.« »Ich bin ein Höckerwal.« »Ich bin eine Schildkröte.« Annamaria Provenza hieß das Mädchen, das vor ihm ging. Zu ihr sagte er, sagte er so laut, dass Schwester Martha es hören musste: »So etwas Dummes, nur weil der alten Schachtel nichts anderes einfällt.«

Schwester Martha, die Rabenkrähe im schwarzen Tuch, kam gerannt und zog ihn aus dem Kreis. »Wer nicht hören will, muss fühlen.« Sie hatte ein besonderes Stöckchen fürs Fühlenlassen der Liebe. Und dann musste er allein sein. Hinter dem Zaun und mit dem Gesicht zum kleinen Baumstamm musste er stehen. Aber während er da stand und die neunundzwanzig Kinder hinter ihm im Kreis gingen und sangen – »Ich bin ein Rasenmäher«, »Ich bin ein Eichelhäher«, »Ich bin eine Waschmaschine« –, merkte er, wie die neunundzwanzig Kinder immer wieder zu ihm herüberschauten. Er war mehr bei ihnen, als wenn er einer von ihnen gewesen wäre. Und auch Annamaria schaute herüber – schaute ihn durch den Zaun hindurch an, hinter dem er und der Baum standen. Dass sie immer wieder herüberschaute, tat ihm gut. Mit ihr wollte er spielen, wenn der Kindergarten aus war.

Der Kreis war da. Das Gehen um den großen Baum in der Mitte des Kindergartengartens war da. Annamaria Provenza war da. Der Nebel rollte über Weiden und Birken und Schilf. Aus ihm leuchteten weich die Endmoränen, die einen Teil Europas von einem anderen Teil Europas trennten.

114

Die Straße war eng. Er sah eine neue Apotheke und einen neuen Elektroladen, die aus dem Nebel auftauchten. Der Elektroladen hatte einen türkischen Namen. Auf dem Saalplatz war es still. Kein Auto fuhr. Keine Hausfrau erledigte auf einem Fahrrad Besorgungen. Kein Kind ging zur Bäckerei. Er sah das Gasthaus, sah das Postamt, sah die neue Bäckerei, die Kreissparkasse, das Lebensmittel- und das Eisenwarengeschäft, das

Pfarrhaus und das Rathaus. Die Trinkerheilanstalt war eine Suchthilfe-Fachklinik geworden, die Taubstummenanstalt ein Hör- und Sprachzentrum, die Kinder-Rettungsanstalt ein Haus der Jugendhilfe, die Krüppelanstalt ein Sonderpädagogisches Bildungs- und Beratungszentrum. Das Dorf lebte nach wie vor der Nächstenliebe. In der Nächstenliebe gingen die, die hier wohnten, auf. In SEiner Liebe. In SEiner Gnade. In SEiner Güte und Barmherzigkeit. »Dass einer, der den HErrn gefunden hat, unabhängig und selbständig durch dieses Leben kommt und schließlich einen Platz im Himmel erhält, darf nicht des Lebens einziges Ziel sein. Ein wahrer Christ muss für Andere leben.«

So war es. So geschah es. So lebte das Dorf. Im Gebet an IHn. Im Glauben an IHn und SEine Gnade. Auf den vier Betsaalausgängen standen Engel. Von den Giebeln bliesen sie das Lob des HErrn mit ihren Posaunen in die vier Himmelsrichtungen. Ost, Süd, West, Nord. Der Betsaal hatte keinen Wetterhahn, denn Wetterhähne gehörten zur Tradition des Aberglaubens. Engel gehörten zur Bibel.

Erster Mose dreizehn, siebenundzwanzig bis fünfunddreißig. Zweiter Korinther vier, zwölf. Apostelgeschichte fünfundzwanzig, dreizehn. In Zahlen lag Bedeutung. Für die Menschen. Männer sagten die Zahlen. Die Zahlen kamen von GOtt. Zahlen führten zu GOtt. Zahlen leuchteten. Zahlen waren ein Himmelsgeschenk des Dreieinigen GOttes.

Da war der brennende Dornbusch. Das Feuer war so hell, dass man es nicht anschauen konnte. Da war der in eine Wolke gehüllte Berg. ER war Feuer, heller als die Sonne. Und aus diesem Feuer heraus sprach ER mit Menschenstimme, die Deutsch sprach. Das Feuer war in der Nähe des Himmels. ER war Wolken. ER war in Wolken.

Ihre Seelen atmeten. Ihre Seelen atmeten im Dorf. *Ich steh in meines HErren Hand und will drin stehen bleiben.* Schon der

Versuch, einem eigenen Glück hinterherzujagen, war für sie unvorstellbar. Sie wollten sich nicht entfernen vom Leben in ihrem geliebten JEsus CHristus, dem HEiland, der für ihre Sünden den Opfertod am Kreuz gestorben war. Auch Miriam nicht. Es war unvorstellbar.

115

Er schob ihren Memory Stick in die Laptopbuchse. Eine große Textdatei öffnete sich. Er wollte Miriam auch etwas schenken, dachte er. Das Geschenk ihres Memory Sticks war einfach und unkompliziert. Gelb und klein. »Wenn du willst.« Sollte er ihr einen Wasserfarbenkasten kaufen? Er hätte ihr auch gern einen Memory Stick überreicht. Mit Worten und Sätzen und Bildern drauf. Aber er hatte immer nur geforscht. Er hatte Artikel geschrieben und sich wichtig gefühlt. »Die drohende Sinnkrise in Tibet.« »Exkremente und andere von der Anthropologie unbeachtete Artefakte.« »Metaphern der feminisierten Häuslichkeit in den fünf Weltreligionen.« Aber das gehörte in eine andere Welt. Artikel und Bücher zählten nichts vor den Augen, die Sätze schrieben, wie die, die sie ihm geschenkt hatte.

Komm, mein Freund, lass uns aufs Feld hinausgehen und unter Zyperblumen die Nacht verbringen, dass wir früh aufbrechen und sehen, ob der Weinstock sprosst und seine Blüten aufgehen. Da will ich dir meine Liebe schenken.

Komm, Freund, damit ich deiner Nacht vertraue. Lass die Stille, lass die Liebe, lass den Traum einkehren in den Schatten meiner Seele.

Nachts töte ich kleine, gelbe Hühnchen und lege sie zum Verschicken in Pappkartons. Sie werden für Experimente gebraucht. Die Experi-

mente werden nicht sofort durchgeführt. Manche sind noch nicht ganz tot vom Gas. Sie bewegen noch die Flügel und Beine und Hälse. Ich packe sie trotzdem ein und schicke sie an Johannes. Der sagt: »Die fühlen nichts mehr.« Das beruhigt mich. Ich packe weiter ein und tue, was man von mir verlangt.

Johannes hätte diese Traumfiguren interpretieren können. Symbole, Unterbewusstsein, Kompensation, Ganzheitssehnsucht – mit solchen Worten hatte er sich seine Professur erschrieben. Aber dies war seine Schwester. Und es waren schöne Sätze, die sie ihm geschenkt hatte. Er wollte die Schönheit ihrer Sprache in sich hören. Er sprach die Sätze laut vor sich hin. Und ließ sie verklingen. Nicht mehr und nicht weniger. *Komm, Freund, damit ich deiner Nacht vertraue. Lass die Stille, lass die Liebe, lass den Traum einkehren in den Schatten meiner Seele.* Nichts wollte er weniger, als aus einer Überlegenheit heraus verstehen. Er wollte von innen heraus die Worte spüren. In sich. Er wollte die Kraft spüren. Er wollte sie sein lassen, ohne sie zu verstehen. Er wollte sie hören und dort wachsen lassen, wo sie in ihrer eigenen Kraft hinführten. In ihrer eigenen Würde. *Komm, mein Freund, lass uns aufs Feld hinausgehen und unter Zyperblumen die Nacht verbringen, dass wir früh aufbrechen und sehen, ob der Weinstock sprosst und seine Blüten aufgehen. Da will ich dir meine Liebe schenken.* Er wollte sie lassen, wie sie war. Er wollte sie respektieren. Was mit ihr geschah, sollte nicht in seiner Hand liegen. Er wollte es geschehen lassen. Mit sich. In sich. Durch sich. In ihren Worten.

Meine Lippen, mein Bruder, lechzen nach dir, sie suchen das Rot in deinen Lippen, sie suchen den Ursprung der Sonne in deinem Gesicht. Es ist Frühling. Das Jahr atmet uns ein und aus. Liebe, mein Bruder, ist die Zeit, die uns umschwebt. Es ist die Zeit, die uns in ihrer Stille begrüßt.

Dort, wo sie war, spielte Sinn keine Rolle. Es war ein Ver-Stehen, ein Entstehen, das aus einem Wegstehen, einem Andersstehen heraus entstand. Fraglos. Atmend. Die Worte sprechend. Sonst nichts. Lebendigwerdenlassen. In sich. Sie in ihm.

Du tönst im Sommergesang wider mich. Lass mich in deiner Gegenwart wohnen. Am Tag der Hochzeit fahren wir in die Kirche. Ich trage ein altes, schwarzes Kleid. Du trägst ein Holzfällerhemd. Du sagst: »Ich muss zurück, ich habe vergessen, mich umzuziehen.« »Keine Zeit«, sage ich. »Alles ist in Ordnung.« In dem Moment spüren wir das auch. Beide.

Er ließ sich tragen von ihren Worten. Dieses Getragenwerden war ein eigenes Verstehen. Er wurde ver-standen. Da war sie. Da war sie, wie er sie noch nie gesehen hatte. Er konnte sie nicht fassen. Und es war gut, dass sie unfassbar war. Und weil sie unfassbar war, erreichte sie ihn, wie sie ihn noch nie erreicht hatte.

Ich blicke in den See. Das Wasser bewegt sich in mir.

An einem Sonntag, als ich wieder einmal in die Kirche musste, wäre ich lieber zuhause geblieben. Aber ich habe nichts gesagt. Ich bin mitgegangen. Das war der erste Mord, den ich begangen habe. Danach ist das Morden immer einfacher geworden.

Johannes hörte ihr zu, wie er den Glocken vom Betsaal zugehört hatte. Eine ganze Kindheit lang. Sie waren einfach dagewesen. Die Schläge. Die Viertelstunden. Die halben Stunden. Die vollen Stunden. Die Zeit.

Aufhören – so heiße ich. Ich bin Mutter. Mutter Aufhören. Ich stille mich. In Geduld und Liebe. Ich bin siebenundvierzig Jahre alt.

Draußen vor meinem Fenster ist der erste Schnee gefallen. Er wird angestrahlt von den Lichtern der Außenanlagen. Auf einmal steht ein altes Reh im Licht, dessen rechte Schulter zertrümmert ist. Das Fell ist voller Geschwüre. Es schleppt sich durch den Schnee. Soll ich hinaus und es mit der Axt erschlagen? Ich sage mir: »Los, mach. Geh. Vielleicht schaffst du's.« Ich sage mir: »Da ist ein lebendiger Geist drin.« Ich kann mich nicht von der Stelle rühren. Ich bin krank. Ich bin vermaledeit.

Ich wache auf. Dakhil, der neben mir liegt, schnarcht leise. Auf einmal weiß ich, dass ich neben seiner schlafenden Seele aufgewacht bin. Sie will Musik hören. Dvořák. Einen slawischen Tanz. Den können wir gemeinsam tanzen.

Ich bin im Insektensaal. Ich habe einen ganzen Schatz von Fliegen in mir. Sie sind essbar. Ich bin essbar. Ich bin besonders essbar. Aber unangenehm.

Der Arm. Die Hand. Ameisen kriechen langsam an mir herauf. Ich hätte es gern vermieden. Aber ich habe keine Wahl.

Ich bin die Auserwählte. Die Gesegnete. Die Gebenedeite. Ich schwebe. Getragen. Wem drei Herzen schlagen, dem folgen die Tränen ins Werden.

Ich lege mich auf die Fensterbank. Da passe ich genau hin. Aber auch dort ist es kalt. MANNHEIM, steht da. Es ist in der Fluchtpunktperspektive geschrieben. Ich kann es lesen. Gefährlich. In der Fluchtpunktperspektive. MANNHEIM. In der Kälte.

Er wusste nicht, wo anfangen. Es spielte keine Rolle, wo es anfing. In ihm. Er sah sie; er spürte sie. Sie bewegte sich. In einem Klang. In Worten. Es war heilig. Sie war Miriam, seine Schwester. Sie war größer und tiefer als er. In ihr lebte es. Die Dinge waren einfach bei ihr. Voller Seelenbilder.

Wie weit weg Professor Doktor Heinrich Nack und er waren. Sie konnten beide nichts dafür. Sie konnten nicht anders. Sie konnten nur denken, was sie denken konnten. In ihrem Wortschatz gab es Worte wie »Seele« und »Gebet« und »Erlösung« und »süße Todesstunde« nicht. Dafür gab es Worte wie »aggressionsgehemmt« und »rigides Über-Ich« und »vom beobachtbaren Verhalten her zu schließen« und »die Autonomieentwicklung noch nicht weit fortgeschritten« und »nicht altersadäquat entwickelt« und »passiv gehemmt« und »ist sich ihrer eigenverantwortlichen Handlungspflicht bewusst, aber derzeit unfähig, sie durchzuführen«.

Professor Doktor Heinrich Nacks Worte schlugen zu als Urteile. Von oben herab. Hart. Mit der Macht dessen, der sich sicher war, recht zu haben.

Wie weit weg von allem sie sich fühlen konnte. Wie allein sie sein musste. Sie war in sich und hörte dort, tief in sich, Wellenworte, Herbstmelodien und Herzrhythmen. Sie war weit weg – und zugleich tief bei sich. Er sah seine Schwester, wie sie ihn anblickte, aus der Ferne.

Sie gab sich den Worten hin und spürte sich. Sie sprach die Worte, die sie war. Sie wartete und fragte sich, ob sie erhört würde. Es waren Gefühle. Es waren Erfahrungen. VAter, SOhn und HEiliger Geist. Die Dreieinigkeit. Drei war drei, und drei war eins.

Es war, als sei auf einmal ein Gewicht von ihm genommen. Alles war leicht. Es riss ihn förmlich nach oben. In den hell glänzenden Nebel. Er war schwerelos. Die Häuser am Ortsrand lagen unter ihm. Verschwommen. Die Kamine, die Antennen, die Satellitenschüsseln, die Autos in den Einfahrten. Die Welt lag unter ihm. Kaum erkennbar. Sie war nicht mehr da. Und sie war da. Er hatte keinen Anteil an dem, was er sah.

Er schwebte immer weiter weg vom Dorf. Er schaute sich zu, von außen, wie er schwebte, ohne dass die Augen wahrnahmen, was geschah. Das war er, der da im Nebel schwebte und die Wolken spürte.

116

Er fuhr die Kurven hinunter dem See zu. Der Nebel wurde dem See zu dichter, der Himmel wurde unsichtbar, Buchen wurden Hainbuchenhecken, Fichten wurden Thujahecken, und aus der Landstraße wurde eine Bundesstraße. Je näher er dem See kam, desto zivilisierter wurde es – Ampeln, Kreisverkehre, Parkplätze. Hier herrschte eine andere Ordnung als in Himmelreich. Die Ortschaften gingen, ohne dass eine Weide zwischen ihnen lag, ineinander über. Er musste aufpassen, dass er den Pfeilen auf der Fahrbahn Folge leistete. Dann tauchten Birken aus dem Nebel auf. Sie standen schon am Wasser. Es gab hier keinen Unterschied zwischen Ferne und Nähe. Alles war gleich grau. Kirchtürme tauchten kurz auf und waren wieder verschwunden. Etwas blinkte am Straßenrand. Es war vorbei. Alles lebte zwischen grauem Licht und grauem Nebel.

Dieser Tag hatte etwas, das ihn heller machen wollte. Wolken umgaben ihn. Es gab keine Fluchtmöglichkeiten. Alles war ausgesetzt. Alles wurde überwältigt. Da war Miriam, die den Vater als Neunjährige im Bad überrascht hatte. Sie hatte getan, als sähe sie es nicht. Sie fragte: »Papa, was ist acht geteilt durch neunundachtzig?« Und der Vater drehte den Oberkörper zur Seite und sagte: »Es ist fast genau ein Neuntel.« Die Tochter starrte auf den Fleck, wo sie gerade noch das gesehen hatte, was sie noch nie gesehen hatte, und sagte: »Aber in echten Zahlen.« »Das sind echte Zahlen. Das sind Brüche.« »Aber der Lehrer hat gesagt: ›Acht geteilt durch neunundachtzig geht nicht.« »Das geht schon. Es gibt eben einen Bruch. Keine ganze Zahl.«

Er fuhr ins Parkhaus, fuhr die Fahrbahnspirale hinunter, und parkte, wo er am schnellsten hinüberkam in die Klinik. Er ging durch die Unterführung. Diesmal war er gefasst auf die Worte. Auf die englischen Worte. Auf die englischen Worte, die ein paar Teenager schwarz an die Wand gesprüht hatten. In hastig gemalten Großbuchstaben. Es war eine Nachtaktion gewesen. Ein Versuch, die Geister zu beruhigen. Ihnen eine Stimme zu geben. Worte aufzuschreiben. Augenblicke zu bannen. Weil da etwas geschah, das noch nie so gewesen war. Im Körper. Der Teenager. Im Nebel. In der Unterführung. Gemeinsam. Verwirrt. Verworren. Nur noch explodieren wollten diese Körper. Sich selbst zerstäuben. Kommen. Gehen. Auch eine Form des Vergehens. So war das. In der Zivilisation. Die ihre Wildnis suchte. In der Unterführung. Trotzdem: Egal, wie sehr er sich auf diese Worte gefasst machte, sie trafen ihn wieder. Miriam hatte gesagt: »Dieser Augenblick hat sich mir eingeprägt wie sonst keiner.« »Weil da etwas war, was noch nie so gewesen war.« »Beim Vater.« »Wieviel ist acht geteilt durch neunundachtzig?« Ein Vater konnte das rechnen. Auch wenn er gerade von Miriam überrascht worden war.

117

Als er eintrat, saß da ein Anderer. Er saß auf seinem Stuhl, er saß ihr gegenüber. Er kehrte ihm den Rücken zu. Aufrecht saß er vor dem Resopaltisch und schaute seine Schwester an. Er schaute in Richtung ihrer Augen. Miriams Augen waren auch heute, wie sie gestern und vorgestern und vorvorgestern gewesen waren. Leicht nach unten gerichtet. Unaufmerksam. In sich gekehrt. Höhlen, die ins Unbekannte führten.

Die Haare waren fast schwarz. Da war eine Glatze. Aber die Haare waren, wo sie waren, fast schwarz, nicht ganz schwarz. Sie waren kurz geschnitten, so kurz wie die Kotletten. Dakhil. Er saß auf seinem Stuhl. Johannes hatte nicht gewusst, dass er diesen Stuhl für seinen Stuhl hielt. Aber es war so. Er spürte es. Dakhil war eingedrungen. Er hatte sich auf seinen Stuhl gesetzt. Und er drehte sich nicht einmal um, als Johannes eintrat. Es saß da, als gehöre er hierher. Als gehöre ihm jetzt dieser Stuhl. Er tat, als gehöre ihm die Welt.

Sofort schämte sich Johannes für diesen Gedanken. Er schämte sich für sein Besitzenwollen, für seinen Besitzanspruch. Klinikstühle gehörten denen, die auf ihnen saßen. Hier gab es keine Sitzordnung, nur dass Miriam immer mit dem Rücken zum Fenster saß, so dass man über ihre Schultern hinausblicken und den See und die Wellen und den Nebel beobachten konnte. Licht und Schatten. Alles im Grau des Tages.

Sollte er Dakhil die Hand geben? Sollte er Miriam zuerst grüßen? Sollte er sich aufs Bett setzen? Wie lange saßen die beiden schon? Hatte sie etwas zu ihm gesagt? Hatte sie es ihm gesagt? Wie war Dakhil überhaupt hereingekommen? Wer hatte ihm die Erlaubnis gegeben? Professor Doktor Nack? Miriam? Matthias? Dakhil saß da, als gehöre ihm die Welt. Er hätte Dakhil am liebsten hinausgeworfen. In seinem Magen zog sich etwas zusammen. Ihm wurde heiß. Das durfte es doch nicht geben. Johannes holte Luft. Er nickte. Er atmete aus, atmete ein, atmete aus. Die Luft. Diese Luft. Miriam tat, als hätte sie sein Eintreten nicht bemerkt. Aber das war nichts Neues. Trotzdem traf es ihn heute. Hatte sie Dakhil begrüßt? Hatte sie ihm zugenickt? Es war möglich.

Er entschied, sich aufs Bett zu setzen. Damit war er in Dakhils und in Miriams Gesichtsfeld. Das Bett stand so, dass er sich näher zu Miriam setzen konnte. Er nickte, bevor er sich setzte. Es war so etwas wie ein Gruß. »Johannes«, sagte er und streckte die Hand vor. »Dakhil.« Er hatte tatsächlich sehr weiße Zähne. Die Hand war rau und hart. Sie fühlte sich an wie die Hand eines Schmieds oder eines Automechanikers. Das überraschte Johannes. Er hatte sich von Dakhils Händen keine Vorstellung gemacht, nur von seinem Gesicht, von seinem Bart, von seinen Kotletten. Dakhil hatte weiche Lippen. Überhaupt war das Gesicht weicher, als er erwartet hatte. Ihm gefiel das Gesicht. Ihm gefiel, wie Dakhil darauf wartete, was er, Johannes, tun würde. Er überließ es ihm, den Moment zu bestimmen. Er war sensibel. Er fühlte sich ein in den Anderen. Er begann, Miriam zu verstehen. Da ging etwas aus von diesem Mann, ein Verstehen, eine Ruhe, ein Bedürfnis, eine Nähe. Er war eine Einladung. Dakhil war mit Engeln groß geworden. Er war weich groß geworden. Johannes sagte: »Hallo.«

»Du musst der Bruder sein.« Die Stimme war einfach, nicht zu laut, nicht zu leise. Er sprach fast ohne Akzent. Und er wollte sich sofort entschuldigen, dass er einen starken Akzent erwartet hatte. Er beherrschte sich. Er entschuldigte sich nicht. Er versteckte seine Überraschungen. »Schön, dass du gekommen bist.«

»Ja, ich habe gefragt, beim Herrn Pfarrer. Pfarrer Gnandt hat mir gesagt, dass Miriam hier ist. Also bin ich gekommen.«

Dann war es still im Zimmer. Diese Stille war anders als die Stille der Vortage. Sie hatte eine Spannung. Sie war geladen. Johannes versuchte, in Miriams Gesicht zu lesen. Er versuchte, einen Wunsch zu erkennen. Sie sagte nichts. Sie nickte nicht. Sie lächelte nicht. Nach ein paar Minuten wusste Johannes, was richtig war. Er stand auf. »Dann lasse ich euch beide allein und komme morgen wieder.« Er schüttelte Dakhils Hand und klopfte vor Miriam zweimal auf den Tisch. »Bis morgen dann.«

118

Er entschied, zur Moschee zu fahren. Dakhil war in seine Welt eingedrungen. Er würde in Dakhils Welt eindringen. Er musste eine andere Abzweigung nehmen, eine kleinere Straße, die zuerst am Fußballplatz vorbei- und dann gewunden an einem Bachlauf hinaufführte. Er wartete darauf, dass am Ausgang der Stadt rechter Hand aus dem Nebel die Moschee mit weißem Minarett und großem Parkplatz auftauchen würde. Es dauerte länger, als er erwartet hatte. Diese Strecke hatte immer wieder Dreißig-Kilometer-Zonen. Sie war länger, als er sie in Erinnerung hatte. Aber dann kam der Parkplatz, und dahinter standen das Minarett und das weiße Gebäude mit seinen Rundbögen. Da gab es eine goldene Kuppel. Die musste neu sein. Er parkte und ging auf das Gebäude zu, das aus der Nähe viel größer wirkte. Die Rundbogenfenster waren hoch, so hoch wie zwei Männer. Über der Eingangstür gab es blaue Kacheln. Ischtarblau.

Die Tür war, obwohl es November war, nur angelehnt. Er drückte sie auf und ging hinein. Rechts standen Schuhe, Männerschuhe. Er zog seine aus und stellte sie dazu. Alles war ruhig. Er hatte Zeit, weil Dakhil auf seinem Stuhl saß. Er musste sich nicht beeilen. Er konnte riechen. Es roch nach Stein, Putz, einem Gewürz, das er nicht bestimmen konnte, und nach elektrischen Heizkörpern. Nachtspeicheröfen. Er ging weiter. In einen hohen Raum, der immer höher wurde. Der Raum öffnete sich nach oben. Männer knieten auf Gebetsteppichen und verbeugten sich. Islam hieß: sich verbeugen, hieß: niederknien und sich klein machen vor Gott. Sie beteten gen Mekka. In Japan beteten sie gen Westen. In den USA gen Osten. In Moskau gen Süden. In Johannesburg gen Norden. Und in welche Richtung beteten sie in Mekka? Es war ihm unangenehm, wieviel er nicht wusste. Immer wieder wurde er zum Internet getrieben.

Dakhil. Sein Schnauzbart. Seine Kotletten. Johannes wollte Miriam näherkommen. Und Dakhil. Und Zahara. Er ging weiter. Niemand begrüßte ihn. Niemand sah ihn. Aber das Haus war offen. Ein Haus der Begegnung. Ein Haus des Gebets. Ein Haus des Verbeugens. Alle beugten sich nieder. Alle waren vor ihm. Hätte er sich draußen vor diesem hohen Raum irgendwo waschen sollen? Gab es einen Waschraum? Er berührte mit dem Handrücken eine hellblaue Kachel. Überall waren diese Kacheln. Nebeneinander. Blau und Weiß und Schwarz. Auf manchen waren schwarze Schriftzeichen. Oder waren es Kalligraphien? Johannes hörte eine Männerstimme. »Wurde er vom Engel abgeholt, so wie der Engel uns einst abholen wird? Oder steht der Prophet höher als dieser Engel? Ruft er diesen Engel selbst?«

Rechterhand stand eine Tür offen. Männer und Frauen saßen auf Stühlen. Rechts die Männer, links die Frauen. Sie saßen gemeinsam in diesem Raum und schauten auf den Mann, der am Pult vorne sprach. Er sprach perfektes Deutsch, sprach mit angenehmer, weicher Stimme, sprach aus einem Fünftagebart heraus über das Rednerpult hinweg. Er trug einen weißen Kragen, der unter einem schwarzen Kragen herausblickte, als sei er ein Priester. Er sprach ohne Power Point Slides. Er sprach über Rückkehr. »Seine Rückkehr zu seinem Schöpfer«, sagte er. Die Zähne waren gelblich, obwohl der Mann nicht über vierzig war. Der Fünftagebart hatte kein Grau. War er ein Imam? Was war ein Imam? Wer bestimmte, was ein Imam war? Wieder so eine Frage fürs Internet.

In der letzten Reihe der Männer waren noch drei Stühle frei. Also setzte er sich. Er setzte sich auf den Platz am Rand der Stuhlreihe, damit er, wenn er das Gefühl hatte, dass es unangenehm werden würde, sofort den Raum und die Moschee verlassen könnte. Er musste einen Fluchtweg haben, damit er sich in diesem Raum setzen konnte. Neben ihm trug einer schwarze

Socken und ein langes, helles Gewand mit blauen Stoffverzierungen. Auf dem Kopf trug er eine Art Mütze. Und er roch nach gekochten Gelben Rüben. Vorne redete der mit dem weißen Kragen, der über den schwarzen Kragen herausstand. Er hielt sich rechts und links am Rednerpult fest und lehnte sich vor. »Es gab auch einen Augenblick, in dem der Prophet traurig war. Der Engel fragte: ›Warum bist du traurig?‹ Der Prophet sagte: ›Ich habe nun keine Möglichkeit mehr zu dienen. Deswegen bin ich traurig.‹ Dann flüsterte er Fatima etwas ins Ohr. Auch sie war zuerst traurig. Dann flüsterte er ihr noch einmal etwas ins Ohr. Danach war sie fröhlich. Die anderen fragten sie: ›Was hat er dir gesagt?‹ Sie sagte: ›Dass er bald zu seinem Schöpfer zurückkehren wird. Da war ich traurig. Aber er hat mir auch prophezeit, dass ich ihm bald folgen werde. Da war ich glücklich.‹«

Es war ein Vergnügen, diesem Mann zuzuhören. »Die Rückkehr des Propheten zu seinem Schöpfer. Welche Art Rückkehr ist das? Auch unter uns Muslimen gibt es unterschiedliche Ansichten dazu.«

Johannes sah einen Programmzettel auf dem Stuhl neben sich liegen. Der Programmzettel war auf Deutsch geschrieben. Der Mann sprach auf Deutsch. Die immer wieder eingestreuten arabischen Worte verstand Johannes nicht. Aber er blieb sitzen. In diesem Geruch. In diesen Gerüchen. In diesen Worten. Neben den Kacheln. Zwischen den Wänden. Mit Blick auf den Redner, der vielleicht ein Imam war. Niemand hatte sich umgewandt. Niemand störte sich an seiner Gegenwart.

١١٩

Fatima war glücklich. Und wir sollen alle glücklich sein. Aber können wir unser Herz so sehr von dieser Erde befreien, dass wir uns wirklich vorbereitet fühlen?

Johannes saß gut. Er wollte lernen. War sein Stuhl bei Miriam besetzt, so hatte er hier einen anderen gefunden. Es war dieselbe Art Stuhl wie im Aufenthaltsraum der Klinik. Birkenholz, hell, natur, allerdings waren die Stühle hier ohne grüne Polster. Und es roch deutlich angenehmer hier.

Der Weg Gottes füllt uns mit Hoffnung und auch mit Sorge – das sind die beiden Flügel, die uns vorwärts tragen. Fällt einer weg, können wir nicht mehr fliegen. Hier und heute möchte ich vor allem über die Sorge sprechen. Die Hoffnung ist einfacher. Aber die Sorge ist schwierig.

In der dritten Sure, einhundertfünfundachtzigste Aya heißt es: »Jede Seele wird den Tod schmecken.« Es heißt da in der Tat: »schmecken – jede Seele wird den Tod schmecken«. Ist es ein guter Geschmack? Ist es ein schlechter Geschmack? Wovon hängt das ab?

Johannes versuchte, die Stimmung im Raum zu spüren. Die Augen waren freundlich auf den Redner gerichtet. Bei den Männern und bei den Frauen.

Jetzt, in diesem Augenblick, in dem wir alle zusammen sind, ist unsere Seele umgeben von einem Körper. Er kleidet sie. Im Tod verlässt die Seele den Körper. Vom Körper bleibt nicht viel. Er vergeht. Was wird unsere Seele schmecken? Der persische Dichter Sadi schreibt dazu: »Jetzt bin ich in einem Käfig, dann bin ich frei.«

Wenn jetzt die Käfigtür offen wäre, würde ich da freiwillig durchgehen? Habe ich die Liebe Gottes so sehr verinnerlicht, dass ich die Trennung von ihm nicht mehr länger aushalte? Dass ich mich darauf freue, zu ihm zurückzukehren?

Was passiert, wenn wir durch diese Tür gehen? Für mich wird das so sein: Der Engel wird mich rufen. »Du kommst jetzt mit.« Und dann? Allah sagt die Antwort. In der zwölften Sure, vierundsechzigste Aya sagt er: »Allah ist besser als Behüter. Er ist der Barmherzigste aller Barmherzigen.« Bis jetzt habe ich immer gedacht, ich sorge für meine Kinder. Aber Allah behütet sie viel besser, als ich das je könnte. Ist ein Waisenkind vor Allah schlechter gestellt als ein Kind mit Eltern? Das ist eine falsche Vorstellung, die ich da habe. Ich muss mich selbst er-

ziehen. Woher kommt dieser falsche Gedanke? Warum habe ich nicht dieses Vertrauen in meinen Schöpfer? Warum habe ich diese Sorge? Warum klebe ich so an dieser Erde und an meinem Leben auf dieser Erde?

Johannes atmete. Er hörte zu. Der Mann war gut gekleidet, seine Bewegungen waren einfach. Das Gesicht nahm sich ernst. Es war ein wichtiger Augenblick. Jemand, der sich selbst erziehen musste, weil er dank einer durch die Schrift geschenkten Einsicht bemerkte, dass er eine falsche Vorstellung gehabt hatte. Die berichtigte er. Indem er sich selbst erzog, erzog er die Zuhörer.

Der Zustand der Auferstehung ist so, wie wir sterben. Wir gehen im Pyjama ins Bett und stehen auch im selben Pyjama wieder auf. In dem Augenblick, in dem wir sterben, haben wir einen bestimmten Zustand. Dieser Zustand ist von all dem abhängig, was wir vorher gemacht haben. In dem Augenblick, wo wir aufstehen, spiegelt sich dieser Zustand wider. Dieser Zustand besteht aus drei Teilen:

Er wird definiert durch die Sünden, die wir begangen haben. Lieben wir diese Sünden noch? Wenn wir nachts schlafen und träumen, können wir diese Träume nicht kontrollieren. Sie kommen von Allah. So muss man sich auch den Zustand vorstellen, bevor wir sterben. Im Augenblick des Todes wird alles vor uns selber deutlich. Wir können dann unser Ich nicht mehr verschweigen, bedecken, verstecken. Es ist wie beim Beten, wenn wir uns nicht richtig erzogen haben. Dann kommen all die Gedanken, die stören, die Kinder, der kaputte Geschirrspüler, der Kollege am Arbeitsplatz, genau in dem Moment in mir hoch, in dem ich Allahu akbar sage. So kommt im Augenblick des Sterbens alles unkontrollierbar in den Kopf. Im Sterben sind alle Menschen in der Gefahr, dass sie in eine falsche Liebe geraten – außer die Ulama, die Gelehrten. Aber auch die Gelehrten sind in Gefahr – außer die Gelehrten, die nach Wissen streben. Aber auch die Gelehrten, die nach Wissen streben, sind in Gefahr – außer die Aufrichtigen. Aber auch die sind in Gefahr – außer die Ischaradah. Es gibt nur eine Gruppe, wo diese Liste nicht weitergeführt wird. Das sind die Shahid, die Ischaradah.

Verstand er das richtig? Ischaradah? Waren Ischaradah heilige Kämpfer?

Nur für sie besteht diese Gefahr nicht. Sie legen mit ihrem Leben Zeugnis ab. Sie geben ihr ganzes Hab und Gut und leben ihr Leben nur für Allah. Sie sind nicht in Gefahr, wenn Allah sie zurückholt. Zum Beispiel Imam Chomenei. Er konnte im Sterbebett nicht mehr sprechen. Seine Finger bewegten sich. Aber die, die bei ihm standen, wussten nicht, was das bedeuten sollte. Sie holten seinen Sohn. Der Sohn sagte: »Er betet.« So ist das, wenn man mit seinem Leben Zeugnis ablegt. Das ist eine Sucht, sich Allah zu ergeben.

Der zweite Zustand ist ein innerer Zustand. Er ist ein Kampf zwischen Hubb Al-Ayesh und Hubb Allah: der Liebe zu dieser Erde und der Liebe zum Schöpfer. Ein Beispiel: Wenn man Kinder hat, liebt man die Kinder über alles. Man verzeiht den Kindern fast alles. Die Liebe ist beinahe unendlich. Im Sterben hat man noch seine Liebe – zu den Kindern, zur Frau, zum Mann. Das heißt: Ich will noch auf dieser Erde bleiben. Kann ich mein Dunya hergeben für mein Akhira? In der vierundsechzigsten Sure, fünfzehnte Aya steht: »Eure Reichtümer und eure Kinder sind wahrlich eine Versuchung. Doch bei Gott ist großer Lohn.« Allah hat mir meine Kinder geschenkt! Kann ich jetzt böse sein, wenn er mich wegnimmt? Die gehören mir doch gar nicht. Die sind doch nicht meins. Jetzt kann ich doch nicht böse sein, dass er mir etwas, wie ich meine, wegnimmt. Neunte Sure, vierundzwanzigste Aya: »Wenn ihr wirklich an eurem Besitz hängt, dann wartet darauf, dass euch Allah wegholt von ihm.« Habe ich meine Frau lieber als Allah? Habe ich mein Haus oder meine Kinder lieber als Allah? Dann wartet!

»Dann wartet!« Die Stimme steigerte sich. Sie wurde bedrohlich. Alles war ruhig im Raum. Johannes blickte, ohne den Kopf zu bewegen, aus den Augenwinkeln um sich.

Der dritte Zustand ist der Zweifel. Man zweifelt an seinen Gebeten, an seinem Fasten, an seinen guten Taten, an seinem Gott: War das richtig mit den zwölf Imam? War das richtig mit den vier sunnitischen

Rechtsschulen? Dieser Zweifel kommt, wenn man nicht sicher ist. Muhammad al-Bukhari ist einer der berühmtesten Koran-Interpreten der Sunniten. Als er im Sterben lag, kam ihm genau dieser Zweifel. War das alles richtig? In der siebzehnten Sure, zweiundsiebzigste Aya steht: »Und wer in diesem Leben blind ist, der wird auch im Jenseits blind sein und weiter vom Weg abkommen.« Diese Blindheit, die wir hier haben, wird nicht weggehen im Akhira. Geben hilft einem zu behalten. Schenken macht einen reich. Vom Wissen abgeben vermehrt das eigene Wissen. Das Zakat, das Schenken von dem, was man liebt, muss auf alles bezogen werden, nicht nur auf das Geld. Das ist ein Engelskreis. So nenne ich das. Bei den Christen gibt es nur das Wort Teufelskreis. Aber ich nenne das jetzt einen Engelskreis.

Das Wort gefiel Johannes: ein Engelskreis. Er wollte zu den Engelskreisenden gehören. Zusammen mit Miriam. Er fühlte sich hingezogen zu den Engelskreisenden.

Wir brauchen dieses gesicherte Wissen vor unserem Sterben für alle Bereiche. Zum Beispiel wenn gewählt wird. Da sind die Muslime sehr gespalten. Manche kämpfen gegen den Imam Chomenei.

Auch unter Schiiten gibt es jene, die nicht für den Imam Chomenei stimmen. Ein Libanese wählt einen Libanesen. Ein Iraker wählt einen Iraker. Ein Türke wählt einen Türken. Und so bleibt der, der von Gott geschickt wurde, allein. Ist das nicht traurig? Wir fasten und beten und tun alles, um dann alles verloren gehen zu lassen, weil wir die falsche Führung haben. Ist es das wirklich wert? Ist es das wert, dass wir, wenn wir zu Allah zurückkehren, sagen müssen: »Es tut mir leid, ich habe den falschen Imam gewählt«?

Johannes blickte um sich. Er spürte keinen Widerstand. Ihm war unwohl. In ihm war ein Widerstand, der mit jedem Satz, den er hörte, wuchs. Das war so schnell gegangen vom Engelskreis zur Nachfolge des Imam Chomenei. Er wollte keinen Imam wählen. Er wollte keinem Imam Chomenei nachfolgen. Er wollte nichts zu tun haben mit der Wahl oder Nichtwahl des Imam Chomenei. War er in eine Wahlveranstaltung geraten?

Und jetzt noch ein kurzes Experiment. Machen wir das Licht aus. Legen wir uns alle auf den Rücken. Mit dem Kopf Richtung Kaaba. Könnt ihr euch vorstellen, dass der Engel Azrael jetzt kommt? Stellt es euch vor. Einfach liegen und nicht bewegen. Jetzt stellt euch vor: Wir sind tot. Wir kehren zurück. Die Engel sagen zu jenen, die sich auf der Erde gut verhalten haben: »Heil sei mit euch. Geht ein in das Paradies zum Lohn für das, was ihr getan habt.« Sind wir jetzt glücklich? Können wir das? Oder denken wir: Das und das wollen wir noch erreichen? Aber wir können nichts mehr bewegen. Können wir das? Wenn wir das jetzt nicht können, dann überlegt euch, warum können wir das nicht? Und überlegt euch: Wie können wir uns selbst die Chance geben, bereit zu sein?

120

Die letzten Sätze hörte Johannes nur noch vom Gang aus. Er flüchtete. Er wollte nicht dazugehören. Er wollte nicht zu dieser Gruppe gehören. Das wusste er. Das spürte er. Den Druck, den die Rede ausübte, spürte er. »Ist es das wirklich wert?« Ihm war schlecht. Er durfte, wenn das Licht anging, nicht mehr da sein. Er hätte nicht erklären können, was er hier tat. Es gab keine Erklärung. Er wusste es selbst nicht. »Und jetzt noch ein kurzes Experiment. Machen wir das Licht aus.« Er setzte sich in den Twingo und schloss die Augen.

Seine Eltern hatten ihn zu einem Pfingsttreffen mitgenommen, irgendwo am Rand einer Großstadt, wo es einen Flughafen gab. Das Düsendröhnen der startenden Maschinen drang immer wieder in die Halle und in die Worte Billy Grahams. Billy Graham. Aus Amerika! Das Maschinengewehr Gottes. Die Ankündigungen waren heiß und zahlreich gewesen. Voller Erwartung wollte er diesen Mann sehen. Heute konnte er ihn einordnen. Ein Südstaatler. Aus einer Erweckerbewegung. Ein

Pfingstler. Ein Baptist. Johannes war zwölf. Er spürte sich. Er spürte seinen Widerstand. Er konnte sich nicht einordnen. Er konnte Billy Graham nicht einordnen. Als sich die Hand der Mutter auf sein Knie legte, spürte er ihre Wärme, spürte er sein Zittern, spürte er ihre Kraft, die er nicht spüren wollte. Es war eine Kraft, vor der er flüchten musste. Aber das ging nicht. Er saß in der vordersten Reihe, saß neben der Mutter, die ihm die Hand aufs Knie legte und sagte: »Wenn du willst, darfst du auch vorgehen.«

Wenn du willst! Er war alt genug zu entscheiden, was er wollte und was nicht. Er war alt genug, keine Aufforderung von der Mutter zu brauchen, was er wollen könnte und was nicht. Er saß da. Gefangen in der ersten Reihe neben der Mutter. Er bewegte sich nicht. Und als die Hand sich wieder zurückzog, brannte die Stelle auf seinem Knie. Sie brannte bis heute. Es war die Stelle, die ein Gefängnis war. Da fingen die Mauern an. Miriam hatte neben ihm gesessen, auf der anderen Seite. Weiter weg von der Mutter. Sie tat, als sehe sie nichts, als merke sie nichts von der Hand der Mutter auf seinem Knie. Sie tat, als sei, was geschehe, nichts Besonderes. Auf ihr Knie legte die Mutter die Hand nicht. Sie sagte später nie etwas über diesen Augenblick. Miriam ließ ihn allein mit der Mutter in diesem Augenblick.

»Und jetzt legen wir uns alle auf den Rücken. Mit dem Kopf Richtung Kaaba. Könnt ihr euch vorstellen, dass der Engel Azrael jetzt kommt? Stellt es euch vor.«

So war die Rede Billy Grahams gewesen – direkt an die Zuhörer. In die Zuhörer hinein. »Du spürst IHn, DEr zu dir kommt. Du spürst IHn, DEr bei dir ist. Mit SEiner Liebe. ER will dich aufnehmen. ER will dich bei sich haben.«

»Jetzt stellt euch vor: Wir sind tot. Wir kehren zurück. Die Engel sagen zu jenen, die sich auf der Erde gut verhalten haben: ›Heil sei mit euch. Geht ein in das Paradies zum Lohn für das, was ihr getan habt.‹ Sind wir jetzt glücklich? Können wir das? Oder denken wir: Das und das wollen wir noch erreichen?«

Er saß im Auto. Mit dem konnte er fahren. Ganz einfach. Wegfahren. Im Nebel. Auf der Straße entlang des Baches. Er spürte die Nähe der Strafe, die in dieser Liebe, von der er eben gehört hatte, wohnte. Er spürte den Schmerz, die diese Liebe zufügen wollte. Aus dem Guten heraus. Aus Güte. Und Barmherzigkeit. Gehorsam sein war Teil dieser Liebe. Das spürte Johannes. Für Schiiten und für Sunniten. Das spürte er am Flusslauf. Im Nebel. Zum Glück kannte ihn niemand in diesem Gebäude. Zum Glück kannte niemand das Auto, mit dem er geparkt hatte. Zum Glück war er schon weit weg. »Ein Libanese wählt einen Libanesen. Ein Iraker wählt einen Iraker. Ein Türke wählt einen Türken. Und so bleibt der, der von Gott geschickt wurde, allein. Ist das nicht traurig? Wir fasten und beten und tun alles, um dann alles verloren gehen zu lassen, weil wir die falsche Führung haben. Ist es das wirklich wert? Ist es das wert, dass wir, wenn wir zu Allah zurückkehren, sagen müssen: ›Es tut mir leid, ich habe den falschen Imam gewählt‹?«

Johannes fuhr langsam. Er genoss es, wie der Nebel ihn zwang, langsam zu fahren. Er nahm sich Zeit. Er hatte Zeit. Viel Zeit. War das Strafen auch Teil der Liebe für Zahara? Und für Dakhil?

١٢١

Am Horizont bewegten sich drei Stromleitungen zwischen ausgetrockneten Masten. Der Wind wehte sie hin und her. Sie waren Notenlinien einer Musik, die aus der Wüste kam. Aus der Wüste in die Stadt. Wehend. Aus dem Sand in die zerstörten Häuser, in die lauernden Löcher, die Fensterreste in den

Mauern, in die umgefallenen Mauern von Ziegenställen, in die ausgebrannten Lastwagenskelette. Der weite Horizont und die schaukelnden Leitungen gaben ihm ein Gefühl der Ruhe. Ein paar Masten weiter hing eines der Kabel auf die Erde. Funken zischten, wenn es aufschlug. Er roch Ziegen, die unsichtbar waren. Ein schwarzer Toyota Geländewagen bewegte sich von der Wüste her auf die Stadt zu. Alles genau beobachtend. Die Toyotafenster waren undurchsichtig. Trotzdem wusste er, dass ihn dahinter misstrauische Augen beobachteten. Immer wieder erreichten ihn Gerüche, deren Ursprung er mit den Augen nicht finden konnte. Die Ziegen, das Heu, das Bratenfett über einem Feuer. Zigaretten und Jasmin. Dazu der Geruch eines Dieselgenerators, der hinter einer Mauer dröhnte. Er hörte eine Seifenoper aus einem Fenster klingen. War das Türkisch? Es musste also noch einen funktionierenden Fernseher, Elektrizität und Empfang geben. Hassan hatte hier gewohnt. Hier an der Ecke. Jetzt war das Haus eine Ruine. Hier konnte niemand mehr wohnen. Das Dach fehlte; es standen nur noch die Mauern. Suppe und Kebab hatten sie am Abend zusammen gegessen. Linsensuppe mit Curry, Koriander und Kardamom. Zwei junge Männer waren auf einer hundertfünfundzwanziger Kawasaki aus der Wüste hereingefahren. Sie hatten sich Tücher bis an die Augen vors Gesicht gezogen. Der Hintere hob die Pistole. Aus dem Nichts. Eine Explosion. Ein Schrei. Hassan. Und dann das Knien und das Vornüberfallen in den Staub. Und Hassans Hand, die sich zu einer Faust ballte. Weit weg war das Motorrad schon. Es heulte davon. Erst als das Motorrad jenseits der Leitungen war, hörte er es nicht mehr.

Am Abend vorher waren sie noch ans Meer gefahren, an einen der verlassenen Strände. Verkaufsstände. Bambusstäbe trugen Palmenschilfdächer. Verlassene Neonleuchten hingen da wie umgekehrte Futtertröge. Es gab Tische und Bänke. Verlassen. Es war Nacht. Am Tag waren es Früchte- und Fladenbrot- und Souvenirstände. Sie hatten sich auf eine Bank gesetzt und auf die Wellen hinausgeblickt, die nur kleine Dunkelheiten duldeten. Zu viele Sterne. Es war eine Andacht. Eine Andacht der Freundschaft. Hassan und er. Hassan, der Schwager. Auf dem Heimweg hatten sie angehalten und in den Himmel hinaufgeschaut. Das gab es sie noch – die Sterne. Sie waren zum Greifen nah.

Am Morgen sagte er zu Khawla: »Wir bleiben nicht länger. Wir haben Kinder.« Abends ging er zu den Kindern ans Bett und blies ihnen Koranverse über die Stirn. Es war im Einatmen vom Gebet geläuterter Atem, den sie auf den Gesichtern spürten. Er sagte: »Früher konnten wir in der Moschee beten und die Luft aus den Domen herunterwehen spüren und in uns aufnehmen. Jetzt müssen wir die Dome in unseren eigenen Lungen machen.« Er legte ihnen die Hand auf die Stirn.

122

Sie saß am Tisch. Blumen in einer Glasvase standen vor ihr. Rosen, Astern, Lampionblumen, Dahlien: fragendes Gelb, aufreizendes Rot, schwebendes Orange, Frieden versprechendes Purpur. Alles durcheinander. Und halblang geschnitten, damit sie auf dem Tischchen Platz hatten. Von wem sie die Blumen bekommen hatte, brauchte er nicht zu fragen. Nicht mit Gewalt auf sie zugehen, dachte er. Sie hatte es ihm also gesagt. Er sagte: »Gehen wir wieder an den See?«

Sie stand auf, ohne etwas zu sagen, und ging an den Kleiderschrank. Alles war einfach. Er wusste, wo ihr kurzer Mantel hing.

Er durfte sie durch die Schleusentüren hinausführen. Sesam öffne dich, einmal, zweimal und ein drittes Mal. Sie sagte: »Unglaublich, wie du mich mit all deinen Beziehungen hier herausbringst.«

Er sagte: »Sie vertrauen dir.«

»Ja, ganz bestimmt. Warum vertrauen sie mir dann nicht, wenn du nicht dabei bist?«

Sie gingen langsam am See entlang – heute in die andere Richtung. Da ging es länger, bevor die Uferpromenade aufhörte. Sie gingen im dichten Grau. Es war so grau, dass sich ihr Wassertropfen ins Haar legten. Sie gingen an der Klosterkirche, einem mächtigen Sandsteinbau, vorbei. Die Spitze des Kirchturms war unsichtbar. Sie sagte: »Ich fühle mich auf einmal so allein, wie ich mich schon lange nicht mehr gefühlt hatte. Und das neben dir.«

Sie gingen nebeneinander her. Er wusste nicht, ob er etwas antworten sollte. Er antwortete nicht. Blumenstrauß – das Wort kam von Strotzen, auf Griechisch hieß das *orgao*, *ich strotze*. Orgao! Von jeher waren Blumensträuße Teile von Übergängen. Von Freiern und Gefreiten. Von Abschieden und Ankünften. Ich strotze. Ich sprieße. Ich bin ein Strauß. Ich gehe auf. Ich komme an und gehe weg. Im Ankommen und Weggehen. Das war die Liebe.

Sie gingen auf einem geschotterten Weg am Wasser entlang, das heute ruhig dalag und sich in den Nebel hinein auflöste. Hier in der Nähe gab es ein kleines Moorgebiet mit Schilf und Zwergkiefern. Sie sagte: »Ich hätte dir das schon viel früher sagen sollen.«

»Was?«

»Wie allein ich mich neben dir fühle.«

»Neben mir?«

»Ich hätte dir meine Wut auf dich zeigen sollen.«

»Deine Wut auf mich?«

»Ich war zu jung.«

»Wir waren beide jung.«

»Die werde ich nicht los. Aber es hilft alles nichts. Wir sprechen ja in unserer Familie nie über etwas. Immer nur über das, für das wir IHm dankbar sein sollen.«

Es waren Vorwürfe. Es war ein Flüstern. Sie sagte: »Es ist meine Erinnerung, die eitert.«

In der Tiefe war der See ein Fluss. Dem Wasser sah man das nicht an. Er sagte: »Ich könnte ewig so weitergehen. Neben dir. In diese graue Dämmerung hinein.«

Sie sagte: »Hörst du mich überhaupt?«

»Ich bin bei dir.«

»Lass uns wieder ein paar Schritte im Wasser gehen.«

»Jetzt?«

»Jetzt.«

»In Schuhen?«

»Dass du immer alles so genau planen musst!«

Da waren diese grau-grünen Wellenflecken. In ihnen hatte das Wasser ein anderes Muster. Als würde da etwas mit einer Hand von unten ins Wasser gezeichnet. Als spielte etwas mit dem Wasser.

Er sagte: »Würdest du mit mir fliegen? Es würde dich hier herausholen.«

Sein Haus war groß genug. Er hatte immer die Sehnsucht gehabt, mit ihr in seiner Welt zu leben.

Sie sagte: »Liebe ist eine Landschaft, in der man sich heimkommend verliert.«

Er betastete ihre Worte. Wenn Liebe eine Landschaft war, dann lebte sie in einer Welt, zu der er keinen Zugang hatte. Was ging in ihr vor? Alles begann sich zu verändern. Er spürte, er musste ihr vergeben. Die Selbsteinweisung war ein Betrug aus Notwehr, dachte er. Miriam hatte keinen anderen Ausweg gesehen. Für sie war es kein Betrug. Für sie war es die einzige Möglichkeit.

Er sagte: »Was du geschrieben hast, hat mich verwundet. Gut

verwundet. Ich hätte das nie für möglich gehalten. Jetzt muss ich alles neu lernen.«

Er hatte gehofft, Miriam würde sagen: »Hol mich hier raus.« Er hatte gehofft, dass er diesen Satz in ihren Augen lesen würde. Aber sie wollte ein Leben hinter Hecken und Gartenzäunen. Sie war gern hier in der Freiheit, die sie in ihrem Gefängnis gefunden hatte. Es war eine größere Freiheit als die, die sie dort hatte, wo ihr anderes Leben war. Er hatte erwartet, sie würden gemeinsam Pläne schmieden. Sie würden sich verkleiden und Französisch sprechen. Sie würden die Klinikwachen überlisten und sich draußen in die Arme fallen.

Sie sagte: »Alles ist vorherbestimmt – mit mir, mit dir, mit Matthias, mit Dakhil. Da gehört das Wasser auch dazu.«

Er war erleichtert, dass sie nicht schon wieder in die Wellen vorging. Ihre Freiheit hinter den Backsteinmauern – mit den Schreien in der Nacht, mit den schlagenden Türen, den schnellen Schritten der Nachtwachen, mit den Hartgummirollen der Medikamentenwägelchen. Ihre Zimmertür konnte jederzeit aufgerissen werden. Jeden Augenblick konnte jemand hereinkommen, um nach ihr zu sehen. Trotzdem war sie in der Klinik mehr für sich als sie es sonst irgendwo sein konnte.

Er deutete auf eine feuchte Holzbank. »Lass uns hier eine Weile einfach zusammensitzen.«

Vor ihnen glitt ein Graureiher übers Wasser. Wie langsam seine Flügel sich bewegten. Er konnte gar nicht fliegen, so langsam wie sich seine Flügel bewegten. Und doch flog er. Aus dem Grau ins Grau.

Johannes legte die Hand auf ihr Knie. Die Berührung sollte etwas ausdrücken. Zuneigung. Nähe. Sie sollte sagen: Wir. Sie sollte sagen: Du. Du und Ich. Ich und Du. Ja und jetzt.

Er sagte: »Gab es da etwas?« Er spürte, er hätte es gern gehabt, wenn alles eine Ursache gehabt hätte. Einen Anfang. Ein Anfang wäre ein Grund gewesen.

Sie schüttelte den Kopf. »Nein, nichts.«

Er sagte: »Es muss doch irgendetwas gegeben haben.«

Er spürte, wie er sie in seine Welt hineinziehen wollte. Dort wäre alles anders. Für sie und für ihn. Dort könnte sie sich neu finden. In einem Anfang. In einer neuen Welt. In einer neuen Sprache. Er blickte ins Schilf, in die Wellen, in den Nebel. Es war unmöglich. Das wusste er. Es hatte bei ihm ein Jahrzehnt gedauert, bis er sich in der neuen Sprache eingerichtet hatte. Und er war jung gewesen. Siebzehn. Dass er meinte, Miriam könne dies mit siebenundvierzig genauso machen, zeigte, wie wenig er dachte. Aber er wollte nicht denken. Er wollte sie mitnehmen. Er wollte sie herausreißen aus dieser Welt. Er wollte sie befreien. Er wollte ihre drei Herzschläge spüren.

Sie sagte: »Warum bist du gegangen?«

Er überlegte. Die Enge? Die Verurteilungen? Die Trauerlust, die er zurücklassen wollte? Die Liebe, die sich in Härte ausdrückte? Die Antwort, die ihm auf einmal am sinnvollsten erschien, war die sinnloseste aller Antworten: Für dich. Aber das war die Antwort, die er spürte: Er hatte gehen müssen, um sie, den Teil von ihr, den er in sich trug, in Sicherheit zu bringen. Dieser Teil von ihm, der sie war, musste überleben. In ihm. Und dieser Teil, der sie war, konnte nur draußen überleben, wo sich die Menschen nicht im Gebet EInem hingaben, DEr sich im Gebet qualvoll an ein Kreuz hatte nageln lassen. Aus Liebe.

Er sagte: »Du bist in meinem Haus jederzeit willkommen.« Er wusste, sie würde die Einladung nicht annehmen. Aber die Einladung sagte auch: Du fehlst mir. Und das war es, was er sagen wollte. Je mehr er wusste, dass sie die Einladung nicht annehmen würde, desto mehr konnte er sie einladen. Auch das war eine Umarmung. Dass er zu dieser Umarmung erst fähig war, nachdem er wusste, dass sie sie nicht annehmen würde, war grausam. War es nicht immer so gewesen, dass er sie erst dann hatte umarmen wollen, wenn er gewusst hatte, dass sie es nicht zulassen würde.

Sie sagte: »Weißt du, dass Renate sagte, du hättest sie verführt?«

»Renate? Unmöglich.«

Renate. Sie war drei Jahre älter gewesen als er. Sie hatte wallendes, auf der Seite elegant gescheiteltes Haar, das ihr bis über die Schultern fiel, helle, braune Augen und weiche, schüchterne Finger. Er hatte sie berührt. Das ja. Sie hatte ihn berührt. Das auch. Es war die Sprache des Begehrens, die sie miteinander gesprochen hatten. Mit den Lippen. Wortlos. Mit dem Atem. Mit den Fingerspitzen. Mit der Sprache der Haut. Sie hatten die Berührungen erlebt. Gemeinsam. Im Herzschlag. Im Pochen. Immer weiter, durchs Atmen, durch die Lippen, durch die Haut, durchs Schmiegen und Näherkommen. In der Dämmerung. In ihrem Zimmer. Sie waren einander Leben. Sie umarmten einander. Sie ließen sich beide führen – und verführen. Vom anderen. Vom Geben und vom Nehmen. Sie wollten sich verlieren. Miteinander. Ineinander. Bis zur Hingabe, bis zur Aufgabe. Im Atmen und Beißen und in der Erschöpfung danach. Er sagte: »Das kann doch nicht sein.«

»Doch, wenn ich es dir sage.«

Renate und er. Und dass Renate das gesagt haben sollte! Dass Renate das so empfunden haben sollte! VAter unser im Himmel. Dieses Gefühl der Kindheit, dieses Kleinsein vor der Welt, dieses Rätsel, das man sich selbst war, dieser Schrecken vor dem Unbekannten des Wollens, das eine Wärme ausstrahlte. Die Wollust. Und der Schrecken, wenn man sich an vergangene Wollust erinnerte. Er spürte es. Renate und er. Das Kindsein vor der eigenen Erinnerung. Verführt. Es war eine Variation von »geführt«. Führe mich, mein HErr, und leite,meinen Gang nach DEinem Wort.

Sie sagte: »Was siehst du, wenn du mich anschaust?«

Sollte er ihr sagen, dass er ein strahlendes Gesicht sah, in dem die Augen übermütig waren. Sollte er ihr sagen, dass sie aufrechter ging als vor einer Woche. Sollte er ihr sagen, er sehe ein Gesicht, das hoffe. Er sagte: »Ich sehe ein Suchen, ein Hoffen, ein Liebenwollen. Aber ich sehe auch ein Gesicht, das überwältigt wurde und vielleicht noch überwältigt wird – von sich selbst und von der Welt. Ich sehe ein Gesicht, das überwältigt werden will.«

Sie schwieg. Sie war nicht überrascht. Sie sagte: »Mit Worten konntest du immer schon umgehen.« Sie sagte das so, dass er meinen durfte, sie bewundere ihn. Aber er wusste, dass sie seine Worte für Kunst hielt; für Kunst, die sich für wichtiger halten wollte als alles andere.

Sie sagte: »Einmal hatte ich alles vorbereitet. Die Badtür war abgeschlossen. Und dann habe ich es doch nicht gemacht. Ich war zu feig. Ich habe bloß geheult. Vielleicht bin ich nur hier, weil ich zu feige bin – und es immer schon war.«

Er musste diesen Worten Raum geben. Er musste warten. Dieses Geständnis hatte er nicht erwartet. Aus dem Nichts. Jetzt. Er spürte, wie etwas leichter wurde in ihm. Er wurde weicher. Er spürte Tränen in den Augen. Ihre Selbsteinweisung war kein Betrug. Sie war aufrichtig. Es war kein falscher Alarm, den er ihr hätte vergeben müssen. Das war sie, Miriam, seine Schwester, die ihm gegenübersaß. Wie wenig er sie kannte. Wie wenig er von ihr wusste. Er versuchte, ihr in die Augen zu blicken. Weil er sich an diese Pupillen und diese Farbe erinnern wollte. Er wollte sicher sein, dass sie noch gleich waren – sie und er, er und sie. Ihre Augen waren heller geworden. Ein Hellbraun, das leuchtete und Licht verschluckte. Als sei es lang mit Wasser überspült worden.

Sie sagte: »Ich komme mir vor wie ein Vogel, der im Nest festgenagelt ist.«

Er sagte: »Aber du willst festgenagelt bleiben.« Er sagte: »Du könntest die Koffer packen und fliegen.«

Sie sagte: »Erscheinen meines GOttes Wege / mir seltsam, rätselhaft und schwer, / und gehn die Wünsche, die ich hege, / still unter in dem Sorgenheer, / will trüb und schwer der Tag verrinnen, / der mir nur Qual und Schmerz gebracht, / dann will ich mich auf eins besinnen, / dass GOtt nie einen Fehler macht.«

Sie sagte: »Ich kann nicht anders sein als die, die ich bin.«

Er spürte die Schwäche in ihr. Er spürte die Schwäche, die sie ihm anvertraute. Und er legte seinen Arm um sie. Aus Liebe.

Er war ihr Bruder. Johannes, der sieben Minuten ältere Bruder Miriams. Er sagte: »Alles ist gut so.« Er wusste nicht mehr, wo er begann und wo er aufhörte. Bei ihr. Neben ihr. Mit ihr. Wo begann das Wasser? Wo begannen die Wellen? Wo begannen die Steine? Wo begann der Himmel? Im Nebel?

Er sagte: »Soll ich noch eine Weile hierbleiben?«

Sie schüttelte den Kopf: »Nein, ich komme schon zurecht. Und in ein paar Tagen hat sich sowieso alles erledigt. Sie wollen mich entlassen.«

Auch das durfte sein. Auch das durfte er zulassen.

123

Morgen würde er zurückfliegen. Oder er würde nie mehr zurückfliegen. So empfand er das. Die Entscheidung, ob er fliegen oder nicht fliegen würde, hatte er noch nicht getroffen. Er würde sie zwischen jetzt und morgen früh, wenn er zum Flughafen fahren müsste, treffen. Aber wenn er morgen nicht flog, dann würde er hierbleiben. Das wusste er. Aber er wusste auch, er musste zurückfliegen, wenigstens damit er seine Angelegenheiten ordnen könnte. Angelegenheiten. Das hieß: Finanzen. Das Haus bei einem Makler zum Verkauf freigeben. Adressänderungen. Das Rücktrittsgesuch an der Universität einreichen. Telefon abmelden und das Auto verkaufen. Reisepapiere und Veterinäruntersuchungen für Brunhilde und Silky. Das waren Kleinigkeiten, die ihn einige Wochen in Anspruch nehmen würden. Dass Naomi mit ihm kommen würde, war sicher. Sie wollte schon lange als Expat in Europa leben. Er war es immer gewesen, der nicht zurückgewollt hatte. Auch Kyra war bereit, sie in Europa zu besuchen. Sie würden sie in Europa vielleicht sogar mehr sehen als in den USA. Drei Wochen würden genügen, um die Angelegenheiten zu regeln. Drei Wochen waren kein Problem. Alles war einfach zu ordnen. Besitz war nur vorübergehend. Mit jedem Besitzerwechsel wurden Steuern, Gebühren und Kommissionen fällig. Also machten die, die die Gebühren und Kommissionen erhielten, es einem leicht, zu verkaufen und zu kaufen. Sesshaftigkeit war vorübergehend. Und nach drei Wochen würden er und Naomi zusammen wieder zurückfliegen. Alles war möglich. Naomi und er würden dieses Land, Amerika!, mit all seinen die Schwächsten immer am grausamsten verletzenden Mechanismen hinter sich lassen. Naomi fiel das Aufbrechen immer leicht. Er konnte sich oft nicht entscheiden. Er hing an dem, was er sich erkämpft hatte. Seine Freiheit! Doch jetzt war alles anders. Er spürte die Herzschläge. Und er musste sich entscheiden. Er war weit weg von Naomi. Nur Miriam zählte. Er musste sich entscheiden. So oderso. Morgen früh würde er nicht gleichzeitig hierbleiben und zurückfliegen können. So weit gingen die Möglichkeiten nicht.

Drei Herzschläge gleichzeitig spüren. Übereinander und durcheinander. Das zog ihn an. Wollte er diesen Zwillingen ein Vater sein? Wollte er sie aufwachsen sehen? Sie auf dem Schulweg begleiten? Ein Mädchen und ein Junge.

Das Gespaltensein. Das ewig Leichte in der Seele. Das Warten. Die Unfähigkeit zu entscheiden. Wie war er vor dreißig Jahren gegangen? Indem er den gepackten Koffer aus dem Haus getragen hatte. Es war jetzt schwerer, mit einem gepackten Koffer aus dem Haus zu gehen. Da fehlte etwas. Schmerzlich. Das, was er nicht war. Er. Sie. Die Kotletten an den Schläfen. Da sein. Zuhören. Kommen. Miteinander. Zueinander. Er war hier. Noch. Bis morgen früh mindestens. Aber seine Gedanken erreichten sie nicht. Dafür war sie zu weit weg. Und er musste es zulassen, dass sie weit weg war. Er ließ es zu, dass sie ihren eigenen Weg ging. Egal, wohin. Aber er wollte in ihrer Nähe bleiben. In der Nähe der drei Herzschläge. Er wollte mit seinem Ohr an ihrem Bauchnabel die drei Herzschläge hören. Bisher war er immer nur zwei gewesen – hier oder da – sie oder er – ich oder du – ja oder nein. Nun wollte er drei sein. Mindestens. Oder noch mehr. Vielleicht auch vier oder fünf. Friedlich. Nicht mehr zögernd vor der Gewalt eines Diesseits und eines Jenseits. Was er morgen früh entscheiden würde, wusste er noch nicht. Aber das spielte jetzt auch keine Rolle. Er hatte das Gefühl, dass er mehrere Leben in sich tragen konnte. Das machte es leichter.

124

Sie lagen nebeneinander, fünfzehn Kilometer auseinander. Sie lagen in einer Novembernacht gemeinsam in ihren Zimmern und warteten darauf, dass das Gewitter vorübergehen werde. Violette Blitzen stoben aus dem Himmel. Es gab Detonationen. Violett waren die Wolken, wenn die Blitze sie anleuchteten. Es roch verbrannt. Hagelkörner knallten auf die Erde. Dann wieder ein Blitz und der Knall direkt über ihm. Es war ein Novembergewitter. Der Donner schlug zu.

Miriam sagte: »Wenn zwei Körper einander berühren, dann fließt immer etwas von den Seelen ineinander. Manchmal erinnern wir uns später daran; manchmal nicht.«

Er sagte: »Fließen?«

Draußen überschlugen sich weiße Körner. Er atmete tief ein und tief aus. Vielleicht konnte er so entscheiden, was er tun würde. Er schluckte etwas. Er lehnte sich zurück, drückte den Kopf ins Kissen und streckte die Arme in die Höhe. Da war ein Schmerz in ihm. Ein tiefer Schmerz. Er musste ihn in sich aufgehen lassen. Er musste ein Lachen einlassen, um diese Enge loszuwerden. Etwas einlassen, das die Enge in ihm auseinanderzog. Er roch seinen Schweiß. Er roch den Druck in sich.

Er konnte sich nicht erinnern, sich je schon einmal so gefühlt zu haben. Es war fünf Uhr morgens. Und in ihm war ein Schmerz, von dem er nicht sagen konnte, woher er kam. Er schluckte. Er atmete. Das Atmen lenkte ab vom Schmerz. Aber nur kurz. Es war wunderbar, wie das Gewitter den Nebel wegfegte. Zum ersten Mal, seit er angekommen war, sah er, auch wenn es Nacht war, den Horizont. Eine Böe drückte die Fichtenwipfel zur Seite. Die Welt gehörte dem Wind. Wieder raste ein Windstoß in die Fichten, deren Wipfel sich dramatisch zur Seite bogen.

Was war am vernünftigsten? Was sollte er tun? Es war hell in ihrem Zimmer unter der Neonleuchte. Was dachte sie? Sah sie ihn? Ich habe Hunger, dachte sie. Ihre Augen waren wach. Es ist wichtig, alle Menschen anzunehmen, dachte sie. In IHm. Andere annehmen war eine Berührung. In GOtt. Alle Menschen annehmen und aufnehmen, dachte sie. Johannes stand vor seinem Bett und wartete, dass sich etwas ändern würde. Dass sich der Schmerz in ihm auflösen würde. Er sah sich stehen. Er sah sie liegen. Er ging sie nichts mehr an. Nicht mehr oder weniger als andere. In GOtt. Aber er ging sie an. Er schloss die Augen. Weit weg war er. Weit weg war sie. Er würde hierbleiben. Etwas anderes blieb ihm nicht übrig.

Überall war es kalt. Dagegen konnte er sich nicht wehren. Er wollte die Schläge seines Herzens zählen. Immer wieder fing er bei eins an und hörte bei zehn auf. Weiter kam er nicht. Weiter ging es nicht. Er hätte auch bei elf anfangen können. Aus Schlagen und Zeit wurde Kälte. Wo sie anfing, war unbedeutend. Es war ein Rhythmus.

125

Am Morgen war der Schmerz verschwunden. Nichts war übrig von ihm. Nicht einmal ein Rest war da. Dass der Schmerz da gewesen war, daran erinnerte er sich. Es war eine leere Erinnerung. Er setzte sich auf die Bettkante und schaute durchs Fenster. Der Nebel war nicht zurückgekommen. Das sah er. Er sah Miriams Augenlider, ihre kaum gepflegten Haare, ihre nach innen gerichteten Augen. Ihren nach vorn gebeugten Körper. Er und sie waren eins. In der Dunkelheit. Wenn er jetzt abflöge, wäre es eine Flucht.

Er setzte sich an den Computer. Es war das erste Mal, er wusste nicht, seit wievielen Tagen, dass er versucht war, seine Mails anzuschauen. Die meisten waren Werbung. Das wusste er. Aber jeden Tag gab es zehn oder fünfzehn, die wichtig waren. Die müsste er dringend beantworten, wenn er seine Mailbox öffnete. Verbeamtungen und Gutachten, Verträge und Bewerbungen, Prämien, Budgets und Plagiatsverfahren. Er entschied, dass er seine Mails nicht anschauen würde. Was er nicht wusste, berührte ihn nicht. Er war weit weg. Von allem. Auch von sich. Er war in eine andere Welt geraten. Und da wollte er bleiben. Bei ihr. Neben ihr. Mit ihr. Da konnten die Carolina Panthers gegen die Atlanta Falcons, die Denver Broncos gegen die Seattle Seahawks gewonnen haben. Da konnte eine Klage bei der Dienstaufsicht gegen ihn eingereicht worden sein. Da konnte ein Kollege brüllen: »So lange es uns gibt, fürchten wir keinen Krieg!« Da konnte eine Sekretärin Geld veruntreut und es auf sein Konto überwiesen haben. Er konnte alles geschehen lassen. Er war weit weg.

Er klickte auf die Seite der Fluggesellschaft. Das war wichtig. Das spürte er. Das Innere einer Langstreckenmaschine tauchte auf, auf zwei Premiumsitzplätzen, durchs Fenster schien die Sonne, saß ein junges Paar. Sie legte ihre Hand auf seine. Sie waren glücklich, weil sie die Premiumplätze gekauft hatten. »Mehr Platz zum Entspannen. Genießen Sie mehr Beinfreiheit in den größeren Sitzen mit mehr Neigung und einer verstellbaren Fuß- und Beinstütze.« Er gab seinen Benutzernamen ein. Er gab sein Passwort ein. Er klickte auf seinen Rückflug. Vor ihm leuchtete auf: »Departure in 4 hours.« Darunter war ein Link: »What would you like to do?« Er konnte den Flug stornieren. »Cancel.« Er konnte seine Sitzplätze ändern. Er klickte auf: »Change flight.« Aber das ging nicht. »We are sorry. Your flight isn't in the correct category for an online change.« Also musste er anrufen. Einen Augenblick lang überlegte er, ob er die Nummer der Fluggesellschaft in Deutschland anrufen sollte. In den USA war es mitten in der Nacht, und das hieß, sein Anruf würde in ein Call Center in Indien weitergeleitet werden. Dort konnte er Glück haben und eine Person erwischen, die alles prompt erledigte. Er konnte aber auch Pech haben; und dann konnte mit dem Flugschein allerhand Unvorhergesehenes geschehen. Aber er traute dem Kundenservice in Deutschland noch weniger. Dieser würde höhere Umbuchungsgebühren verlangen und so tun, als sei das, was er wollte, ganz und gar unmöglich. Er kannte den deutschen Kundenservice: Da ließ ihn jemand wissen, wie sehr er sich für ihn bemühte; er ließ ihn lange warten; er sprach kurz mit dem Vorgesetzten und teilte dann ihm mit, dass er noch einmal etwas nachschauen müsse. So ließ er den Kunden noch einmal warten. Und am Ende hieß es: »Es tut uns leid.« Oder die Angestellte hatte es gerade noch geschafft, einen Sitzplatz für den neuen Flug zu ergattern. Allerdings nur in einer viel höheren Preiskategorie.

Johannes wählte die Nummer in den USA. Es klingelte. Dann wurde ihm mitgeteilt, dass ihm für diesen Anruf, wenn er von außerhalb der USA anrufe, reguläre Fernsprechgebühren berechnet würden. »Please hang up if you do not wish to incur these charges. Please stay on the line if you wish to continue.« Johannes kannte das. Es war immer noch billiger als die drei Komma neun Euro-Cents für jede angefangene Minute, die der Kundenservice der Fluggesellschaft in Deutschland verlangte.

Es meldete sich eine Stimme. Sie klang, als säße sie in Atlanta und nicht in Mumbai. Vielleicht stellte die Telefonzentrale Gespräche, die aus dem Ausland kamen, sofort zum Nachtdienst in den USA durch. »How can I help you today?« Es war eine Frauenstimme, die alles Amerikanisch aussprach. *How can I help you today?* Diese Stimme und diese Frage würden alles einfach machen. Das genoss er in den USA. Er war König, solange er Geld ausgab. Er sagte, er wisse, dass bei seinem Ticket eine Umbuchung mit Gebühren verbunden sei. Seine Schwester sei im Krankenhaus. Deshalb müsse er jetzt umbuchen.

Er wollte die Dame am anderen Ende in seine Geschichte hineinlocken.

Welches neue Datum er denn gerne hätte?

Daran hatte er noch nicht gedacht. Wieviele Tage später sollte er fliegen? Wie hatte er anrufen können, ohne sich vorher zu überlegen, auf welches Datum er den Flug verlegen wollte. Er sagte: »Shoot. I haven't even thought about that.« Er sagte: »Maybe two weeks?«

»Let me see what I can do for you.« Diese amerikanische Dienstfertigkeit nahm einem die Nervosität. Sie öffnete die deutsche Seele, die es gewöhnt war, von Ämtern eingeschüchtert zu werden.

Er hörte das Klicken der Tastatur in Amerika. Die Änderungsgebühr belaufe sich in seinem Fall auf vierhundert Dollar, sagte die Stimme; und er antwortete, dass er sich so etwas schon gedacht habe. Aber das müsse er in Kauf nehmen. Dann sagte er: »Wird diese Umbuchungsgebühr nur bei Trauerfällen in der Familie erlassen?«

Dies geschähe auch nicht mehr in allen Fällen. Aber versuchen könne er es, falls es so weit käme. Aber sie wünsche es ihm nicht.

»Thank you.«

Er hörte immer wieder das Klicken der Tastatur. Schließlich sagte sie, es tue ihr leid, sie finde nichts in seiner Preiskategorie. Gar nichts.

Und vom Flughafen in der Schweiz?

Es klickte ein paarmal.

Dreizehn Tage vom heutigen Datum an könne sie ihm von dort aus einen Flug anbieten, der allerdings schon früh morgens abgehe. Ob das in Ordnung sei?

»Gibt es auch noch später abgehende Flugverbindungen?«

Die seien dann aber in deutlich höheren Preiskategorien. Er müsse also einen Aufpreis bezahlen. Zweitausendsechshundert Dollar.

Da beließ er es bei der frühen Abflugzeit. Jetzt durfte er die Nummer seiner Kreditkarte durchgeben. Und die Sicherheitsnummer.

Er würde mit dem, was er entschieden hatte, leben können. Gut leben können. Da mochte die Universität drüben toben, wie sie wollte. Johannes schaltete den Computer aus. Er hatte es geschafft, seine Mails nicht anzuschauen.

Er atmete tief ein. Ein paar Übungen machte er auf dem Boden. Den nach unten blickenden Hund. Die Kobra. Die Kinderpose. Den Baum. Er hob die Hände über den Kopf. Er atmete. Tief. Ein. Und aus. Er balancierte auf einem Bein. Das konnte er jetzt mit sich geschehen lassen. Dreizehn zusätzliche Tage. Das tat gut. Das konnte aufgehen in ihm.

Johannes ging die Treppen hinauf in die Zimmer von Schwager und Schwester. Er war allein. Verbrachte Matthias die Nächte nicht hier?

In der Küche stand ein mit weißen Gardinenvorhängen bewehrter Geschirrschrank. Groß und mächtig. Ein Möbelstück, das in den dreißiger Jahren für solide gegolten hatte. Ein Möbelstück für eine kinderreiche Bauernfamilie, die täglich drei Dutzend Teller, Untertassen, Tassen, Schälchen und Schüsseln brauchte. Alles hatte seine Ordnung in diesem Schrank. Und die Gardinen versteckten das, was dahinter war. »Was könnten die Leute denken?« Das war der Satz, der das Aussehen des Schrankes bestimmte. Es war besser, alles zu verstecken. Hinter Gardinen. Ein Leben ohne Gardinen war unvorstellbar.

Hier stand der ausziehbare Esstisch von den Eltern, an dem sie jahrzehntelang das Tischgebet gesprochen und dann gegessen hatten. An diesem Tisch hatte es immer mal wieder ein paar hinter die Löffel gegeben. Damit die Ordnung wiederhergestellt war. In SEiner Liebe und Gnade und Barmherzigkeit.

An der Wand hing ein Gemälde, das eines der Kinder gemalt hatte. Ein Kürbis hatte ein gelboranges Gesicht. Er war groß. Er hatte die Größe eines Zeichenblocks. Das Kind hatte alles, was nachher mit Tusche nachgezogen worden war, mit Bleistift vorgezeichnet. Das Gemälde sah nicht aus, als ob es Formen, Farben und Perspektiven mit einem Gefühl der Freiheit hatte entdecken dürfen. »It's a free country.« Wie er sich an diesen Satz gewöhnt hatte. Bei sich. In sich. »It's a free country.« Er hätte Miriam gern diesen Satz geschenkt. Er hätte dem Kind, das den Kürbis gemalt hatte, gern diesen Satz geschenkt. Dreizehn Tage. Er setzte sich an den Esstisch. Er hatte sich, seit er angekommen war, noch nichts gemacht in dieser Küche. Er konnte nur etwas machen, wenn er allein war. Hier. An diesem Esstisch. Vor diesem Schrank.

126

Er ging zum Pfarrhaus, ging durchs Tor im Gartenzaun, stieg die drei Stufen zur Haustür hinauf und klingelte. Es war dieselbe dicke, hölzerne Haustür mit ihrem gerundeten Relief aus Holzschichten. In Jeans und mit offenen Haaren öffnete die Hausfrau.

»Ach, kommen Sie doch bitte herein. Ich hole meinen Mann.«

Der bat Johannes in sein Büro. Das war immer noch links von der Eingangstür. Man blickte vom Schreibtisch und vom Lesesessel aus auf den Betsaal hinaus. Es war der Ort der Verhöre gewesen. Bruder Lauer, Bruder Dorner, Bruder Maiwald und Bruder Nagel. »Betet, dass ihr es nicht mehr tut. Bittet IHn inständig um Vergebung.« Pfarrer Gnandt sagte: »Ich habe schon viel von Ihnen gehört.«

Es war nicht hell im Büro. Aber Johannes sah die Augen. Er sah diese Augen, die alles sehen wollten. Pfarrer Michael Gnandt war nicht groß. Er war nicht sportlich. Aber er hatte diese grünen, offenen, neugierigen, einfühlsamen Augen. Er war ein Seelsorger, der seine Seelsorgerrolle ernst nahm. Seine Augen meinten es gut. Aber da war viel, was er bei Johannes nicht sehen konnte. Da waren Universitäten, da waren Seminare, da waren Bücher, da waren Reisen, da waren Kongresse und Lieben und Freundschaften und Nächte und Tage. Da waren Naomi und Kyra. Trotzdem war Johannes dankbar für diese Augen – dass sie ihn suchten, dass sie sich bemühten, dass sie ihn fragten. Mit dieser Intensität.

Pfarrer Gnandt sagte: »Es ging alles so schnell. Für uns alle. Für Miriam, für Matthias, für mich, für die Kinder und für das Dorf.«

Johannes atmete. Tief. Da war eine Aufrichtigkeit. Die half. Die traf. Da ging etwas vor sich. In der Tiefe. Dieser Pfarrer konnte lieben. Er spürte die Augen, die auf ihn gerichtet waren und die ihm Fragen stellten.

»Bleiben Sie zum Abendessen?«

Johannes sagte: »Mit Hegel und Barth und Kierkegaard und Buber?«

»Und mit vielen anderen. Mit Friedenskerzen und überkonfessioneller Nachbarschaftshilfe und Yoga.«

Johannes wollte sich wehren gegen diesen Pfarrer und seine Frau, die in Jeans in der Tür zum Büro stand. »Tun Sie uns den Gefallen.«

Vier Zimmer gab es nach wie vor in diesem Pfarrhaus. Oben schliefen die Töchter. In der Ecke des Wohnzimmers stand eine Gitarre. An der Wand hing ein Bild von JEsus mit der Taube über dem Kopf und dem Lamm, das wie ein Hund neben ihm herging. Da hingen auch Hochzeitsbilder, Elternbilder, Kinderbilder der Pfarrfamilie. Pfarrer Gnandt sagte: »Wie Sie wissen, gab es hier vor zehn Jahren noch alte Schwestern, manche mit Häubchen, die es für ein Verbrechen hielten, wenn jemand ein uneheliches Kind hatte, und sogar, wenn jemand ein lediges Kind war. Aber die sind alle weggestorben. Nur eine lebt noch. Die traut sich aber nicht mehr, etwas zu sagen.«

Johannes sagte: »Fräulein Zuber, Fräulein Morgentaler, Fräulein Dicht, Fräulein Keck, Fräulein Klein, Fräulein Hinterer. Welche lebt noch?«

Sie lachten.

»Was machen diese ledigen Kinder jetzt?«

»Dass von ihnen keines mehr in der Gemeinde ist, ist doch klar.«

Pfarrer Gnandt sagte: »Aber was ich Ihnen noch sagen wollte: Gestern hat es im Ältestenrat wieder eine Diskussion gegeben. Da hat ein Gemeindeältester gesagt: ›Wir brauchen mehr christliche Profilschärfe.‹ Da habe ich gesagt: ›Wir brauchen eher eine Belebung des christlichen Profils.‹ Dieser Bruder war dann enttäuscht, dass das Gespräch nicht in seine Richtung ging. Aber das ist noch einer von den älteren Brüdern. In der Gemeinde nennt er mich sogar Saul.«

Johannes lachte. Es tat gut. Pfarrer Michael Gnandt und seine Frau Hildegard. Hildegard schaufelte Kaffee in den Melitta-Filter auf der Kaffeekanne. Sie sagte: »Wir leben nicht nur für uns. Jeder Konfirmationsjahrgang geht jetzt in eine Moschee, was immer ein Erlebnis ist, auch wenn sich nicht immer alle Teilnehmer ganz benehmen können.« Sie sagte: »Interreligiöses Lernen.« Johannes schaute sie über den Küchentisch hinweg an. Er blickte vorbei an ihr. Das Küchenfenster ging nach hinten hinaus – dem Ried und dem See zu. Das Kaffeewasser blubberte im Kocher.

Er sagte: »Gibt es Mechanismen, um jemanden wieder aufzunehmen, wenn sie nach einer schwierigen Phase aus dem Landeskrankenhaus zurückkommt?«

Hildegard Gnandt blickte ihn an, als sei das keine überraschende Frage. »Mir ist es«, sagte sie, »auch so gegangen, als ich aus dem Sankt Georg zurückkam. Da haben viele nicht mehr mit mir geredet. Ich kam mir vor wie in einem Kokon. Aber viele haben einfach nicht gewusst, was sie sagen sollten. Das habe ich erst später erfahren.«

»Wie?«

»Im Gebet. Und als ich selbst wieder auf die Leute zugehen konnte. Da waren die Leute, das habe ich gespürt, erleichtert, dass sie mit mir darüber sprechen konnten.«

Johannes nickte. Dass das bei Miriam nicht so sein konnte, konnte er nicht sagen.

Pfarrer Gnandt sagte: »Auch im Schmerz dürfen wir IHn loben und preisen.«

Johannes schloss die Augen. Er blickte Richtung See und Ried. In die Dunkelheit. Er wusste nicht, weshalb er gekommen war. Aber er war nicht gekommen, um diesen Ton zu hören. Diesen von oben herab gesprochenen Ton. »Auch im Schmerz dürfen wir IHn loben und preisen.« Vielleicht war er gekommen, um zu sehen, ob es für Miriam in diesem Dorf eine Möglichkeit gab. Mit diesem Pfarrer. Er wusste es nicht. Er schluckte. Er zögerte. Er holte Luft. Es war ihm eng. Etwas drückte ihn zusammen. »Auch im Schmerz dürfen wir IHn loben und preisen.« Er musste hinaus aus dieser Küche, hinaus aus diesem Haus. Er stand auf, schüttelte den Kopf und ging, ohne sich zu verabschieden.

Draußen rannte er fast die Treppe hinunter und durch das Tor im Gartenzaun. Er ging Richtung Moor. Er ging in die feuchte Nebelluft. Tief atmete er ein. Er spürte die Kälte in sich. Sie tat gut. Tief in ihm.

127

Er legte seine Hände auf den Tisch. Heute saß er wieder an seinem Platz. Er konnte ihr die Hände ein Stück weit entgegenschieben. Und ihr dabei ins Gesicht blicken. Dakhil, der angenehme Dakhil mit den weichen Lippen, war nicht da.

Miriam sagte: »Seine Schwester ist gestorben, in Aleppo, bei einer Explosion. Er hat es erst vorgestern erfahren. Dabei war das schon vor fünf Tagen.«

Schwester, wollte er sagen, lass mich deine Hände halten. Aber er sagte es nicht. Schwester, wollte er sagen, schön, dass du da bist. Aber er sagte es nicht. Er schüttelte den Kopf wie ein alter Mann, der gerade erfahren hat, dass seine Frau schwer krank ist, dass es aber noch gute Hoffnungen gibt. Er wollte seine Hände durch Miriams Haar gleiten lassen. Das sollte bedeuten: Ich will dir nahe sein, Schwester, so nahe, wie wir einander noch nie waren. Ich will deine Gesundheit sein. Ich will deine Zukunft sein. Nur du. Nur das. Nur du und ich. Gemeinsam.

Er sagte: »Er braucht dich, Miriam.«

»Seine Frau braucht ihn auch.« Es lag keine Schärfe in ihren Worten. Es war eine Feststellung. Miriam war nicht der eifersüchtige Typ. Sie war der leidende Typ. Sie war der großzügig leidende Typ. Sie wollte bei ihm sein. Das spürte er. Sie wollte bei ihm sein, damit sie mit ihrem Fühlen bei ihm sein konnte. Er legte die Hände ineinander, die linke in die rechte. Es war eine Geste. Eine Geste der Nähe. Sie saß nicht mehr so steif da; sie schaute nicht mehr unbeweglich auf die weiße Fläche zwischen ihnen. Sie war kurz davor, sich vorzulehnen und seine Hände in ihre zu nehmen. Das wäre der Augenblick der Heilung gewesen. Aber sie lehnte sich nicht vor.

Er sagte: »Fliegt er zurück? Was tut er? Was will er von dir? Sollst du etwas tun?«

Sie schüttelte den Kopf. Johannes hatte zu viele Fragen auf einmal gestellt. Sie würde keine beantworten. Das sah er. Seine Fragen waren die Fragen eines Menschen, der von außen dachte und von außen formen wollte. Sie lebte in einer Welt des Zitterns, des Bebens und der Luft. Da konnte mit einer Explosion alles zu Ende sein.

Dakhil und seine Schwester kannten den Schmerz. Geschwistrig. Wie ihm dieses Wort nicht mehr aus dem Kopf ging. Als sei es Eiter und Hoffnung. Gewachsen. Verkümmert. Geschwistrig. Im Verkümmertsein die Hoffnung in sich tragen. Der Zukunft zu.

128

Er könne sie abholen, hieß es. Sie werde entlassen, heute. Ihr Zustand habe sich stabilisiert.

Also fuhr er los. Der grüne Twingo brachte ihn heute ohne Brezelstopp zur Klinik am See. Er parkte. Er ging durch die Unterführung. PUSSY FUCK ASS. Er ging an die Rezeption. Dort saß sie. Sie war nicht mehr auf ihrem Zimmer. Vielleicht hatte man das Zimmer und das Bett schnell gebraucht. Vielleicht wollte Professor Doktor Heinrich Nack sie nicht mehr sehen. Egal. Es war, wie es war. Die Zukunft hatte angefangen. Sie zählte. Sonst nichts. Miriam stand auf. Er sagte: »Das ist eine Überraschung.« Sie sagte: »Für mich auch. Vor allem, dass es so schnell gegangen ist.« Sie umarmten einander. Lang. Sie drückten einander. Es war die erste Umarmung.

Miriam sagte: »Du bist schnell gekommen. Hast du dich gleich ins Auto gesetzt?« Alles löste sich auf. Zwischen ihnen. Es war der erste Augenblick der Zukunft.

»Nach Hause?«, fragte er.

»Nach Hause«, sagte sie.

»Zu dir oder zu mir?«, fragte er.

Sie lachte. Zuhause war eine Möglichkeit. Es war ein Anfang.

Er sagte: »Bei mir hättest du ein schönes Zimmer.«

Sie verstanden einander. Die Entfernung zwischen ihnen würde wieder wachsen. Jetzt war sie verschwunden. In der Umarmung.

129

Sie ging neben ihm. Sie gingen Hand in Hand. Sie gingen Hand in Hand ins Dorf. Er atmete. Tief. Er fand sie und sich in seinem Atmen. Sie und er. Alles ging ineinander über. Alles bedeutete Zukunft. Sie gingen langsam. Mit dem Atmen bremste er sich und sie. Mit dem Atmen nahm er dem Gehen die Bedeutung. In ihnen geschah, was wichtig war, nicht draußen, wo die Bäckerei, die Post, der Elektroladen waren. Es spielte keine Rolle, wohin sie im Dorf gingen. Alles war eins. Sie und er. Im Dorf. Jetzt. Der Novemberwind zupfte an den Birkenzweigen, die keine Blätter mehr trugen. Schwarz und weiß waren die Stämme. Grau war das Dorf. Langsam gingen sie in dieses Graue. Sie waren Fremde. Aber das kümmerte sie nicht. Sie gingen hinein, egal, wie hier gelebt wurde. Und doch veränderte sich mit jedem Schritt etwas. Der Abend, der leicht aufsteigende Nebel, das Licht. Die Straßenlampen zogen Nebelmoleküle förmlich an.

Er spürte, wie Miriam kleiner wurde unter den Augen der Dorfbewohner. Sie versuchte, aufrecht zu gehen. Aber sie wurde niedergedrückt. Alle waren Geschöpfe aus GOttes Liebe. Alle waren Geschöpfe, die in der Liebe GOttes aufgingen. Alle waren Brüder und Schwestern unter SEinem heiligen Schild. Wer für IHn litt, war für dieses Leiden ausersehen. Von IHm. Hand in Hand gingen sie in die Gesichter, in die Augen, in die Liebe, in die Härte. Gemeinsam spürten sie die Liebe. Da war eine Kälte in den Gesichtern, in den quer in den Mündern liegenden Zähnen, in den gebeugten Körpern. Sie gingen schweigend ins Dorf. Sie gingen schweigend in die Münder. Er und die neben ihm kleiner werdende Schwester. Sie gingen ins Loben- und Preisendürfen hinein.

Es musste schmerzen. Die Gemeinde war eine Gemeinde im Schmerz. Sie diente den Schmerzen. Indem man litt, kam man sich näher. Man wurde geläutert. Blut wusch den giftigen Levor aus dem Körper. Säuberung war nötig, weil korruptes Blut zu Lust führte. Besonders bei Frauen.

Ungeschminkt standen die Frauen vor dem Auge GOttes. Ihre Körper kannten die Versuchung des Fleisches. Sie wussten, was es zu verstecken galt. Die Haare mussten versteckt werden, auch wenn die in einen Dutt gesteckten Frisuren immer noch zeigten, welche Haarpracht in ihnen verborgen lag.

Ein Körper hing fast nackt im Betsaal an der Wand. Er war aus Holz, das von Oberammergau gekommen war, ein wunderbar weiches Buchenholz. Er hing schon über hundert Jahre da. Er schlief unter seiner Dornkrone. Aus der Holzwunde neben dem Bauchnabel rann helles Holzblut.

Wo begann die Gemeinde? Wo hörte sie auf? Begann sie, wo alle auf IHn schauten, wie er schlafend unter seiner Dornenkrone über dem Altar hing? Friedlich. Und wo es durch den Saal klang: »Eli, Eli, lema sabachtani?« Die Stunden, bis die Sonne und der von Nägeln gehaltene Körper sich miteinander vermählt hatten. Die Nägel waren vor der Hand durch den Unterarm geschlagen, weil die Hände vom Eigengewicht des Körpers gerissen wären. Es war ein langsames Ersticken. Denn wenn die Kraft weniger wurde, hing der Oberkörper immer weiter nach vorn. Die Lungen bekamen immer weniger Atem. »Eli, Eli, lama asabtani?«

Das Leiden gehörte dazu. Im Leiden liebte man. Im Leiden wurde man. In erlittenen Schmerzen zeigte man. Das war Liebe. Sie war ein Geschenk. Wer mehr leiden durfte, wurde mehr geliebt. Wer sich mehr opfern durfte, war mehr der Liebe wert. »Ihr sollt nicht stolz sein, sondern dankbar.«

Kühe wurden geschlagen. Kinder wurden geschlagen. Hunde wurden geschlagen. Holz wurde geschlagen. Es war Liebe. Es gehörte Stärke dazu, schlagen zu können. Es gehörte Stärke dazu, GOttes Geboten gehorchen zu können. Für Mädchen war das besonders schwer. Die Liebe war ein Segen. Die Liebe war die Gegenwart GOttes. Es war eine gute Welt. Es war eine idyllische Welt. Es war eine gesegnete Welt.

Sie sagte: »Still ist mein Herz!«

Er sagte: »Und ewig blauen licht die Fernen!«

»Blauen.« Es war ein Wort, das es nicht geben durfte. Doch es existierte, und es war richtig. Das Wort musste sein, weil es traf – ihn und sie. Hand in Hand. Im Lied. Und in den Gesichtern, die sie anschauten. Die Augen durften sein. Das Leben durfte sein. In ihnen. Im Dorf.

Sie sagte: »Ich komme mir vor, als zöge ich einen Leiterwagen durchs Dorf. In ihm steht ein gerahmtes Foto von mir und ein Schild: ›Dummkopf, heiter!‹«

Er lachte. Er sagte: »Gibt es ein Gleichnis von der Verlorenen Tochter?«

Es gab keines. Es gab nur das Gleichnis vom Verlorenen Sohn. Töchter verlor man nicht. Miriam sagte: »Es ist nie zu spät für ein erstes Mal.«

Er sagte: »Dummkopf, heiter!«

Sie sagte: »Das ist der Anfang.«

130

Er vermied es die nächsten Tage, ins Dorf zu gehen. Er vermied es, sich um die Gedanken des Dorfes zu kümmern. Er vermied es, von seiner Schwester wegzudenken. Er blieb bei ihr, und er trennte sich vom Dorf. Er sah Miriam als sechzigjährige Großmutter mit rot gefärbten Haaren. Er sah die Bedienung im Café neben dem Betsaal, die auf ihrer Schulter ein buntes Schmetterling-Tattoo trug und die ihn und Miriam fragte: »Was darf es für euch beide sein?« Sie trug kurze Fußballerhosen und einen ärmellosen Nationalmannschaftsdress – schwarzrotgold. An den Glasscheiben des Kindergarteneingangs stand: »WITAMY, hoşgeldiniz, BIENVENIDO, أهلاً وسهلاً, WELCOME, HERZLICH WILLKOMMEN.« Und daneben war ein gelbes Schild, auf dem große Buchstaben riefen: »SPIELEN ERWÜNSCHT! Lachen und Rumtollen ist Kindern und Erwachsenen erlaubt! Die Kita-Leitung.« Über den Pausenhof des Gymnasiums gingen Schüler der fünften Klasse, die ein Haustier in die Schule mitbringen durften. Es gab Hunde, einen Goldfisch, zwei Hamster in Käfigen und ein Schwein, das an der Leine ging, quietschend und vergnügt. Er hörte den Dreiklang, der den Rhythmus der Unterrichtsstunden markierte. Statt einer Sechstklässlerin, die, weil sie zweimal hintereinander die Hausaufgaben nicht gemacht hatte, ein Schild um den Hals bekam: »Ich bin eine Schlampampola«, und damit die Große Pause über auf dem Schulhof stehen musste, standen drei Schülerinnen und drei Schüler aus der sechsten Klasse zusammen und sangen: »What do you want from me? Why don't you run from me?« Im Ethikunterricht bei einem Lehrer namens Christoph Fischer wurde eine Power Point Präsentation über »Das Doppelgebot der Liebe« vorbereitet. Dreiergruppen formten sich. Anwendungen und kritische Aspekte. Ärzte ohne Grenzen, Ebola, You-Tube-gegen-Mobbing. Eine Siebzehnjährige, die viel Haut zeigte, rief, als ihre Power Point Präsentation vom Computerbildschirm verschwand: »Oh fuuuck!« Eine Siebzehnjährige mit einem Nasenring, grünen Haaren, großen Ohrringen, großen, breiten Hosenträgern holte ein Buch über die Sintflut aus ihrer Tasche und berührte den Sonnenbrand am Nacken ihres Nachbarn. Mädchen und Junge. Alles war einfach. Und es durfte sein. Organspende. Retterkomplex. Wachstumsdenken. Ein Junge spielte mit den Haaren eines Mädchens, das neben ihm saß. Gedankenverloren. Zwei Mädchen lehnten sich aneinander. Sie schrieben: »Muss ich einem helfen, wenn er sich so betrinkt, dass er nicht mehr nach Hause kommt?« »Wir brauchen noch ein paar Bilder, die dazu passen«, sagte ein Mädchen.

Da war ein Schüler mit rund geweiteten Ohrläppchen, neongrün gefärbten Haaren, Studs in der Unterlippe. Da war ein Arabisch sprechendes Ehepaar, Mitte zwanzig. So war das. So durfte das sein. Das Ehepaar roch nach Rosenblättern und Zigarettenrauch. »Hamáh!«, sagte die Frau. Sie sagte es immer wieder. »Hamáh!« Hieß das, dass in jedem Atemzug ein Stück Himmel war?